Kontaktadresse nach EU-Produktsicherheitsverordnung:
produktsicherheit@fischerverlage.de

Die zwanzigjährige Therese Etienne entstammt einem französischen Adelsgeschlecht aus Savoyen. Als ihr Vater, ein wegen Totschlags verurteilter Wilderer, im Wallis gestorben ist, wandert sie über die Berge ins Berner Oberland und findet Arbeit als Magd bei dem reichen Bauern und Alt-Regierungsrat Anton Jakob Müller. Als »Welsche« und »Mörderstochter« hat sie es auf dem Hof nicht leicht. Anton Jakob Müller erliegt bald den außergewöhnlichen Reizen der jungen Frau und heiratet sie. Die intelligente, lebenshungrige Therese fühlt sich in der Ehe mit dem dreißig Jahre älteren, despotischen Mann schnell eingeengt, und Müllers Sohn Gottfried und sie verlieben sich leidenschaftlich ineinander. Als Therese von Gottfried schwanger wird, sieht sie nur noch einen Ausweg, ihre Liebe zu retten.

John Knittel, (* 24. März 1891 in Dharwar, Indien; † 26. April 1970 in Maienfeld, Graubünden) wird als Sohn eines Missionars in Indien geboren. Zur Schule geht er in Basel. Von 1909 bis 1922 lebt er in England. Er heiratet eine Engländerin, und sie bekommen dort drei Kinder. In London führt er mit Maurice Moskowitch ein Theater, und dort wird 1922 auch sein erstes Theaterstück aufgeführt. Gleichzeitig werden seine ersten beiden Romane veröffentlicht. Knittel lebt lange Jahre in Ägypten, vor allem aber in der Schweiz, von wo aus er zahlreiche Reisen unternimmt. Drei seiner Romane spielen in der Schweiz, die Mehrzahl aber in Nordafrika. Sein gesamtes Werk ist auf Englisch geschrieben.

Unsere Adresse im Internet: www.fischerverlage.de

JOHN KNITTEL

Therese Etienne

ROMAN

Aus dem Englischen von
Margaret Furtwängler-Knittel und
Hubert Furtwängler

FISCHER
TASCHENBUCH
VERLAG

2. Auflage

(englische Originalfassung: ›Into the Abyss‹)
Bearbeitete, gekürzte und aus dem englischen Original
in die deutsche Sprache übersetzte Fassung, 2005,
von Margaret Furtwängler-Knittel und Hubert Furtwängler
Printed in Germany
ISBN 978-3-596-17841-4

Therese Etienne

KURZ VOR EINBRUCH DER DUNKELHEIT erschien in der Nähe des Gamhofs ein junges Weib. Es blieb stehen und blickte neugierig einen schmalen Feldweg hinunter, der zu ein paar großen Scheunen führte. Reiche Leute wohnten in diesem Tal – so hatte man ihr erzählt –, Leute, die weite Ländereien ihr Eigen nannten und an die zweihundert Kühe, oder vielleicht noch mehr besaßen. Sie lebten üppig aus dem Vollen und wussten nicht, was es heißt, hungrig oder durstig zu sein.

Ein Weilchen blieb die junge Frau nachdenklich stehen. Man hatte ihr oben in den Bergen erzählt, es werde sich kaum jemand finden lassen, der Arbeit zu vergeben habe; am ehesten sei ein gewisser Anton Jakob Müller der Mann, an den sie sich wenden könnte.

Sie schritt den Feldweg hinab auf eine der Scheunen zu. Eine Herde fetter Simmentaler Kühe drängte sich saufend um lange steinerne Tröge, die bis zum Rande mit kristallklarem Wasser gefüllt waren. Etwas weiter unten wurde gebuttert; bläulich-weiße Milch sickerte aus den Kübeln. Von den Heudielen waren die Stimmen der Knechte zu vernehmen, die das Futter in die Ställe gabelten. »Joggi!«, rief einer der Knechte. »Schau, was die Frau da will!« Die Sackleinwand von einer der Stalltüren wurde beiseitegeschoben, und ein alter Knecht trat auf den Hof, nackt bis zu den Hüften und schweißbedeckt. An seinem Hinterteil hing festgeschnallt ein Melkstuhl.

»Fauler Kerl!«, erwiderte eine brüchige alte Stimme. »Soll ich denn alles allein machen? Die Karoline hat Fieber im Leib! Ich muss ihr das Euter mit Lehm einschmieren! Sie ist furchtbar gebläht!«

Der Melker wandte sich mit einem Ruck seines Kopfes der jungen Frau zu.

»Wer bist du?«

»Therese Etienne.«

»Und was willst du?«

»Arbeit, wenn es gibt.«

Joggi schob seinen dünnen Hals nach vorne.

»Sie gehört nicht zu uns«, erklärte er, »stammt auch nicht aus dem Oberland.«

»Nein«, sagte das Mädchen, »ich bin Walliserin.«

»Oho!«, schrie Joggi, »eine Welschi! Eine Katholische!«

»Eine Katholische?«, versetzte das Mädchen. »Ich bin nicht katholisch.«

»Protestantisch also?«

Therese antwortete nicht.

»Puh! Wallis! Das ist auf der anderen Seite vom Wildstrubel und von der Blümlisalp. Noch näher bei Italien als bei Bern, halbe Italiener dort!«

»Genauso gute Schweizer wie ihr!«, antwortete Therese.

Der jüngere Knecht – er hieß Cosimo – trat dicht an sie heran.

»Ein schönes Exemplar, das muss man sagen! Was für eine Arbeit suchst du? Siehst nicht so aus, als ob du zupacken könntest …«

»Ich bin seit dem frühen Morgen unterwegs.«

»Da kommt der Röthlisberger!«, rief Joggi und ging in den Stall zurück, während ein Mann mit strengem Ausdruck sich Therese näherte.

»Was ist los? Was lungert ihr herum? Wer ist das?«

»Sucht Arbeit«, sagte Cosimo.

»Hab keine zu vergeben«, sagte der Mann namens Röthlisberger barsch. Seine Augen überflogen die Gestalt der jungen Frau, wobei er trotz der hereinbrechenden Dunkelheit bemerkte, wie sie bei seinen Worten erschrak.

»Du suchst also Arbeit?«, sagte er etwas sanfter.

»Ist dies hier der Gamhof?«, fragte Therese.

»Jawohl! Das Gut von Alt-Regierungsrat Anton Jakob Müller.«

»Die Leute sagen, er habe immer Arbeit zu vergeben.«

»Was kannst du?«

»Ich habe in Sitten gearbeitet.«

»Und warum bist du weggezogen?«

»Mein Vater ist gestorben.«

»War er Bauer?«

Sie schien einen Augenblick zu zögern.

»Hatte er einen eigenen Besitz?«

»Nein, sonst würde ich jetzt nicht Arbeit suchen.«

»Du hast einen flinken Verstand Meitschi.«

»Und ebenso flinke Hände. Ich melke meine Kuh sicher schneller als irgendeiner von euch.«

Röthlisberger und Cosimo lachten. Einen Augenblick lang standen sie schweigend da und betrachteten Therese, dann rief Röthlisberger. »Frieda, Frieda!«

Aus dem benachbarten Wohnhaus erschien eine Frau.

»Da ist eine Magd aus dem Welschland für dich. – Nimm sie mit und schau, was sie kann.« Frieda blieb mit verschränkten Armen stehen

»Die da?«, murrte sie nach einem schnellen, musternden Blick, »die trägt einen grauen Schal und Knöpflischuhe. Wir brauchen keine Hoffahrt im Haus. Ein Mädchen in ihrem Alter, das herumbettelt, kann ich nicht brauchen.«

»Wie alt bist du?«, fragte Röthlisberger und drehte sich zu Therese. »Einundzwanzig«, sagte Therese fast unhörbar.

»Einundzwanzig, und dazu aus dem Welschland, das hat uns gerade noch gefehlt!«, rief Frieda. »Und spricht dazu noch zwei Sprachen!«

»Wenn du sie nicht haben willst, Frau, dann nehme ich sie anstelle von Adrian, wenn er zum Militär muss.«

»Da! Hab ich nicht gesagt, dass es immer die Welschen sind, die den Männern den Kopf verdrehen?«, sagte Frieda mit einem sauren Blick auf Therese. »Keine zwei Tage wird es dauern, und sie lungert herum mit Cosimo oder Leonhard.

»Mich wird man mit keinem herumlungern sehen«, erwiderte Therese prompt. »Ich will arbeiten, und ich nehme, was ihr mir gebt.«

»So, das ist recht!«, sagte Röthlisberger. »Komm mit ins

Haus.« Mit diesen Worten winkte er ihr und ließ seine Frau unter dem Dach des Viehhofs bei den Kühen stehen.

ANTON JAKOB MÜLLER war ein Mann, in dem alle patriarchalischen Tugenden seiner Vorfahren vereinigt waren. Obgleich er ein beträchtliches Vermögen besaß, dessen Zinsen allein schon genügt hätten, um ihm die angenehmen Zerstreuungen eines städtischen Lebens zu ermöglichen, hegte er keinen höheren Ehrgeiz, als ein bodenständiger Bauer zu bleiben, die Äcker seiner Vorväter pflügen zu lassen und inmitten seiner Kühe, Gäule und seines Federviehs zu leben; viele Jahre hatte er den Bauernstand im Berner Regierungsrat vertreten und dort die zähen Anschauungen des Bergvolkes temperamentvoll zum Ausdruck gebracht, was ihm eine gewisse Berühmtheit eingetragen hatte. Mehr als einmal hatte er allem Neuen mit seinem breiten Bauernfuß den Weg vertreten. »Ein Schweizer«, so sagte er, »habe das Recht und sogar die Pflicht, sich in öffentlichen wie in privaten Angelegenheiten ein Urteil in einem redlichen Sinne zu bilden und für sein Meinung einzutreten.«

Auch als Gemeindepräsident von Gam hatte er eine Zeit lang seines Amtes gewaltet. Doch trotz Würden und Ämter hatte er sich die alt eingesessenen einfachen Sitten bewahrt.

Gastfreundlich nach altem Brauch, verweigerte Anton Jakob Müller nur selten einem Menschen seine Hilfe. Dennoch behielt er einen besonders entwickelten Sinn für das Eigentum, obwohl er bei Gelegenheit sehr freigiebig sein konnte. Stehlen war für ihn, den reichen Mann, ein fluchwürdiges Verbrechen, und sooft er von einem Diebstahl erfuhr, geriet er in Zorn. Aber noch nie hatte er einen Dieb den Gerichten ausgeliefert. Die Tatsache, dass er nicht im Stande sein würde, auf seinem eigenen Grund und Boden selbst Recht zu sprechen, genügte, um ihn jeden Diebstahl vertuschen zu lassen.

Andererseits aber hatte er keine Bedenken, selbst in seine Ställe zu stapfen oder auf den Heuboden zu steigen, um dem Dieb auf den Leib zu rücken und mit eigenen Händen ihm jenes Maß an Züchtigung zu verabreichen, das er für angemessen hielt. Niemals aber jagte er einen dieser Unglücklichen zum Teufel. Keine Rede davon, dass sie etwa seinen Hof verlassen mussten.

»Jetzt, wo ich dich kenne«, pflegte Anton Jakob Müller zu sagen, »mach weiter mit der Arbeit, und das nächste Mal, wenn es dich in den Fingern juckt und du das Gefühl hast, du müsstest wieder stibitzen, komm und rede erst mit mir.«

Und auf dem Gamhof gab es eine Menge kleiner Diebe. Joggi, Cosimo, Leonhard, Ida, Mathias, alle hatten sie schon ein bisschen gemaust und dafür Prügel eingesteckt, so war es auch nicht verwunderlich, wenn die Leute vom Gamhof vor dem Alt-Regierungsrat einen gesunden Respekt hatten, einen Respekt, in dem sich Furcht und Verehrung mischten, sodass sie ihn zur gleichen Zeit abwechselnd lieben und hassen konnten.

THERESE FOLGTE RÖTHLISBERGER zu einem etwas abseits gelegenen Gebäude, halb Scheune, halb Wohnhaus. Dort traf Röthlisberger auf ein junges Mädchen.

»Hedi«, sagte er, »dieses Meitschi kommt aus Sitten. Es sucht Arbeit. Ich will sehen, was ich morgen für sie tun kann. Bring sie unter für die Nacht!«

Hedwig, ein Geschöpf von bäuerlicher Schönheit, musterte Therese mit kritischen Blicken. »Na ja«, sagte sie unwillig, »jede Woche etwas Neues. Jetzt eine Walliserin. Heiliger Sebastian! Und diesmal ein so dünnes Ding! Was soll die denn arbeiten, wenn ich fragen darf?«

»Die Milchkannen ausschwenken, weil Adrian nächste Woche in die Rekrutenschule muss.«

»Und was wird Herr Müller sagen?«

»Das ist meine Sache; wenn er weg ist, wird nach meiner Pfeife getanzt. Nimm sie jetzt mit und gib ihr Quartier!«

Nach diesen Worten stülpte er den abgetragenen, schwarzen Filzhut in den Nacken und polterte in seinen eisenbeschlagenen Stiefeln davon. An der Art, wie Hedwigs Rock über den

Hüften hing, sah Therese, dass sie in der Hoffnung sein musste.

»Wo sind deine Sachen?«, fragte Hedwig.

»Ich habe keine«, flüsterte Therese.

»Ist das alles, was du bei dir hast?«

»Alles«, gestand Therese.

Hedwig fand Unterkunft für Therese in einem kleinen Wohnraum aus ungehobelten Brettern; zwei Betten, zwei Stühle, ein Schrank und ein Tisch aus Tannenbohlen waren das ganze Mobiliar. Therese bedankte sich, worauf Hedwig sie allein ließ. Sie verlor für eine Weile jedes Zeitgefühl. Das Tageslicht begann zu verblassen. Schließlich raffte sie sich auf und ging zum Fenster.

Oberhalb des Bauernhofes stand ein stattliches, altes Haus mit hohem Giebel, einem riesigen Holzdach und zahlreichen kleinen Fenstern mit grünen Läden, zu dessen kunstvoll geschnitzter Holztüre ein paar Steinstufen führten. Im Schatten einer mächtigen Linde standen Stühle und Tische.

Das musste das Haus des reichen Gutsbesitzers sein.

In der Ferne sah Therese im Dämmerlicht die aufflackernden Lichter von Gam, einem langgestreckten Dorf mit weit zerstreuten Häusern.

Therese verspürte Hunger, sie hatte an diesem Tag noch keinen Bissen gegessen.

Unterdessen hatte Röthlisberger seinen gewohnten Platz am oberen Ende des großen Esstisches eingenommen, am unteren Ende saßen die Frauen. Cosimo, jener Knecht, der zuerst mit Therese gesprochen hatte, plauderte mit Adrian über Therese.

Hier befand sich gewissermaßen das kleine Parlament vom Gamhof.

Eine große Berner Platte wurde herumgereicht. Emma und Hanneli, zwei junge Mädchen am Ende des Tisches, fingen an, über den Neuankömmling zu klatschen: »Mit einem Schal ist sie gekommen.«

»Und mit Knopfstiefeli.«

»Von Sitten! Über den Lötschberg! Wer ihr das glaubt, diesen weiten Weg!«

»Vielleicht hat sie die Bahn genommen?«, deutete Emma an.

»Ah-was!«

»Was ist mit ihr? Will sie nichts essen?«, fragte Röthlisberger, feierlich ein Stück Schwarzbrot schneidend. »Leonhard, geh und hol sie.«

Therese saß im Dunkeln auf ihrem Bett. Sie vernahm das Gepolter schwerer Stiefel und eine Männerstimme: »He, wo steckst du denn? Komm, wir essen.«

Sie legte den Schal beiseite und zog ihre Schuhe und Strümpfe aus. Barfüßig verließ sie den Raum und folgte Leonhard.

»Komm und setz dich!«, sagte Röthlisberger, als sie in der Türe erschien.

Therese setzte sich; plötzliche Stille trat ein. Alle Augen richteten sich auf das Mädchen. Die Männer bewunderten ihre Schönheit, ihr dunkelbraunes Haar mit seinem rötlichen Schimmer, das straff emporgekämmt und in Wellen von der bleichen Stirn zurückwich; sie ahnten wohl auch ihre zarten Brüste unter der schäbigen Bluse, während die Frauen mit giftigen Blicken Fehler an ihr zu entdecken suchten.

»Dein Vater war Bauer, sagst du?«, fragte Röthlisberger.

»Ja.«

»Hatte er eigenen Besitz?«

»Ja.«

»Und jetzt nicht mehr?«

»Nein, er hat ihn verkauft.«

»So hat er außer Haus gearbeitet?«

»In den Reben.«

»Und was tut er jetzt?«

»Er ist tot!«

Nach einer Pause fragte Röthlisberger. »Wann ist er gestorben?«

»Vorige Woche.«

»Traurig, traurig!«

Therese sprach kein Wort mehr. Stumm aß sie ihre Mahlzeit, wobei sie sich bemühte, nicht allzu hungrig zu erscheinen.

Aus den Gesprächen merkte Therese bald, dass einige sich gern leiden mochten, während andere offenbar gespannte Beziehungen zueinander hatten. Sie erfuhr, dass Anton Jakob Müller sich zu einer Viehprämierung in Thun aufhalte und seine Rinder dort zur Schau stelle. In wenigen Tage werde er zurückkommen. Auch sprach man über den jungen Gottfried Sixtus Müller, Anton Jakob Müllers Sohn, der auf der Universität in Basel studierte.

»Er kann nicht einmal ein Bündel Heu auf den Schober heben«, sagte Adrian. »Deshalb will er Advokat werden!«

»Was er nicht in den Armen hat, das hat er eben im Hirn«, erwiderte Cosimo.

Als Therese ihre Mahlzeit beendet hatte, fragte sie, ob sie sich zurückziehen könne. Sie solle eine Kerze für das finstere Zimmer mitnehmen, meinte Hedwig, und Frieda ermahnte sie, die Kerze auszublasen, wenn sie im Bett liege.

Röthlisberger fügte hinzu: »Fünf Uhr morgen früh! Gute Nacht!«

THERESE ETIENNES LEBEN war bisher voller Mühsal und Sorgen verlaufen. Als sie siebzehn Jahre alt war, kehrte der Vater aus dem Gefängnis zurück; fünfzehn Jahre hatte man ihm gegeben, weil er auf der Gemsjagd im Val d'Hernon einen Feind niedergeschossen hatte. Bald nach seiner Rückkehr machte ihn die Gicht zum völligen Krüppel. Eine Mutter fehlte im Haus, bei Thereses Geburt war sie gestorben. So musste Therese, die bei fernen Verwandten einen Posten hatte, dem Vater zu Hilfe eilen. Therese hatte die ganze Arbeit zu machen. Nicht ihr Vater ging in die Reben, wie sie den Leuten beim Abendessen erzählt hatte, sondern sie selbst. Und wenn sie nicht in den Reben arbeitete, so war sie auf dem Felde, in Wäschereien oder in Hotels, jedenfalls suchte sie ihre Arbeit immer so weit wie möglich weg von ihrem Zuhause bei Sitten, weit weg von jenen Leuten, die mit dem Finger auf sie gezeigt und ihr nachgerufen hatten: »Therese, das Kind des Mörders Etienne!«

Der alte Etienne hatte mit dem im Gefängnis verdienten Geld eine Kuh und zwei Ziegen gekauft, die Therese versorgte, bis sie schließlich verkauft werden mussten.

Die Ergebenheit dem Vater gegenüber machten Therese, weit über ihr Alter hinaus, zu einem gewissenhaften Menschen. Nicht nur die täglichen Abreibungen, die der Doktor verordnet hatte, besorgte sie, sie trug ihn sogar selber auf ihren Schultern aus dem Bett und wieder zurück. Doch diese tägliche Mühsal erschöpfte allmählich ihre Kräfte. So war ihre Jugend bis zu ihrem zwanzigsten Jahr ohne Hoffnung und Trost verstrichen.

Selbstverleugnung prägte ihren Charakter. Als der Mörder Etienne sein Ende nahen fühlte, schickte er Therese zum Priester. Bei dessen Eintreffen galten die letzten Worte des Alten nicht seinem Glauben an die heilige Kirche, sondern es waren Dankesworte an den Himmel, dass er ihm eine so gute Tochter geschenkt habe. Er bat den Priester, Therese vor der Gemeinde als ein Musterbeispiel an Tugend und Liebe hinzustellen, auch wenn er ein Mörder gewesen sei und zu Lebzeiten seine Rechte als ehrlicher Bürger eingebüßt habe.

Mit dem Vater verlor Therese ihren einzigen Freund.

Als sie nach der Beerdigung ins Haus zurückkam, fand sie dort den Gemeindeamtmann und den Weibel, die den Auftrag hatten, ein Inventar aufzunehmen. Der alte Etienne hatte nie seine Steuern bezahlt. Die beiden Räume, die er bewohnt hatte, wurden versiegelt, dem verwaisten Mädchen überließ man ein leeres Zimmer.

Einige Tage lebte sie dort allein mit ihrem Kummer, dann warf sie sich einen Schal um die Schultern, zog ihre Knöpfelschuhe an und begab sich auf Wanderschaft. Instinktiv schlug sie die Richtung nach dem Oberland ein. Sie überquerte mühsam die Berner Berge und hatte schließlich das Dörfchen Gam erreicht. Hier war sie bereit, die unscheinbarste Magd unter dem Gesinde von Anton Jakob Müller zu werden.

DIE ALTE STADT THUN, die am unteren Ende des Sees liegt, dem sie seinen Namen gegeben hat, war heiter herausgeputzt für die große landwirtschaftliche Ausstellung. Wie üblich bei solchen außerordentlichen Anlässen waren die Straßen beflaggt und die Leute in gehobener Stimmung. Die Musikkapelle der lokalen Musikgesellschaft marschierte in soldatischer Ordnung in Reih und Glied durch die Straßen; gefolgt von Herren in Zylindern, die in der Sonne glänzten. Sie trugen ihre Regenschirme geschultert wie Knaben, die Rekruten imitierten.

Der Schweizerische Bundespräsident persönlich traf ein, um die Ausstellung zu eröffnen. Nach einem offiziellen Empfang in einem der ersten Hotels, nach reichlichem Essen und Trinken und sanftem Redefluss legten die Regierungsgewaltigen des Landes, von der Musikkapelle angeführt, die kleine Strecke vom Hotel zur Ausstellung zu Fuß zurück.

Inmitten der wogenden Menge schritt Anton Jakob Müller aus Gam. An seiner Seite ging Sophie, seine einzige Tochter, die mit Dr. Naef, einem ortsansässigen Advokaten, verheiratet war. Sie kannte eine Menge Leute und trug ihr Köpfchen ziemlich hoch. Provinziell wirkte sie keineswegs; ihr Vater hatte sie nicht als Bauernmädchen erziehen lassen. Im Gegenteil, sie hatte eine höhere Mädchenschule besucht, französisch sprach sie fließend, spielte leidlich Klavier und malte liebliche Bildchen von Berghütten, Blumenwiesen und Schmetterlingen. Ihr Gesichtsausdruck war nachdenklich, stolz und nicht selten herablassend. Zwischen Vater und Tochter konnte man kaum eine Ähnlichkeit entdecken, als sie Seite an Seite dahinschritten.

Anton Jakob Müller war von mittlerer Größe und bulliger Statur. Aus seinem gestärkten Hemdkragen quoll ein Hals von beträchtlichem Umfang. Die kräftige Nase verlief in einer Linie mit der Stirn, die sich bis zur Mitte des Schädels wölbte, um dann in das Stoppelhaar überzugehen. Zahlreiche Runzeln umrahmten seine Augen, ohne den Eindruck von Alter zu erwecken, während die Furchen unter den Backenknochen, die sich in den gestutzten Bart hinzogen, eine gewisse Lüsternheit andeuteten. Er trug einen flachen Tellerhut, einen groben Tuchanzug und schweres Schuhwerk. Ein weißes Tüchlein schaute aus seiner oberen Rocktasche. Dieses kleine Zeichen feinerer Lebensart genügte, ihn von einem einfachen Bauern zu unterscheiden.

»Komm, komm!«, sagte er ungeduldig zu seiner Tochter, die häufig stehen geblieben war, um mit Bekannten zu sprechen.

»Natürlich kennst du alle Welt, aber vorwärts jetzt ...!«

Er sprach mit Sophie über Gottfried, den er am nächsten Tag in Bern treffen wollte.

Erst als sie die Vieh-Abteilung erreichten, schien sein Interesse zu erwachen. Vor einem Stand mit einem riesigen Stier blieb er stehen.

»Das nenne ich – einen Stier! Was für ein Exemplar!«, rief er.

»Eh! Herzogli!«, sagte Sophie, die einen Augenblick vergaß, dass sie die Frau eines Advokaten war.

Sie betrat den Stand und näherte sich dem Kopf des Stieres.

»Herzogli, wie groß du geworden bist!«, rief sie erstaunt.

Der Herzog, ein furchtgebietender, makelloser, weißbrauner Riese drehte langsam seinen Kopf, leckte den kupfernen Nasenring und zeigte das Weiß seiner Augen.

Anton Jakob Müller begann unterdessen ein Gespräch mit Konrad, seinem Knecht, der die ausgestellten Tiere betreute. Zu gleicher Zeit griff er unbewusst nach einer Mistgabel und wendete das Stroh unter dem Hinterteil des Tieres.

»Sind die Herren vom Preisgericht schon vorbeigekommen?«

»Nein, Herr Müller.«

»Oh, aha!«, und nach kurzer Pause fuhr er fort: »Sie stehen alle vor Indens Stall! Möchte wissen, was der zu zeigen hat!«

Er klopfte Herzog auf die mächtigen Hinterschenkel, strich mit der Hand über den geraden Rücken des Tieres, der so breit war wie ein Tisch: Ein Pärchen hätte darauf tanzen können. Dann packte er den wulstigen, dicken Nacken des Stieres sowie die geblähte Wamme und bemühte sich vergebens, sie zu schütteln. Herzogli drehte seinen mächtigen Kopf und rieb die blasse feuchte Schnauze am Rock seines Herrn.

Von Zeit zu Zeit warf Müller einen Blick zu den Preisrichtern hinüber, die einige dutzend Meter entfernt herumstanden. Allmählich wurde er immer ungeduldiger.

»Möchte wissen, was Inden vorzuzeigen hat. Sein Zweijähriger hat einen roten Fleck am Auge. Ist das in Ordnung? Sein Schädel ist wohl ein paar Daumen länger als Herzogli.«

Nicht länger fähig, seine Ungeduld zu zügeln, lenkte er seine Schritte auf die Preisrichter zu. Als diese den Alt-Regierungsrat erblickten, zogen sie feierlich ihre Hüte, und Anton Jakob Müller tat das Gleiche.

»Das ist Indens Stier aus Meiringen?«, begann Müller. »Feiner Kerl und verkäuflich. – Meiner nicht.«

»Wir werden Ihren Stier sofort besichtigen«, sagte Herr Oswald in typischem Amtston. »Ich glaube und hoffe, er wird ebenso gut abschneiden wie Herrn Indens Gotthard.«

»Sie glauben und hoffen?«, versetzte Anton Jakob Müller. »Ich weiß es und behaupte es!«

»Herr Alt-Regierungsrat, Sie versuchen uns zu beeinflussen. Kommen Sie jetzt«, sagte Oberst Zumbein und brach in schallendes Gelächter aus, um zu zeigen, dass er nur einen Witz reißen wollte.

»Ich hoffe«, entgegnete Anton Jakob Müller, »keiner von den Herren wird diesen roten Fleck auf Gotthards Kopf übersehen, dicht unter dem linken Auge, wenn Sie so freundlich sein wollen, einen Blick darauf zu werfen. Größer als ein Frankenstück. Und dann schauen Sie sich Herzog an, nichts dergleichen werden Sie an ihm bemerken. Sein Kopf ist weiß wie Schnee.« Anton Jakob Müller hatte sich ziemlich erhitzt, was die Preisrichter mit einiger Verblüffung registrierten.

»Da hört man wieder unsern Müller aus Gam«, sagte Dr. Zeisig, der Herausgeber der Ortszeitung. »Versucht ehrliche, unparteiische Meinungen zu beeinflussen.«

Müller wurde rot. »Meine Herren, ich bin immer bereit, den Unwissenden die Augen zu öffnen.«

Und nachdem er ihnen so unvermutet den Handschuh hingeworfen hatte, zog er den Hut und ging seiner Wege.

Sophie fühlte sich unbehaglich, wenn ihr Vater seine Empfindungen so vehement an den Tag legte. Aber sie schluckte ihren Ärger.

»Herzogli«, sagte nach einer Weile ihr Vater, »kriegt den ersten Preis, kein Zweifel!«

»Wir wollen das Beste hoffen«, erwiderte sie.

In Bern stieg er, wie es seine Gewohnheit war, im alten »Gasthof zur Traube« ab. Dort traf er Freunde aus verschiedenen Gegenden der Schweiz, alte Partei- und Geschäftsfreunde, mit denen er im Winkel der alten Gaststube saß und bis in die frühen Morgenstunden Karten spielte. Hier kochte Frau Vogt für ihre Gäste die würzigsten Spezialitäten, appetitliche Croûtes-au-fromage oder Fondues, und Herr Vogt stieg jeweils persönlich in den Keller hinab, um für die Herren seinen speziellen Fendant anzuzapfen.

Anton Jakob Müller kam oft nach Bern. Seit dem Tode seiner Frau vor guten zehn Jahren kamen ihm sein Heimattal oft leer und öde vor. Er war dreiundfünfzig Jahre alt und wurde allmählich grau. Ganz in Ordnung, dass er versuchte, sein Leben aufs Beste einzurichten. Endlich hatte er einen Großteil seiner Verantwortungen von sich abgewälzt. Auch war er der politischen Zänkereien müde, aber Bern, der Mittelpunkt des öffentlichen Lebens, übte immer noch seinen Reiz auf diesen tatkräftigen Mann aus.

Und wenn er wieder Wochen oder Monate am Fuße seiner Berge verbracht hatte, kam oft ein Augenblick, da Anton Jakob Müller müde wurde, sich ewig von denselben alten Gesichtern umgeben zu sehen, ewig die weißen Wolken anzuschauen, die sich über den Feldern des Oberlandes ballten; und dann wurde rasch ein Vorwand gefunden, um nach Bern zu fahren.

Am Sonntagmorgen ging Anton Jakob Müller auf den Bahnhof, um den Schnellzug von Basel abzupassen. Nachdenklich stand er auf dem Perron. Sein grau gesprenkelter Bart war frisch gestutzt, seine Hände steckten in den Hosentaschen, und eine riesige Uhrkette war in das oberste Knopfloch seiner

Weste eingehakt, von wo sie in weitem Bogen über die behagliche Rundung seines Bauches baumelte.

Als die Lokomotive des Basler Zuges dampfend und schnaubend in den Bahnhof einfuhr, hielt er scharf Ausschau, um seinen Sohn nicht zu verfehlen.

Gottfried Sixtus sah seinen Vater viel früher, als dieser ihn erspähte. Er trat von rückwärts an ihn heran: »Tag, Vatti«, sagte er. Anton Jakob Müller drehte sich um, und ohne eine Miene zu verziehen, reichte er ihm herzlich die Hand.

»Tag, Bueb, wie geht's?«

Einen Augenblick musterte er den elegant geschnittenen Anzug seines Sohnes, seinen hohen Kragen, die Studentenmütze sowie das farbige Band über der Weste. In seinem Blick mischten sich Stolz und Enttäuschung.

»Hm! Komm Bueb, wir wollen zusammen ein Glas Bier trinken. Komm mit in den Kornhauskeller.« Sie gingen miteinander in die Stadt. Gottfried Sixtus war wie eine schlanke zarte Nachbildung seines Vaters, seine Haare und Brauen wirkten sehr dunkel. Mund und Nase waren fein geschnitten, und um seine Lippen spielte ein stets wechselnder ironischer Ausdruck. Ein kleiner flaumiger Schnurrbart schmückte seine Oberlippe.

Anton Jakob liebte seinen Jungen, er hatte seiner Laufbahn zugestimmt und ihm den Weg geebnet; aber in der Erscheinung dieses eleganten Studenten war ein Zug, der sein Bauernherz beunruhigte. Eine gewisse Traurigkeit überkam ihn beim Wiedersehen mit Gottfried, eine Traurigkeit, die ihn – so fühlte er – für den Rest seiner Tage nicht mehr verlassen würde. Und doch war er stolz auf seinen Sohn. Ich bin der Letzte der alten Müller-Familie aus Gam, sagte eine Stimme in seinem Innern. Vielleicht ist Gottfried der Erste unter der neuen.

Gottfried Sixtus war sich bewusst, dass er sich im Leben nach oben bewegte und dass die Müllers aus Gam sich endlich emanzipierten. Für ihn war es ein stolzer Schritt vorwärts, den die Familie unter seinem Einfluss machte. Anton Jakob musste es scheinen, als ob die Zeitläufe ihn überrollt hätten. Gottfried Sixtus erzählte seinem Vater allerlei Neuigkeiten, doch es gab genug Dinge, von denen er nicht berichten wollte, weil er fühlte, dass der Vater sie nicht verstehen oder gar missbilligen würde. Anton Jakob hingegen hatte seinem Sohn kaum etwas mitzuteilen. Er erwähnte nur beiläufig die Ausstellung in Thun, dann ein paar Dinge, die sich in Gam ereignet hatten, dass er Sophie gesehen und einen Doktor aufgesucht habe wegen einer Verdauungsstörung, die ihm seit kurzem ein wenig Beschwerden machte, aber es sei nicht der Rede wert. Die Angelegenheiten, die seine Gedanken wirklich beschäftigten, würde Gottfried ja doch nicht verstehen. Gottfried war noch jung, zu sehr von seiner neuen Umgebung beeindruckt und lebte ein Leben, das er gierig mit allen Poren aufnahm. Zu einem Mann seines eigenen Schlages konnte Anton Jakob frisch drauflos reden, mit einem Mann seines Alters und Standes konnte er politische Fragen diskutieren und konnte sich auf jedes Thema werfen, das die Wohlfahrt der Bauern im Oberland betraf. Was aber sollte er seinem Sohn sagen? Was verstand Gottfried von den Streitfragen, die einen älteren Mann beschäftigten? Seine Interessen waren fast ausschließlich auf den Umkreis der Universität beschränkt.

Zuweilen beschlich den Vater ein Gefühl von Einsamkeit, aber er versuchte es damit zu ersticken, dass er sich einfach zu einer leichten Stimmung zwang.

Gottfried hing durch die Bande der Natur an seinem Vater, aber es war ihm auch bewusst, dass er kein Kind mehr war, sondern ein unabhängiges Wesen mit eigenen Ansichten, die sich von denen seines Vaters stark unterschieden. In die Liebe zu seinem Vater hatte sich eine Menge Mitleid eingeschlichen.

Mit den neuen Augen eines Stadtmenschen sah er im Bauerntum eine niedrigere Form des Lebens. Das Bauerntum existierte außerhalb der Städte, der Theater, der Universitäten und Museen in dumpfer, einförmiger Passivität und blieb geistig weit hinter dem Stadtleben zurück. Das Bürgertum wurde von Gottfried fälschlicherweise als Aristokratie angesehen; doch hätte er tiefer nachgedacht, so wäre ihm klar geworden, dass Aristokratie Bauerntum in seiner höchsten und konservativsten Form war.

VOR ANBRUCH DER Dämmerung ging Therese in den Hof hinunter. Sie wusch sich am Brunnen, während Joggi, Leonhard, Cosimo, Emma und Hannele ihre Kühe melkten. Als sie fertig war, fragte sie, wo Röthlisberger zu finden sei. Ida stellte den Melkkübel beiseite.

»Komm mit, ich werde ihn suchen«, sagte sie und lief mit klappernden Holzschuhen voraus.

»Da ist die Welschi«, sagte sie, »sie sucht dich, Meister.«

»Schön, ich komme.« Er legte ein paar Säcke zurecht und wandte sich Therese zu.

»Es gibt im Moment nichts weiter zu tun, als die Eimer und Milchkannen zu waschen, Adrian ist schon zum Bahnhof gefahren, um die Kannen zu holen. Er wird dir zeigen, wie man es macht.« Röthlisberger überlegte einen Augenblick. »Ich weiß nicht, du scheinst vielleicht doch nicht die Richtige für solche Arbeit zu sein. Du solltest eher in eine häusliche Stellung gehen.«

»Ich lebe lieber draußen!«, erwiderte sie. »Wenn später die Kühe auf die Alp getrieben werden, darf ich dann mit?«

»Auf die Alp? Und mit den Kühen? Willst du denn nicht lieber unter Menschen bleiben? Mal tanzen gehen?«

»Ich bin gern allein.«

Röthlisberger lachte. »Leonhard treibt im Sommer das Vieh auf die Alp, er heuert Leute an zum Hüten.«

»Wer ist Leonhard?«

»Leonhard? Da drinnen sitzt er und melkt.«

Etwas später musste Therese sich in Röthlisbergers Buch eintragen.

Er forderte sie auf, so bald wie möglich zum Gemeindeschreiber nach Gam zu gehen, um ihre Ankunft dort anzumelden. Sie wollte wissen, warum.

»Weil das Gesetz es verlangt.«

Das Wort Gesetz erschreckte sie. Gesetz bedeutete für sie Polizei! Sie selbst hatte zwar ein reines Gewissen und sich nie etwas zu Schulden kommen lassen, doch die Wörtchen Gesetz und Polizei jagten ihr stets Schauer und Schrecken ein. Sie kümmerte sich kaum um Blitz und Donner und ängstigte sich nicht in der Einsamkeit bedrohlicher Bergtäler, nicht einmal vor den Zudringlichkeiten der Männer, doch sobald sie mit der Obrigkeit in Berührung kam, befiel sie eine Art Panik. Im Schatten dieser Ängste war sie herangewachsen. Sie hatten ihren Charakter mit geformt. Während sie den gequälten Vater herumschleppte, während sie schuftete, schwitzte und Opfer um Opfer brachte, erstarb in ihr allmählich jegliche Hoffnung auf eine bessere Zukunft und der Glaube an die Gerechtigkeit. Sie hatte das Gefühl, dass das Maß an Strafe, das sowohl ihrem Vater als ihr selbst zugemessen worden war, zu groß, zu schwer war, um noch gerecht zu sein. Wenn nur die Strafe mit der Entlassung ihres Vaters aus dem Gefängnis zu Ende gewesen wäre – doch unseliger Tag, an dem er zurückkehrte! – die Herzen der Menschen schienen noch viel unversöhnlicher als das Gesetz selbst.

Der folgende Tag war ein Sonntag, sodass der Schreiber nicht in der Kanzlei war. Die Gamhofer hatten sich alle in die Kirche begeben. Nur Therese war zu Hause geblieben. Die Kirche hatte sich nie für sie eingesetzt, sie selbst nie um Barmherzigkeit gebettelt. Der Vater hatte ihr beigebracht, dass die Priester alle Lügner seien. Vielleicht sind die Protestanten besser? Doch auch sie hatten nie etwas für sie getan. Während die Gamhofer Gott dem Herrn ihre Lobgesänge darbrachten, setzte sie sich in ihr Zimmer und begann mit schwarzer Wolle, die sie von Hedwig geborgt hatte, ihre Strümpfe zu stopfen.

Am Montag ging sie zur Gemeindekanzlei. Als sie Herrn Bläsers Raum betrat, schreckte sie zurück unter den muffigen Dünsten des Archivs. Bläser starrte sie an, zuerst durch die Brillengläser, dann über diese hinweg, dann unter ihnen durch, und sie teilte ihm mit, dass sie gegenwärtig im Gamhof beschäftigt sei, auch Name und Alter nannte sie. Als er ihren Geburtsschein sehen wollte, erklärte sie, dass sie keinen besitze.

»Ach, aber Sie müssen doch einen haben. Aus welcher Gemeinde kommen Sie denn?«

»Sitten.«

»Sie müssen sich einen Heimat- oder Geburtsschein besorgen. Schreiben Sie nach Sitten an das dortige Gemeindeamt!«

Sie kehrte zum Gamhof zurück. Dort schrieb sie einen Brief nach Sitten und ersuchte um einen Geburtsschein. Von diesem Augenblick an fand sie keine Ruhe mehr. Sie sah sich schon auf neuer Wanderschaft, denn sie zweifelte nicht, dass der Fluch ihres Lebens sie einholen werde, selbst über die Berge, die sie eben mühsam überwunden hatte. Aber niemand sollte es mehr wagen, sie »Kind eines Mörders« zu schimpfen. Davon hatte sie ein für alle Mal genug. Mit finsterem, grimmigem Gesicht machte sie sich an die Arbeit.

In der gleichen Woche sollte Anton Jakob Müller von Bern zurückkehren. Ida und Hanneli wurden in das Haupthaus geschickt, um das Schlafzimmer ihres Herrn herzurichten. Therese wurde aufgetragen, die Treppen und den Flur zu putzen. Sie sah das Haus zum ersten Mal von innen. Dicht hinter der Tür lag eine riesige Küche mit offenem Herd und Reihen blank geputzter Kupferpfannen und Kessel. Eine Treppe mit geschnitztem Geländer führte zum oberen Stock des Hauses. Während Therese umherging, schaute sie in die jenseits gelegenen Zimmer, wo altväterliche Kachelöfen und schwere hölzerne Möbel standen, die Therese wunderschön fand. Die Fußböden waren mit Parkett belegt und die Sonne funkelte durch schmale tief liegende Fenster, die durch Geranien und wilde Rosen halb verdeckt waren. In den Glaskästen an den Wänden befanden sich Dokumente, Lorbeerkränze, Medaillen und Silberpokale, alles offensichtlich Trophäen der verschiedenen Generationen von Müller-Schützen, Müller-Turnern und Müller-Ringern, sowie Zertifikate für Preistiere aller Art und für sonstige landwirtschaftliche Leistungen. Eine stolze Geschichte der Gam-Müller insgesamt. Am meisten allerdings faszinierten Therese ein paar Reihen Bücher, zu denen ihre Blicke immer wieder zurückkehrten.

Wie wunderbar muss es sein, Reichtum und Bücher zu besitzen! Oft hatte sie darüber nachgedacht, welche Unmenge reicher Leute es auf dieser Welt geben müsse. Der Vater hatte ihr erzählt, dass auch die Etienne-Marianos früher einmal reich gewesen seien. Sie seien sogar Grafen gewesen. Aber das musste wohl mehr als dreihundert Jahre her sein. Warum hieß sie nicht Mariano und nur Etienne? Mariano klang so viel schöner.

ANTON JAKOB MÜLLER oder »der Herr«, wie er von seinem Gesinde genannt wurde, kam in schlechter Laune nach Hause. Er brachte kaltes Wetter aus dem Unterland mit. Am folgenden Morgen erschien er in aller Frühe in seiner Arbeitsbluse auf dem Hof und entdeckte, dass eines der Jauchefässer geleckt und längs der Straße seine Spuren hinterlassen hatte. »Leonhard!«, schrie er lauthals, »die ganze Straße versauen! Die Leute brauchen keine Jauchespur, um den Gamhof zu finden. Verdammi!«

Leonhard erschrak bei den Worten seines Herrn. Sein Gesicht nahm die Farbe einer Geranie an und sein blonder Schnurrbart wirkte wie ein phosphoreszierender Strich von einer Backe zur andern.

Nun stürmte Anton Jakob Müller in einen der Ställe, wo der alte Joggi frische Strohbündel unter die Tröge schob. Als er den Herrn erblickte, unterbrach er seinen Gesang.

»Tagwohl, äh!«, krächzte er mit seiner dünnen Greisenstimme. »Wieder zurück aus Bern, das ist gut. Karoline rappelt sich wieder auf.«

»Joggi«, sagte Anton Müller, während er zwischen den Kühen auf den alten Knecht zuging und Fleurette, die ihn mit ihrem schmutzigen Schwanz über die Wange geschlagen hatte, einen derben Puff versetzte. »Joggi, Herzog kommt heute zurück; Konrad bringt ihn nach Hause. Er hat einen Preis gekriegt!«

»Das wusste ich und wusste es immer, war davon überzeugt.«

»Ja, aber nicht den ersten Preis der Simmentaler und nicht Preisstier aller Klassen.«

Der alte Joggi legte die Mistgabel beiseite und richtete seinen alten Körper auf. Verständnislos blickte er seinen Herrn an. Inzwischen erschien Röthlisberger in der Tür, da er von draußen die Stimme seines Herrn gehört hatte. Er kam gerade zurecht, um die Neuigkeit mitzubekommen.

»Den Zweiten, aha, das ist auf jeden Fall auch schon etwas!«, sagte er über den Rücken der Kühe hinweg, alles prachtvolle Tiere.

«So, ja, ja!«, sagte Müller mit leiser Trauer in der Stimme. «Für alle Zeiten wird in den Zeitungen stehen, dass der Herzog aus Gam kein erstklassiger Muni ist. Gott's Dunderwetter nochamal!«

Im Laufe des Vormittags erkundigte sich Anton Jakob Müller am Bahnhof, um welche Zeit er die Fuhre mit seinen Rindern erwarten dürfe. Man teilte ihm mit, dass sie wahrscheinlich mit dem Dreiuhrzug zu erwarten seien. Am Abend brachten dann Kasimir und Adrian das Vieh in den Gamhof zurück. Zunächst wollten sie den ganzen Zug durch das Dorf führen, um den Leuten die preisgekrönten Hörner zu zeigen. Es befand sich auch ein erster Preis unter den Kühen, Krone II; sicherlich ein besonders schönes Exemplar. Aber der Herr hatte befohlen, die Tiere geradewegs nach Hause zu treiben.

Die Gamhofer waren unter dem riesigen vorspringenden Dach der Mittelscheune versammelt, um die Heimkehr des Viehs zu erwarten. In ihrer Mitte stand Anton Jakob Müller. Zuerst schritt Krone II durch das Tor, ein Blumengebinde um die Stirn geschlungen und eine bebänderte Rosette am rechten Ohr. Sie stieß ein vertrautes Muuh aus und stapfte geradewegs zum Brunnen, um das heimatliche Wasser zu saufen. Ihr folgte eine zweite Kuh, Blume, ein junges Tier, das eine besondere Auszeichnung erhalten hatte. Dann aber kam Herzog, von Konrad an einem festen Strick geführt, der am Nasenring des Stiers befestigt war. Noch nie hatte Herzog stolzer und selbstbewusster ausgesehen. Majestätisch schritt er dahin und trug den riesigen Körper leicht auf seinen kurzen Beinen. Sein langer Schwanz baumelte nicht unwillkürlich, sondern gleichsam mit geballter Energie hin und her; mit den Augen blickte er in wilder Erwartung zu den saufenden Kühen am Brunnen; während lange Fäden vom Schaum seiner Schnauze zu Boden troffen. Unter der Linde brachte Konrad ihn zum Stehen. Herzog schüttelte seinen mächtigen Kopf, als wolle er sich von den Blumen befreien.

»Halt ihn unter der Linde fest«, rief Anton Jakob Müller. Die Knechte und Mägde wichen zurück, als sie seine harte Stimme vernahmen.

»Ida, lauf in mein Zimmer und hol mir den Karabiner, der unten im Schrank liegt. Bring ihn hierher, aber schnell, sag ich!«

Ida lief etwas verwirrt ins Haus, um den Befehl auszuführen. Röthlisberger trat voller Unruhe dicht neben seinen Herrn.

»Herr«, sagte er, »nur ruhig Blut jetzt!«

Anton Jakob Müller warf ihm einen kalten, vernichtenden Blick zu, während die Gamhofer unwillkürlich vor ihrem Herrn und Meister zurückwichen. Da erschien Ida mit einer kurzen Flinte.

»Vorsicht, den Lauf nach unten, sie ist geladen«, sagte Anton Jakob Müller. »Gib sie her, zurück jetzt! Geh zur Seite, Konrad! Lass Herzog stehen!«

»Herr!«, schrie Konrad. »Ich lasse ihn nicht los, ich nicht!«

»Dann bleib stehen, was glaubst du denn, wer ich bin; etwa der Tell?«

Konrad wandte unter diesem kalten Spott sein Gesicht ab, während Anton Jakob Müller das Gewehr auf Herzog anschlug. Dieser sah seinen Herrn an und blinzelte mit den weiß bewimperten Augenlidern, als erwarte er jeden Augenblick, dass etwas passiere. Müller schmiegte seine Wange an den Gewehrkolben.

»Eh! Du lieber Gott und Himmel!«, schrie eines der Weiber, während sich die anderen die Ohren mit beiden Händen zuhielten.

Therese, die das Ganze aus einiger Entfernung beobachtet hatte, begriff plötzlich, was geschehen sollte. Sie sprang nach vorne und packte das Gewehr am Kolben. Ein Schuss löste sich – doch er ging daneben. Herzogli schaute schief von der Seite auf seinen Besitzer. Er begann mit dem Kopf hin und her zu wackeln und brüllte auf einmal so durchdringend, dass es wie ein Zittern durch alle Kühe der Nachbarschaft lief.

Anton Jakob Müller wurde blass und schaute mit gerunzelter Stirn auf Therese.

»Das ist Mord, Herr!«, rief sie. »Es ist Mord!«

»Wer bist du? Ich kenne dich nicht!«

Anton Jakob schien verunsichert, weniger aus Rührung als vielmehr durch den Zwang, dieser kritischen Szene ein Ende zu machen.

Erneut setzte er rasch das Gewehr wieder an seine Wange und – ein Knall, ein Schrei aus vielen Kehlen; Konrad ließ die Leine los und Herzog sank in die Knie. Nach einigen Sekunden taumelte er zur Seite und sein riesiger Körper reckte sich im Todeskampf unter der Linde.

Dann löste Anton Jakob Müller den Flintenkolben langsam von seiner Schulter.

»Wer will da von Mord reden?«, fragte er und sah sich in der Runde um. »Tragt ihn zum Bühler hinüber. Bühler soll das Fleisch verkaufen. Erster Preis für Herzog, sage ich! Nie hat es eine größere Schande gegeben, als Herzog den zweiten Preis zu erteilen. Der Teufel soll die Preisrichter holen! Ihr könnt dem ganzen Tal erzählen, dass ich, Anton Jakob Müller, meinen eigenen zweitklassigen Stier mit meinen eigenen Händen und meiner eigenen Flinte getötet habe; und dass ich mich nicht scheue, ihn als Rindfleisch zu verkaufen. Ich dulde nichts Zweitklassiges auf meinem Hof. Sagt den Leuten auf der Alp, sie sollten sich nach einem besseren Zuchtstier umsehen diesen Sommer.«

Er lachte.

Die Gamhofer zogen sich stumm zurück, nur Röthlisberger wagte leise vor sich hinzumurmeln, dass der Herr heute völlig verrückt sei.

Therese blieb als Einzige zurück. Sie lehnte, noch immer entsetzt, gegen die Wand der Scheune.

Anton Jakob Müller sah sie und blieb ein paar Sekunden

stehen; ihre Jugend und überraschende Zartheit registrierte er aufmerksam.

Er näherte sich ihr, umfasste mit seiner rechten Hand ihren Hals und drehte ihren Kopf, um ihr ins Gesicht sehen zu können.

»Hm! Ein Mörder, ich?«

Dann ließ er sie plötzlich los und suchte Röthlisberger, um zu erfahren, wer dieses Mädchen sei und woher sie komme.

Therese war fest davon überzeugt, dass sie ihre Stelle nun verlieren würde. Sie, der Neuling, hatte den Ärger ihres Brotherrn erregt. Welche Beweggründe mochten Anton Jakob Müller wohl veranlasst haben, seinen besten Stier zu töten? So viel hatte sie begriffen: In wenigen Sekunden war ein kleines Vermögen verschleudert worden, und zwar durch die Wut eines Mannes, von dem niemand Barmherzigkeit oder Mitleid erwarten durfte.

Ihr weiblicher Instinkt trieb sie zu Röthlisberger.

»Ich nehme an, dass ich jetzt gehen muss«, sagte sie zu ihm.

»Gehen? Wohin? Was meinst du?«

»Ich meine, ich war unvorsichtig.«

»Weiß ich nicht«, erwiderte er, die Worte langsam dehnend.

»Was du getan hast – nun, eigentlich hätte ich es tun müssen. Aber schließlich hat der Herr hier zu befehlen und nicht ich.«

»Werde ich ohne Lohn gehen müssen? Ich bin erst ein paar Tage hier.«

»Weshalb willst du denn gehen?«

»Hat Euch nicht der Herr soeben gesagt, dass Ihr mich wegjagen sollt?«

»Meitschi, du bist recht argwöhnlich. Der Alte war hier, um mich zu fragen, wer du bist. Er hat dich noch nie gesehen.«

»Sonst sagte er nichts?«

»Nein – und jetzt steh nicht herum und frag nicht unnützes Zeug. Ich hab schon übergenug im Kopf von anderen Dingen.«

Röthlisberger ängstigte sie mit seinen strengen Worten.

Sie sprach mit niemandem mehr über die Sache. Als sie später eine Kanne spülte, kam Leonhard und berührte sie sanft mit der Hand. »Theresli«, sagte er, »es heißt, der Alte sei wütend auf dich. Kümmere dich nicht darum. Auf mich ist er öfters wütend und immer geht's wieder vorbei. Er hat seine Launen. Nächsten Monat gehe ich mit den Kühen für den Sommer auf die Alp. Du hast Röthlisberger gefragt, ob er dich mitgehen lässt. Komm mit, Theresli, es ist fein droben auf der Alp. Und wenn er es nicht will, so gehst du auf eigene Faust; ich mach es dir wie zu Hause dort oben in den Bergen. Hab über tausend Franken auf der Bank; wir könnten zusammenbleiben. Willst du?«

Er errötete bis über die Ohren, während Therese unbestimmt lächelte. Ein blasser Lichtschimmer schien sich aufzutun und erfüllte sie mit Wärme. Hier war ein Freund. Endlich ein Freund! Einer der schenken wollte, der nicht fordernd, sondern schenkend zu ihr kam.

»Da kommt Röthlisberger«, sagte Leonhard rasch, »überleg es dir, Theresli, eh?«

Schweigend saß sie abends am Esstisch. Ihre Augen blickten nur selten in die Runde, während Leonhard keinen Versuch machte, seine Gedanken zu verbergen. Mehr als nach Suppe, Brot und Wurst hungerte ihn nach ihr.

»Die Welschi hat Leonhard schon den Kopf verdreht!«, rief Frieda.

»Kannst du die Welschi nicht für eine Minute in Ruhe lassen, Leonhard?«, spottete Hedwig.

»Dreh ein bisschen den Kopf weg«, sagte Ida, »du machst ein Loch in den Tisch mit deinen Ellbogen!«

Therese blieb ruhig, aber Leonhard fuhr auf: »Darf ich nicht schauen, wohin ich Lust habe? Deine rote Nase, Ida, hab ich jetzt schon sechs Monate anschauen müssen und bin froh, dass ich bald wieder auf die Alp komme und echte Alpenrosen sehe.«

»Heiliger Sebastian! Sie zanken sich schon wieder«, grollte Hedwig mit tiefer Stimme. »Ida, du bist eifersüchtig. Sei kein Narr! Hast du nicht jede Woche einen Neuen im Kopf?«

Und nun fuhr noch Emma dazwischen: »Du bist die Rechte, um mitzureden.«

»Halt das Maul, du fette Ente!«

»Ruhe da unten!«, rief Röthlisberger, mit dem Knauf seines Messers auf den Tisch klopfend. »Lasst die Welsche in Ruhe, sage ich. Sie hat mehr Mut gezeigt als ihr alle.«

Er füllte seinen Mund mit Schwarzbrot und Käse und goss einen Schluck Wein hinterher.

Therese richtete ihren Blick eindringlich auf Leonhard, sodass dieser tief Luft holen musste. Sie fühlte zwar, dass es unrecht war, ihn so anzusehen und zu verwirren, denn er konnte ja ihre Gedanken nicht lesen. Seine Worte hatten nicht mehr als ein Gefühl der Dankbarkeit in ihr ausgelöst. Und zur selben Zeit wurde ihr auch bewusst, welch zwiespältige Grübeleien ihr durch den Kopf gingen. Sie hatte sich bisher eher für einfach gehalten, ein Geschöpf wie alle andern, unter denen sie saß. Nun entdeckte sie plötzlich – und zwar ganz deutlich –, dass sie anders war als ihre Umgebung. Ein Abgrund tat sich auf.

Die Männer sagten den Frauen unverblümt, wenn sie sie begehrten, oder nahmen sie einfach, was diese geschehen ließen. Und damit war die Sache erledigt.

»Unmöglich! Undenkbar!«, dachte sie stolz.

Nach dem Essen kam Leonhard zu ihr.

»Und du meinst es wirklich ernst?«, frage er sie.

»Leonhard, es tut mir leid. Ich wollte nur sagen: Ich bin dir sehr dankbar. Für deine Worte, weil sie mir zeigen, dass ich jetzt einen Freund besitze.«

»Einen Freund?«, sagte er in plötzlicher Niedergeschlagenheit.

»Ja, es ist besser, wenn du es gleich erfährst; bitte nicht böse sein. Ich komme trotzdem mit auf die Alp, falls mich Herr Röthlisberger gehen lässt.«

»Du kommst mit!«, rief er, und sein Gesicht hellte sich wieder auf.

»Wenn ich kann. Viel lieber bin ich oben in den Bergen als hier unten in den muffigen Ställen.«

Leonhard schien für den Augenblick zufrieden gestellt; er

setzte sich auf die Stufen seines Zimmers und begann auf seiner Ziehharmonika zu spielen, ein Dutzend Lieder, eines nach dem anderen und eins wie das andere.

IM HAUS BRANNTE noch immer Licht. Anton Jakob saß in seinem Lieblingszimmer vor einem großen, eingelegten Mahagonischreibtisch und erledigte die geschäftlichen Dinge, die sich während seiner Abwesenheit angehäuft hatten. Eigenartig zu sehen, wie er mit klobiger Hand die Feder führte, eine Hand, die dazu geschaffen schien, eine Mistgabel in die Hand zu nehmen. Auf dem Tisch stand eine Lampe mit grünem Glasschirm, und über der Platte erhob sich ein Aufsatz mit zahlreichen Fächern, die mit verstaubten Briefen gefüllt waren. Anton Jakob kannte den tieferen Sinn dieser Staubdecke. Unter ihr lag der Großteil seines tätigen Lebens begraben, ja, wie es ihm oft schien, sein eigentliches Leben. Diese Fächer bargen die Stationen seiner öffentlichen Laufbahn, seine Kämpfe, Siege und Niederlagen. Er lehnte sich in den Stuhl zurück und ließ alles nachdenklich Revue passieren. Ja, die Zeit der Bauern ist dahin, das Zeitalter städtischer Kultur angebrochen. Nie wieder würde er als Regierungsrat kandidieren. Es gibt drei oder vier Leute im Bezirk, die ihn von der Liste verdrängen könnten, Männer mit Universitätsbildung, die, in städtischer Umgebung erzogen, ins Oberland kamen, um dem Beruf als Rechtsanwalt, Notar, Ingenieur oder weiß der Teufel was nachzugehen. Als ob es darauf ankäme, was für einen Beruf einer hat. Er, Anton Jakob, hatte keinen Beruf, er hatte seinen eigenen Status in der Gesellschaft. Alle seine Dienste hatte er freiwillig geleistet.

An seinem Hinterkopf befand sich ein Höcker, und in ihm – so glaubte er – saßen seine Begabung für die Interessen des öffentlichen Wohls, sein Pflichtgefühl gegenüber den Mitmenschen, der soziale Instinkt sozusagen, der diesen ganzen Advokaten und Geschäftemachern zu fehlen schien. Aus egoistischen Motiven hatten sie ihr Vermögen gemacht, während er sich lediglich als Treuhänder dessen fühlte, was ihm das

Schicksal zugedacht hatte. Wenn die Industrie dabei geholfen hatte, das Vermögen zu vergrößern, umso besser. Zum Teufel mit den Sozialisten und ihren Jüngern! Warum sollte er die Früchte seiner Arbeit nicht genießen?

Ida unterbrach Müller in seinen Grübeleien. Sie brachte ein Glas heißes Wasser mit einer Zitronenscheibe und etwas Zucker darin. Der Doktor hatte dieses Getränk für die Verdauung des Herrn verordnet und zugleich betont, dass Anton Jakob keinen Tropfen Wein anrühren dürfe. Diesen Rat hielt Anton Jakob allerdings für unmaßgeblich. In seinem Keller lagen zahlreiche Fässer Wein. Wozu? Zum Trinken! Vielleicht ein wenig mäßiger als früher; ja, das ist nicht unvernünftig. Aber die Spundlöcher gänzlich versiegeln? Übertrieben!

»So, Ida, he? Du bringst mir meine Medizin. Ich könnte heute Abend darauf verzichten, aber warum gibt man einem Doktor zehn Franken, wenn man seine Mittel nicht nimmt, he?« Ida sagte nichts. »Meinst auch du, dass ich heute einen Mord begangen habe?«, fragte er beiläufig.

»Nein, Herr, aber es war ein Jammer, oder nicht?«

»Es ist geschehen. Hätte ihn verkaufen und das Geld für etwas Besseres gebrauchen können – mag sein –, doch dafür wird diese Kugel allen Preisrichtern für ewige Zeiten eine zünftige Warnung sein. Ja!« Dann schwieg er. Ida sagte noch »Gute Nacht, Herr«, und verließ das Zimmer.

Anton Jakob versank mit offenen Augen in Träumereien. Er sah Therese Etienne vor sich. Eine Art innerer Reizbarkeit hatte von ihm Besitz ergriffen, seit er ihren warmen Hals berührt und in ihr zartes Gesicht geblickt hat. Wer war sie? Eine Walliserin – aber doch sicherlich kein Bauernmädchen? Anton Jakob fand an diesem Abend keine Ruhe. Er fühlte sich viel zu wach und aufgeregt.

»Hä, ich ein alter Mann. Bin ich wirklich alt?« Noch habe ich dreißig Jahre vor mir, wenn ich auf meinen Magen aufpasse!« Er erhob sich, setzte den Hut auf und verließ das Haus, machte einen Rundgang durch die Ställe, drehte einige Lichter aus und sah stolz, dass alle seine Rinder, Pferde, Ziegen und Schweine zufrieden waren. Dann schlenderte er unter die Linde und setzte sich ein Weilchen. Aus den Fenstern des Gesindes kam kein Licht mehr.

»Sie muss irgendwo da oben sein«, dachte er, die Hände über dem Griff des Spazierstocks verschränkend.

»Sie gehört zu meinen Leuten, das ist sicher, und sie wird hier bleiben, dafür will ich sorgen!«

Dann wanderten seine Gedanken zu seinem Sohn Gottfried Sixtus. »Im Juni kommt er für einige Zeit nach Hause«, sagte er zu sich, und es beschlich ihn ein leises Unbehagen. Er stand auf und machte sich auf den Weg in Richtung Gam. Etwas später öffnete er die Gaststubentür zum Bären und donnerte einen »Guten Abend« in die Stube. Er ließ sich an seinem angestammten Platz in der Ecke nieder und spielte mit den anderen Notabeln von Gam Karten bis in den frühen Morgen.

EINES ABENDS STAND Therese unter der Scheunentür. Die Wälder draußen schienen sie zu locken. Sie lagen in lilafarbenen Schatten gehüllt jenseits der Wiese, und ein Windhauch trug ihr den würzigen Föhrengeruch wie einen Gruß aus dem Süden herüber. Sie machte sich auf den Weg durch das hohe Gras, das ihr bis zu den Hüften reichte, und setzte sich am Rande des Waldes nieder. Ringsum tiefe Stille. Sie ließ den Kopf auf die Arme sinken und brach in Tränen aus.

Ein Mann in mittleren Jahren näherte sich dem Mädchen. Er kam aus dem Kiefernwald, von wo aus er sie schon beobachtet hatte. Da das Moos seine Schritte dämpfte, hustete er ein wenig, um sich bemerkbar zu machen. Therese hob den Kopf und sprang auf.

»Guten Abend«, stammelte sie, als sie Anton Jakob Müller erkannte, und wischte sich die Tränen ab.

»So, aha! Du weinst, Meitschi. Worüber? Eh?«

»Weil die Welt so groß ist und wir so klein.«

»Oh, bist du zu klein für sie?«

»Manchmal ja, Herr. Verzeihung!«

»Denkst du immer noch, dass ich ein Mörder bin?«

»Ich habe es damals geglaubt, Herr.«

Er fasste sie beim Kinn – und wollte etwas sagen, doch die Berührung verwirrte ihn.

»Du bist ein kleines – ein kleines ...«, er wusste nicht, wie er sich ausdrücken sollte – und ging davon. Aber nach ein paar Schritten drehte er sich noch einmal um: »Ich glaube nicht, dass du hier glücklich bist, deine Hände sind rau, das gefällt mir nicht. Theresli, ich wollte sagen ... du bist ein kleiner Teufel!«

Nach diesen Worten ging er langsam und würdevoll davon. Therese blieb bis Sonnenuntergang allein im Freien. Das wunderliche Benehmen von Anton Jakob Müller hatte sie durcheinander gebracht. Er schien Mitleid mit ihr zu haben.

Als Therese am nächsten Tag von Röthlisberger erfuhr, dass der Herr mit ihm über sie gesprochen habe und dass sie von nun an keine Milchkannen mehr scheuern dürfe, sondern ins Haus komme, um den Herrn zu bedienen, war sie noch unruhiger und verwirrter.

»Muss ich?«, fragte sie.

»Der Herr hat's gesagt, am besten, du gehst gleich. Du sollst Emma helfen.«

Anton Jakob Müller hatte sich nie eine eigene Haushälterin genommen. »Wenn sie ein altes hässliches Scheusal ist, wird sie mein Auge beleidigen, sooft ich sie sehe, und wenn sie jung und hübsch ist, wird sie eine Quelle endloser Scherereien für mich sein«, dachte er. Und so ließ er sich immer von den Mädchen bedienen, die in den Gebäuden des Gutshofs schliefen. Alle hatten – der Reihe nach – bei ihm gedient, Hedwig, Ida, Hanneli, ja sogar das idiotische Kätterli; jetzt war Therese an der Reihe. Über keine der Frauen, die ins Haus befohlen wurden, hatte man je ein Wort verloren, aber sowie Therese an die Reihe kam, steckten sämtliche Weiber im Gamhof die Köpfe zusammen. Von diesem Tage an hatte sie ein schweres Leben unter ihnen. Fast hätten sie eine Verschwörung gegen sie angezettelt, auf Schritt und Tritt wurde sie belauert.

Der Herr blieb fast jede Nacht sehr spät außer Haus. Kaum je kehrte er vor Mitternacht aus dem Bären zurück, und so manches Mal brachte er ein rotes Gesicht sowie vom Wein erhitzte Augen mit nach Hause.

Anton Jakob Müller konnte durchaus die Signale des Wechsels in den verdrossenen Mienen seines Gesindes lesen. Und er sah auch, dass Therese unter der neuen Lage litt. Aber was ging es ihn im Grunde an? Die Eifersucht seiner Dienstboten hatte ihn nie sonderlich berührt. Er war der Herr und Meister, sein Wille hatte jedermanns Wille zu sein.

Als er ihre Eifersucht bemerkte, begann er, die weiblichen Mitglieder seines Hofstaates zu beargwöhnen, etwas, was er bisher nur ganz selten getan hatte.

»Seht Ihr«, sagte Frieda zu ihrem Mann, »sie hat ihm hübsch den Kopf verdreht! Bald wird sie anfangen, uns herumzukommandieren.«

»Dummes Züg!«, pflegte Röthlisberger in seiner schwerfälligen Art und mit scheinbar erhabener Gleichgültigkeit auf ihr Gezeter zu erwidern. »Ihr redet alle Blödsinn.« Doch selbst in Gam erwiesen sich die weiblichen Instinkte als richtig. Sie redeten kein »Blödsinn«.

Anton Jakob wurde vorsichtig. Es gelang ihm, die Leidenschaft, die in ihm zu lodern begonnen hatte, vor Therese verborgen zu halten, indem er eine väterliche, patriarchalische Taktik einschlug. Sein Verhalten ihr gegenüber überschritt nie die Grenze gewöhnlicher Freundlichkeit, und sie, die seine wirklichen Gefühle nicht kannte, sah zu dem gestrengen Mann wie zu einem väterlichen Beschützer oder einem älteren Verwandten auf. Dennoch entgingen ihr nicht der Neid und die Eifersucht, die ihre Beförderung hervorgerufen hatten.

»Herr Müller«, sagte sie eines Abends, »ich weiß wirklich nicht, was ich tun soll. Alle fangen an, mich zu hassen.«

»Wer sind alle? Sakrament! Ich werde sie zusammentrommeln und ihnen ordentlich die Meinung sagen, der ganzen Bande.«

»Bitte tun Sie das nicht!«

»Und warum nicht?«

»Ich bin doch unter allen die Jüngste im Dienst. Ich möchte

nicht meinen Platz verlieren. Wenn Ihr sie ausschimpft, dann müsste ich wohl gehen, Herr!«

Er sah sie betroffen an.

»Ich will nicht, dass du deinen Platz verlierst, Theresli.« Er klopfte ihr begütigend auf die Schulter; ein jugendliches Lächeln milderte den strengen Ausdruck seiner Augen.

»Du bist ein kleines Teufelchen! Hab ich es nicht schon immer gesagt?«

Therese lächelte zurück. Sie hatte eine gewisse Zuneigung zu ihm gefasst.

In diesem Augenblick kämpfte Anton Jakob einen Kampf mit sich selbst ... Sie wäre nicht die erste gewesen, die er geküsst oder der gegenüber er sich allerlei Freiheiten erlaubt hatte – es gab im Oberland schließlich genug lose Frauenzimmer. Doch Therese gehörte nicht zu jenem Schlag. Zwar war sie eine süße Frucht, doch nicht eine, die man so leicht vom Baume pflücken konnte.

»Theresli«, sagte er ganz natürlich, »sag mir, gibt es etwas, das ich für dich tun könnte? Ich würde es gerne tun, das weißt du. Heraus damit!«

»Ich bin eine Dienstmagd. Was kann ich mir mehr wünschen als einen guten Herrn?«

»Dummes Zeug. Ich bin nicht dein Herr!«

»Ich verstehe Euch nicht.«

»So? Aber du wirst mich schon noch verstehen.«

Verwirrt schlich sie davon. Seine Stimme hatte etwas verraten, das nun schwer auf ihr lastete. Es konnte doch nicht möglich sein! Er, der ehemalige Regierungsrat, der reiche Mann mit schon erwachsenen Kindern! Insgeheim begann sie ihren Herrn zu fürchten.

EINES TAGES ERINNERTE Leonhard sie daran, dass sie ihm versprochen hatte, mit ihm tanzen zu gehen.

»Leonhard«, sagte sie scheu, »ich kann nicht, ich kann nicht!«

»Macht nichts!«, meinte er.

»Aber ich würde sehr gerne mit auf die Alp kommen.«

»Was sagt Röthlisberger dazu?«

»Ich habe ihn nicht wieder gefragt.«

»Dann werde ich abwarten, bis er bei guter Laune ist, oder mit seiner Frau reden, ob du mitkommen darfst.«

Ein schlauer Ausdruck trat auf sein Gesicht – doch er wusste nicht, dass auch sein Herr Pläne für den Sommer gemacht hatte. Anton Jakob hatte von seinem Sohn einen Brief erhalten, der ihn beunruhigte. Gottfried Sixtus schrieb, er komme in den Sommerferien mit ein paar Universitätskollegen nach Gam.

Was blieb ihm übrig, als ihn nach Gam kommen zu lassen? Als Vater konnte er seinem Sohn nicht verbieten, nach Hause zu kommen.

»Aber natürlich, komm nur!«, schrieb er nach Basel zurück. »Und bring alle deine Freunde mit!«

Eines Nachts kam der Herr sehr spät aus dem Bären zurück. Obgleich er ein ziemliches Quantum Waadtländer im Leibe hatte, fand er doch seinen Weg festen Schrittes in der Finsternis; er ging die Treppe hinauf, ohne auch nur im mindesten zu schwanken, und tastete sich zu seinem Arbeitszimmer durch. Hier warf er seinen Hut weg, ließ sich in den gepolsterten Sessel fallen und starrte vor sich hin, ähnlich wie die Ochsen in seinem Stall. Therese war noch im Hause. Kurz darauf kam sie herein und schloss leise die Tür hinter sich.

»Du bist wie ein Kätzchen«, sagte er. »Immer so sanft und weich, ja das bist du, Theresli!«

»Da ist euer Zitronenwasser, Herr!«

»Zitronenwasser? Wozu? Ich bin doch kein Krüppel. Der Allmächtige weiß, dass ich so stark bin wie ein Stier. Komm, stell das heiße Wasser beiseite und schau mich einmal an. Bin ich etwa ein alter Mann, oder wie?«

»Ihr seht gut aus, Gott sei Dank!«

Er schaute ihr fest in die Augen unter ihren dunklen seidigen Wimpern und konnte sich eines Verlangens kaum erwehren. Eine melancholische Stimmung befiel ihn. So ein Wesen schlief Nacht für Nacht allein in ihrem Bett, während sich ein

Mann wie er in allernächster Nähe befand? Schließlich war er nicht zu alt, nicht einmal für sie.

»Willst du dieses Glas nicht abstellen und ein bisschen näher kommen?«, fragte er mit sanfter Stimme. »Ich werde dir nichts tun.«

Sie gehorchte. Er nahm ihre Hand, und sie konnte nicht umhin, sich über die Weichheit seiner großen Pranke zu wundern.

»Schau mal, Theresli, ich möchte dich glücklich sehen. Sag mir die Wahrheit! Ich interessiere mich für alle meine Leute auf dem Gutshof, nun, wann willst du Leonhard heiraten?«

»Aber Herr! Ich habe zu Leonhard kein Wort vom Heiraten gesagt.«

»Hat er dich nicht gefragt?«

Sie errötete leicht.

»Ja doch!«

Er ließ ihre Hand los und lehnte sich zurück.

»Warum heiratest du nicht, bevor du auf die Alp gehst?«

»Ich will nicht.«

»Willst nicht? Aber er will doch!«

»Ich kann Leonhard nicht heiraten, ich weiß nicht, wieso Ihr auf den Gedanken kommt.«

»Theresli, Theresli, ich weiß alles, was auf dem Gamshof geschieht.«

»Oh, Herr, das könnt Ihr nicht wissen. Er ist nur gut zu mir, gewiss, aber ich möchte gern auf die Alp; nicht weil er hinaufgeht, sondern weil es mir dort oben gefallen wird. Dort ist das Leben ganz anders!«

Anton Jakob konnte seine Befriedigung kaum verbergen. »Und willst du immer noch hinauf?«

»Ja.«

»Nun, ich werde mit Röthlisberger darüber sprechen. Du siehst ganz verstört aus, das gefällt mir nicht. Du wirst mir schon sagen, wenn du heiraten willst. Ich mache euch beiden dann ein schönes Geschenk. Jetzt aber fort ins Bett, Theresli.«

»Gute Nacht, Herr.«

Theresli verließ das Zimmer, während Anton Jakob grübelnd zurückblieb.

»Aha, Leonhard wollte sie haben, aber sie behauptet, ihn nicht zu wollen. Was ist daran wahr?«

AM NÄCHSTEN MORGEN ließ er Leonhard heraufholen, der völlig verängstigt erschien. Noch nie hatte der Herr ihn nach oben rufen lassen.

»Leonhard«, sagte Anton Jakob ohne Umschweife, »du hast mich noch nie angelogen. Manchmal gab es ein paar scharfe Worte zwischen uns, aber nichts, was hängen blieb. Ich weiß alles, was im Gamhof vor sich geht – heraus mit der Sprache! Ist die Welsche mir dir keck gewesen?«

»Aber Herr!«, stammelte Leonhard.

»Steh nicht so da und sag dauernd Herr, sag die Wahrheit! Was hast du mit ihr gehabt?«

»Herr Müller ...!«

Anton Jakob runzelte die Stirn wie ein alter Löwe.

»Ich dulde diese Dinge nicht länger. Du hast es getan, und du musst sie heiraten!«

»Ich habe nichts getan! Ich schwöre bei allen Heiligen, ich habe Therese nichts getan. Es wäre auch gar nicht möglich!«

»Nicht möglich?«, grollte der Alte, »ich sage nur, dass ich weder dir noch irgendeinem Menschen erlaube, mein Haus in Verruf zu bringen. Da ist schon diese Hedwig. Und jetzt kommt die Welschi an die Reihe. Ich schicke sie weg, und auch dich jage ich davon!«

»Herr Müller, mein Vater ist schon in Euren Diensten gewesen!«

»Einerlei, er hat niemals unschuldige Mägde verführt.«

»Herr Müller!«, rief er scharf und drohend, »Ihr werdet das alles zurücknehmen.«

Anton Jakob packte ihn plötzlich an der Gurgel.

»Ist es so, oder ist es nicht so?«

»Bringt mich um!«, keuchte Leonhard, »aber ich schwöre vor Gott, dass ich Therese nichts zuleide getan habe, außer dass ich sie fragte, ob sie meine Frau werden will. Und sie will mich nicht! So steht die Sache.«

Anton Jakob löste seinen Griff.

»Jetzt glaub ich dir«, sagte er erleichtert.

»In dem Falle lass ich die Welschi mit dir auf die Alp gehen. So kann niemand ein schlechtes Wort über den Gamhof sagen, ohne zu lügen. Und es liegt an dir, Leonhard, dafür zu sorgen, dass es nie so weit kommt. Geh jetzt! Wenn ich im Unrecht war, so tut es mir leid. Aber versprich mir, dass du es mich wissen lässt, wenn dir die Welschi ihr Ja-Wort gibt. Du versprichst mir, dass du mir augenblicklich meldest, wenn sie ja sagt!«

»Ich verspreche es, Herr.«

»Das ist vernünftig, und ich werde es nicht vergessen. So vergiss auch du es nicht, es wird zu deinem Vorteil sein.«

Leonhard rückte seine Bluse zurecht, zog seine zerlumpten Hosen hoch und trampelte mit seinen mistverschmierten Stiefeln, die abscheuliche Spuren auf dem Parkett hinterließen, davon. Emma, die in der Küche arbeitete, schleuderte ihm, als sie dies sah, einen Fluch nach.

BEVOR DIE SONNE AUFGING, um ihren goldenen Schimmer über die Alpen des Oberlandes zu ergießen, regten sich schon die Hirten und Senner auf den Höhen. Die Täler lagen noch in Schatten und sommerlichen Nebeln gehüllt, während die fernen Gipfel der Blümlisalp, der Jungfrau, des Finsterahorns sowie die scharf gezahnten Zacken der Urner Berge wie ein Heer eisstarrender Riesen dastanden, langsam aus der Dämmerung hervortauchten und jeder einzelne Gipfel eine überirdische Färbung bekam. Eine Schar von Sennern brach von der Gam-Alp talwärts auf, in einer Reihe marschierend und mit schweren Käselasten und Milchkannen auf den Rücken geschnallt. Es waren ihrer acht, geführt von Mahder Fritz, einem herkulischen Mann um die fünfzig. Sanschi Jakob, ein Riese von etwa dreißig, kam als Letzter. Mit langsamen Schritten stiegen sie bergab; und nach einer Weile verschwanden ihre Gestalten im Schatten des Waldes.

Plötzlich brach im Osten eine Flammenglut hervor, Fluten blendenden Lichts fielen auf die grünen, welligen Hänge. Vor diesem Glanz wichen die Schatten zurück und versanken geheimnisvoll in den tiefen Schluchten des Unterlandes. Am Rande eines steilen Felsens stand ein junger Stier von makellosem Geblüt, Herzog II. Vor ihm gähnte ein Absturz von mehr als dreihundert Metern, und noch tiefer lag Gam in einem Winkel des Tals. Die Arna schlängelte sich silbern durch die schmalen Furten in der Tiefe. Dieser Ausblick war dem jungen Herzog offenbar vertraut. Er streckte seinen massiven Hals und Kopf nach vorne, sodass sein Körper von der Schnauze bis zum Schwanz eine schnurgerade Linie bildete. Dann holte er tief Luft und brüllte drei Mal dumpf in die Weite. Wie eine Dampfwolke verharrte er reglos, dann senkte er die weiße Stirn und beschnüffelte mit seinen feuchten Nüstern das taubedeckte Gras.

In einiger Entfernung von dem grasenden Tier trottete aus einem niedrigen Gebäude, das aus Felsen und Baumstämmen gefügt war, eine Anzahl hochgebauter, kraftvoller Kühe gemächlich in verschiedene Richtungen, einige truppweise, andere eigensinnig allein, aber alle mehr oder weniger ohne Ziel und Zweck, gewissermaßen willenlos.

Ein junger Hirte erschien im Eingang einer Hütte, nahe des Kuhstalls. »Chaib!«, schrie er eine Kuh an. »Immer auf die anderen losgehen. Kannst du sie nicht in Ruhe lassen? Pass auf, du!«

Unbarmherzig sauste der Stock auf ihren Rücken nieder. »Und du, du bekommst auch eins. Du bist auch so ein Luder!« Zwei kräftige Hiebe landeten auf Luises Hinterteil. Die beiden Kühe trennten sich, und jede ging ihres Weges. Kasimir blickte ihnen wütend nach und kehrte in die Hütte zurück.

»Ein Luder ist sie schon«, sagte Leonhard, der mit Therese und Emma auf der Bank an einem roh gezimmerten Tisch saß, Kaffee trank und riesige Brotschnitten mit Käse aß. »Und nie steht sie still. Man sollte glauben, das Gewicht ihrer Milch würde das Vieh ruhiger machen.«

Ein Uralter namens Karli, ein von Sehnen bewegtes Skelett

mit einem Mumiengesicht, stieß aus seinem zahnlosen Mund ein groteskes Gelächter hervor.

»Eh! Hü! Eh! Man muss ihr einen Stein an den Schwanz hängen. Hü! Und einen zweiten, noch größeren auf ihren Buckel binden und ihr die Beine zusammenschnüren.»

Ein Sonnenstrahl drang zur Tür herein und erleuchtete die Hütte. «Horcht! Was ist das?«, sagte Leonhard plötzlich. Er stand auf und ging hinaus. Therese, Emma und Hermine, die Frau des Mahder Fritz, ein knochiges Frauenzimmer von ungefähr vierzig Jahren mit einem säuerlichen Gesicht, folgten ihm. Aus weiter Ferne kam der Klang oder vielleicht nur das Echo eines Waldhorns.

»Ja, Himmel, wie schön das ist!«, rief Therese

»Es kommt aus dem Wald«, bemerkte Emma.

»Richtig«, meinte Leonhard. »Es ist: Nun danket alle Gott.«

Leonhard hörte andächtig zu, die Augen träumerisch auf das fein geschnittene Profil Thereses geheftet, die Liebe zu Gott und die Liebe zu ihr wurden eins in seinem Herzen.

Diese Unterbrechung des majestätischen Alpfriedens verursachte ein junger Mann, der um die dreihundert Meter tiefer am Rande eines Felsens stand und mit aufgepusteten Backen und der Gelassenheit eines Virtuosen sein Instrument handhabte. Er hieß Paul Werdemann und war Student der Universität Basel. Hinter ihm standen zwei andere junge Männer, der eine, Theodor Straub, ein dunkelhaariger Bursche mit einem schmächtigen Körper und scharfsinnigen, aber freundlichen Augen, der andere, Gottfried Sixtus Müller. Als Paul Werdemann den Choral beendet hatte, drehte er sein Waldhorn um und ließ den Speichel herausfließen, während die Freunde aufmunternd »Bravo! Bravo!« riefen.

»Nun, Paul«, sagte Theodor Straub »jetzt ein patriotisches Lied.«

»Jetzt nicht! Ich sagte euch doch, ich würde jede Stunde etwas spielen, die uns der Gamfluh näher bringt.«

»Was für ein herrliches Wetter!«, rief Theodor. »Nun danket alle Gott! Unserem allmächtigen Herrn.«

»Dass du immer so verdammt theologisch sein musst!«,

spottete Paul. »Wir haben uns aufgemacht, diesen Berg zu bezwingen und nicht um deinen lieben Gott zu suchen.«

»Du kannst dem lieben Gott aber nicht entrinnen«, mahnte Theodor. »Höchst salbungsvoll!«, warf Gottfried Sixtus in leichtem Ton dawischen. »Wir wollen weiter!«

Sie schulterten ihre Rucksäcke und stiegen durch den riesigen Dom des Buchenwaldes langsam bergan, Gottfried Sixtus voraus. Von Zeit zu Zeit blieb er stehen und schaute voller Stolz durch das Geäst der Bäume. Ihm schien, als zeige er den Freunden seinen Privatbesitz. Der Morgen war noch nicht sehr weit vorangeschritten, als die drei Studenten aus dem Wald ins Freie traten und vor sich die weiten Alpweiden erblickten.

»Gaudeamus!«, rief Paul. »Juhu! Vivat patria! Vivat amor!«

Er hob sein Waldhorn an die Lippen und blies einen Weckruf. »Nun schaut mal geradeaus«, sagte Gotfried Sixtus. »Das sind unsere Kühe!«

Sie gingen in Richtung auf die Hütten weiter. Nach einer Weile kamen sie an eine kleine Schlucht, in deren Tiefe ein Gebirgsbach gluckste und der in fröhlichen Kaskaden von Fels zu Fels sprang. An seinen Rändern wuchsen weiches Moos und blühende Primeln. Auch Enziane öffneten ihre blauen Kelche und hier und dort schüchternes Vergissmeinnicht.

Etwas weiter oben lag ein flacher, großer Felsblock, der vor Jahrhunderten von den Wänden des Gebirges losgebrochen war. Auf diesem Felsen saß Therese und ließ ihre von der Sonne gebräunten Beine baumeln. Ihr dunkles Haar war in ein rotes Taschentuch zusammengefasst und am Hinterkopf verknotet. In ihren Händen hielt sie ein Buch. Sie betrachtete erstaunt die drei sich nahenden Wanderer.

Der junge Theologe war der erste, der sie entdeckte.

»Seht doch!«, sagte er.

Paul und Sixtus rissen die Augen auf.

»Tag, Fräulein, wie geht's?«, grüßte Paul jovial und mit einem starken Basler Akzent. Sie gab keine Antwort. Gottfried Sixtus blieb fasziniert stehen.

»Komm jetzt«, rief Paul. »Vorwärts!«

»Ja, vorwärts«, sagte Gottfried Sixtus geistesabwesend.

»Adieu Fräulein!« Sie gingen auf die Hütte zu. Gottfried Sixtus blieb etwas zurück und schlenderte hinter seinen Freunden her. Irgendetwas schien ihn zu beschäftigen.

»Was ist los Gottfried?«, fragte Paul.

»Ich will nur eine Sekunde mit ihr sprechen, einen Augenblick, ich hole euch wieder ein.«

Er machte kehrt und ging auf Therese zu. Diese sprang auf und schwang sich mit einem Satz vom Felsen herunter.

»Wer sind Sie?«

»Therese Etienne.«

»Ach, Sie sind die Walliserin aus Sitten?«

»Woher wissen Sie das?«

»Ich hab es in Gam gehört.«

»In Gam? Kommen Sie aus Gam?«

»Ich bin Gottfried Müller.«

»Sie haben von mir in Gam gehört?«, wiederholte sie mit leiser Stimme.

Gottfried bemerkte ihre braune seidige Haut und den rötlichen Schimmer auf ihren Wangen.

»Und was haben Sie gehört?«

»O nichts, Mademoiselle Etienne. Rien du tout.«

»Sie sprechen Französisch?«

»Oui.«

Sie fuhr in einem italienisch gefärbten Französisch fort. »Ich möchte wissen, was Sie über mich gehört haben«, sagte sie fast befehlend.

»Nun – dass Sie jetzt auf der Alp sind. Das ist alles, was ich gehört habe, und dass Sie in Vaters Diensten stehen. Es freut mich, dass ich Sie getroffen habe, aber jetzt muss ich mich beeilen und meine Freunde einholen.«

Mit einem flüchtigen Blick sah er den Titel des Buches, das sie in der Hand hielt. »Les Miserables» von Victor Hugo. Er war verblüfft. Er verneigte sich leicht vor ihr, wie es seine Gewohnheit war, seit er studierte. Dann lief er seinen Freunden nach. Therese stieg wieder auf ihren Felsen und fuhr in der Lektüre fort, wobei sie mit dem Zeigefinger langsam den Zeilen folgte. Doch schaute sie öfters geistesabwesend über die Zeilen hinweg, ohne ihren Sinn aufzunehmen.

»Theresli«, hörte sie Leonhards Stimme. »Theresli komm! Der junge Herr ist da mit zwei Freunden. Sie sitzen hier und trinken Milch. Er hat uns ein Päckli Stumpen gebracht. Zuerst wollten sie noch auf den Gipfel der Gamfluh, doch sie haben ihre Absicht geändert Einer von ihnen spielt auf meiner Ziehharmonika. Komm doch, Theresli!«

»Ich mag nicht«, sagte sie kurz.

»Das ist aber traurig«, sagte Leonhard und ging zur Hütte zurück. Gottfried hatte seinen Freunden erzählt, dass Fräulein Etienne in seines Vaters Diensten stehe. Paul hatte sie für eine Zigeunerin gehalten. Viel mehr sagte er nicht, denn er war mit einer Baslerin verlobt und hütete sich, für irgendeine Frau Interesse oder gar Neugier zu zeigen, es sei denn für die einzige, die er heimzuführen hoffte.

Theodor Straub enthielt sich der Sprache; er war von Natur aus ein nachdenklicher Studiosus und träumte bereits von seiner Einsetzung in eine behagliche Pfarrei; infolgedessen erlaubte er sich nicht, dass etwaige weltliche Sehnsüchte für Frauenspersonen seine Gedanken durchkreuzten. Aber bei Gottfried Sixtus stand die Sache ganz anders. Therese hatte ihn verhext.

Bis Mittag blieben die drei Studenten auf der Hütte. Paul unterhielt die anderen mit seinen musikalischen Talenten. Er versuchte sogar, das riesige Alphorn zu blasen, brachte aber nur ein paar wilde Töne hervor, die beim Hirtenvolk schallende Heiterkeit hervorriefen.

»Ich fürchte«, sagte Theodor, »wir müssen unsere Bergbesteigung auf ein andermal verschieben. Mein irdischer Adam bedarf der Erholung. Wir wollen hierbleiben bis zwei Uhr, Freunde, essen, trinken und lustig sein und dann wieder ins Tal zurückkehren.«

»Der allerhochwürdigste Herr Pastor hat gesprochen«, lästerte Paul. »Lass ihn jetzt das Öl aus der Sardinenbüchse schlürfen, auf dass seine Stimme ihre Salbung nicht verliere und unseren Humor weiter fördere.«

Am späten Nachmittag traten die drei Studenten ihren Rückweg an. Gottfried ging voraus. Sie kamen an dem Felsen und der Schlucht vorbei, doch so sehr er auch Ausschau hielt, Therese war nicht zu sehen. Schweren Herzens kehrte er nach Gam zurück.

Bisher hatten noch keinerlei Gerüchte über Therese die Ohren des pläneschmiedenden Anton Jakob erreicht. Offenbar scheuten sich die Leute, mit ihm über eine seiner eigenen Mägde zu schwatzen.

Aber ganz Gam wusste von den Gerüchten. Das Kind eines Mörders lebte unter ihnen! Mit unschuldiger Miene hatte sie sich in ihre Mitte gestohlen. Thereses tragisches Erbe war zuerst Herrn Blaser, dem Gemeindeschreiber von Gam, bekannt geworden. Er wusste es schon, seitdem er ihre Geburtsurkunde erhalten hatte. Einer der Bürokraten im Wallis hatte es für seine Pflicht gehalten, den Kollegen in Gam über Thereses Familiengeschichte zu unterrichten.

Röthlisberger und Herr Blaser trafen sich öfters bei einem Glas Wein; Joggi traf manchmal den Bühler Fritz und dieser manchmal den Röthlisberger. Frieda traf die Schlächtersfrau und Frau Blaser, die Frau des Landjägers, aber auch die übrigen Leute im Dorf. Ah, diese Welschi! Nie hat sie ein Wort davon gesagt. Sie hat sich in Anton Jakob Müllers Dienste eingeschmeichelt! Und immer die Aristokratin gespielt in ihren schwarzen Lumpen und ihren Knöpfelschuhen. Dem Leonhard hat sie den Kopf verdreht, und jetzt sitzt sie mit ihm oben auf der Alp. Jetzt, in dieser Stunde! Diese Heuchlerin!«

Im Lande der Lawinen wachsen die Gerüchte schnell. Einige sagten bereits, dass Therese selbst im Gefängnis gewesen sei. Andere wiederum wollten wissen, dass sie einen lockeren Lebenswandel geführt habe und aus dem Kanton Wallis ausgewiesen worden sei. Wer würde die Gegend von diesem schwarzen Engel befreien, von dieser Therese Etienne?

Als Thereses Geschichte, das heißt eigentlich die ihres Vaters auch zu Ohren der Leute auf der Gam-Alp kam, steckten sie die Köpfe zusammen und begannen zu flüstern. »Aha!

Soso! Jetzt wissen wir es ja!« Und ihre lauwarme Geselligkeit verwandelte sich unversehens in offenes Misstrauen, ja Widerwillen gegen jede Berührung mit Therese. Einige dieser Leutchen fürchteten sich sogar vor ihr und sagten:

»Es wird noch etwas passieren, solange sie bei uns ist.«

»Diese Person«, erklärte der alte Karli, »wird uns noch alle verhexen. Sie liest sogar ein Buch.«

»Sie ist ein Hurenmensch«, sagte die fette Emma »Sind nicht Leonhard, Kasimir, Sanschi, Jakob und Christian alle hinter ihr her? Nein, sie ist noch schlimmer als ein Hurenmensch!« Marianne, eine Hilfsmagd aus Steffiswald, kam mit ihrer Schwester Trudel aus einer benachbarten Sennhüte herüber, nur um sich zu erkundigen, ob es wahr sei, dass eine Welschi, die ihr Kind umgebracht habe, unter den Gamhofern lebe.

»Eh, was du nicht sagst!«, rief Hermine. »Ihr Kind hat sie umgebracht? Heilige Maria, davon wissen wir noch gar nichts!«

»Ja, Jakob Steiger ist aus Gam dagewesen und hat's erzählt. Er weiß es vom Bühler.«

»Warum sitzt sie nicht im Gefängnis?«

»Es heißt, dass man ihr nichts nachweisen konnte. Es heißt auch, dass ihr Vater immer noch in Sitten im Gefängnis sitzt wegen Mord.«

»Gott sei uns gnädig! Das ist ja schrecklich!«

»Der Alte müsste das alles erfahren und sie zum Teufel jagen. Ach, der Alt-Regierungsrat! Wie kann er es bloß dulden?«

»Was tut sie denn hier?«, wollte die Hilfsmagd wissen. »Sie liest Bücher. Sie geht mit nackten Beinen und Füßen herum und bindet ihr Haar in ein rotes Taschentuch.«

»Rot! Jesses! Jesses!«

»Ja, und das ganze Mannsvolk schleicht hinter ihr her und tut die ganze Arbeit für sie. Leonhard lässt sie nicht in den Stall, weil ihre Beine vielleicht schmutzig werden könnten, Sanschi Jakob scheuert die Kannen für sie, und auch meinem Mann hat sie den Kopf verdreht, jawohl! Sie sitzt bei uns und redet kaum ein Wort, meistens starrt sie vor sich hin.«

»Herr Jesses! Eine besessene Hexe!«

»Und ist noch nie in der Kirche gewesen, soviel ich weiß.«

»Schickt sie doch ins Tal hinunter!«

»Jawohl, wir wollen sie hier nicht mehr länger behalten!«

»Wo ist sie jetzt?«

»Mit ihrem Buch spazieren gegangen.«

Leonhard, der in der Nähe stand, hörte alles mit an, was über Therese gesagt wurde. Er war der Einzige, der diesen Gerüchten nicht glauben wollte. Irgendein Geheimnis steckte hinter Therese, das fühlte auch er, aber gleichzeitig war er sicher, dass es nichts Schreckliches, nichts Schandbares sein konnte. Er erinnerte sich an Anton Jakobs Worte: »Ich sage bloß, dass ich weder dir noch einem anderen Menschen erlauben werde, mein Haus in Verruf zu bringen.« Leonhard empfand, dass er zu diesem Haus gehöre. Schon sein Vater hatte ihm in vergangenen Tagen gedient; nun war er an der Reihe, und er würde ihm ebenso treu dienen.

Je toller und übertriebener die Gerüchte wuchsen, desto ruhiger und entschlossener wurde Leonhard. Er lag auf der Lauer, sozusagen »Gewehr bei Fuß«, und wartete auf eine Gelegenheit, um die Luft zu reinigen und die bösen Schatten zu zerstreuen, die sich auf die Alp und auf das »Haus« herabgesenkt hatten. Eines Nachts brach in einer benachbarten Hütte Feuer aus, die Hütte brannte vollkommen ab. Da ein paar Leute Therese in den Abendstunden dort vorbeigehen sahen, war die Hütte folglich nur deshalb niedergebrannt, weil die Hexe sie verwunschen hatte. Eines Tages stürzte ein junges Kalb von einer Felsplatte in den Abgrund; ein andermal wieder lösten sich Steinblöcke und polterten ins Tal. Zweifellos war an all diesen Ereignissen Therese schuld. Noch nie hatte sich eine Kuh oder ein Kalb mir nichts, dir nichts in den Abgrund gestürzt. Und die Steine, sagte der alter Karli, seien mehr als dreißig Jahre nicht losgebrochen. »Der Teufel schaut ihr aus den Augen!«

EINES TAGES KAM Röthlisberger aus Gam herauf, um nach dem Rechten zu sehen. Anton Jakob Müller hatte ihn geschickt, damit er die Kühe inspiziere, die Leute bezahle und nachsehe, ob sie alle in Frieden lebten.

Röthlisberger verbrachte längere Zeit im Gespräch mit Leonhard und Mahder in einer der Hütten. Dann schickte er Emma, um Therese zu holen. Nach einiger Zeit kehrte sie mit ihr zurück.

»Da ist die Welschi«, sagte sie mit unverhohlener Verachtung.

»Sie saß mit ihrem Buch in der Hand an einem Baum und war halb eingeschlafen. Und das nennt man Arbeit!«

Röthlisberger heftete seine dunklen Augen mit den buschigen Brauen auf Emma und sagte, dass das nicht ihre Sache sei, andere zu tadeln.

»Mach dich selber an die Arbeit, fettes Ding!«, rief er heftig. »Es fällt einem schwer, mit dir ein anständiges Wort zu reden!«

»Aha, aber bei ihr ist es sicher leicht! Aller Respekt ist nur für sie da! Die Heilige! Hahaha!»

»Pack dich fort, sag ich!«, schrie Röthlisberger rot vor Zorn. Emma blies verächtlich den Atem durch die Lippen und entfernte sich.

»Ich habe hier einen Brief für dich, Therese«, sagte er und überreichte ihr ein Kuvert.

Gerne hätte sie ein paar Worte mit dem Manne gesprochen, der sich ihrer als Erster angenommen hatte. Doch er wich ihr aus, ließ sie stehen. Von diesem Augenblick an wusste sie alles. Aber seltsam genug, sie war keine Sekunde lang verzweifelt. Sie würde ihnen die Stirn bieten. Sie würde nicht davonlaufen, nein, diesmal nicht! Ein für alle Mal würde sie sich von dem Fluch ihres Lebens befreien. Komme, was da wolle! Sie hatte ein Recht zu leben!

Dann ging sie beiseite, um den Brief zu lesen. Die Handschrift kannte sie nicht. Auf dem Umschlag war ein Stempel von Gam. Von wem konnte der Brief sein? Wusste es Röthlisberger? Wohl nicht. Sie riss den Brief auf und las:

»Liebes Fräulein Etienne!
In wenigen Tagen verlasse ich Gam. Ich habe viel nachgedacht, seit ich Sie auf der Alp sah, und ich fühle, dass ich Sie noch ein einziges Mal sehen muss, bevor ich abreise. Aus Gründen, die ich Ihnen später erklären will, kann ich nicht bei Tage kommen. Seien Sie bitte um ein Uhr nachts bei dem Felsen, wo ich Sie getroffen habe. Bitte strengste Verschwiegenheit! Ich werde alles mündlich erklären, sobald wir uns sehen.«
G. S.

Gottfried Sixtus! Die Alp schien vor ihren Augen zu tanzen. Ein Uhr nachts! Was wollte er? Ein paar Mal überlas sie den Brief mit großer Erregung. Dann zerriss sie ihn plötzlich mit einer heftigen Gebärde. Wofür hielt sich dieser Student?

Sie beschloss, Gottfried Sixtus nicht zu treffen. Doch von diesem Augenblick an wollte ein bisher unbekannter innerer Aufruhr nicht mehr von ihr weichen. Tausend Kämpfe focht sie mit sich aus, aber alle hatten das gleiche Ergebnis: Sie würde nicht zu dem Stelldichein kommen.

Es kam die Nacht, die Gottfried Sixtus bestimmt hatte. In einem wilden Meer von Farben ging die Sonne unter. Langsam sank die Dämmerung auf die welligen Flächen der Almende. Von allen Seiten kamen das Bimmeln und Schellen der Kuhglocken, unterbrochen von Peitschenknall und dem zeitweiligen Jodeln der Männer und Weiber, die das Vieh zu den Ställen trieben. Leonhard und Therese schritten Seite an Seite hinter einer Anzahl Rinder und sprachen über Gottfried Sixtus.

»Der junge Herr ist ganz und gar nicht wie der Alte«, meinte Leonhard.

»Nein, er sieht mehr wie ein Bueb aus. Der Herr ist so groß und stark, und er so schmächtig und jung.«

»Er hat seiner Mutter viel ähnlicher gesehen; sie war eine Sängerin aus dem Emmental und sehr reich, die selige Frau Müller.«

»So ist seine Mutter also jung gestorben, die Arme?«

»Ja, Theresli, es gibt viele Dinge im Leben, die traurig sind.«

Mehr brachte er nicht über die Lippen. Sein Herz war schwer von anderen Dingen. Nach dem Abendessen, als es in der Hütte dunkel wurde, hockten die Männer zusammen und rauchten ihre Pfeifen. Mahder zündete eine Lampe an, breitete den »Oberländer« auf seinen Knien aus und begann zu lesen. Therese hielt sich im Hintergrund, beinahe völlig im Finstern. Mahder berichtete von einem Schützenfest in Burgdorf: »Der Alte wird sicher dieses Jahr wieder dabei sein und der ganze Verein aus Gam dazu. Er wird ihnen zeigen, wie man schießt.«

»Wahrscheinlich nicht«, meinte Tobias, »der Herr wird kurzsichtig. Er sieht nicht einmal mehr, was um ihn herum vorgeht. Vor seiner Nase passieren Dinge, von denen er keine Ahnung hat.« Er beobachtete Therese. In einer Ecke lagen Emma, das fette junge Monstrum, und Lukas, eng an sie geschmiegt. Sie gafften nur hinterhältig. Therese, die aufmerksam zugehört hatte, war innerlich empört und fühlte sich wie eine Fremde unter ihnen, als sitze sie mitten unter Barbaren.

Der animalische Gestank und der stickige Rauch in der Hütte waren ihr plötzlich unerträglich. Es lag etwas Wildes, Unruhiges in der Luft. Sie war entschlossen, durch eine offene Aussprache allem bald ein Ende zu machen.

Da sie die Engstirnigkeit dieser Menschen nicht mehr ertragen konnte, zog sie sich bedrückt in den Heuboden zurück.

Ihre Gedanken kehrten zu Gottfried Sixtus zurück, während sie zum Fenster hinaussah.

Der Mond war noch nicht über die Zacken der Berge emporgestiegen. Den Felsblock, zu dem er sie bestellt hatte, konnte sie nicht sehen; er lag ein wenig abseits hinter der Böschung einer Wiese. Aber sie ging nicht, auf keinen Fall würde sie gehen. Doch der Schlaf wollte nicht kommen. Unten räumten die Männer das Haus …

Wie mild die Nachtluft durchs offene Fenster wehte und ihr die Wangen streichelte! Draußen plätscherte der Brunnen im Hof, die Kiefern seufzten im Nachtwind. Wird der Mond diese Nacht überhaupt kommen? Eine Weile lag Therese bewegungslos, als ob sie schliefe. Dann schlug sie die Augen auf; der Mond war aufgegangen. Wie eine Laterne hing er über dem Grat der Wildfluh. Er sah eigenartig schön aus …

Mit einem Ruck setzte sie sich auf. War das etwa Schnee draußen? Diese bleichen Wiesen! Diese blauen Schatten! War sie es, die den Fuß auf den Boden setzte und sich anzog? Nur keinen Lärm machen!

Sie schlich hinaus, sah sich um, alles war still; und schon lag die Hütte ein gutes Stück hinter ihr. Was trieb sie hierher? Schon war sie beim Felsen, und Gottfried Sixtus stand vor ihr.

»Sie sind gekommen, das ist liebenswürdig von Ihnen, Mademoiselle.«

»Weshalb haben Sie geschrieben, Herr Müller?«

»Setzen Sie sich auf diese kleine Felsplatte, ich will es Ihnen sagen.«

Seite an Seite ließen sich die beiden nieder.

»Es ist jetzt wie am helllichten Tag, doch ich hatte es schwer, meinen Weg durch den Wald zu finden, trotz dieser Laterne. Der Rückweg wird leichter sein im Mondschein.«

Seine Augen glänzten.

»Warum kamen Sie nicht bei Tag?«, fragte Therese.

»Warum? Weil meine Freunde noch im Gamhof sind, und wäre ich bei Tag gekommen, so hätten sie's gemerkt.«

»Und warum sollten sie es nicht merken?«

»Ach, das ist es eben. Ich wollte nicht, dass jemand davon erfährt. Als ich Sie hier oben sah, wunderte ich mich, wie Sie es fertig bringen, unter dem groben Bergvolk zu leben.«

»Die Leute sind nicht alle grob, Herr Müller.«

»Nun, vielleicht nicht; aber Sie scheinen nichts mit Ihnen gemein zu haben, Fräulein Therese! Ich meine, Sie sollten nicht hier oben bleiben, sondern in einer Stadt leben, wo die Menschen Sie sehen können.«

Er strich seinen flaumigen Schnurrbart.

»Wie jung Sie aussehen, Herr Müller.«

»Finden Sie? Hm – ich hoffe, bald meinen Doktor der

Rechte zu machen.«

»Man sagt, Sie studieren in Basel.«

»Ja, aber ich studiere auch andere Dinge; vor allem die Natur, und ich liebe alles, was schön ist. Deshalb bin ich noch einmal gekommen, um Sie zu sehen.«

Sie errötete. Er bemerkte es und nahm ihre Hand.

»Ich bin sehr unglücklich, übermorgen muss ich Gam verlassen. Ich reise mit meinen Freunden nach Italien. Wir wollen Mailand, Venedig und Florenz besuchen. Wenn nur Sie mich begleiten könnten, statt meiner Freunde! Ich würde Ihnen alle Wunder dieses interessanten Landes zeigen.«

»Auch in den Bergen ist es schön, Herr Müller.«

»Ich weiß. Aber es ist eine Schönheit, an die ich von Kind auf gewöhnt bin. Sie wird mit der Zeit eintönig; ich finde Städte viel interessanter, das Leben ist intensiver, aufregender. Oh, ich wünschte, Sie würden mich begleiten!«

»Sie sagten, dass Sie unglücklich seien, Gam verlassen zu müssen«, bemerkte sie nach einer längeren Pause. »Wenn Sie die Stadt so lieben, wie kann Sie die Trennung von Gam bedrücken?«

»Ich habe einen Grund; ich bin Ihnen begegnet!«

Er rückte näher zu ihr, und zögernd legte er seinen Arm um sie; dann küsste er sie plötzlich leidenschaftlich. Wie schlank und weich sie war!

»Du weißt, Theresli, du bist die Schönste, die ich je in meinen Armen hatte, du machst mich völlig verrückt!«

»Das will ich aber nicht«, sie versuchte, sich zu befreien.

»Warum liebst du mich nicht ein bißchen?«, flüsterte er. »Ich habe jede Sekunde an dich gedacht, seitdem ich dich sah. Ich habe nur auf diese Stunde gewartet Theresli, du hast doch nicht einen anderen, den du liebst?«

»Dann wäre ich nicht hier«, sagte sie kurz.

»Therese, verlass die Alp, komm nach Basel! Ich werde eine Arbeit für dich finden.«

»Was soll ich in Basel?«

»Wie kühl du sein kannst!«

Sie sprang plötzlich auf.

Auch er erhob sich – und riss sie in seine Arme; doch sie befreite sich rasch und lief auf die Hütte zu. »Therese! Fräulein Etienne!«, rief er verzweifelt. Doch sie blieb nicht stehen. Er lief ihr nach und als er die Hütte erreichte, sah er nur noch ihre bleichen Arme, die im Mondlicht die schweren Holzläden zu schließen versuchten. Glühend und zu gleicher Zeit voller Reue stand er unter ihrem Fenster.

Schließlich ergriff er die Laterne und machte sich auf den Heimweg, hinunter nach Gam.

ZWEI TAGE DANACH stand Therese am späten Nachmittag vor der Hütte und beobachtete eine weiße Wolke, die vereinzelt in der Mitte des Tales heraufzog. Geheimnisvoll rückte sie vor, wie ein himmlisches Kriegsschiff auf Patrouille. Eine Reihe flockiger Hilfstruppen folgte nach einer Weile ihrer Fährte. Ein heißer Windstoß traf Therese, ihr brach der Schweiß aus. Herzog II erschien plötzlich bei der Hütte und wurde von einem der Männer festgebunden. Nun kamen von allen Seiten die Kühe herbeigetrottet und blieben bei den Ställen stehen, eine Herde trübseliger Wiederkäuer. Dann trat der alte Karli auf die Schwelle.

»Ja, da kommt es endlich, das Donnerwetter. Die Jungfrau legt sich einen Kragen um, schaut nur! Und wie das Finsterahorn dampft! Das gibt eine schöne Schweinerei, und noch heute Abend. Aber es war verdammt nötig, muss ich sagen.«

Er nahm seine Pfeife aus dem Mund und spuckte in hohem Bogen seinen Speichel aus.

»Schaut nur, wie der Muni, der Teufel, die Augen rollt«, plapperte er und zeigte auf den jungen Stier. »Seit gestern braut es sich zusammen«, bemerkte Hermine. »Schaut doch nach Lindbach hinunter! Uh! Uh! Jede Sekunde wird es schwärzer und schwärzer.«

»Hui! Jetzt kommt es!«, rief Christine. »Gottes Zorn zieht herauf. Seht das Wetterleuchten dort in der Ferne!«

»Ja, und seht!«, fuhr Karli fort und zeigte mit der Pfeife die Wiese hinunter. »Dort hockt die Welschi. Ich erkenne sie von hinten mit ihrem roten Tuch auf dem Kopf. Sie ist es, die den Zorn unseres Herrgotts über uns bringt. Und Jaköbli ist mit Kasimir auf die Fluh hinaufgestiegen! Ja, ja, vor dem Abend wird es kaum losgehen, behaupte ich, aber wenn es kommt, Kinder, dann holt die Bibel und betet zu Gott!«

Das tiefe, lang gezogene Grollen des fernen Donners hallte von den Bergen wider.

Eine in die Länge geblähte Wolke kroch jetzt die schroffen Wände der Wildfluh entlang. Eine andere zog sich zusammen, leckte an den Felsen und durchdrang die Schluchten und Wälder. Die Sonne erlosch, ein finsterer Schatten fegte über die Alp.

»Jesses Maria! In der sitzt der liebe Gott!«, schrie Christine.

»Was steht ihr alle herum?«, rief Leonhards scharfe Stimme.

»Bringt doch das Vieh in den Stall! Sanschi, halt den Herzog fest, verdammi! Er ist fast los, gleich wird er unter die Kälber springen! Und Hermine, lösch das Feuer in der Hütte, der Wind wird gleich losblasen.«

Christian, Lukas und ein paar andere tauchten auf, um mitzuhelfen. Die Kühe wurden in die Ställe befördert. Dort standen sie nun in der Finsternis und schüttelten ihre Glocken. Herzog II riss sich plötzlich prustend und brüllend los und sprang unter die Kühe. Flüche und Schimpfworte schwirrten durch den Stall, Stöcke hagelten auf seinen Rücken nieder. Sie verdammten ihn zu ewiger Höllenqual, doch zu spät! Das Furchtbare war geschehen, und freiwillig trottete er wieder in seinen Stand zurück. Ein paar schwere Tropfen platschten auf das Dach, das Holzwerk der Hütte ächzte.

»Jetzt kommt es! Himmel Donnerwetter! Sakrament!« Plötzlich war alles wie ausgelöscht. Ein finsterer dunkler Vorhang fiel auf die Alp herab, und ein dumpfes Grollen erfüllte die Luft.

Therese kehrte in die Hütte zurück, wo die Älpler in Gruppen herumhockten. Einige von ihnen warfen misstrauische Blicke auf sie.

»Ja«, sagte schließlich der herkulische Mahder, »wenn der Allmächtige zuschlagen will, dann soll er wenigstens den Schuldigen unter uns treffen.«

Therese hatte im Hintergrund der Hütte Platz genommen. Ein Gefühl unendlichen Elends stieg in ihr auf und erstickte sie fast. Leonhard saß in ihrer nächsten Nähe.

»Fürchte dich nicht, hier schlägt es nicht ein.«

»Ich fürchte mich nicht«, sagte sie.

Einen Augenblick lang beleuchtete der Blitz die Gesichter. Durch die offene Tür und die schmalen Fenster sahen sie die Alp in grellem Licht, und Sekunden später kam der Donnerschlag.

»Herrgott!«, rief Sanschi, »das hat in den Tannen eingeschlagen.«

»Du sollst nicht den Namen Gottes missbrauchen«, sagte Leonhard.

»Ja, hü, hü! Der Teufel persönlich ist hier!«, zeterte der alte Karli. »Und einen von uns will er holen. Eben habe ich durch die Tür seine Hörner gesehen und seinen gebogenen Schwanz. Er sitzt vor der Tür mit einer roten Mütze auf dem Kopf und Feuer in den Augen; sein Atem stinkt wie Kuhfladen.«

Wieder zuckte ein Blitz über den Himmel, dem ein wüster Donnerschlag unmittelbar folgte und sogar die Steine, die das Dach beschwerten, zum Wackeln brachte. Einen Augenblick blieben alle stumm.

»Werft sie hinaus! Werft sie hinaus!«, schrie Emma »Wir kommen noch alle um, wenn sie bei uns bleibt! Schmeißt die Welsche hinaus!«

»Was willst du von mir«, sagte Therese und sprang auf. »Bin ich vielleicht schlechter als du?«

»An meinen Händen klebt kein Blut!«, rief Emma.

»An meinen etwa?«

»Halt das Maul, fettes Ding«, schrie Leonhard, »oder ich jage dich hinaus! Verstanden?«

»Jetzt hört mal diesen frommen Leonhard!«

»Halt das Maul, sag ich! Wer hat hier zu befehlen?«

»Oho, oho!«, kam von Mahder und ein paar andern.

»Und ich will nicht, dass hier jemand Unfrieden stiftet«, sagte Leonhard mit kreidebleichem Gesicht. Der Blitz schlug in den Wipfel einer Kiefer; der Berg schien zu zittern.

Emma erlitt einen plötzlichen Anfall. Schaum trat auf ihre Lippen, sie hämmerte gegen ihre Brust. Dann warf sie sich auf die Erde und schlug um sich.

»Das ist die Welschi diesmal!«, rief Hermine. »Sie hat Emma behext. Sie hat den Teufel zu uns hereingerufen. Die ganze Zeit starrt sie auf Emma. Ich hab's gesehen.« Alle sprangen auf.

»Wie kann ich schuld sein, wenn sie einen ihrer Anfälle hat? Sie kommen nicht vom Teufel, sondern von ihrer eigenen Bosheit und von ihrem schlechten Gewissen.«

Mahder ging auf Therese zu.

»Hinaus mit dir! Hinaus, sag ich!«

»Sie bleibt hier!«, fuhr Leonhard auf und stellte sich zwischen Mahder und Therese.

»Oho!«, grinste Mahder. »Ich aber sage, sie geht jetzt! Wir brauchen keine Kindsmörderinnen und Huren bei uns. Sie muss hinaus, sag ich.«

»Sie wird bleiben!«, wiederholte Leonhard.

Die beiden Männer packten einander am Kragen, als wollten sie zunächst ihre Kräfte messen, doch Therese warf sich dazwischen.

»Hört auf!«, rief sie. »Ich gehe – ich gehe und lasse euch alle in Frieden. Ich bleibe nicht mehr länger bei euch! Ich will euch nur sagen, ich bin keine Kindsmörderin. Ich habe nie ein Kind gehabt und habe auch nie mit einem Mann zu tun gehabt; jeder von euch soll das wissen.«

»Verdammte Heilige!«, ertönte es aus dem Winkel.

»Ich bin keine verdammte Heilige und auch kein gottloser Mensch. Es ist bestimmt nicht meine Schuld, dass Emma ihren Anfall hat. Mein Vater ist wegen Mordes im Gefängnis gewesen, das ist die Wahrheit; doch soll ich in alle Ewigkeit für sein Verbrechen büßen müssen? Ich wünsche niemandem etwas Böses, aber ich werde auch keinem erlauben, mich zu verfolgen oder mir etwas anzuhängen. Ich will mit euch nichts mehr zu tun haben!«

Sie ging zur Türe und trat in die Nacht hinaus. Schweigend blieben die andern zurück, nur Leonhard folgte ihr. Er sah sie im Sturm verschwinden, kehrte um, schlüpfte rasch in seine Jacke und schaute verächtlich in die Runde.

»Jetzt geh ich ihr nach ins Tal und rede mit dem Herrn!«, sagte er und verließ sie. Mit raschen Schritten lief er über die Wiese, in die Richtung, die Therese eingeschlagen haben musste. Er rief ihren Namen, doch seine Stimme verlor sich im Toben der Elemente. Es schien ihm unmöglich, sie zu finden, es sei denn, sie blieb auf dem Pfad, der nach Gam führte. Hagelkörner prasselten auf seinen Hut und peitschten sein Gesicht. Der Sturm heulte über die Berghänge und pfiff ächzend durch die Felsen. Aber Leonhard war ein Kind der Berge und gewohnt, mit dem Wetter zu kämpfen. Mit festen Schritten verfolgte er den Abstieg und erreichte nach einiger Zeit die Grenze des Waldes. Rund um ihn brüllte und krachte es, aber was ihn vorwärts trieb, war stärker als die Blitzschläge und die Wassergüsse, die auf seinen gefährlichen Weg hinunterprasselten. Spät in der Nacht sah er die Lichter von Gam durch die treibenden Nebel schimmern, und schließlich erreichte er den Gamhof.

Hier fand er seinen Herrn und erzählte ihm fast atemlos, was geschehen war und was sie alles gegen Therese vorgebracht hatten. Anton Jakob geriet in Zorn: »Aha! Eine Menge Sachen hat man also über Therese gewusst und keiner hat mir ein Wort gesagt!« Er ließ Röthlisberger holen.

»Warum hast du mir nichts gesagt, he?«

»Wir dachten, Ihr wüsstet Bescheid.«

»Dachtet Ihr, so?«

»Es war nicht unsere Sache, davon zu reden.«

»Aha, so, so!«

»Und wir wussten nicht, ob es wahr ist, Herr!«

»Ob was wahr ist?«

»Nun, Herr, alles, was man sich über die Welschi erzählt.«

Anton Jakob bekam einen Wutausbruch, der sich über

Röthlisberger und Leonhard entlud. Er machte ihnen bittere Vorwürfe und unterzog sie schließlich einem Kreuzverhör. Was wussten sie über Therese?

Etwas Genaues konnten sie nicht sagen, auch sie hatten es nur gehört, dies und das eben – was man ihnen erzählt hatte.

»Aber wer hat das alles erzählt?«

»Alle Welt, eben …«

»Wer ist alle Welt?«

»Nun – Gam.«

»So – aha – Gam! Nur ich hörte nichts von all diesen Dingen! Na! Wartet nur!« Als sich seine Wut etwas gelegt hatte, fragte er.

»Und wo ist sie jetzt?«

Leonhard wiederholte, was er seinem Herrn bereits berichtet hatte.

»Also Mahder Fritz und seine Frau und die andern! Aha! Wer gibt ihnen das Recht, jemanden hinauszuwerfen, der in meinen Diensten steht und mein Brot isst? Diese Lumpen! Diese bigotten Dummköpfe! Diese abergläubischen Idioten! Macht euch jetzt auf die Socken und sucht das Mädchen, überall! Und wenn ihr es nicht findet, schwöre ich, dass ich euch alle zum Teufel jage!«

»Ja, Herr Müller«, sagte Röthlisberger.

»Diese Herzlosigkeit!«, schnaubte Anton Jakob. »Wenn alles wahr ist, was Leonhard sagt, so ist es die infamste Sache, von der ich je gehört habe.«

Ein neuer Donnerschlag ließ das Haus erzittern.

»Macht euch auf die Beine, sucht sie! Oder ich gehe selber.«

»Herr, es ist Nacht!«

»Sucht sie! Nehmt den Bergführer mit, verdammt! Ich zahle ihm mehr als die Ausländer, die er über die Fluh führt. Wie, wenn sie irgendwo abgestürzt ist oder sich verirrt hat? Bis morgen Abend muss Therese hier im Hof sein, oder ich feuere euch alle. Vorwärts jetzt!«

Röthlisberger ging zu seiner Frau, um sich mit ihr zu besprechen. Er war kein junger Mann mehr, auch kein erfahrener

Bergsteiger, und er hatte den ganzen Tag hart gearbeitet. Dennoch entschloss er sich zu gehorchen. Sobald er und Leonhard gerüstet waren, liefen sie zum Bergführer und brachten ihm Herrn Müllers Botschaft. Dieser packte seinen Sack, nahm Seil und Pickel, und bald waren die drei Männer unterwegs auf der Suche nach Therese.

DIE GANZE NACHT hindurch fegte der Wind mit unverminderter Wut durch das Tal. Die kleinen Nebenflüsse waren zu Strömen angewachsen, die sich ungestüm in die schäumende Arna ergossen. Die Sägemüller des Tales eilten in ihre Mühlen und hatten große Mühen, ihren Holzvorrat davor zu schützen, fortgeschwemmt zu werden. Bei den Brücken standen Wächter, die machtlos zuschauen mussten, wie die entwurzelten Bäume gegen die Pfeiler prallten und die Wassermengen das Ufer überspülten.

Die Bauern saßen um die Tische und waren besorgt um ihre Ernte. Auf so manchem Tisch lag die aufgeschlagene Bibel. Die Weiber und Kinder kuschelten zusammen, horchten hinaus und tuschelten im Flüsterton über vergangene Unwetter.

Während dieses nächtlichen Aufruhrs saß Anton Jakob im Mahagonistuhl seines Arbeitszimmers, gleichsam isoliert von der Außenwelt; nur seine Gedanken an Theresli beherrschten ihn. Wie war es möglich, dass er, der reife Mann, der Vater erwachsener Kinder, ein solches Verlangen nach der Walliserin empfinden konnte? Wie konnte es möglich sein, dass er an nichts anderes mehr denken konnte als nur an sie? »Nein, nein, Anton Jakob, du wirst ein bisschen töricht! Du näherst dich deiner zweiten Kindheit!« Aber alle Selbstermahnungen halfen wenig, ein jugendlicher Teufel rumorte noch in ihm. Mein Gott, warum sollte er sie eigentlich nicht begehren? Er hatte ein großes Herz, er hatte ein großes Haus und ein großes Vermögen; Theresli war das Einzige, was ihm fehlte, um das Maß irdischen Glückes vollzumachen. Nie hatte er sich vor der öffentlichen Meinung gebeugt und nie mit konträren Leuten paktiert. Was Gam dachte oder schwatzte, kümmerte ihn nicht! Diese Gamer, diese Schafsköpfe!

Während der Donner dröhnte und der Regen gegen die Fenster peitschte, lief ein Lächeln über sein Gesicht; er stand auf und ging in den Keller, zapfte aus einem der Fässer ein Maß goldenen Weines ab und trug es selbst hinauf in sein Schlafzimmer. Ohne das Haus zuzusperren, ging er zu Bett; er schob sich ein Kissen unter den Kopf, rauchte eine Zigarre, trank seinen Wein und las den »Bund«. Und neben ihm stand dieses zweite Bett. Sakrament!

Doch wie wenige waren es, die er sich hineingewünscht hätte! Ja, Theresli, diese kleine Welsche! Wenn sie sie nur heil und gesund zurückbringen, dann könnte alles gut werden.

DIE MÄNNER KÄMPFTEN sich unterdessen durch die tobende Nacht. Nach Stunden mühsamen Aufstieges suchten sie Zuflucht an einer trockenen Stelle unter einem Felsvorsprung und legten sich nieder.

»Herr Müller muss verrückt sein, dass er uns in eine solche Nacht hinausgeschickt«, sagte der Bergführer, der sich die Hände über der Windlaterne trocknete.

Röthlisberger zog eine Flasche Schnaps heraus und gab sie seinen Gefährten weiter.

»Die verdammte Welschi! Die verdammte Welschi!«, brummte er in einem fort, während Leonhard in einem Zustand völliger Erschöpfung vor sich hinstarrte.

Nach einiger Zeit erhoben sich die Männer, um ihren Kampf mit der Sturmnacht wieder aufzunehmen. Schritt für Schritt rückten sie vorwärts auf dem steilen Pfad und erreichten schließlich in Wolken und Regen die freie Alp.

Noch vor Anbruch der Dämmerung kamen sie zur Hütte. Sie fanden den alten Karli in tiefem Schlummer unter einer rauen Decke. Im äußeren Winkel des Raumes schliefen Lukas und Emma in enger Umarmung. Leonhard begann sorgfältig ein Feuer anzuzünden, dann weckte er die beiden mit einem heftigen Fußtritt.

»Auf!«

Emma fuhr mit einem Fluch aus ihrem Schlaf auf, während Lukas wie ein Betrunkener um sich schaute. Der alte Karli begann zu schnarchen und drehte sein Gesicht zur Wand. Röthlisberger kauerte neben dem Feuer, die schwarzen Brauen finster gerunzelt. Der Bergführer versuchte sich zu trocknen, indessen Leonhard den Kittel auszog, den Kopf darauf legte und sofort einschlief. Grau und kalt kam der Morgen. Jeder Ausblick nach draußen war durch die treibenden Wolken verhängt. Von Zeit zu Zeit fuhr ein kalter Windstoß von den nahen Gletschern herab und fegte um die Hütten. Inzwischen wurde es heller, und sobald die Kühe gemolken waren, rief Röthlisberger die Leute zusammen.

»Nun, Leute«, sagte er trocken, »hier oben hat es Streit gegeben, also, wer hat angefangen?«

»He! Natürlich die Welschi!«, behauptete Emma.

»Nein, sie hat nicht angefangen!«, rief Leonhard. »Du warst es, und du, Mahder Fritz, hast sie aus dem Haus gejagt.«

»Oho! Wirklich? Irr dich nur nicht, Leonhard, sie ging auf eigene Faust.«

»Sie ging, um zu verhindern, dass du und ich uns in die Haare geraten.«

»Verdammt günstig für dich natürlich!«

»Ich habe keine Angst vor dir!«

»Sakrament!«, sagte Röthlisberger gebieterisch. »Das ist jetzt alles nicht so wichtig. Ich sage nur so viel: Ihr alle, wie ihr da steht, werdet euch jetzt auf die Beine machen und die Welschi suchen. Jeder Einzelne von euch, sage ich, und zwar sofort! Sie muss gefunden werden! Ich will kein Wort mehr hören. Wer nicht tut, was ich sage, kann sein Bündel schnüren – Sakrament nochmal!«

Er richtete sich auf, verschränkte seine Arme über der Brust und blickte entschlossen von einem zum anderen. Einer so wilden Entschiedenheit wagte selbst Mahder nicht Widerstand zu leisten; Mahder nahm seinen Hut und verließ die Hütte. Die andern folgten ihm. Röthlisberger schickte sie in verschiedene Richtungen aus. Hermine wurde beauftragt,

Thereses Habseligkeiten in der Zwischenzeit zu einem Bündel zu packen.

Den ganzen Morgen über durchsuchten sie die überschwemmten Wüsteneien und auch die tiefer gelegenen Wälder. Sie durchforschten die Felsen und Schluchten sowie das Geröll der reißenden Bergbäche. Therese war nirgends zu finden.

»Das hab ich geahnt«, sagte Leonhard. »Sie hat uns so sonderbar angeschaut, bevor sie wegging. Dort hinaus ist sie verschwunden. Wir wollen noch einmal suchen.«

»Recht verzweifelt muss sie gewesen sein«, bemerkte Röthlisberger. »Wer kann sagen, was ein Mensch in der Verzweiflung anstellt? Es gibt hunderterlei Stellen, wo sie abgestürzt sein könnte.«

»Lasst uns mal überlegen«, sagte der Bergführer. Er fuhr sich mit den Fingern durch seinen langen Bart. »Ich habe die Erfahrung gemacht, dass die Menschen in solchen Nächten nie sehr weit kommen. Wenn es auch so scheint, als würden sie fortgetrieben, so gibt es irgendeinen Einfluss, der sie zurückhält und im Kreise laufen lässt. Ich habe das an mir selber erfahren. Hatte dieses Meitschi vielleicht einen Lieblingsplatz, den einer von euch kennt?«

»Eh, vielleicht!«, meinte Leonhard. »Der St. Fridolins-Felsen?«

»Das wäre ja nicht gar so weit.«

»Dort haben wir noch nicht gesucht. Kommt!«

Sie überquerten eine sumpfige Strecke, wo ihre Stiefel bis zum Knöchel einsanken und die Erde unter ihnen quietschte; jeder Fußstapfen füllte sich sofort mit Wasser. »Hier«, sagte der Bergführer, da ist jemand vor uns gegangen. Ein Frauenfuß!«

»Lieber Gott! Und in solcher Nacht!«

Sie erreichten den Felsen. Er glich einem riesigen Zahn, der aus dem Berg ragte und auf dessen Spitze ein hölzernes Kreuz stand. An schönen Tagen konnte man von hier aus weit ins Land schauen. Durch jeden Riss und jede Spalte tröpfelte das Regenwasser. Schwarz und feucht glitzerte das Gestein, an dessen Fuß eine Pfütze entstanden war. Daneben fanden sie die hingestreckte Gestalt Thereses in nassen, an der Haut klebenden Kleidern.

»So ein dummes Geschöpf«, sagte der Bergführer, als er sie erblickte, »möchte wissen, ob ihr was passiert ist.«

Leonhard kniete nieder und hob ihren Kopf. »Sie lebt! Wir wollen ihr etwas Schnaps geben.«

Therese lebte – doch sie war ohne Bewusstsein.

AM VORMITTAG BEGAB sich Anton Jakob ins Gemeindehaus, um mit Herrn Blaser zu sprechen. Er hatte beschlossen herauszubekommen, was die Leute wirklich über Therese schwatzten. Er klappte seinen schwarzen Regenschirm zu, schüttelte den Schmutz von den Stiefeln und betrat die Gemeindekanzlei. Fünfzehn Jahre lang hatte er hier als Präsident geherrscht. Nun hieß der Präsident Niederegger, aber das änderte nichts an der Sache. In Anton Jakobs Augen war immer noch Anton Jakob der Präsident. »Tag, Blaser, Sauwetter, eh?«

»Tag, Herr Alt-Regierungsrat«, sagte Herr Blaser und legte seine Feder beiseite. »Ja, Ja! 's ist traurig. In Speuz und Arnisboden hat der Hagel schweren Schaden angerichtet.«

»Oh, aha! Das dachte ich mir.«

»Unten in Speuz hat es geschneit.«

»Ja! – Ich habe Scherereien auf der Alp«, fuhr Anton Jakob fort, »es gab eine Zänkerei. Ich habe eine junge Person in meinen Diensten, eine Welsche. Weiß der Teufel, was man alles über sie erzählt! Sie war der Anlass zum Streit. Jetzt bin ich zu Ihnen gekommen, um mich zu erkundigen, ob Sie Näheres über das Meitschi wissen.«

»Eh! Wohl kaum!«, tat Herr Blaser erstaunt.

»Was für eine Welsche sollte das sein?«

»Die Magd Etienne.«

»Ich muss in ihrem Geburtsschein nachsehen, nur einen Augenblick!«

Mit unschuldiger Amtsmiene schlug er ein großes Buch auf. Anton Jakob sah ihm zu, wie er den Hals vorreckte und die Brille über seine lange spitze Nase schob, während er mit blauem Fingernagel eine Reihe von Namen entlangfuhr.

»Scheint ein recht falsches Ding zu sein«, sagte Anton Jakob.

»Ist im Loch gesessen, wie es heißt, hat ihr Kind umgebracht und weiß der Teufel, was noch alles. Oder war es vielleicht ihr Vater, der als Mörder ins Gefängnis kam? Mein Pech, dass ich sie aufgenommen habe! Man sollte nie einen Dienstboten einstellen, ohne Zeugnisse zu verlangen.«

»Richtig! hier! Therese Etienne-Mariano. Hab's schon gefunden, aus Sitten. Einundzwanzig Jahre alt.«

»War sie im Gefängnis?«, fragte Anton Jakob.

Herr Blaser blickte auf.

»Nein, nein, ich müsste es wissen, wenn sie eine strafbare Handlung begangen hätte.«

»Aber alle Welt ist überzeugt, dass sie etwas auf dem Kerbholz hat«, fuhr Anton Jakob fort. »Und deshalb bin ich zu Ihnen gekommen.«

»Zweifellos ist es nicht halb so schlimm, wie die Leute es hinstellen.«

»Schlimm? Was sagt man denn Schlimmes von ihr? Ich nehme an, dass Sie es wissen, Herr Blaser.«, sagte Anton Jakob in kühlem Ton.

»Ach, Sie wissen ja, Herr Müller, die Leute lassen es sich's nicht nehmen, allen erdenklichen Unsinn zu schwatzen.« Blaser wurde es unbehaglich.

»So mir nichts, dir nichts schwatzt man nicht. Meistens steckt irgend etwas Wahres hinter dem Tratsch. Aber ich will die Wahrheit erfahren. Können Sie mir dabei nicht ein wenig behilflich sein?«

»Ich? Wie sollte ich? Herr Müller.«

»Könnten Sie nicht nach Sitten schreiben und sich nach dem moralischen Ruf des Mädchens erkundigen?«

»Das könnte ich vielleicht schon.«

»Ich zahle die Gebühren; doch ich will niemand in meinen Diensten haben, über den solche Dinge gesagt werden wie über diese Therese.«

»Ich werde das besorgen, Herr Müller, mit Sicherheit.«

»Nun, auf Wiedersehen, Blaser. Nächstens komme ich wieder.« Anton Jakob verließ das Gemeindehaus.

An diesem Tag machte er sich viel auf dem Hof zu schaffen und ertränkte seine Sorgen um Therese mit etlichen Gläsern Wein. Den ganzen Nachmittag saß er im Bären, spielte Karten und plauderte mit den Leuten. Mit größter Schlauheit veranlasste er sie, über Therese zu reden, und ermutigte sie dazu, die im Umlauf befindlichen Verleumdungen zu wiederholen. Es schien ihm geradezu Spaß zu machen, wenn sie ihre Lippen an sein Ohr legten und ihm dies und jenes anvertrauten, was man sich von der Welschi erzählte.

»Es überrascht mich nicht«, gab er dann zur Antwort, »es überrascht mich nicht. Ich muss der Sache nachgehen. Wenn es stimmt, lasse ich sie aus der Gemeinde ausweisen. Wir befördern sie in ihren Heimatkanton zurück. Ja, bei Gott, das machen wir!«

Als der Abend kam, erzählte man sich im Gam, dass Anton Müller die Welschi der Polizei übergeben habe und ihre Verbannung aus dem Kanton fordern werde.

Anton Jakob verbrachte den Abend zu Hause. Sein Unbehagen hatte sich zu einer fieberhaften Angst um Therese gesteigert. Immer wieder spähte er aus dem Fenster, ob nicht jemand von der Fluh komme und Nachricht bringe. Spät am Abend kamen der Bergführer, Leonhard und Röthlisberger und brachten Therese mit, die sie den ganzen Weg getragen hatten. Im Gamhof angelangt, legten sie sie in Röthlisbergers Wohnung auf ein Sofa, und Ida wurde hinaufgeschickt, um den Herrn zu benachrichtigen.

Anton Jakob kam unverzüglich herunter. Therese lag bewegungslos mit offenen Augen und hörte zu, wie die Männer Herrn Müller berichteten, wie und wo sie sie gefunden hatten.

»Du hast dir doch nichts gebrochen, dummes Meitschi?« Sie gab keine Antwort.

»Nun, sag doch etwas, Theresli!«, sprach er auf sie ein. »Ist dir schlecht?«

»Wie ihre Augen fiebern! Heiliger Sebastian!«, sagte Hedwig.

»Jetzt mach dich auf die Beine, Hedwig, und telefoniere zum Doktor nach Arnisboden, er soll sofort kommen.«

Hedwig lief hinaus.

»Besser, man bringt sie jetzt zu Bett«, meinte Frieda.

»Ja, Hm! Legt sie ins Bett, oben im Haus«, befahl der Herr.

Sie trugen Therese ins Haus hinauf, öffneten das Gästezimmer und legten sie ins Bett. Ida erhielt den Befehl, einen heißen Grog zu bereiten. Später erschien Dr. Hauser. Er maß Thereses Temperatur, fühlte ihren Puls und horchte sie ab. Beide Lungen seien angegriffen, man müsse das Schlimmste befürchten, falls sie nicht richtig gepflegt werde.

»Daran habe ich bereits gedacht«, sagte Anton Jakob. »Ich schicke sie unverzüglich in die Klinik.«

»Das ist das Beste was sie tun können.«

Anton Jakob ließ sogleich ein Pferd anschirren. Zunächst wollte er, dass Röthlisberger oder Leonhard den Landauer kutschiere, doch die beiden Männer waren zu erschöpft.

»Komm, Hedwig«, sagte Anton Jakob. »Wir beide schaffen sie nach Steffiswald.«

Therese wurde in Decken gewickelt und in den Wagen getragen. Anton Jakob ergriff die Zügel, während Hedwig neben Therese saß und sie an ihrer Brust gebettet hielt. Der Gaul trottete durch das stille Gam, talabwärts, bis nach einer Stunde die Lichter von Steffiswald in Sicht kamen. Vor dem Eingang der Privatklinik hielt der Wagen an. Therese wurde hineingetragen, indessen Herr Müller die nötigen Anordnungen traf, dass sie ein Zimmer erster Klasse erhielt und mit äußerster Sorgfalt gepflegt werden sollte. Daraufhin begab er sich auf den Heimweg.

»Ja, Hedwig«, sagte er zu seiner Begleiterin, während sie durch die Nacht rollten, »alles scheint manchmal drunter und drüber zu gehen. Aber oft kommen die Dinge auch ganz von selbst wieder ins Geleise. Es wäre doch jammerschade, wenn die Welschi sterben müsste!«

»Für manche Leute ist es besser, wenn sie tot sind«, versetzte sie finster.

Anton Jakob legte seinen Arm um ihre umfangreiche Taille.

»Hoffentlich wird das alles dem Kind nicht schaden, das du trägst«, sagte er in zärtlichem Ton. »Das würde mir wirklich leid tun.« Und nach einer Pause fuhr er fort: »Wann wird Pauli dich heiraten?«

»Er verspricht es mir immer wieder.«

»Aber wann wird er Ernst machen? Er sollte sich beeilen. Das wäre für euch beide das Beste.«

»Er habe einen zu geringen Verdienst, meint er.«

»Ah! Nun – du kannst ihm schreiben, dass ich dir zu deiner Hochzeit fünftausend Franken schenke.«

»Herr Müller –!«

»Ja, das tue ich gewiss! Es ist sozusagen Gewissensgeld. Aber das braucht er nicht zu erfahren. Ich tue es frohen Herzens.«

»Jesses, Jesses! Fünftausend Fränkli!«

»Ja, und jetzt kannst du dem Alten einen Kuss geben.«

Sie beugte ihr Gesicht zu ihm und sie küssten einander herzlich.

»Du solltest nicht herumgehen«, sagte er nach einer Weile, »und schmutzigen Tratsch über das arme Ding verbreiten. Sie hat keinem von euch etwas zuleide getan.«

»Ich habe das alles nie geglaubt, was die Leute über Theresli sagen.«

»Wirklich nicht? Auf dein Wort?«

»Nie!«

»Recht so!«, und er legte erneut seinen Arm um sie. »Ich glaube, wir sind alle Sünder, wir wollen nur nicht, dass andere es erfahren.«

In Anton Jakob regte sich ein Gefühl der Freude, Therese würde nicht sterben! Auch Hedwig war wie Anton Jakob in gehobener Stimmung. Neben dem Versprechen der fünftausend Franken war es das Gefühl von Liebe und Verehrung, das ihr die Tränen in die Augen trieb. Anton Jakobs Güte hatte sie völlig überrumpelt.

»Allohüp!«, stachelte er sein Pferd an, das begann, die Stränge baumeln zu lassen. Einige Tage lang stand Thereses Leben auf Messers Schneide. Dann wurde Anton Jakob eines Morgens benachrichtigt, dass sie außer Gefahr sei. Wie aus Albdrücken zu neuem Leben erwacht, fühlte er sich geläutert und verjüngt. Seine Gedanken wurden wieder aktiv, seine Sprache frisch und lebhaft.

»Nein, nein, das ist mehr als eine normale Begierde«, dachte er bei sich. Wie ein junger Gimpel war er in diese Therese verliebt – Schicksal? – oder unheilbare Krankheit? »Anton Jakob, du bist ganz schön gefangen«, spottete er über sich selbst.

Bald danach besuchte er Therese in der Klinik. Die Sonne drang durch die blanken Scheiben und strahlte über Thereses anmutige Erscheinung. Wie schön es war, diese blassen jungen Hände in seinen Pratzen zu halten!

»Ich bin nur froh, dass es dir besser geht. Ich schwöre, du wirst nie wieder Milchkannen scheuern. Aber, was zum Teufel heulst du denn?«

Schon kam eine Schwester herein und ermahnte den Besucher, ihre Patientin nicht aufzuregen, worauf er sich mit knarrenden Stiefeln zurückzog. Wirklich, diese Leute von Gam waren Lümmel, so über Therese zu reden. Es war an der Zeit, ihnen eine Lektion zu erteilen.

NACH EINIGER ZEIT besuchte er Therese ein zweites Mal und brachte ihr einige Bücher mit. Sie hatte sich ein Buch von Victor Hugo gewünscht; er gab ihr neben »Les Travailleurs de la Mer« ein Buch von Gottfried Keller »Kleider machen Leute« sowie Balzacs »Le Père Goriot« und »Eugénie Grandet«. Dazu legte er ein paar Kalender und einen Stoß illustrierter Zeitungen.

Nichts davon hatte er selbst je gelesen. Er wusste nur, dass die Bücher immer schon auf dem Regal zu Hause gestanden hatten, und er hoffte, sie würden helfen, ihr die Zeit schneller zu vertreiben. In Wahrheit wurde durch sie der Keim gelegt zu ihrer Sehnsucht, ihr Wissen zu erweitern.

Nach und nach kam der Augenblick, da Anton Jakob seine Gefühle von einem mehr praktischen Standpunkt aus zu überdenken begann: Was wollte er denn eigentlich? Noch wusste er es nicht genau. Wer war Therese? Was sollte er aus ihr machen?

Die Leute wussten, dass er sie in eine Klinik gebracht hatte, man wusste sogar welche. Doch was würde er nun als Nächstes tun? Etwas Verwegenes? Kein Zweifel; denn er hatte sich völlig verändert. Sein Stuhl im Bären blieb nun meistens leer. Er ließ Röthlisberger die ganze Buchführung machen.

Für seine Freunde und Bekannten hatte er nur noch einsilbige Antworten übrig. Und, lieber Himmel, eines Sonntags erschien er sogar in seinem geschnitzten Kirchenstuhl! Der hochwürdige Herr Niederhauser wollte seinen Augen nicht trauen. Die Leute schüttelten die Köpfe. Herr Fluck, der Barbier des Dorfes, erzählte seiner Kundschaft, dass Anton Jakob Müller nun jeden Tag komme, um sich rasieren zu lassen, ja, dass er sogar eine Dose Brillantine und eine Flasche Eau-de-Cologne gekauft habe. Aber wofür? Wollte er etwa seine Kühe parfürmieren. Herr Müller war schon immer ein bisschen schrullig; seit er aber in die Kirche und zu ihm lief, müsse er übergeschnappt sein.

In Wahrheit machte Anton Jakob allmählich eine Wandlung durch. Er schien verjüngt und konnte sich durchaus noch immer in etwas stürzen, ohne die Folgen zu bedenken.

Aber er wusste auch, dass er über Therese mehr erfahren müsse. Mit Fragen würde er sie verletzen – doch wie könnte er es fertig bringen, sie jemals zu verletzen?

Plötzlich entschloss er sich, ins Wallis zu reisen. Freilich war die Sache mit Mahder und den anderen Älplern noch zu regeln, aber gleichwohl, Therese kam zuerst.

So brach er eines Morgens auf, nahm den Zug nach Lausanne und von dort nach Sitten, wo er sich in einem Hotel einquartierte. Die Weite dieses südlichen Kantons überraschte ihn. Die Rhône wälzte sich mit machtvoller Willkür zwischen den vereisten Gipfeln durch das sonnendurchflutete Tal. Jedes Fleckchen Erde, das nach Süden abfiel, war mit Reben bepflanzt. Ruinen alter Burgen, auf erstaunlich hohen Gipfeln erbaut, beherrschten den Blick in melancholischer Einsamkeit.

Dies war also der Ort, an dem Thereses Wiege gestanden hatte! Anton Jakob konnte sich eines romantischen Gefühls nicht erwehren. Gleich am nächsten Tag machte er sich auf, um so viel wie möglich über Therese in Erfahrung zu bringen. Es dauerte nicht lange, der traurigen Geschichte auf die Spur zu kommen. Und es gelang ihm, sich Einblicke über die Gerichtsverhandlung ihres Vaters aus den Protokollen zu verschaffen. Er stieß dabei auf die Tatsache, dass ihr Vater der geradlinige Abkömmling eines alten Adelsgeschlechtes war. Eh! Merkwürdig! Es begann ihm Spaß zu machen, und er schürfte immer tiefer in der Vergangenheit der Etienne-Marianos. Der Chef des kantonalen Archivs, ein Historiker, half ihm dabei.

Etienne-Mariano hatte also Mörder unter seinen Ahnen. Anno Domini pflegten diese wie Sperber von ihren Burgen herunterzustürzen und sich auf die Kaufleute zu werfen, die von Italien über den Simplon und den St. Bernhard kamen, um sie von ihren Lasten zu erleichtern oder ganz aufzureiben.

Wie alle diese lokalen Barone jener Zeit waren sie Vasallen der Herzöge von Savoyen – Diebe, Räuber, Mörder – und waren in ständiger Fehde mit ihren Nachbarn. Aber was sie auch taten, es wurde durch den allmächtigen Bischof von Sion abgesegnet.

»Nun weiß ich eine ganze Menge«, dachte Anton Jakob. »Therese kommt also aus einem uralten Geschlecht. Ich habe ihre Vorfahren bis ins dreizehnte Jahrhundert verfolgt. Wir Gam-Müller gehen nur bis ins sechzehnte zurück. Zuvor waren wir Kuhhirten, Taglöhner oder vielleicht Wilde oder Leibeigene.«

Bevor Anton Müller in seine Heimat zurückkehrte, besichtigte er das Grundstück des ehemalige Häftlings Etienne. Es lag ein wenig abseits von der Straße, ein elendes, kleines Steinhaus mit einer kleinen Scheune und einem angebauten Schweinestall. Armes Theresli! Von einer Burg zu dieser Behausung! Was für ein Abstieg.

In der Wildnis, die diesen Ort umgab, hatte der alte Etienne, bevor man ihn ins Gefängnis steckte, fleißig gewildert. Anderer Leute Hoch- oder Vogelwild zu jagen oder unerlaubt in der Rhône zu fischen, war aufregender und unterhaltsamer als der eintönige Trott hinter dem Ochsenpflug und entsprach auch viel mehr den Traditionen seiner Familie. Ein Faulenzer war er gewesen; ein Mörder! Und schließlich ein rheumatischer Krüppel. Einerlei, was er alles angestellt haben mag, dieser alte Lump! Es soll vergessen sein! Er hatte eine Tochter in die Welt gesetzt, und durch eine seltsame Laune der Natur wurde diese Tochter mit der ganzen Schönheit vergangener Jahrhunderte ausgestattet. War das nicht mehr, als was manch ein vortrefflicher Mann geleistet hatte?

»Und jetzt«, dachte Anton Jakob, »jetzt reise ich wieder nach Hause. Keine Lügen mehr über Theresli, keine Verleumdungen! Die Gamer sollen die Suppe auslöffeln, die sie sich eingebrockt haben.«

Mit diesem Entschluss ging Anton Jakob festen Schrittes zum Bahnhof. »Mir gehört die Welt!« stand auf seinem braunen Gesicht zu lesen. Er warf sich in die Brust, wie einst in jüngeren Tagen, wenn er mit einem Lobeerkranz von einem Schützenfest heimgekehrt war.

ALS ANTON JAKOB daheim ankam, fand er bei sich zu Hause seine Tochter und ihren Mann.

»Vätti, wo bist du gewesen? Wir sind schon zwei Tage hier, Felix hat Ferien, und da dachten wir, wir kommen und verbringen die Ferien hier bei dir!«, rief Sophie, als sie den Vater sah.

»So, aha! Soso!«, sagte Anton Jakob etwas überrascht.

»Wo bist du denn gewesen? Ich habe alle Welt nach dir gefragt; niemand schien Genaues zu wissen.«

»Alle Welt! Habe ich vielleicht aller Welt Rechenschaft über meine Schritte zu geben, Meitschi? Warum habt ihr euch nicht angemeldet?«

»Wir wollten dich überraschen, Vätti.«

»Nun, das ist euch gelungen. Seid ihr jetzt zufrieden?« Dann erzählte er ihr, dass er eines kleinen Geschäftes wegen in Sitten gewesen sei. Sophie sah ihn etwas ungläubig an, doch er schien ihre Blicke zu ignorieren und schaute ins Freie. Langsam zog sie die Oberlippe ein, dann wanderten ihre Blicke zu ihrem advokatischen Ehegatten, der in einem grünen Sportanzug, scheinbar teilnahmslos, in einem der gepolsterten Mahagonisessel seines Schwiegervaters saß.

»Wie lange wollt ihr bleiben, Sophie?«, fragte nun Anton Jakob. »Ich habe keine anständige Bedienung, wie ihr wisst, aber ihr seid mir trotzdem willkommen. Wir können vielleicht im Bären essen.«

»Ich habe unser Hausmädchen mitgebracht«, erklärte Sophie.

»Wir wollen dir nicht zur Last fallen.«

»Zur Last fallen! Ihr belästigt mich nicht. Du bist hier daheim. Mach dir's nur bequem.«

»Wir haben uns bereits eingenistet«, sagte nun Dr. Naef. »Nach all den Monaten im Büro tut es ordentlich gut, frische Bergluft zu schnappen. Die meiste Zeit werde ich mit der Angel unterwegs sein.«

»Und ich werde das Haus in Ordnung bringen, solange ich hier bin«, sagte Sophie. »Alles ist drunter und drüber. Den Wäscheschrank habe ich schon durchgesehen; scheint eine Menge zu fehlen. Und ein paar unserer besten Porzellanteller zerschlagen! Und der Staub! Vätti, du bist kein guter Hausvater.«

»Nun, Sophie«, sagte der Vater scherzend, aber mit etwas ungewohntem Unterton. »Du brauchst nicht das Inventar aufnehmen, ich gedenke noch nicht so schnell zu sterben.«

Nach dieser ein wenig bitter klingenden Rede fühlte sich Sophie veranlasst, ihre Arme um seinen Hals zu schlingen.

»Vätti! Vätti! Nicht so etwas sagen!«

»Nun, mein Haar wird langsam grau, du weißt.«

Für Anton Jakob kam der Besuch recht ungelegen, aber er versuchte, es zu überspielen.

Die Existenz von Therese war Sophie kein Geheimnis geblieben.

Gleich am ersten Tag ihrer Ankunft hatte sie brühwarm die ganze Geschichte der hübschen Walliserin erfahren. Und als der Name Therese Etienne fiel, bekam sie instinktiv Angst. Wer war die Fremde, diese Dienstmagd, die ihr Vater in einem Privatsanatorium untergebracht hatte? Und noch dazu in einem so teuren Haus, wie ihr Mann meinte, der den Direktor kannte. Ja, wer war sie?

»Vätti«, fragte sie am folgenden Tag, »was ist aus Mamas Bild geworden, das über der Kommode hing?«

»Sei nicht so neugierig. Ich hab's heruntergenommen, ich will einen neuen Rahmen machen lassen.« Aber der Vater errötete wie ein Schuljunge, und da wusste Sophie, dass er nicht die Wahrheit gesagt hatte. Ein Verdacht stieg in ihr hoch, der sie beunruhigte.

»Du musst dich mit dieser Sache befassen«, befahl sie ihrem gelangweilten Mann, als sie etwas später unter vier Augen waren.

»Du musst herausfinden, was es mit dieser Welschi in der Klinik für eine Bewandtnis hat. Vätti ist ganz anders als sonst, kalt und sonderbar in seinem ganzen Benehmen. Ich fühle, dass er uns nicht gerne hier sieht Wir müssen aber trotzdem bleiben. Stell dir nur vor, dieses Mädchen in der Klinik – was könnte es alles anrichten!«

»Ja«, sagte Felix, »hab ich es dir nicht immer schon gesagt? Du hättest Vater schon längst dahin bringen müssen, seine ganzen Angelegenheiten in meine Hände zu legen. Dann wären wir zumindest imstande, genau zu wissen, was er vorhat. So aber kann er sich und uns alle zugrunde richten, ohne dass wir die leiseste Ahnung haben, bis …«

»Dummes Zeug!«, schnitt sie ihm das Wort ab.

»Vätti weiß genau, was er tut. Selbst wenn er etwas Dummes macht, weiß er es auch. Du hast gehört, was Frieda Röthlisberger gesagt hat! Persönlich hat er sie in die Klinik kutschiert, hat ihr ein Kleid gekauft, und weiß der Teufel, was noch. Was daraus werden soll, möchte ich wissen. Du musst herausbekommen, wer die Welschi ist.«

»Unsinn, Sophie. Du hast den Kopf voller Hirngespinste.«

»Ich werde an Gottfried schreiben«, sagte sie ärgerlich. »Stell dir doch vor! Fünfundzwanzig Franken zahlt er täglich für dieses Geschöpf! Wie kommt er dazu?«

»Vielleicht nichts weiter als eine Anwandlung von Großmut.«

»Ja, oder eine Anwandlung von etwas anderem! Für eine Magd würde auch ein gewöhnliches Spital genügen, falls sie überhaupt ein Spital braucht.«

»Ihr Weiber müsst immer Unfrieden stiften«, sagte Felix, ohne allerdings seine devote Haltung aufzugeben, »weil ihr euch ewig in das Leben der Männer einmischt.«

»Wenn wir uns nicht einmischen würden«, sagte Sophie, »mein Gott! Wie dann euer Leben aussehen würde!«

»Da es sich so verhält«, erwiderte Felix und erhob sich, »werde ich versuchen, noch vor Tisch ein oder zwei Forellen zu erwischen.«

Er griff nach seinem Hut und verließ das Zimmer, während Sophie in den oberen Stock ging, um mit ihrem Hausmädchen die Betttücher, Tischtücher und Servietten zu zählen.

»Kinder«, sagte am nächsten Morgen Anton Jakob, »ich fahre in Geschäften für ein bis zwei Tage nach Bern.«

»Du hast immer viel zu tun, Vätti, wie?«

»Jawohl, das habe ich.«

Sie betrachtete seinen sorgfältig gestutzen Bart, die glattrasierten braunen Wangen, den schön gebürsteten Anzug und den schneeweißen Kragen.

»Würde gerne mitkommen, Vätti.«

»Nein, Meitschi, das geht nicht, du würdest mir im Wege sein.«

Er schaute seiner Tochter ernst ins Gesicht.

»Gerade bei diesem Geschäft muss ich allein sein«, fuhr er fort.

»Vätti, wie kannst du vor mir Geheimnisse haben?«

»Sophie«, sagte er und legte seine breite Hand auf ihre Schulter, »es handelt sich um ein besonderes Geschäft, sag ich, nicht um ein Geheimnis. Das ist alles.«

Er machte kehrt, rief ihr im Fortgehen ein Adieu zu, und sie blickte ihm noch nach, als er durch den Garten zwischen den Obstbäumen verschwand.

Anton Jakob fuhr nicht nach Bern. Er telefonierte vom Bahnhof in die Klinik und meldete seinen Besuch bei Therese an. Mit dem nächsten Zug fuhr er nach Steffiswald.

Therese saß im Garten in einem Korbstuhl, eine Decke um die Beine gewickelt, und las Gottfried Kellers »Kleider machen Leute«. Vor ihr lagen ein grüner Rasenplatz, eine Terrasse, und ein Stück weiter sah man die Dächer der Bauernhöfe vor dem tiefblauen Wasser des Thuner Sees. Sie fühlte sich ausgeruht und friedlich. Nur von Zeit zu Zeit verspürte sie, wie ein flüchtiger Windhauch, der sie anwehte, eine unbestimmte Angst vor der Zukunft. Wohl hustete sie dann ein bisschen, lehnte den Kopf zurück und blickte in die Zweige des Apfelbaumes über ihr. Nie war ihr Dasein ihr so flüchtig, so wertlos erschienen. Sie dachte oft an Gottfried Sixtus. Seine Zudringlichkeit hatte zuerst ein Gefühl des Zornes bei ihr ausgelöst, nun aber, da die Krankheit hinter ihr lag und die Dinge ihre scharfen Kanten abgeschliffen hatten, blieb bei ihr ein leises Staunen zurück. Sie besaß einen Bierzipfel, den sie zwei Tage nach Gottfrieds Besuch in der Nähe des Felsens gefunden hatte. Offenbar hatte er sich in jener Nacht von Gottfrieds Uhr losgerissen.

Oft schon wollte sie ihm das Ding zurückschicken. Doch wie hätte sie es wagen können; sie musste ihm ja einen Begleitbrief dazu schreiben. Das kam nicht in Frage, niemals würde sie ihm schreiben. Sie fragte sich im Stillen, wo wohl der Student Gottfried Sixtus in diesem Augenblick sein mochte. Aber sie dachte auch an seinen Vater, der sie seit mehr als einer Woche nicht besucht hatte.

Sie musste so bald wie möglich gesund werden, um ihm keinen Augenblick länger als unbedingt nötig, zur Last zu fallen. Eine Pflegerin erschien und teilte ihr mit, Herr Müller habe aus Gam angerufen und angefragt, ob er sie besuchen könne.

»Warum fragen? Natürlich! Sagen Sie dem Herrn, es wird mich freuen, wenn er kommt.« Eine Stunde später erschien Anton Jakob.

»Wie geht's, Theresli?«

»Viel, sehr viel besser, danke.«

»Oh! Aha!«

Er schob seinen Stuhl ein wenig näher und setzte sich. Eine Weile blieben beide stumm. Wieder befiel ihn Schüchternheit. Er begann zu grübeln. In ihrem schlichten neuen Kleid erschien sie ihm schöner denn je. War es nicht verstiegen, ein solches Wesen besitzen zu wollen?

»Theresli«, sagte er schließlich, »du bist eine ganz andere geworden, aber das wundert mich nicht.«

»Ich verstehe Sie nicht, Herr.«

Er rutschte auf seinem Stuhl hin und her.

»Ja, weißt du, du bist nicht die, für die du dich wahrscheinlich selbst hältst. Du solltest keine Dienstmagd sein. Ich kann es dir eigentlich gleich erzählen: Bin in Sitten gewesen, um deinetwegen Erkundigungen einzuziehen. Theresli, sag mir, ob ich mit dir über alle diese Dinge sprechen darf. Dreh dein Gesicht nicht weg, oder ich sage kein Wort mehr. Sag lieber, ob es dir weh tut, wenn ich davon spreche.«

»Nein, Herr, aber es ist so traurig und alles längst vergangen.«

»Das weiß ich, und ich möchte mich auf keinerlei Einzelheiten einlassen; ich will dir bloß sagen, dass ich alles weiß, ja, vielleicht sogar mehr weiß als du selbst. Ich kenne deine ganze Familiengeschichte, weiß, dass deine Familie Jahrhunderte hindurch adlig gewesen ist und dass einige deiner Ahnen in den Ehrengräbern der Kirche begraben liegen. Oh, ich weiß eine ganze Menge, Theresli.«

»Das weiß ich auch«, bemerkte sie einfach. »Mein Vater hat es mir oft erzählt. Er behauptete, das sei sein einziger Trost gewesen während seiner Haft und seiner Krankheit.«

»Ja, aber du brauchst nicht ewig für deinen Vater zu büßen. Wenn ich irgendein Unrecht getan hätte, glaubst du, ich wollte, dass meine – meine Kinder dafür leiden müssten?«

»Herr Müller, Sie werden nie etwas Unrechtes tun.«

»Oh, ich bin schon dazu imstande, Theresli. Ja, im Ernst, ich habe im Leben so manches getan, fühle mich aber noch nicht alt genug, um ein Heiliger zu werden; nicht im mindesten alt genug!« Er lächelte verschmitzt. Zum ersten Mal sah sie ihn ohne jede Unterwürfigkeit an, ja sogar ohne ihre sonstige Bescheidenheit. Sie schien ihn gleichsam mit ihrem Blick zu messen, um tiefer in ihn hineinzusehen und die inneren Beweggründe dieses Mannes, der da vor ihr saß, zu ergründen. Als er ihren Blick erwiderte, war er überrascht von ihrer ruhigen Selbstsicherheit.

Was bedeutete in seinen Augen außerdem Bildung, was Kultur und alle gesellschaftlichen Errungenschaften im Vergleich zum Adel der Schönheit und der Herkunft? Nein, in der Tat! Anton Jakob fühlte sich nicht mehr als ihr Herr.

Schweigend saßen sie sich gegenüber.

»Hast du schon jemals einen Liebhaber gehabt?«, fragte er unvermittelt. Ihre Augen öffneten sich weit. »Nein, Herr«, sagte sie.

»Ich habe Liebschaften hinter mir, aber es war nie viel Liebe dabei.«

»Herr, warum erzählen Sie mir das?«

»Nenn mich nicht immerfort Herr!«, sagte er eindringlich. »Ich erzähle dir das alles, weil du ein Recht hast, es zu wissen.«

»Ein Recht? Wieso denn?«

»Siehst du, Theresli, ich bin ein Witwer in den Fünfzigern. Wenn ich aufpasse, habe ich noch weitere dreißig Jahre vor mir. Ich bin nicht alt. Verdammt nochmal, ich könnte wohl noch ebenso über die Stränge schlagen wie manch ein junger Kerl, wenn ich nicht meine Erfahrung in solchen Dingen hätte. Nein, das ist nicht der springende Punkt; Theresli, siehst du, das ist es ja gerade! Du bist da, und ich kann ehrlich sagen: Ich hab dich so gern, dass ich sagen würde – wenn ich wüsste, dass du mich nicht auslachst –, dass ich sagen würde, ich bin in dich verliebt! Und da liegt der Hase im Pfeffer, soweit die Sache mich betrifft. Ich will jetzt ganz offen sein, Theresli: Ich möchte dich gern zur Frau haben und möchte, dass du mein Eigen wirst und ich dir ganz gehöre. Wie denkst du darüber?«

»Und Gottfried und Sophie und all die Leute in Gam?«

»Ja, an all das habe ich schon längst gedacht!« Er nahm ihre Hand und drückte sie warm.

»Ich habe nichts und ich bin nichts, und Sie sind ein reicher Mann. Wie können Sie an so etwas denken?«

»Dran denken? Ich hab mir's nach allen Seiten überlegt.«

»Nein, und Ihr ehrlicher Name!«

Sie bedeckte ihr Gesicht mit den Händen.

»Na, na, Theresli«, sagte er. »Nicht doch! Es könnte jemand kommen. Nicht weinen! Es soll dich nicht so mitnehmen; es wird dir noch schaden. Sag einfach ja, dann gehe ich und bin glücklich. Nun, so sag's doch!«

»Ich kann nicht.«

»Magst du sonst nichts sagen?«, fragte er nach einer Pause.

»Muss ich jetzt gleich ja sagen?«, fragte sie mit zitternder Stimme. »Kann es nicht vielleicht ein andermal sein?«

»Je früher, desto besser«, erwiderte er in festem Ton. »Und wenn du's gesagt hast, will ich unsere Hochzeit vorbereiten.«

»Nein! Nicht jetzt! Es kommt alles so überaschend!«

Er stand auf. Mit einem Gefühl der Ratlosigkeit sah er sie an. Dann verließ er sie ohne ein Wort. Drei Tage lang kam er nicht wieder.

In der Zwischenzeit besuchte Hedwig Therese. Sie kam wie ein Weihnachtsengel mit allerhand Paketen, vor allem mit feiner Wäsche, und sie berichtete, der Herr habe ihr aufgetragen, bei einer Schneiderin Kleider für sie zu bestellen. Anfangs wollte Therese diese Geschenke zurückweisen, doch Hedwig überzeugte sie, dass es töricht und unfreundlich von ihr wäre, Herrn Müllers Freigiebigkeit abzulehnen, wo sie doch schon so viel von ihm angenommen habe.

»Mit seinen Kindern«, erklärte Hedwig »hat er immer in bestem Einvernehmen gelebt. Sie lieben ihn und nichts wünschen sie sich mehr, als ihren Vater glücklich zu sehen. Außerdem ist er nicht alt, der Herr Müller. Du weißt, Männer sind noch jung, wenn Frauen im gleichen Alter schon alte Weiber sind. Schau dir den Herrn einmal an. Noch so jung und schon seit Jahren so einsam! Schau dir Gottfried und Sophie an!

Schon seit Jahren liegen sie ihm in den Ohren, dass er ihnen eine neue Mutter bringe. Mindestens ein Dutzend hätte er schon haben können, aber er wollte nicht. Nun, Theresli, sei doch nett zu Herrn Müller, er ist ein feiner Mensch. Und hab keine Angst. Heiraten tut nicht halb so weh wie das Alleinsein. Denk nur, du wirst Frau Regierungsrat sein, das kann nicht jede«, sagte sie mit diplomatischer Schlauheit.

»Hedwig, ich war noch nie einem Menschen so dankbar wie Herrn Müller. Aber ich glaube nicht, dass ich ihn liebe.«

»Ah bah! Das kommt von selbst!«

»Aber seine erwachsene Tochter? Sein Sohn, der Student?«

»Eh, wie schön, wenn sie eine so junge Mutter haben! Sie werden dich mehr lieben, als sie je ihre eigene Mutter geliebt haben!«

»Wissen es alle, dass Herr Müller um mich angehalten hat?«

»Nein, natürlich nicht. Nur ich weiß es. Der Herr hat mit mir gesprochen.«

»Er muss großes Vertrauen zu dir haben.«

»Es ist nicht das allein; er sagte, dass er dich nie wieder sehen könnte, wenn er nicht sicher wäre, dass du ihn heiratest; und er bat mich, dir seine Worte auszurichten. Hab doch Mitleid mit dem einsamen Mann, Theresli.«

Theresli fühlte sich überrumpelt.

»Du weißt, Hedi«, sagte sie, »ich fürchte mich vor ihm.«

»Ah, bah! Er wird dich nicht auffressen.«

»Nein, aber ich habe gar nicht das Gefühl, als könnte ich mit ihm glücklich werden, oder als könnte ich ihn sehr glücklich machen.«

Die Art ihres Argumentierens überstieg natürlich Hedwigs Verständnis.

»Der Teufel soll mich holen, wenn du jetzt nicht wie eine Närrin redest. Da weinst du, und mit ein bisschen Verstand könntest du das glücklichste Geschöpf dieser Welt sein!«

»Ja, aber denk nur! Ich bin einundzwanzig, und er wird bald sechzig.«

»Sechzig!«, rief Hedwig in einem neuen Tonfall: »Vierundfünfzig! Und was ist schon dabei? Ich würde ihn auf der Stelle zum Manne nehmen.«

»Die Leute werden sagen, dass ich ihn wegen seines Geldes geheiratet habe. Nein, Hedi, ich kann es einfach nicht.«

»Soll ich also dem Herrn sagen, dass du nicht willst?«

»Sag ihm, er soll zu mir kommen.«

»Er wird nicht kommen, wenn du ihm nicht sagen lässt, dass du ihn nehmen willst.«

»Sag ihm, er muss kommen.«

»Ach, was für Geschichten das sind! Heiliger Sebastian! Dann werd ich's ihm also sagen.«

Hedwig verließ Therese und fuhr geradewegs nach Bern, wo Anton Jakob auf ihre Antwort wartete.

ER BRAUCHTE NICHT viel Ermunterung. Als er in die Klinik kam, lud er Therese ein zu einer Spazierfahrt in einem schwarzen Landauer, den er gemietet hatte. Sie war überrascht und zunächst unschlüssig, doch der Arzt redete ihr gut zu, und so setzte sie sich neben Anton Jakob in den Wagen und fuhr mit ihm am Ufer des Sees entlang. Das Wetter war warm und sonnig. Als sie ins offene Land hinauskamen, nahm Anton Jakob ihre Hand in die seine.

»Theresli«, sagte er, »ich liebe dich wirklich, und ich bin mir ganz sicher. Du wirst doch meine Frau?«

»Ich habe darüber nachgedacht, Herr. Aber ich weiß nicht, was tun.«

»Nenn mich nicht immer Herr, es tut mir weh.«

»Wie soll ich Sie dann nennen?«

»Toni.«

»Hat Ihre Frau Sie so gerufen?«

»Nein, Jakob.«

Nachdenklich saß er da und drückte ihre Hand.

»Theresli!«, sagte er nach einer Weile, »ich glaube, wenn du's ehrlich versuchen würdest, könntest du mich schon liebhaben.«

In seiner Stimme lag etwas, das in ihr eine gewisse Rührung aufkommen ließ. Sie holte tief Atem, schloss die Augen und lehnte sich zurück

»Also willst du?«

Sie nickte mit dem Kopf.

»Nun musst du mir aber einen Kuss geben, dann weiß ich, dass du es ernst meinst.« Sie lehnte ihren Kopf an seine Schulter.

»Nicht weinen«, sagte er zärtlich. »Das ist kein guter Anfang … aber natürlich, aller Anfang ist schwer!«

Er küsste sie in größter Verehrung; doch ihr war dabei zumute, als verdorre ihr die Stimme in der Kehle. Selbst der Druck seiner Hand tat ihr weh. Und sie fragte sich ernstlich, ob dies nun wirklich das große Glück sei, das sie erwarte.

Therese schaute ihn schwermütig an. Einen Augenblick lang schien ihr, als verwickle sich ihr ganzes Leben zu einem Knoten in ihrer Brust. Konnte sie ihre Vergangenheit vergessen? Und war der Mann an ihrer Seite wirklich ihr Schicksal?

»Toni! Ist das alles wirklich und wahr? Ist das alles möglich?«

»Ja«, flüsterte er, »ich werde dir das Leben so leicht wie möglich machen.«

Der Kutscher drehte sich um. »Soll ich an der Klinik halten?«

»Ja, haltet dort!«

Er blieb eine gute Stunde bei Therese und merkte, dass sie sich einer gewissen Zuneigung zu ihm nicht erwehren konnte. Auch der bisherige Kampf mit dem Leben hatte dazu beigetragen, bei ihr allmählich praktische Erwägungen mitspielen zu lassen. Hatte Hedwig nicht doch vielleicht recht gehabt?

Und was außerdem eine Rolle spielte: Ein Gefühl des Stolzes nahm von ihr Besitz. Aus der niedrigen Stellung einer Magd sollte sie emporsteigen in Bereiche des Wohlstands und dies nicht auf einem mühsamen, beschwerlichen Weg, sondern durch eine bloße Laune, durch eine Wende des Schicksals. Sie war selbst erstaunt, mit welcher neuen Selbstverständlichkeit sie diesen plötzlichen Sprung ins Ungewisse vollzog.

War es für Therese nicht ganz natürlich, alles Neue zu wagen, lag denn dies alles nicht in ihrer Herkunft?

»Theresli«, sagte er, »ich bin sehr froh, dass ich der erste war, der dich entdeckt hat. Wie viele Nächte habe ich deinetwegen nicht geschlafen.«

»Aber wenn du mir das nächste Mal etwas zu sagen hast, dann komm bitte selber und schicke nicht die Hedwig. Ich mag es nicht, wenn andere etwas von uns wissen.«

»Aha!«, dachte er, umso besser! Sie kann eifersüchtig sein. Das ist kein übles Zeichen.

ALS ANTON JAKOB am Abend in Gam ankam, nahm er sozusagen den Stier bei den Hörnern und verkündete ohne Umschweife, dass Sophie binnen kurzem eine neue Mutter, Felix eine Schwiegermutter, der Gamhof eine neue Herrin und er selbst eine neue Frau erhalten würden, worauf ein unheilschwangeres Schweigen eintrat.

»Man könnte glauben, ich hätte ein Verbrechen begangen, wie du mich anschaust«, sagte er zu seiner Tochter.

»Nein, Vätti«, antwortete sie völlig entgeistert. »Aber das kommt eben etwas plötzlich. Dürfen wir fragen, wen du dir ausgewählt hast?«

»Eine meiner Mägde«, sagte er barsch, durch Sophies kühle Haltung verletzt.

»Doch nicht die Welschi?«

»Jawohl, die Welschi.«

»Herrgott! Vätti, hast du überlegt …?«

»Ich habe alles überlegt«, sagte er, noch tiefer verletzt durch den feindseligen Ausdruck seiner Tochter.

»In einem Monat wird sie Frau Müller sein!«

»Meinen Glückwunsch!«, rief Sophie, bleich und höhnisch.

Felix saß kerzengerade in seinem Stuhl. »Gratuliere«, murmelte er.

»Eine Dienstmagd soll also meine Stiefmutter werden! Ich danke dir, Vätti!«

»Ruhig, Sophie!«, sagte Anton Jakob. »Wir alle dienen.«

»Danke! Ich nicht! Nein, Vätti, es ist nicht möglich! Du kannst es nicht ernst meinen! Jesses, was wird Gottfried sagen? Was werden die Sängers sagen? Die ganze Welt wird nur lachen!«

»Und ich mit ihr!«, sagte der Vater.

»Nein, meine Stiefmutter wird sie nie werden!«

»Schau mal, Kind, wenn du so sprichst, zerstörst du mir mein ganzes Glück! Du kennst sie gar nicht, du hast sie noch nicht einmal gesehen!«

»Sie ist eine Magd und eine Welschi! Das genügt mir!«

Anton Jakob kochte vor Wut.

»Sakrament! Du hast dich mit ihr abzufinden! Du und ihr alle!«, sagte er gebieterisch. »Und niemand von euch darf auch nur ein einziges Wort gegen sie sagen. Wenn ich noch eine einzige Verleumdung höre, werde ich gerichtlich gegen den Verleumder vorgehen! Noch in diesem Monat mache ich Hochzeit. Inzwischen wirst du dich an den Gedanken gewöhnt haben. Was gegen sie gesagt wird, ist gegen mich gesagt. Du solltest mich bereits kennen. Noch habe ich die Zügel in der Hand in meiner Familie und in meinen Angelegenheiten! Verstehst du mich?«

»Nun, Herr Regierungsrat«, sagte Felix, »es ist nicht nötig, dass du Sophie in diesem Ton anbrummst.«

»Ich bin Sophies Vater, nicht du!«

»Das ist auch eine Art, die Dinge zu betrachten, aber Sophie tut nichts weiter, als ihre ganz natürlichen Einwände vorzubringen. Ich gestehe offen, dass ich ebenso überrascht bin wie sie, außer dass ich meine Überraschung nicht …«

Anton Jakob drehte ihnen den Rücken zu und polterte zum Haus hinaus. Sophies Missbilligung verletzte ihn. Er ging ein wenig spazieren, hinauf in den Wald, um allein zu sein und nachzudenken. Wenn Sophie sich so verhielt, was erst würde Gottfried sagen? Er gab sehr viel auf seine Kinder, ihre Ansichten waren ihm nicht gleichgültig. Und es tat ihm weh, dass sein neues Glück Zwietracht in die Familie tragen sollte. Aber er wusste, dass er in dieser Sache weder Sophie noch irgendeinem andern Menschen das geringste Zugeständnis machen konnte. Hier stand er selbst in Frage, sein ganzes Leben, jede Sekunde seines Daseins. Nein, sie müssen sich ganz einfach mit Theresli abfinden.

Sorgenbeladen kehrte er nach Hause zurück. Er fand Sophie, wie sie die persönlichen Habseligkeiten ihrer verstorbenen Mutter herauskramte, und sah, dass sie geweint hatte.

»Wo ist dein Mann?«, fragte er.

»Ausgegangen«, sagte sie, ohne ihn anzusehen.

»Was tust du hier?«

»Ich suche Mutters Hochzeitskleid heraus. Ich wollte es dir zeigen.«

»Wozu?«

Das Hochzeitskleid seiner verstorbenen Frau ließ ihn kalt.

»Denkst du nicht mehr an Mutter?«

»Natürlich, Kind, gewiss.«

»Wie kannst du dann an diese Welschi denken? Denk doch bloß, Mutter schaut jetzt auf dich herunter und sieht dich mit der anderen.«

Sophie vermochte sich nicht länger zu beherrschen.

»Drei Jahre ist sie jünger als ich, die andere! Vätti, ich kann es einfach nicht glauben!«

Er wusste nichts zu erwidern. Sophie lief mit Tränen aus dem Zimmer. Ida hatte alle Sachen, die Sophie aus dem Schrank geholt hatte, wieder einzuräumen.

Am nächsten Morgen entschuldigte sich Anton Jakob bei Sophie und ihrem Mann, dass er ihnen den Aufenthalt verdorben habe. Sein Gesicht wirkte ruhig und ausdruckslos, als er ihnen gegenüber am Tisch saß. »Ihr braucht nicht so sauer dreinschauen«, sagte er plötzlich. »Ihr werdet finden, dass meine Sachen alle in bester Ordnung sind, wenn ich sterbe. Ihr werdet nicht zu kurz kommen, trotz Fräulein Etienne-Mariano.«

Felix putzte gereizt seinen Zwicker. »Für mich«, sagte er, »spielt es keine Rolle, was die Welt sagt.«

»Oh, wirklich nicht? Ich kenne euch Advokaten.«

»Ich denke nicht daran, dir irgendein Hindernis in den Weg zu legen.«

»Du könntest auch gar nicht, Felix.«

»Das weiß ich.« Er fuhr fort, seinen Kneifer zu putzen.

»Aber immerhin, da du Sophies Vater bist und zufälligerweise auch einen erwachsenen Sohn hast, könntest du wenigstens versuchen, auf diese beiden ein wenig Rücksicht zu nehmen und zu bedenken, dass es für alle, die sich um dich Sorgen machen, nicht gerade schmeichelhaft ist, wenn du zum Gespött des ganzen Oberlandes wirst.«

»Ich schulde dem Oberland nichts, das Oberland aber schuldet mir allerlei! Sonderbar weit sind wir in diesem Zeitalter gekommen. Ein Vater muss seine Kinder fragen, ob er heiraten darf oder nicht.«

»Das ist ganz natürlich, die ersten Kinder haben die ersten Rechte.«

»Aha! Jetzt sehe ich deine Einwände in einem klaren Licht. Mein altes Bauernhirn braucht halt eine Weile, um deinen Advokatenschlichen folgen zu können. Oh! Das ist es also! Jetzt haben wir's! Schön und gut, Herr Advokat, wir werden alles zu Papier bringen, bevor ich diesen Frevel, dieses Verbrechen begehe. Heute noch fahre ich nach Bern.«

Er ließ die beiden am Frühstückstisch sitzen und machte sich reisefertig.

Unterwegs besuchte er Therese. Er entwarf allerlei Pläne für sie, während sie sich still und abwartend verhielt und den meisten seiner Vorschläge zustimmte. Sobald sie wieder völlig hergestellt sei, würden sie zusammen nach Bern fahren und die Ringe kaufen. Er kenne viele Leute in Bern, darunter eine Frau Weidenhof, eine Dame seines Alters, der er vor kurzem alles anvertraut habe, da sie die Frau eines seiner ältesten Freunde gewesen sei. Theresli, hoffte er, könne Madame Weidenhof in ihr Herz schließen, denn sie werde ihr die Ausstattung besorgen und ihr mit Rat und Tat zur Seite stehen. Der einzige Punkt, gegen den Therese noch einen kleinen Einwand erhob, war das Datum der Hochzeit. Es schien ihr ein wenig zu früh. Auch bat sie Anton Jakob, er möge sie bis zur Hochzeit anderswo als in Gam wohnen lassen. Er versprach, sie könne in Bern bei Madame Weidenhof bleiben.

Hierauf fuhr Anton Jakob nach Bern, um mit seinem Bankier über Geschäfte zu sprechen und den Rat des Rechtsanwalts, eines Bauernanwalts aus dem Emmental, einzuholen.

DIE HOCHZEIT FAND an einem Sonntag statt.

Vor dem Kirchgang versammelten sich die Männer von Gam fast vollzählig unter dem niedrigen Kastanienbaum im Biergarten des Bären, wo der Wirt Johann Timm, unterstützt von seinen vielen Kindern, das Freibier kredenzte, das Anton Jakob spendierte. Aus dem Wirtshaus scholl Tellergeklapper und Gläsergeklirre; man hörte das emsige Treiben in der Küche: das Schmoren, Braten und Kochen der Schinken, Ochsenzungen und Kalbsbrüste, der Enten und Hühner, die Zubereitung des Gemüses und das Rahmschlagen, alles begleitet von einem leisen Stimmengewirr. Die Kirche lag nur einen Steinwurf vom Wirtshaus entfernt und als die Glocken zu läuten begannen, fuhren die Männer in aller Gemütsruhe fort, ihren morgendlichen Durst zu stillen. So sehr man auch die Glockenseile strapazierte, so sprach doch aus den Mienen aller, dass der Kirchgang eine Sache freier Wahl sei und weder Verpflichtung noch Notwendigkeit.

»Sie kommen«, rief nach einiger Zeit jemand. Jetzt erst stellten die Männer ihre Krüge ab, wischten sich die Schnurrbärte und schritten in untadeliger Ordnung vom Wirtshaus zur Kirche hinüber. Keiner hatte es eilig, obgleich der Pfarrer Niederhauser bereits wie eine riesige Dohle im Käfig durch die Sakristei auf und ab schritt, und Herr Sigismund Höfer auf der quietschenden Orgel eine seiner üblichen Improvisationen begonnen hatte. Die Mehrzahl der Gemeinde stand vor der Kirchentür versammelt, um die Ankunft der Hochzeitskutsche zu erwarten. Als die Landauer endlich vorfuhren, wurden sie mit Hochrufen empfangen, und aller Blicke richteten sich auf Therese. Die Gamer hatten sie wochenlang nicht gesehen.

»Ja, da sieh mal einer an! So eine Verwandlung! Fast wie im Märchen. Und vor kurzem war sie noch ein armes hergelaufenes Ding! Herrjesses!« Anton Jakobs Landauer senkte sich schwer zur Seite, während er behäbig ausstieg, und als er seinen neuen Zylinder abnahm, um Therese mit ausgestrecktem Arm herunterzuhelfen, trat eine plötzliche Stille ein.

Dann sahen die Gamer, wie Gottfried Sixtus ihr den Arm reichte und sie in die Kirche führte; Anton Jakob, Sophie, Madame Weidenhof sowie Freunde und Verwandte folgten. Herr Pfarrer Niederhauser zog seine Taschenuhr und stellte mit Betrübnis fest, dass der Gottesdienst eine halbe Stunde zu spät begann. Da er mit Weib und Kind als Ehrengast zum Fest geladen war und er sich auf Meister Timms Ermahnung besann, dem Braten zuliebe den Gottesdienst nicht allzulang hinauszuziehen, beschloss er, die Sonntagspredigt möglichst abzukürzen. Natürlich predigte er über Tugenden des Ehelebens, aber er wählte seine Worte äußerst sorgfältig, da er wusste, was für ein welterfahrenes Schäflein Anton Jakob war.

Die Unaufmerksamkeit seiner Herde brachte ihn ein wenig aus der Fassung. Statt zur Kanzel aufzublicken, starrten sie alle nach der Braut und dem Bräutigam, die Seite an Seite auf der vordersten Bank saßen.

Therese war blass und ruhig. Kein Fältchen ihres Kleides bewegte sich. Ein- oder zweimal wandte sie ihre Augen dem Prediger zu und sah dabei aus, als wenn sie Trost und Beistand suchte. Die eisige Feierlichkeit legte sich ihr aufs Gemüt, ihre Gedanken schienen dunklen Träumereien nachzuhängen.

Nicht einmal Anton Jakobs Hand fühlte sie, die die ihre umschloss. Sie sah ihn nicht an; sie sah niemanden an. Gottfried Sixtus, Sophie sowie die andern Familienmitglieder saßen unmittelbar hinter Therese. Sophies Miene war völlig undurchsichtig. Scheinbar hatte sie sich, wie alle andern, in ihre Lage ergeben. Vielleicht versuchte sie sogar, die Dinge von der besten Seite zu nehmen. Schließlich und endlich sollen die Etienne-Marianos seinerzeit Grafen gewesen sein!

Gottfried Sixtus war untadelig gekleidet. Nichts Bäuerisches haftete mehr an ihm. Er saß unmittelbar hinter Therese und heftete seine Augen auf ihren weißen Hals.

Als endlich das feierliche Amen von der Kanzel kam, durchlief ein Seufzen der Erleichterung die Gemeinde. Pfarrer Niederhauser stieg in die Sakristei hinab, während Herr Höfer auf seiner Orgel ein kunstvolles Interludium intonierte.

Nach eine Pause kam der Geistliche in den Säulengang geschritten. Anton Jakob erhob sich und ging auf den Altar zu, während Gottfried Sixtus Therese vor den Pfarrer führte. Die Verwandten schlossen einen Kreis um das Brautpaar. Die Gemeinde stimmte eine Hymne an, die – wie Gottfried schien – eine Ewigkeit zu dauern schien, bis sie zum letzten Vers gelangten:

Seht, welche Liebe Gott uns vergönnt,
Dass er uns seine Kinder nennt!

Und selbst dann hielt der Organist noch nicht inne, sondern fuhr mit einer tremolierenden Improvisation fort, bei der die Vox humana besonders hervorstach.

Derweilen ruhte Thereses Hand auf Gottfrieds Arm und so blieb es fast die ganze Zeremonie hindurch. Schließlich musste er sie loslassen, und sie kniete vor dem Altar nieder. Dort verharrte sie neben Anton Jakob, ihr Kopf geneigt, als ob sie eine Bürde trage.

Von diesem Augenblick an wusste Gottfried, dass er seine Stiefmutter für den Rest seines Lebens lieben werde. Aufmerksam verfolgte er die Liturgie. Er fühlte sich fast beschämt, ja gedemütigt, dieser heiligen Bindung zweier Seelen beiwohnen zu müssen, und empfand in dieser Heirat eine Ungeheuerlichkeit, die frevelhaft war.

»Theresli! Theresli!«, schrie es in ihm. »Oh, dass ich doch die Macht hätte, dem Ganzen Einhalt zu gebieten! Theresli! Was tust du nur?«

Das neue Paar trat aus der Kirche, Scharen von Hochzeitsgästen hinterher. Während der Chor noch einmal sang und die Leute sich durcheinander drängten, führte Anton Jakob die zweite Frau Müller zu dem großen schwarzen Landauer. Die übrigen verteilten sich auf die anderen Wagen, und so kutschierte die ganze Gesellschaft in langer Prozession durch das Dorf bis zur Sägemühle. Dort wurde kehrt gemacht, und man fuhr zurück zum Bären.

»Weißt du«, sagte Therese zu ihrem Mann, als sie in das blumengeschmückte Wirtshaus traten, »das ist zu viel. Ich bin das alles nicht wert. Wie soll ich das alles über mich ergehen lassen?«

»Mach dir jetzt keine Sorgen, mein Kind. Lass die Leute ruhig gaffen. Ich will ihnen nicht sagen, was ich von ihnen denke. Gib ihnen einfach die Hand und danke ihnen, dass sie gekommen sind; und wirf ihnen nette Blicke zu. Das wird ihnen Stiche versetzen, die meisten sind ohnehin Heuchler. Blaser zum Beispiel, da kommt er.

»Herzlichen Glückwunsch, Frau Müller«, sagte Herr Blaser. »Es war eine schöne Hochzeit, meine Glückwünsche, Herr Alt-Regierungsrat.«

»Ich hoffe, Sie haben einen guten Appetit mitgebracht«, rief ihm Anton Jakob zu, und schon hatte er sich umgedreht, um anderen Gästen die Hände zu schütteln.

»Nun, Frieda«, sagte Röthlisberger zu seiner Frau, »wir wollen auch hingehen und dem Herrn gratulieren.«

»Ich aber nicht!«, erwiderte Frieda verächtlich. »Wenn du sie nicht aufgenommen hättest, dann wäre sie jetzt nicht hier.«

»Na schön, wenn ich dich nicht getroffen hätte, so wärst du auch nicht hier, du Gans. Sie ist jetzt Frau Müller, und alles andere haben wir zu vergessen.«

»Ich werde ihr gratulieren, aber sicher nicht vergessen, wer sie war.«

Frieda schob ihre schwarze Seidenbluse in den Rock, fingerte an ihrer Amethystbrosche herum und folgte ihrem Mann zum Händeschütteln.

»Herr Röthlisberger, wo sind denn all die andern?«, fragte Therese etwas bewegt. »Welche anderen?«

»Leonhard, Kasimir, Christian, Mahder Fritz und seine Frau, Joggi und der alte Karli.«

»Was ist los?«, warf nun Anton Jakob ein, der seine Frau im Gespräch mit Frieda und Röthlisberger sah.

»Ich habe nach den anderen gefragt!«

»Welche anderen?«

»Die Knechte und die Mägde.«

»Bei Gott, wo sind sie denn?«, rief Anton Jakob überrascht.

»Im Garten«, antwortete Röthlisberger. »Alle lustig.«

»Ich werde später hinausgehen und mit ihnen sprechen. Komm jetzt, Theresli. Da sind Sophie und ihr Advokat und all die anderen.«

Er ging hinüber zu Sophie. Ihr Gesicht war noch immer undurchdringlich, ihre Augen hochmütig und kalt.

»Vätti«, sagte sie, und der Klang ihrer Stimme war nicht misszuverstehen, »ich habe jetzt eine neue Mutter. Ich weiß nicht, was ich sagen soll.«

»Sophie«, antwortete er liebevoll und nahm sie beim Arm, »hab ein bisschen Mut. Ich gebe zu, die Situation ist nicht ganz alltäglich. Aber komm jetzt, du darfst deinem Vater sein Glück nicht missgönnen. Mach Frieden in deinem Herzen. Geh und gib ihr einen Kuss.« Er begegnete Gottfrieds Blicken. »Gottfried! Gottfried! Du auch. Geht alle und gebt ihr jetzt einen Kuss!«

»Aber sie dürfen mich nicht Mutter nennen, Toni! Sie sollen mich Theresli nennen.«

»Hört ihr, was sie sagt?«

»Dann will ich Theresli zu dir sagen«, meinte Sophie. »Du bist drei Jahre jünger als ich. Ich könnte dich nicht Mutter nennen, es würde unnatürlich klingen.«

Therese zeigte ihre schönen Zähne und Grübchen.

»Du bist wirklich lieb, Sophie!«

Sie küssten einander.

Auch Felix gab ihr einen Kuss. Um seine Befangenheit zu kaschieren, machte er beträchtlichen Lärm dabei, sodass alle lachen mussten. Als die Reihe an Gottfried kam, hob er ihre Hand an seinen Mund und sagte: »Ma petite maman!« Das war es, was er in diesem Augenblick empfand. Was für einen Zauber hatte sie in sein Leben gebracht, trotz der peinlichen Absurdität der mit dieser Hochzeit verbundenen Umstände! Therese überließ ihm ihre Hand, doch seine sichtbare Zurückhaltung tat ihr weh.

»Toni«, sagte sie zu ihrem Mann. »Ich will deinen Bueb küssen. Komm Gottfried, ich bin stolz auf einen solchen Sohn.« Sie legte den Arm um seinen Hals und gab ihm einen herzhaften Kuss, zum großen Vergnügen der Zuschauer.

Oben auf der Treppe stand Johann Timm; die Hemdärmel aufgerollt und mit einer sauberen Schürze vor seinem riesigen Bauch. So erwartete er seine Gäste im großen Saal.

»Emilia! Emilia«, rief er seiner Frau verzweifelt zu. »Herrgott! Worauf warten sie denn alle da unten? Jetzt gehe ich selber hinunter.«

Er schleppte seine gigantische Gestalt die Treppe hinab und mischte sich unter die Menge.

»Würden Sie nicht bitte nach oben gehen, meine Damen, meine Herren?«, verkündete er mit schallender Stimme. »Ah, der Herr Regierungsrat, die Frau Regierungsrat! Wie schön Sie sind, Frau Müller! Herzlichen Glückwunsch! Nein, so etwas! Jetzt ist man Frau Müller! Herzlichen Glückwunsch, Herr Müller!« Bei sich dachte er: Beinahe hätte ich gesagt, herzliches Beileid! Hä! Hä! Hä! Bald darauf erschien der Herr Pfarrer mit seiner Familie im Gasthof.

»Ach, Herr Pfarrer«, lamentierte Johann Timm. »Was für eine Ehre, dass Ihr mein Haus besucht, meine leichtlebige Herberge. Ich war nicht in der Kirche, aber Ihr seht ja, was hier zu tun ist.«

»Ja, aber es ist allerdings auch ein höchst ungewöhnlicher Anlass«, fand Pfarrer Niederhauser.

Ein Trompetentusch scholl aus dem Saal, wo sich der Gamer Musikverein häuslich niedergelassen hatte.

Bald durchwogte ein festliches Stimmengewirr den großen Raum. In langen Reihen saßen die Gäste an den mit Blumen und Flaschen beladenen Tafeln. Das Festmahl begann und solange es dauerte, schien der Appetit der Gäste eher zu wachsen als abzunehmen. Immerzu wurden neue Flaschen entkorkt.

Anton Jakob und Therese saßen am oberen Ende des Familientisches. Er aß herzhaft, trank aber nur wenig, während sie das Essen und den Wein kaum anrührte. Ihre Blicke wanderten von einem zum andern und wenn sie einem Ausdruck von Sympathie begegnete, war ihre Antwort ein sonniges, etwas schüchternes Lächeln.

Während Korb um Korb leerer Flaschen aus dem Saale getragen wurden, wuchs die Ausgelassenheit der Tafelrunde.

Plötzlich klopfte Herr Niederhauser an sein Glas und hielt die von ihm erwartete Rede. Nach beendeter Ansprache entfernte er sich mit Frau und Tochter. Johann Timm setzte sich an den leer gewordenen Platz und füllte die durch den dreifachen Abmarsch erzeugte Lücke fast völlig aus. Immer wieder suchten Thereses Blicke Gottfried und sooft sich ihre Augen begegneten, lächelte sie warm und stolz, während er ihr Lächeln scheu erwiderte.

Sie standen sich jetzt nicht mehr als Fremde gegenüber. Anton Jakob hatte es beobachtet und flüsterte ihr scherzhaft ins Ohr. »Tut es dir nicht leid, Theresli, dass du nicht ihn geheiratest hast statt mich?«

»Sei nicht dumm, Toni! Aber dein Bueb macht ein so ernstes Gesicht, dass ich ihn immer wieder anschauen muss. Ich bin stolz auf einen solchen Stiefsohn, er sieht so gescheit und gelehrt aus.«

Anton Jakob umarmte seine junge Frau und küsste sie herzhaft unter dem allgemeinen Jubel der Gäste. Therese errötete. Ihr schien es nicht ganz das Richtige zu sein, vor all den Leuten. Gottfried wandte sich ab; Sophie warf ihrem Bruder einen Blick zu, als schäme sie sich für ihren Vater. Sie hasste es, wenn sozusagen der Bauer in ihm die Oberhand gewann.

Riesige Hochzeitskuchen, Berge von Schlagrahm und gigantische Torten bildeten den Abschluss des ersten Festaktes. Die Mitglieder des Orchesters hatten sich zurückgezogen, um sich zu stärken, kehrten jedoch später in bester Stimmung wieder zurück.

Die wohlgenährten Gamer tanzten vergnügt und beharrlich. Nur Gottfried empfand bei alle dem Überdruss; er verließ für eine Weile den Saal. Seine Gefühle hatten an diesem Tag so viele Wandlungen durchgemacht, dass er völlig erschöpft war. Wenn es doch nur bald sechs Uhr schlüge! Dann würde der Vater mit der Stiefmutter das Fest verlassen, und auch er könnte sich dann zurückziehen. Gam sobald wie möglich den Rücken zu kehren, konnte er kaum erwarten. Als er in den Saal zurückkehrte, spürte er sofort durch Thereses Blicke, dass sie auf ihn gewartet zu haben schien. Er setzte ein Lächeln auf und ging auf sie zu.

»Komm, Gottfried!«, sagte sie und machte an ihrer Seite Platz.

»Komm, setz dich neben mich. Gleich kommt der Fotograf, um alle aufzunehmen; ich möchte dich neben mir haben.«

»Nun Bueb«, fragte Anton Jakob, sich vorbeugend und seinem Sohn ins Gesicht schauend, »liebst du jetzt deine neue Stiefmutter?«

»Was für eine komische Frage, Vater! Sie hat mir schon immer gefallen – und von heute an werde ich sie lieben.«

»So ist's recht, dann bin ich zufrieden, und mein Glück wird umso vollständiger sein.«

»Bueb«, fuhr Anton Jakob fort, »ich kann nicht tanzen, aber ich will, dass du mit deiner Mutter ein Tänzchen machst. Felix tanzt ja die ganze Zeit mit Sophie. Also los, tue deine Pflicht! Theresli wird sicher gern mit dir tanzen, gell Theresli?«

»Willst du tanzen, Stiefmutter?«, fragte Gottfried.

»Ich will es versuchen.«

Gottfried legte seine Arme um sie.

»Du sollst mich nicht immer Stiefmutter nennen«, sagte sie während des Tanzes. »Du musst mich Theresli nennen, auch wenn dein Vater es nicht ganz richtig findet. Oh, ich mache falsche Schritte ... jetzt bin ich wieder im Takt. Weißt du, Gottfried, wie unwissend ich bin? Nichts weiß ich. Du aber bist so gebildet. Du solltest mir helfen und mir Bücher geben, damit wir lange Gespräche miteinander führen können.«

Ihre Nähe verwirrte ihn.

»Was hast du da in deiner Hand?«

»Kannst du es nicht erraten?«, fragte sie lächelnd.

»Nein.«

»Es ist etwas aus der Vergangenheit, das dir gehört. Aber das Vergangene ist vorbei, ich habe nie jemandem davon erzählt und werde es auch in Zukunft nicht tun, Gottfried.«

Die Musik verstummte. Therese löste sich aus seinen Armen und ließ den kleinen Gegenstand in seiner Hand zurück. Es war sein Bierzipfel, den er im Sommer auf der Alp verloren hatte. Und die Erinnerung an jene Nacht tauchte lebhaft in ihm auf, gerade so, als ob es die Nacht vor dieser Hochzeit gewesen wäre. Es quälte ihn.

Anton Jakob saß mit der unnachahmlichen, schwerfälligen Würde eines Oberländer Großbauern an der Tafel. Von Zeit zu Zeit warf er einen Blick auf seine Taschenuhr und gähnte. Er wurde ungeduldig. Der Gedanke, dass er dieses Fest veranstaltet hatte, erfüllte ihn plötzlich mit einer Art Bedauern. Ob es wirklich der Mühe wert war, dieses ganze Drum und Dran? Und wenn er später mit Therese weit weg sein und ein neues Leben vor ihm sich auftun würde, dann werden diese Leute immer noch feiern. Ah bah! Was ging es ihn an? Aber, vielleicht noch mehr als Gottfried, hätte er gerne das Ende abgesehen.

Eine volle Stunde brannten die Fotografen Blitzlichter ab und füllten den Saal mit Rauch, doch das gehörte nun einmal zum Fest. Thereses Kopf begann zu schmerzen, ihr Herz, ihr ganzer Körper taten ihr weh. Stumm wartete sie auf den Augenblick des Aufbruchs. Endlich war es Zeit, das Brautkleid abzulegen. Beklommen ging sie mit Madame Weidenhof hinauf, während die Gäste ihren Abgang mit Hurra-Rufen begleiteten.

Anton Jakob blieb sitzen und wartete. Inzwischen unterhielt er sich mit Gottfried. Er erzählte ihm, dass er mit Therese eine Reise durch die Schweiz machen wolle. Therese wollte Städte sehen. Vielleicht würden sie Gottfried in Basel besuchen, aber das wisse er noch nicht sicher. Dann erschien wieder Madame Weidenhof. Anton Jakob erhob sich. Die Aufmerksamkeit seiner Gäste konzentrierte sich auf ihn. Es hagelte Hurras, erneut wurden Gläser auf seine Gesundheit geleert. Er schüttelte allen die Hände, dann verließ er den

Saal, um zu Therese hinaufzugehen, die in einem blauen Reisemantel bereit war. Er zog seinen Gehrock aus, warf ihn auf das Bett, dann nahm er sie in seine Arme und küsste sie ungestüm, bis sie sich losmachte. Die Tränen in ihren Augen entgingen ihm. Rasch schlüpfte er in seinen Tuchrock und griff nach der Reisetasche.

»Nun, Theresli, süßes Theresli, wir sind frei! Auf zum Bahnhof! Unten wartet der Wagen!«

Es gab an diesem Tag noch jemand, den ähnliche Gefühle bewegten wie Gottfried Sixtus. Leonhard!

Trotz seiner Traurigkeit verstand er noch zu lächeln und erschien auf dem Bauernhof mit einem Strauß von Spätrosen, die er Frau Müller überreichte. Er wünschte ihr und dem Herrn viel Glück und frohe Fahrt.

IM WINTER FIEL reichlich Schnee im Oberland. Von Nah und Fern kamen die Wintersportler herbeigeströmt. Gam lag in tiefem Schnee begraben; von den Dächern der alten Giebelhäuser hingen riesige Eiszapfen, dünne Rauchsäulen stiegen aus den Schornsteinen hoch. Nach Tagen harter Arbeit hatten die örtlichen Behörden die Verbindung mit den höher gelegenen Dörfern, die unterbrochen war, wieder hergestellt.

Das Grand-Hotel »Jungfrau« wimmelte von Gästen, die sich dem Wintersport widmeten oder Schlittenpartien hinab ins Tal unternahmen. Am Abend erstrahlte das Hotel in tausend Lichtern, und man tanzte bis in die tiefe Nacht hinein.

Therese traute sich nicht, Schlitten zu fahren, da Anton Jakob der Ansicht war, dass es für sie nicht das Richtige sei. Und was Anton Jakob dachte, musste befolgt werden.

Mehr als einmal sah sie den Gamhofer Mägden und Knechten – die nun ihre eigenen Mägde und Knechte waren – zu, wie sie auf ihren Schlitten die Bahn hinuntersausten, mit glühenden Backen und kreischend vor Vergnügen; doch so oft man sie einlud mitzufahren, lehnte sie ab. Sie habe keine Lust.

Die Welt des Hotels übte einen besonderen Reiz auf Therese

aus. Sie liebte es, den Fremden zuzusehen, wie sie anmutig über das Eis schwebten, und sie versuchte sich auszumalen, was für ein Leben diese Menschen wohl führen mochten. Das vertrieb ihr die Zeit.

Die Zeit, ja die Zeit! Wie geheimnisvoll sie wechselte! Manchmal schien sie rasend schnell zu verstreichen, dann aber wieder gab es Tage, da die Stunden müde und langsam dahinschlichen, leer und hoffnungslos, als ob ein Tag dem andern gliche. Wie sollte sie sich das erklären?

Eines Tages setzte sich Therese in die Nähe des Eislaufplatzes. Sie dachte an all diese endlosen, finsteren Winterabende, an denen sie zu Hause saß, nähte, las oder mit Hedwig plauderte. Hedwig war eine gute Seele. Sie hatte nun ihr Kind und war endlich verheiratet. Vom menschlichen Leben verstand sie eine Menge, und vielleicht konnte sie auch die Einsamkeit ihrer Herrin verstehen? Eine Veränderung wünschte sich Therese allerdings nicht; sie hatte nicht das mindeste einzuwenden gegen Anton Jakobs Besuche im Bären und gegen sein Kartenspiel. Das war für ihn eine Notwendigkeit und für sie selbst eine Entlastung. Es würde außerdem nur bis zum Frühjahr dauern; dann würde sie mit Anton Jakob ins Ausland reisen, und es würde sicher interessant sein, vorübergehend in Städten zu leben.

Ihre Gedanken wanderten zurück zu ihrer letzten Reise mit ihm. In Basel waren sie nicht gewesen, da Toni der Ansicht war, es sei besser, Gottfried nicht zu stören. Vielleicht würden sie ein andermal nach Basel kommen. Sie sehnte sich nach einem Wiedersehen mit Gottfried Sixtus, ihrem studierenden Stiefsohn, der ihr seit damals nur einen einzigen Brief geschrieben hatte. Und wie oft hatte sie ihn gelesen, diesen einen Brief an die »liebe Stiefmutter!« …

Als ihr zu Bewusstsein kam, wie spät es war, sprang sie hastig auf und eilte zurück nach Gam.

»Theresli, wo bist du gewesen?«, fragte Anton Jakob. »Den Schlittschuhläufern zugesehen«, gab sie zur Antwort und fügte hinzu, sie würde auch gerne das Eislaufen lernen, falls er nichts dagegen habe.

»Sonst noch was! Du kannst dir ja die Beine brechen. Lass andere diese Art Sachen machen!«

»Als du jung warst, bist du sicher auch Schlittschuh gelaufen.«

»Natürlich, aber ich habe mir auch wirklich ein Bein gebrochen. Und zudem, Theresli, ich bin ein Mann, und du bist eine zarte Frau. Komm jetzt, wir wollen essen, ich rieche Hedis Braten durch das ganze Haus. Hast du ihr gesagt, dass die Kartoffeln das letzte Mal nicht genug geröstet waren?«

»Ja.«

Sie gingen ins Esszimmer, Anton Jakob knüpfte sich seine Serviette um den Hals, lächelte gutmütig und goss sich ein Glas Waadtländer ein.

»Mit dem Magen geht es ein wenig besser«, sagte er gelassen.

»Der Teufel soll mich holen, wenn ein Doktor von mir auch nur noch einen Franken bekommt.« Er schnitt ein Stück Brot auf dem Tischtuch entzwei.

»Ja, zum Teufel, fast hätte ich es vergessen. Heute Morgen kam ein Brief von Gottfried. Der Bueb will wissen, ob er uns im Weg ist, wenn er für ein paar Tage kommt, um sich auszuruhen. Was meinst du dazu?«

»Was soll ich dazu meinen?«

»Du bist jetzt seine Mutter und die Herrin im Hause.«

»Aber Toni, glaubst du, dass du mich fragen musst, wenn du deinen Bueb zu Hause haben willst?«

»Soll ich ihn kommen lassen?«

»Er weiß ja, dass er kommen kann, sooft er Lust hat. Es ist das erste Mal, dass er um Erlaubnis fragt.«

»Das zeigt, dass er mehr denn je auf dich Rücksicht nimmt. Eigentlich bin ich froh, dass er kommen will, ja, ich freue mich, dass er kommen will, ja ich freue mich. Wenn nur Sophie und Felix endlich den Wunsch hätten, zu uns zu kommen. Der Gedanke ist mit entsetzlich, dass ich ihnen im Weg bin.«

»Theresli, was für ein Unsinn! Du bist niemandem im Wege. Da hast du Gottfrieds Brief, beantworte ihn für mich.

Schreib ihm, dass er selbstverständlich willkommen ist und wenn er dumm tut, mache ich ihm die Hölle heiß.« Müller lachte und reichte Therese den Brief, den sie nahm, ohne ihre zwiespältigen Gefühle dabei zu verraten.

GOTTFRIED SIXTUS KAM mit dem Abendzug. Leonhard wurde ihm mit einem Schlitten auf dem Bahnhof entgegengeschickt. »Und wie geht's?«, fragte Gottfried, während Leonhard das Gepäck verstaute.

»Wie stehn die Dinge zu Hause?«

»So wie immer! Seitdem Frau Müller da ist, geht es fast noch besser als früher.«

Gottfried genoss das lautlose Dahingleiten über den Schnee und das rhythmische Geklingel der Glöckchen am Hals des Pferdes.

»Ist alles gesund?«, fragte er nach einer Weile.

»Ja, alle«, versicherte Leonhard.

»Und wie geht es meinem Vater.«

»Oh, ausgezeichnet, Herr Gottfried.«

Der Schlitten hielt vor dem Gamhof. Gottfried bat Leonhard, das Gepäck hinaufzuschaffen, während er auf das Haus zuging. Hedwig war in der Küche beschäftigt, als er erschien.

»Heiliger Sebastian!«, schrie sie. »Der Herr Gottfried!«

Eine Türe ging auf, auf der Schwelle stand Therese.

»Guten Abend, Stiefmutter!« Sie streckte ihm die Hand entgegen.

»Du kommst gerade zurecht zum Essen.«

»Ist Vater da?«

»Er kommt mit dem Abendzug aus Speuz zurück. Er hatte eine geschäftliche Besprechung. Komm, Gottfried, lass dir aus dem Mantel helfen. Hedi, bring alles in sein Zimmer!«

»À la bonheur! Schon ganz für den Sport ausgerüstet! Was für eine hübsche Jacke!«

»Der Stoff kommt aus Schottland.«

»Aus Schottland?«, fragte sie. »Wo liegt das?«

»Es ist der nördliche Teil von Britannien. Die Römer nannten es Kaledonien. Glasgow und Edinburgh heißen die Hauptstädte; der ganze Whisky kommt von Schottland.«

Sie lachte etwas verlegen.

»Du siehst, wie wenig ich weiß, Gottfried. Bei der Hochzeit hatte ich dich gebeten, mir zu helfen, mein Wissen zu erweitern. Aber du hast mir nur einmal geschrieben und hast mir nie Bücher geschickt, wie ich dich gebeten hatte.«

Für einen Augenblick schmolzen ihre Blicke ineinander.

»Doch jetzt muss ich wirklich an meine stiefmütterlichen Pflichten denken. Du weißt, wo dein Zimmer ist. Du musst mir sagen, wenn du irgendwelche Wünsche oder besonderen Gewohnheiten hast.«

»Vielen Dank! Angeblich habe ich einige schlechte Gewohnheiten.«

»So, und was für welche?«

»Ich rauche Pfeife im Bett. Wenn ich mich wasche, spritze ich das Wasser über den ganzen Boden. Auch ziehe ich nie meine schmutzigen Stiefel aus, bevor ich das Haus betrete. Vor dem Schlafengehen singe oder pfeife ich, und manchmal spaziere ich in meinem Zimmer auf und ab und deklamiere Horaz oder Homer.

»Du bist der echte Sohn deines Vaters«, sagte sie, ihre Grübchen zeigend.

»Nur dass er mir keine Gedichte aufsagt. Dafür erzählt er mir von seinen Geschäften.«

Hedwig trat ein und unterbrach ihr Gespräch. Das Feuer im Zimmer des jungen Herrn sei angezündet. Gottfried ging hinauf. Er war überrascht, sein altes Zimmer mit veränderter Einrichtung wieder zu sehen. Es war viel einladender als früher. Ein Eichenstuhl stand vor einem großen Tisch mit Tinte und Schreibunterlage. Besonders verwundert war er über eine Vase mit Chrysanthemen. Er wusste, wer sie dort hingestellt hatte. Mit Sicherheit nicht der Vater.

Nach dem Abendessen blieben Vater, Stiefmutter und Sohn noch eine Weile beieinander. Gottfried erzählte über das Universitätsleben in Basel, von seinen Freunden und Professoren und beschrieb allerlei Einzelheiten seines Alltags, von denen er annahm, dass sie von Interesse für sie seien. Noch nie war er in der Gesellschaft seines Vaters so redselig gewesen wie an diesem Abend.

Anton Jakob hingegen befand sich in einer entspannten, etwas abwesenden Stimmung. Ruhig hörte er den Erzählungen seines Sohnes zu; sein früheres Bedauern, dass Gottfried die Mentalität der Gam-Müller und des Oberlandes eingebüßt habe, plagte ihn im Augenblick nicht mehr. Er wartete geduldig, bis sein Sohn eine lange Pause machte. Dann legte er seinen Arm ostentativ um Thereses Schultern, um seinen Besitzerstolz zu demonstrieren.

»Gottfried wird eines Tages einmal Bundespräsident werden. Das sehe ich kommen. Er wird nicht zufrieden sein, Regierungsrat zu sein wie sein Vater.«

»Ich glaube nicht, dass ich mich je mit Politik abgeben werde«, sagte Gottfried.

»Ach, das kommt ganz von selber.«

»Das glaube ich nicht. Ich hoffe, den Menschen auf bessere Weise einmal dienen zu können. Ich habe meine eigenen Gedanken über Probleme der heutigen Zeit, aber ich will nicht darüber sprechen, bevor ich meinen Weg nicht klarer vor mir sehe.«

»Aha! Nur alles schön zurechtlegen, das ist die solide Art!«, sagte Anton Jakob und nahm den Arm von den Schultern seiner Frau. »Theresli, du solltest jetzt zu Bett gehen.«

Er küsste sie, und sie erhob sich mit einer entsagungsvollen Passivität, die für Gottfried vieles durchblicken ließ; dann gab sie Gottfried die Hand.

»Gib ihm einen Kuss, er ist mein Bueb, ich habe nichts dagegen.«

»Aber Toni«, sagte sie, »er ist doch kein Bueb mehr, er ist ein erwachsener Mann.«

»Dummes Zeug! Gib ihm einen Kuss! Er wird immer mein Bueb bleiben.« Anton Jakobs Stimme klang jovial. Therese küsste Gottfried, den die Sanftheit ihrer Lippen überraschte.

Vater und Sohn blieben noch bei einem Glas Wein zusammen. Später ging Gottfried auf sein Zimmer und schrieb Tagebuch. Nur ihm konnte er seine wirklichen Gefühle anvertrauen.

AM NÄCHSTEN MORGEN erwachte Gottfried mit der Sonne. Das Tal glänzte in seiner winterlichen Pracht. Anton Müller fuhr an diesem Tag zu einer Sitzung nach Interlaken.

Gottfried fand sich beim Frühstück allein mit Therese. Sie kam ihm noch schöner und betörender vor als je zuvor. Kurze Zeit danach brachen sie auf zu einem Spaziergang, und obwohl die Sonne schon ihre warmen Strahlen über Berg und Tal sandte, knirschte der hart gefrorene Schnee unter ihren Schritten.

»Gottfried«, sagte sie, »ich habe dich doch gebeten, mich zu unterrichten, aber du hast bis jetzt gar nichts getan.«

»Dich unterrichten? Für mich bist du gebildet genug.«

»Wie kommt es, dass es Leute gibt, die so viel wissen?«

»Wer denn zum Beispiel?«

»Nun, Victor Hugo, Balzac oder Gottfried Keller. Ich habe ein paar Bücher von ihnen gelesen, manche sogar zweimal, aber dein Vater sieht es nicht gern, wenn ich viel lese. Er meint, ich würde mir die Augen verderben. Sag mir, wie können diese Schriftsteller so viel über uns wissen?«

Gottfried lächelte.

»Mir kommt es manchmal vor, als ob sie über uns persönlich schrieben«, meinte Therese.

»Empfindest du dich nach einer solchen Bemerkung immer noch als ungebildet? Was glaubst du denn, was ich weiß? Ein Bruchteil dessen, was man wissen müsste. Je mehr ich die Jurisprudenz studiere, desto weniger verstehe ich davon, will mir scheinen. Die ganzen Gesetze sind von den Menschen nur dazu gemacht, sich voreinander zu schützen. Über jedes bisschen Eigentum – über jeden Hund, jedes Schwein und jeden Sack Korn – sind Gesetze verfasst. Aber warum das so sein muss, habe ich noch immer nicht herausgefunden.«

»Sogar du fragst dich solche Dinge?«

»Warum sogar ich? Hast du denn etwa auch schon darüber nachgedacht?«, frage Gottfried überrascht.

»Eigentlich nicht, doch so, wie du jetzt fragst, habe ich das Gefühl, als hätte auch ich das schon immer empfunden.«

»Sonderbar.«

»Bevor du diesmal abreist, gebe ich dir etwas Geld, damit du mir Bücher kaufen kannst. Weißt du, ich lese jetzt ziemlich schnell. Ich hätte gerne Bücher, die für alles Wissenswerte eine Erklärung geben.«

»Eine Enzyklopädie?«

»Ich weiß nicht, wie man so etwas nennt. Wenn mir etwas durch den Kopf geht und ich frage deinen Vater darüber aus, so sagt er meist, er wisse es auch nicht und ich sollte nicht so viel nachdenken. Er ist der Meinung, Frauen sollten viel weniger denken. Dann vergesse ich wieder, was ich eigentlich wissen wollte. Aber wenn ich ein solches Buch hätte – wie nennst du es noch?«

»Eine Enzyklopädie.«

»Ja, sicher ist es das. Bitte kauf es mir!«

»Aber es gibt viele, viele Bände.«

»Wie herrlich! Und bitte auch ein paar Romane und Novellen! Ich werde jeden Tag lesen und lernen. Ah, wie rasch wird mir dann die Zeit vergehen?«

Inzwischen waren sie vor Güggels Fotografenladen angekommen. »Lass mich rasch meine Kamera holen, Gottfried, nur eine Minute!«

Kurz darauf kam sie mit ihrem Apparat und den Kopien zurück.

»Schau! Diese Bilder habe ich vorgestern aufgenommen. Hier der Zug, wie er aus der Station fährt! Die Schlittenbahn! Ich werde von dir ein Foto machen, Gottfried! Darf ich? Lass uns aus dem Dorf gehen, ich weiß einen Platz mit Bäumen, wo ich dich aufnehmen will.«

Sie gingen an der Sägemühle vorbei bis zum Waldrand.

»Lehne dich gegen den Baumstann«, sagte sie. »Aber bitte nicht so ernst, lache doch!«

Gottfried gehorchte, seine Blicke ganz auf sie gerichtet,

während sie ein halbes Dutzend Mal knipste. Dann verpackte sie die Kamera nachdenklich. Auf Umwegen gingen sie zurück nach Hause.

»Wir wollen heute Nachmittag miteinander Schlittenfahren, was meinst du dazu?«

Sie schwieg einen Augenblick.

»Sollen wir?«, fuhr er fort. »Ich hätte riesige Lust.«

»Ich weiß nicht, ich bin nicht danach aufgelegt.«

»Hast du etwa Angst?«

»Nein.«

»Was dann?«

»Oh, ich weiß nicht. Ich werde mir's überlegen. Du kannst gehen, und ich werde dir zuschauen.« Gottfried mietete einen bequemen Davoser Schlitten mit Polsterung und machte sich am Nachmittag in Thereses Gesellschaft auf den Weg.

Sie war sehr schweigsam, er wusste nicht, weshalb.

Als sie zur Bahn kamen, sagte er.

»Du musst mit mir hinunterfahren, Stiefmutter, du hast Schneestiefel an, weiter brauchst du nichts.«

»Es handelt sich nicht um die Stiefel.« Einen Augenblick war sie unschlüssig.

»Komm!«, rief sie. »Warum sollte ich eigentlich nicht mir dir rodeln?«

»Ich steuere«, sagte Gottfried. »Du sitzt hinter mir und hältst dich an mir fest. Hab keine Angst, ich bin diese Bahn schon hundertmal gefahren.«

»Oder willst du steuern?«

»Nein, nein, du lenkst!«

»Schön – das nächste Mal bist du an der Reihe.«

Er setzte sich auf den Schlitten und machte es sich bequem. Sie hockte sich dicht hinter ihn, stopfte den Rock zurecht und hob ihre Beine, sodass er zu beiden Seiten ihre Füße sehen konnte. Dann gab er dem Schlitten einen Ruck, und sie sausten los. Die Bahn war ziemlich stark vereist, sodass das Tempo wuchs und Gottfried laute Rufe ausstieß, um diejenigen zu warnen, die ihre Schlitten den Berg hinaufzogen. Auch Therese schrie, aus Jubel und Entzücken, sie klammerte sich dabei fest an Gottfried. Je schneller sie fuhren, desto fester wurde ihr Griff. Schließlich war das Ende der Fahrt erreicht, sie stiegen mit glühenden Backen vom Schlitten und lachten übermütig. Gottfried war ganz außer Atem, Thereses Puls jagte.

»Komm, wir wollen noch einmal hinauf«, sagte er.

Sie wiederholten ihre Fahrt, und wieder steuerte Gottfried.

Ihm schien, als ob diesmal die Fahrt noch toller sei als das erste Mal und als klammere sich Therese noch fester an ihn. Er fühlte die Berührung ihres geschmeidigen Körpers, ihrer Brüste und Schenkel. Das war kein gewöhnliches Schlitteln, das war unendlich süß und abgründig zugleich! Ein Strom verwirrender Gefühle und schlimmster Tollheit! All dies würde in seinem Tagebuch niedergeschrieben. Es war einer jener Momente, wo Paradies und Hölle eins werden.

Dies war wirklich kein normales Rodeln mehr. Von neuem musste Therese daran denken, dass Anton Jakob es nicht gern sehen würde. Aber mit Gottfried, konnte er dagegen etwas haben? Hatte er sie nicht aufgefordert, mit ihm zu tanzen und ihm sogar befohlen, sie zu küssen?

Nach einigen Fahrten schlug Therese eine kleine Pause vor. Schließlich sprang Gottfried aber wieder auf und zog den Schlitten den Berg hinauf.

Diesmal steuerte Therese. Er legte seine Arme um sie, doch sie wehrte sich sanft, worauf er sich am Schlitten festhielt. Erst als sie in eine Kurve sausten und er beinahe das Gleichgewicht verloren hätte, schlang er rasch die Arme wieder um sie. Sie hatte dies nicht erwartet und verlor die Herrschaft über den Schlitten. Er schoss seitlich in den Schnee, sie purzelten übereinander und waren im Schnee begraben. Lachend standen sie wieder auf. Der kleine Zwischenfall steigerte ihren Eifer. Mit glühenden Gesichtern und dampfendem Atem rodelten sie bis zum Einbruch der Dunkelheit. Es war schon ganz finster, als sie auf dem Gamhof anlangten.

»Wirklich, das war ein schöner Tag«, sagte Therese. »Ich werde ihn sicher lange nicht vergessen.«

»Und ich nie«, sagte Gottfried.

»Jetzt aber muss ich wieder daran denken, dass ich Frau Alt-Regierungsrat bin«, meinte sie nicht ohne Bitterkeit.

»NUN, KINDER«, sagte Anton Jakob am Abend bei Tisch, »was habt ihr heute getrieben?«

»Gerodelt«, antwortete Gottfried.

»Du auch, Theresli?«

»Ja.«

»Oho, hinter meinem Rücken! Während ich weg bin! Was tust du denn noch alles hinter meinem Rücken?«

»Toni!«, rief sie heftig.

»Du weißt, dass ich es nicht mag. Tu es also bitte nicht wieder!«

Seine Stimme klang hart. Gottfried brauste auf. »Ich kann daran nichts Schlimmes finden. Die Bewegung in der Luft hat ihr sicher sehr gut getan.«

»So, ha-ha! Das meinst du!«, sagte der Vater sarkastisch und hob die Brauen wie ein argwöhnischer Mandarin.

Soweit es ihn und Gottfried betraf, hatte die Sache hier ein Ende. Doch Therese erhob sich ohne ein Wort zu sagen. Einen Augenblick zögerte sie, dann verließ sie das Zimmer mit Stolz und resigniert.

»Die Weiber sind alle gleich«, sagte Anton Jakob ein wenig verächtlich und aß weiter.

Nur noch spärliche Worte wurden zwischen Vater und Sohn gewechselt; schließlich zog Anton Jakob die Serviette aus seinem Kragen, wischte sich den Mund ab und verließ das Zimmer.

Draußen nahm er Hut und Mantel und ging in den Bären. Gottfried hörte die Tür ins Schloss fallen, dann herrschte tiefe Stille im Haus. Lange saß er regungslos, bis Hedwig den Kaffee brachte.

»Der Herr ist zornig weggegangen«, sagte sie. »Und Frau Müller ist wieder unglücklich.«

»Ja, Hedwig, jung verheiratete Leute! Zanken sich die beiden oft?«

»Nicht direkt zanken, aber es ist eine Schande. Frau Müller darf nie etwas tun, wozu sie Lust hat.«

»Nicht übertreiben, Hedwig, Vater steckt bis über die Ohren in Geschäften, das ist alles. Er ist immer etwas mürrisch, wenn er was Neues angepackt hat.«

»Aber Herr Müller sollte daran denken, dass Therese jung ist, und er sollte sie nicht so viel allein lassen.«

»Unsinn! Musst du deine Nase in Vaters Angelegenheiten stecken?«

Er zündete eine Zigarre an und musterte sie, als versuche er, sie zu durchschauen. Einen Augenblick lang glaubte er, sie würde vielleicht bei Therese spionieren. Doch schnell schlug er sich diesen Gedanken wieder aus dem Kopf. Viele sonderbare Gedanken hatte er sich dieser Tage aus dem Kopf zu schlagen. Hedwig ging hinauf, kam jedoch nach kurzem mit dem Bescheid zurück, Frau Müller wolle nicht mehr herunterkommen.

»Ein schönes Zuhause! Ich muss schon sagen!«, brummte Gottfried. »Ich will hinaufgehen und sehen, was die Stiefmutter macht.«

Er legte seine Zigarre weg, stieg die Treppe hinauf und klopfte an Thereses Tür.

»Geh jetzt, Hedi, und lass mich in Ruhe!«, ertönte es hinter der Türe.

»Ich bin es, Gottfried.«

»Was willst du?«

»Nur ein paar Worte mit dir sprechen.«

Eine kleine Pause – dann öffnete Therese die Türe. Sie sah erhitzt und zornig aus.

»Vater war sehr unvernünftig heute Abend, ja ungerecht.«

»Macht nichts, macht nichts!«, sagte sie.

»Doch, doch! Es tut mir weh, ich werde noch mit ihm darüber sprechen.«

»Sei nicht töricht«, rief sie und legte die Hand auf seinen Arm. »Dummer Bueb, was glaubst du denn!«

»Vater meint, dass außer ihm niemand stolz sein kann. Immer muss er allein alles zu sagen haben. Das muss er sich abgewöhnen!

Und ich will ganz offen sein … Ich kann dich nicht mehr als Stiefmutter ansehen. Vater selbst hat mir dieses Gefühl eingeflößt. Er nannte uns seine Kinder, uns beide, dich und mich.«

Er hielt inne und holte tief Atem. »Ja, so ist es. Wie ein Bruder werde ich zu dir sein.«

Er sah sie erleichtert an, nahm ihre Hand und drückte sie sanft. Sie ließ es geschehen, dann bat sie ihn, wieder hinunterzugehen und schloss die Tür hinter ihm. Den folgenden Tag verbrachte Gottfried ganz allein. Er war mit Gott und der Welt unzufrieden, schlecht gelaunt und wich dem Vater und der Stiefmutter aus. Erst am Abend sprach er ein paar Worte mit Therese unter vier Augen.

»Ich habe mich entschlossen, nach Basel zurückzufahren. Gott weiß, wie viel Monate es dauern wird, bis ich dich wiedersehe. Ich will jetzt von dir Abschied nehmen.«

»Gottfried, ich bin sehr traurig, ich weiß nicht, was ich sagen soll!«

»Bist du traurig, weil ich gehe?«

»Auch deshalb – und über das, was vorgefallen ist.«

»Vergiss es einfach, so wie ich es vergesse, es ist zu geringfügig. Hingegen werde ich dich nicht vergessen, Therese. Ja, jetzt nenne ich dich Therese.«

»Und wie lange wirst du fortbleiben?«

»Mindestens sechs bis acht Monate.«

»Wirst du dein Versprechen wegen der Bücher halten? Und wirst du mir auch schreiben?«

»Therese«, sagte er feurig, »ich werde jeden Tag an dich denken.«

»Und ich ebenso.«

Sie hörten Anton Jakobs Schritte und trennten sich.

AM NÄCHSTEN MORGEN reiste Gottfried mit dem Frühzug ab. Therese ging nicht hinunter, um ihm Lebewohl zu sagen, doch sie sah durch die Vorhänge, wie er mit dem Schlitten davonfuhr. »Sechs bis acht Monate«, sagte sie zu sich, »eine lange Zeit! Was kann in dieser Zeit nicht alles geschehen!«

Ein Gefühl der Leere und Einsamkeit überwältigte sie; etwas besonders Schönes war dahin.

Sie fragte sich, wie viel sie Gottfried bedeute. Der Alltag war nun für Therese nicht mehr derselbe wie zuvor. Sie ertappte sich, wie sie Träumereien nachhing und plötzlich neue Gedanken über sich und Gottfried verfolgte. Er hatte ihr schreiben und Bücher schicken wollen! Ihr schien, als ob alle Geheimnisse der Welt in diesen Büchern verborgen seien. Woher hatten Anwälte, Doktoren, Pfarrer und Professoren ihr Wissen? Von Büchern, natürlich! Bücher waren für sie das einzige Mittel, um auf eine höhere Stufe im Leben zu gelangen. Sie würden ihre stillen und mächtigen Freunde sein! Die Bücher kamen wirklich eines Tages: eine große Kiste voll, die Therese sofort auspackte.

»Ich möchte gern wissen, was das zu bedeuten hat«, sagte Anton Jakob, als er zufällig hereinkam. »Was ist los mit dir, Meidi, du bist auf dem Holzweg.«

»Du verstehst mich nicht, Toni. Schau, du hast deine Arbeit, deine Freunde, du gehst aus, du bist ein aktiver Mann, aber ich sitze hier die langen Winterabende und habe nichts zu tun.«

»Dann bin ich es also, der dich zum Lernen treibt«, sagte er mit vorwurfsvollem Blick. »Theresli, ich will dir etwas über diese verdammten Bücher sagen: Du kannst sie alle auswendig lernen und wirst doch um kein Jota klüger werden. Und wenn du dich schließlich durchgefressen hast, wirst du nicht weiter sein, als wo du zu Anfang warst.« Seine Augen funkelten vor unterdrücktem Zorn.

»Sie werden dir nichts nützen, nicht das mindeste! Erinnere dich ein wenig, wie dein Leben war, bevor du nach Gam gekommen bist, und gib dich zufrieden.«

»Weshalb hast du mich geheiratet?«, fragte sie mit gequälter Stimme. Er strich sich mit der Hand über seine grauen Stoppeln, sein prüfender Blick hing an ihrer zarten Erscheinung.

»Hm, Meidi, nicht, um dich grob zu behandeln, das ist sicher! Dort in der Klinik, unter dem Baum, hab ich dir gesagt, warum ich dich haben wollte. Vergiss nicht, dass du in erster Linie einen Bauern geheiratet hast. Ich würde es gerne noch erleben, dass du stolz auf diese Tatsache bist. Glaub nur nicht, dass ich nicht sehe, was um mich vorgeht. Es überrascht mich, dass du als Frau Regierungsrat kein Interesse mehr an der Wirtschaft nimmst. Seit Wochen hast du keinen Fuß mehr in Röthlisbergers Bereich gesetzt, und wahrscheinlich würde es dir nichts ausmachen, wenn der ganze Hof niederbrennt. Hab ich recht oder nicht?«

Er trat einen Schritt näher und legte seine schwere Pranke auf ihre Schulter.

»Schau mich an, Meidi! Würdest du jetzt hinuntergehen und eine Kuh melken, wenn ich dich darum bitten würde?«

»Du willst mich aber nicht darum bitten«, war ihre etwas ratlose Antwort.

»Würdest du es tun?«, insistierte er.

»Vermutlich«, sagte sie mit einem Blick auf die Bücher, die auf dem Tisch aufgestapelt waren, »ich müsste ja wohl.«

Stumm stand er vor ihr und betrachtete ihre schlanken, weißen Hände. Wie gerne hätte er diese Hände geküsst, doch so verführerisch dieser Wunsch auch war, er stand nicht im Einklang mit seiner Natur. Noch nie in seinem Leben hatte er eine Hand geküsst, ja, er kannte noch nicht einmal die Anfangsgründe solcher Künste.

»Meidi«, sagte er in rätselhaftem Ton, »dass du so bist, wie du bist, wird nie meinen Widerspruch erregen, und nie werde ich dir verweigern, das zu werden, was du dir wünschst oder dir wichtig erscheint. Aber du bist in erster Linie meine Frau, und davon wirst du niemals loskommen, trotz all deiner Bücher.«

»Aber Toni, wer sagt denn, dass ich das will! Wie kommst du überhaupt auf solche Gedanken?«

»Durch diese Bücher.«

«Ich verstehe dich nicht.«

»Nun, wenn du genug von ihnen gelesen hast, wirst du mich vielleicht verstehen.«

»Bist du denn auf Bücher eifersüchtig?«

»Ich bin auf niemanden und auf nichts eifersüchtig.«

Er straffte seine Brust, mitsamt seinem behaglich runden

Bäuchlein und begann mit einer in Gold gefassten Koralle zu spielen, die an seiner Uhrkette baumelte.

»Du bist eine stolze Welschi, aber auch ich bin stolz. Wenn etwa eines deiner Bücher von unserer Geschichte handelt, so wirst du sehen, Meidi, dass wir Bauern mit unseren Knüppeln die Köpfe deiner Vorfahren eingeschlagen haben. Doch das ist Vergangenheit. Jetzt sind wir alle Demokraten und wohnen in derselben Straße.«

»Alle in derselben Straße?«, sagte sie etwas aufsässig. »Ich glaube es nicht, Toni. Und auch du glaubst es nicht, so viele Köpfe deine Ahnen auch zertrümmert haben mögen! Nicht alle Männer sind gleich und ebensowenig alle Frauen. Das weißt du ebenso. Ich hätte dich nie geheiratet, wenn du so wärest wie alle andern Männer.«

Er war betroffen durch diese Bemerkung. Auf seine eigenen Worte hatte er nicht sonderlich geachtet, doch Therese wog jedes ihrer Worte und maß seinen Charakter. Mit Erstaunen stellte er dies fest, und das Neue daran brachte ihn etwas aus der Fassung. Es kam ihm zu Bewusstsein, dass sie ganz anders beschaffen war als er und dass jeder Tag ihres gemeinsamen Lebens diesen Unterschied verstärken würde. Er war richtig beunruhigt, denn er hasste es, unversehens von Veränderungen überrumpelt zu werden.

»Meidi«, sagte er schließlich, »du wirst doch wenigstens immer offen zu mir sein? Ich will dich glücklich sehen, aber ich erwarte die gleiche Fürsorge, die ich dir entgegenbringe. Dann werden wir uns immer gut vertragen. Ein ehrliches und gerades Leben ist immer lebenswert. Lass uns immer ehrlich zueinander sein.«

»Toni!« Sie schien die Warnung vollkommen zu verstehen.

»Ich werde nicht jünger, siehst du, und ich muss mit meinen Kräften sparsam umgehen, sonst findest du dich eines Tages als Witwe, ehe du dich's versiehst.«

Therese schlang die Arme um seinen Hals und legte ihren Kopf an seine Schulter. Er tätschelte sanft ihren Rücken.

Während er so sprach, dachte sie plötzlich an Gottfried Sixtus. War der Gedanke schon Sünde? »Lass uns immer ehrlich zueinander sein!« Im Rhythmus seines schweren Atems glaubte sie diese Worte wieder zu hören.

»Toni, was verstehst du unter ehrlich sein zueinander?«, fragte sie etwas niedergeschlagen.

»Offenheit, Freimut, selbst wenn es dabei heißt, grausam sein.« Plötzlich packte er sie bei den Haaren, beugte ihren Kopf zurück und küsste sie voll auf den Mund. Einen Augenblick hielt sie geduldig still, dann machte sie sich frei.

»Du hättest dich rasieren können, Toni, meine Haut ist schon ganz wund.«

Während sie lächelnd in den Schnee hinaussah, sagte er erleichtert. »Ist schon in Ordnung. Ich werde mich jetzt rasieren. Oh, aha! Was für ein Buch? ›De l'amour‹ – Stendhal? Natürlich, ich vergaß, du kannst französisch lesen. Ich nicht, ›De l'amour‹! Das heißt Liebe?«

Er warf einen Blick in das Buch.

»Komisches Büchlein. Wie ich sehe, hat Gottfried etwas auf das leere Titelblatt geschrieben: Dieses Buch ist eine trockene Arbeit über die Psychologie der Liebe. Es sollte nur in kleinen Dosen und in ruhiger Stimmung gelesen werden. Dann wird es jedem klar erscheinen. Neben diesem Buch sollte der Leser Rousseaus ›Confessionen‹ studieren, Goethes ›Werther‹ sowie Montaigne und Spinoza. Bevor solche Werke nicht gründlich verstanden sind, sollte man nicht mit Darwin und Nietzsche anfangen.« Anton Jakob schaute ungläubig auf Therese.

»Verstehst du denn das alles?«

Sie schüttelte nervös den Kopf.

»Nein – nein.«

»Das glaub ich dir gern!«, und damit warf er »De l'Amour« auf den Tisch. »Meiner Ansicht nach wäre es besser, deine Gedanken mehr auf praktische Dinge zu konzentrieren. Lies unsere Zeitungen, da stehen auch ganz gute Geschichten drin.«

»Ich konnte Gottfried doch nicht sagen, was er mir schicken soll. Aber er ist Student und kennt sich in diesen Dingen aus.«

»Lernen ist sein Beruf«, erklärte Anton Jakob.

»Also dürften nur diejenigen lernen, deren Beruf es ist?«

»Jawohl!«

»Und du bist der Ansicht, Toni, dass ich für immer unwissend bleiben muss?«

»Du solltest dich zufrieden geben mit dem, was du hast, Meidi, und nicht höher hinaus wollen!«

»Ich will lernen«, sagte sie; »ich muss einfach!«

»Meidi, Meidi, du bist nicht mehr dieselbe, die du warst.« Er verließ sie.

Thereses Gesicht war umwölkert, und aus ihren Augen loderte ein unheimlicher Wille.

Sophie und ihr Mann verbrachten eine Nacht auf dem Gamhof. Sie bewohnten gemeinsam das große Zimmer im Oberstock. Sophie war unzufrieden; der Gedanke, dass sie sich im Haus ihres Vaters nicht mehr als Herrin benehmen durfte, ärgerte, ja demütigte sie.

»Nie wieder komme ich hierher«, sagte sie in dieser Nacht zu Felix. »Ich kann es nicht ertragen, das ganze Haus hat sich verändert. Und hast du gesehen, wie sie uns die ganze Zeit mit ihren Blicken kritisierte? Wer ist sie denn, ich frage dich, wer ist diese Therese?«

»Pst«, warnte ihr Mann, während er in seinem langen weißen Nachthemd ins Bett kroch, »sprich nicht so laut, das Zimmer des Alten ist direkt unter uns.«

»Das weiß ich, aber was geht es mich an? Stell dir vor, jetzt steckt sie ihre Nase sogar in Bücher! Eine gewöhnliche Dienstmagd! Pah!«

Sie zog krampfhaft die Schultern hoch; wie eine Furie sah sie aus.

»Ich hasse dieses Weib mit seiner ganzen aufgeputzten, überlegenen Art.«

»Sophie, Sophie!«, beschwor sie ihr Mann, während er die Decke bis ans Kinn zog und die Daunen flachklopfte. »Sie ist deine Stiefmutter, immerhin!«

Träumerisch wanderten seine Blicke zur Decke empor, und seine Lider klapperten auf und zu, als erweise er einem wunderschönen Bild seine fromme Verehrung. Ein Seufzer entrang sich seiner Brust. Der Mann in ihm zollte Thereses Schönheit seine geheime Huldigung.

»Stiefmutter!«, rief Sophie verächtlich. »Stiefmutter, hin oder her!« Ihre nicht allzu glorreiche Schönheit halb zur Schau stellend, ohne die sonderliche Aufmerksamkeit ihres auf friedliche Nachtruhe bedachten Mannes zu erwecken, trat sie vor den Spiegel, um sich das Haar zu kämmen.

Doktor Naef gähnte. »Ach, was soll das alles?«, murmelte er.

Sophie drehte sich unvermittelt zu ihm herum. Ihre Augen musterten die beiden Betten im Zimmer, das eine da, das andere dort.

»Weißt du«, sagte sie, »dies ist das erste Mal, dass wir nicht nebeneinander schlafen.«

Er lächelte schläfrig.

»Nur für eine Nacht«, beschwichtigte er sie.

»Nur! Dies ist der Anfang! Und sie gibt das Beispiel. Sie hat unten ein eigenes Zimmer genommen, ganz für sich allein! Das Boudoir einer Dienstmagd, sie isoliert sich, spielt die große Dame! Der Kuckuck hockt in unserem Nest und drängt uns hinaus! Schau nur, wie wir alle von Vätti getrennt sind, seit sie die zweite Frau Müller wurde! Vätti hat sein Leben lang noch nie so unglücklich ausgesehen.«

»Wie absurd, mein Schatz! Du verstehst nicht das geringste von Psychologie, sonst würdest du diese Kleinigkeiten mit anderen Augen sehen. Nimm doch ein bisschen Vernunft an, Sophie!«

»Ja«, sagte sie bitter, »und dich hat sie mit ihrer Psychologie auch schon gekapert. Alle will sie beherrschen; aber mich nicht!«

»Wer spricht denn davon? Geh jetzt schlafen! Wir haben einen langen Tag hinter uns.«

»Gute Nacht«, sagte sie und drehte das Licht aus.

»Willst du mir nicht einen Gutnachtkuss geben?«, fragte er zimperlich.

»Nein, heute Abend nicht!«

Dr. Naef sah wohl ebenso klar, dass die Dinge im Gamhof sich verändert hatten, doch ihm persönlich gefiel die Veränderung. Ein Aufenthalt im Gamhof, und sei es auch nur für eine Nacht, war nun ein ganz angenehmes Erlebnis. Es war nicht mehr so primitiv. Wenn ihm auch das Bauernleben nicht gerade missfiel, so bevorzugte er immerhin doch die Annehmlichkeiten der Zivilisation. Jetzt gab es ein Badezimmer, moderne sanitäre Einrichtungen und hübsche Lampen. Die Anordnung der Möbel, die immer schon bequem und von einer gewissen altertümlichen Schönheit gewesen waren, verriet eine geschmackvolle Hand.

Wie eine Frau, die noch vor einem Jahr scheinbar nichts anderes als eine gewöhnliche Dienstmagd war, dieses Wunder zuwege hatte bringen können, überstieg seinen juristischen Horizont. Er musste sich gestehen, dass ihm Frauen einfach ein Rätsel waren. Alle, mit Ausnahme vielleicht von Sophie. Therese aber war sicher eines der geheimnisvollsten Geschöpfe. Sie hatte im Übrigen weit mehr geleistet, als Sophie in ihrem Thuner Zuhause je geleistet hatte oder zu leisten imstande sein würde. Therese besaß offensichtlich Energie und Geschmack, Sophie jedoch nur Energie.

»Rätsel über Rätsel«, murmelte Dr. Naef, als er am nächsten Morgen mit Sophie in Thereses Boudoir kam.

»Sie hat eine größere Bibliothek als ich«, dachte er bei sich. Sogar die ganzen Klassiker, jene großartigen Werke, die ich zur Erbauung hätte studieren sollen, anno dazumal. Wie viel mag sie davon gelesen und auch begriffen haben?«

Eigentlich wollte er Therese seine Bewunderung ausdrücken, schaute sie aber nur mit einem etwas tölpelhaften Lächeln an und blieb sprachlos.

Sophie heuchelte ein mildes Interesse an all den Veränderungen im Haus, wobei ihr Augenmerk besonders auf eine zierlich eingerahmte Fotografie von Gottfried Sixtus fiel, der bis über die Knie im Schnee steckte. Sie stellte aber keinerlei Fragen, zu schmerzlich empfand sie ihre Eifersucht, und zu fremd fühlte sie sich in ihrem Vaterhaus. Sie konnte in Therese nur die Gegnerin sehen, den Eindringling in den Kreis ihrer Familie. Ja, eine Abenteuerin war sie in ihren Augen! Immer wieder musste sie sich zu einer freundlichen oder gar schwesterlichen Haltung zwingen. Es verletzte ihren Stolz, vor dieser Frau heucheln zu müssen. Unter einer falschen Wärme verbarg sie eisigste Kälte. Therese fühlte dies und bedauerte es; sie dankte Gott, als die beiden wieder nach Thun zurückfuhren.

Seit sie mit dem Eifer eines klugen Schulmädchens zu lesen und zu lernen begonnen hatte, seit sie mühsam an ihrer Bildung arbeitete, war ihre Lage eher noch schlimmer geworden. Niemand anerkannte ihre Anstrengungen und ihren Eifer, außer Gottfried Sixtus. Von Zeit zu Zeit schrieb er ihr, doch es war nicht leicht für sie, seine Briefe zu verstehen, und noch schwieriger, sie zu beantworten Sie waren sehr hochstehend und voll von anscheinend wissenschaftlichen Dingen. Sie liebte diese Briefe, weil sie ihr zeigten, dass er fest an ihre Intelligenz glaubte und an ihre Fähigkeit, sich aus dem bäuerlichen Milieu herauszuarbeiten, so wie er selbst es getan hatte.

In dieser Zeit begegnete Therese den Menschen noch argwöhnischer als sonst. Schon von Natur aus misstraute sie ihrer Umgebung, denn die vergangenen schmerzlichen Erlebnisse, die sie als Kind durchgemacht hatte, konnte sie nie vergessen. Nun aber hatte sich ihr Schicksal gewendet.

Sie hatte alles, was eine Frau sich wünschen konnte, und ihre Vergangenheit lag tief hinter ihr begraben. Aber hatte sie denn wirklich alles?

Anton Jakob, den sie einst wie einen Vater verehrte, konnte sie nicht lieben. Sie duldete ihn und versuchte, sich mit ihm abzufinden. Und je länger sie ihn duldete, desto mehr wuchs ihre Unzufriedenheit. Der Trost aus Büchern und aus Gottfrieds Briefen oder ihre Aktivitäten in Haus und Garten linderten nur geringfügig das Gefühl, dass eine Mauer zwischen ihr und dem wirklichen Leben bestehe. An die Zukunft durfte sie gar nicht denken; und wenn sie in den Spiegel sah, ganz allein, und dabei stolz den Kopf zurückwarf, überkam sie die hilflose Verzweiflung unerfüllten Verlangens.

Vor kurzem hatte sie in orientalischen Gedichten von grausam harten Männern und schönen Sklavinnen gelesen. Zuweilen glaubte sie, selbst eine solche Sklavin zu sein. Ein andermal hatte sie über die Pflichten der Frau gelesen, doch es hatte nur einen sehr flüchtigen Einfluss auf ihr Denken ausgeübt. War nicht ihr ganzes Leben eine ununterbrochene Kette von Pflichten und Erniedrigungen gewesen? Nein, sie glaubte nicht, dass ein bloßes Pflichtgefühl gegenüber Anton Jakob je an die Stelle von echter Liebe treten könne. Seinem Wink zu gehorchen, seinen Launen sich zu fügen, wie weit entfernt war das von dem, was sie sich ersehnte.

Therese erlebte einige Zusammenstöße mit Anton Jakob. Einmal ging es um Geld. Er erklärte ihr eines Tages, dass sie viel zu viel ausgebe.

»Leute«, sagte er, »die plötzlich reich werden, geben immer mehr aus als solche, die an den Genuss von Reichtum gewöhnt sind.« Solche Bemerkungen hörte sie sich mit ruhigem, blassen Gesicht an; und da er fühlte, dass er sie beleidigt hatte, zog er sie an sich und küsste sie. Sie aber wies seine Entschuldigung zurück. Der Vorwurf brannte in ihr für lange Zeit.

Das kleine Maß an Kultur, das Therese sich angeeignet hatte, begann Folgen zu zeitigen. Das Lesen großer Geister wie Rousseau, Flaubert, Tolstoi und Zola war halbverdaut gefährlicher als eine Sammlung billiger Literatur.

Sie begann stolz, eitel und überheblich zu werden und glaubte, sich von der Norm abheben zu können. Und weil sie sich ihrer Abstammung bewusst war, fing sie auch an, über die abenteuerliche und romantische Welt von Rittern und Königen zu lesen. Doch da sie lange in den Niederungen gelebt hatte, war ihre Phantasie ebenso fasziniert von Verbrechern, von Armut und von Menschen, die sich aus der Gosse befreit hatten. Sie selbst hatte schließlich in der Gosse gelebt.

DER SOMMER IM OBERLAND war sehr heiß. Tag um Tag lag das Arnatal in der Glut der Sonne. Die Straßen waren ausgestrocknet und staubig. Flüsse und Bergbäche zeigten ihren niedrigsten Wasserstand. Trotzdem bedeckte eine unendliche

Vielfalt von Blumen die Wiesen, die Wälder waren grün und von einem Teppich kühlenden Mooses bedeckt.

Therese ging oft in die Wälder spazieren und blieb in ihrem wollüstigen Zwielicht sitzen. Hier in der Stille konnte sie ihren geheimsten Gedanken nachhängen. Zwei ganz verschiedene Sehnsüchte beherrschten sie. Einmal das Heimweh nach dem Wallis, obwohl die Erinnerungen an ihr früheres Leben dort wie ein Fluch auf ihr lasteten. Die alte Hütte mit dem Schweinestall, wo der Vater, der entlassene Sträfling, lebte und gestorben war, konnte sie nicht vergessen. Doch was hatte sie noch im Wallis zu suchen? Warum sehnte sie sich trotz allem in dieses Tal zurück? Eine törichte Laune! Weiter nichts! Ein Leben, das aus schrubben und kehren bestand – doch hatte sie dabei nie die Hoffnung verloren.

Und jene andere Sehnsucht? Was war es denn? »Nein!«, tröstete sie sich, »das ist gar keine Sehnsucht. Ich sehne mich nicht nach Gottfried Sixtus, ich möchte ihn nur wiedersehen. Warum sollte ich ihn nicht gerne haben?« Den letzten Brief von ihm, ein sehr langer Brief, hatte sie unzählige Male gelesen, doch nie zu Hause, immer in der Einsamkeit dieses Waldes. Sie konnte ihn nur teilweise verstehen. Gottfrieds Stil schien weniger klar und einfach als früher. Zeigte er Spuren von Ermüdung? Ein gequälter Unterton klang irgendwie mit. Konnte er denn wissen, dass sie unglücklich war?

»Theresli«, hatte er geschrieben, »ich denke oft an dein unglückliches Leben …« Nie hatte sie in ihren Briefen auch nur ein einziges Wort von Unglück geschrieben. Sie musste ihm vormachen, dass sie glücklich sei!

Vergeblich wartete sie auf die Nachricht, dass er zu Besuch nach Hause kommen würde. Seit dem letzten Winter war Gottfried kein einziges Mal gekommen, und nun machte er sogar Andeutungen von einer baldigen Auslandsreise. Sie fühlte sich verletzt. Warum mied er den Gamhof? Es schien, als habe er die Absicht, sie zu strafen.

»Ich hätte ihn einmal haben können. Und ich wies ihn ab, weil ich nicht deutlich genug fühlte, dass ich ihn haben wollte!«

Und jetzt? Was hätte sie nicht für ein Wiedersehen gegeben! Von ihm ein Wort der Freude und Anerkennung zu hören über die Veränderung, die sie der Lektüre der »Education Sentimentale« zu verdanken hatte! Sollte Gottfried wieder nach Hause kommen, musste er sie »Maman« nennen, wie Rousseau jene Frau in Annecy genannt hatte.

Anton Jakob fühlte sich seit einiger Zeit nicht recht wohl. Seine Bewegungen waren müde und schlapp. Ende des Sommers begannen ihn heftige Schmerzen und gelegentliche Anfälle von Übelkeit zu quälen.

»Ich weiß nicht, was mit mir los ist, Meidi«, sagte er zu seiner jungen Frau » Ich bin nicht mehr mein altes Selbst.«

Er blieb eines Tages im Bett, und als er am nächsten Tag wieder aufstehen wollte, konnte er sich kaum aufrecht halten. Von diesem Augenblick an, den ganzen Winter bis weit in den Frühling hinein, zählte er zu den Menschen, die keine nützliche Arbeit mehr tun konnten. Ein bekannter Spezialist in Bern hatte ihn schon vor Jahren ermahnt, seinen zwar mäßigen, aber doch regelmäßigen Genuss jener hitzigen Weine, die am Neuenburger und am Genfer See wachsen, erheblich einzuschränken. Dr. Hauser aus Arnisboden, der zugezogen wurde, betitelte das Leiden als »eine ernste Leberattacke.«

Diese Attacken aber wurden immer schmerzhafter und häufiger, und so oft auch der Doktor den Alt-Regierungsrat durch seine dicken Brillen examinierte, so oft er sich auch seinen kugeligen Kahlkopf rieb und die verschiedenste Medizin verordnete, mit Anton Jakob wurde es nicht besser.

Während der Krankheit ihres Mannes widmete sich Therese mustergültig den neuen Verpflichtungen. Zunächst wurde allerdings eine Pflegerin eingestellt. Später aber, nachdem Therese alles Wesentliche über Krankenpflege sich angeeignet hatte, schickte sie die ihr unliebsame Pflegerin wieder weg. Diese Fremde hatte sehr geschickt versucht, die Herrin des Hauses aus ihrer Stellung zu verdrängen und die Privatangelegenheiten der Familie Müller auszuspionieren. Sophie natürlich war dafür, die Pflegerin zu behalten.

»Vätti, lass doch nicht Therese die ganze Arbeit machen.

Siehst du nicht, wie müde sie ist? Sie wird ihr gutes Aussehen verlieren durch das häufige Aufstehen mitten in der Nacht und was sonst noch alles zu tun ist!«

»Meidi, ich lasse mich viel lieber von Theresli pflegen als von irgend einem anderen.«

»Du solltest nicht so egoistisch sein.«

»Ja, Meidi, aber sie behauptet, dass sie es gerne tut. Jetzt siehst du, wie sie wirklich ist. Ich habe dir immer von ihrem hingebungsvollen Charakter erzählt, aber du hast es nie glauben wollen.«

Was konnte Sophie darauf schon sagen? Sie hatte tausend Ängste, jederzeit konnte ihrem Vater etwas zustoßen. Unsterblich war er nicht. Und dann? Angenommen, das Schlimmste würde eintreten – warum schlich die Welschi so im Haus herum, rein und raus aus dem Krankenzimmer und immer ihre Grübchen zeigend, mild und süß zu jedermann?

»Stell dir vor«, sagte die praktische Sophie zu ihrem Mann, dem Rechtsanwalt, »stell dir nur vor, wie sie einen Teil unseres Familienvermögens an sich reißt! Sie verdient es nicht! Entsetzlicher Gedanke!« Dr. Naef sagte nichts und wunderte sich nur über die jüngste Offenbarung von Sophies Charakter. Da er jedoch die Voraussetzungen für den ehelichen Frieden kannte, tat er so, als ob er ihre Ansichten teile.

»Ja, man sollte vorsichtig sein mit dieser Welschen! Gott weiß, was für Entschlüsse Anton Jakob auf seinem Krankenlager zu ihren Gunsten fassen könnte.«

Da sie unter dem Druck solcher Befürchtungen standen, war es nicht verwunderlich, dass sie beide jede Woche aus Thun zu Besuch kamen. Übrigens erkundigten sie sich zudem täglich nach Anton Jakobs Befinden.

Gottfried erhielt einen Brief von Therese, in dem sie ihn bat, seines Vaters wegen nach Hause zu kommen. Sie schrieb ihm ferner, sein Vater habe in letzter Zeit viel von ihm gesprochen, und er hege den Wunsch, einen tüchtigen Kopf in der Nähe zu haben, der seine durch die lange Bettlägerigkeit vernachlässigten Angelegenheiten in die Hand nehmen würde.

Dieser Brief erreichte Gottfried in einem kritischen Augenblick seiner studentischen Laufbahn, zu einem Zeitpunkt, da er insgeheim über seine geistige Verfassung verzweifelt war. Seine Bücher empfand er als Feinde, den bloßen Anblick von Papier und Tinte verabscheute er. Der Geruch der Vorlesungssäle drehte ihm den Magen um; sein ganzes Feuer war erloschen. Selbst das Leben war ihm verhasst. Allein der Gedanke an Therese konnte ihn innerlich noch erregen. Als Gottfried den Brief aus Gam erhielt, zog er Theo Straub zurate. Theo war der Ansicht, er solle nach Hause fahren, die Sache scheine wichtig und dringend.

»Wenn ich an deiner Stelle wäre, überdrüssig meiner Studien und aller sonstigen Dinge, so würde ich diese Gelegenheit dankbar ergreifen. Wahrscheinlich kannst du in der Landwirtschaft Besseres leisten als in der Justiz. Außerdem ist meiner Ansicht nach die erste Pflicht jeden Sohnes, die Pflicht gegenüber seinen Eltern.«

Gottfried nahm sich Theos Worte zu Herzen und nahm, ohne den Brief zu beantworten, den nächsten Zug und fuhr nach Gam. Die Begegnung mit Therese war unerwartet und kühl. Kaum dass ihre Hände sich berührten, doch in Gottfrieds Augen war ein Flackern, und während sie für eine Sekunde ihre Grübchen zeigte und ein paar Worte hauchte, wandte er sein blasses, nachdenkliches Gesicht von ihr ab. Therese führte ihn zum kranken Vater und ließ die beiden allein. Gottfried hatte wahrscheinlich ein anderes Wiedersehen erwartet. Er hatte gehofft, Therese würde ihn voller Freude begrüßen; es war nicht die Therese seiner Gedankenwelt, sie schien nicht die Therese zu sein, der er Briefe geschrieben hatte. Therese versuchte zwar ihr Bestes, um Gottfried den Aufenthalt gemütlich zu machen, er sollte sich in Gam zu Hause fühlen. Doch sie verstand es mit erstaunlicher Geschicklichkeit, sich von ihm fernzuhalten.

»Therese«, fragte er eines Tages sarkastisch, »hast du deine Studien aufgegeben?«

Sie spürte den Vorwurf in seiner Stimme. Natürlich musste er gerade diese Frage stellen. Seit er wieder in Gam war, kamen sie nur wenig miteinander in Berührung, während sie in der Zeit seiner Abwesenheit regelmäßig korrespondiert hatten.

»Nein! Ich lese, sooft ich Zeit habe. Aber ich mache mir große Sorgen um deinen Vater. Ich möchte ihn wieder gesund sehen. Allem Anschein nach kann nur eine größere Operation Heilung bringen, aber er weigert sich, diese Operation vornehmen zu lassen. Von früh bis spät bin ich mit seiner Pflege beschäftigt. Wie soll ich Zeit und Muße finden zum Lesen?«

Sie hielt inne. Warum erzählte sie ihm das alles? Wusste er es nicht selbst?

Er gab ein nervöses kleines Lachen von sich und schaute ihr in die Augen, die glanzlos geworden waren. Er frage sich für einen Augenblick, ob er sich seine Liebe nicht eingebildet hatte, so sehr schien sie vor ihm entrückt zu sein. War alles nur Illusion?

»Ich bin ganz zufrieden, wieder zu Hause zu sein«, sagte er später, »obgleich ich nicht weiß, was es für mich hier noch zu tun gibt. Ich habe alles geregelt, Röthlisbergers Rechnungen sind in Ordnung.« »Ich bin überzeugt«, sagte Therese, »dein Vater wird dir sehr dankbar sein für alles, was du getan hast.«

Mit einer gewissen Raffinesse war es Therese gelungen, das Feuer in diesem jungen Mann abzukühlen. Es gab eine Seite in ihr, ganz in Dunkel gehüllt, von der nicht einmal sie selbst eine klare Kenntnis besaß. Vielleicht war es ein Fehler gewesen, Gottfried nach Hause zu holen, möglicherweise stand ihr inneres Gleichgewicht auf dem Spiel? Nach einer gewissen Zeit bemerkte sie an ihm eine deutliche Veränderung. Er lungerte nicht mehr herum, nur um sie zu sehen. Ja, er schien ihr sogar auszuweichen. Dies erleichterte sie zwar, stürzte sie aber zugleich in noch größere Unruhe. Würden sie je noch einmal eine gemeinsame Basis finden, einen Gleichklang zwischen sich? Nur nicht diese Unsicherheit! Sie litt, war abgespannt. Was hatte sie noch zu erwarten? Von Zeit zu Zeit war sie tief enttäuscht, wenn sie ihre Träume in grausame Wirklichkeit zerrinnen sah. Sie zürnte Gottfried. Und dann kam eine Veränderung über sie. Sie hörte auf zu rebellieren. Sie bereute ihre Träume, ihre wilden Streifzüge in den Bereich der Phantasie. Sie zog sich von allen zurück und widmete sich nur noch ihrem Mann. Der leidende Anton Jakob würdigte – wenn er nicht gerade von Schmerzen gepeinigt war – mit Dankbarkeit die aufopfernde Fürsorglichkeit seiner Frau.

NACH NEUJAHR ENTSCHLOSS sich Gottfried, Gam zu verlassen. Er war mit sich unzufrieden, denn er hatte das Gefühl, die ganze Zeit zu Hause vergeudet zu haben. Eines Morgens ging er hinunter, um mit seinem Vater über die Abreise zu sprechen. Als er an Thereses Zimmer vorbeikam, stand die Türe offen, und er sah, dass Therese still vor sich hin weinte. Sie bemerkte ihn nicht. Ihre Haltung, ihr unverkennbarer Jammer und dazu ihre Ahnungslosigkeit, beobachtet zu sein, rührten ihn.

Seine ganze Liebe kehrte zurück. Um sie nicht zu stören, ging er auf Zehenspitzen in sein Zimmer zurück. All das Missvergnügen der letzten Monate war wie ein Zauber verschwunden. »Jetzt weiß ich«, sagte er zu sich, »dass Therese unglücklich ist. Ich weiß, dass sie leidet.« Nach einigen Minuten ging er wieder hinunter und räusperte sich am Fuße der Treppe. Sie stand immer noch in ihrem Zimmer, den Rücken zur Tür gedreht.

Mit möglichst gleichgültiger Stimme sagte er. »Ah, da bist du ja, Therese! Ich will gerade noch ein Weilchen mit Vater sitzen, ich habe mich entschlossen, morgen abzureisen«.

Erschrocken drehte sie sich um.

»Gottfried!«

Er vernahm die Enttäuschung in ihrer Stimme.

»Morgen? So bald schon?«, fragte sie in weichem Ton.

»Ja, ich habe vorläufig hier nichts mehr zu tun. Ich kann nicht vom Brot allein leben; mein Hirn rostet ein. Und du, der einzige intelligente Mensch in Gam, bist viel zu beschäftigt, um mir deine Zeit opfern zu können.«

»Du hast mich nie aufgefordert, dir meine Zeit zu widmen. Ich dachte, du willst meine Gesellschaft nicht.«

»Therese!«, rief er und trat über ihre Schwelle. »Wie kannst du so etwas denken?«

»Ich weiß nicht«, sie war nervös, »ich weiß wirklich nicht. Ich habe auch nie gedacht, dass du mich für intelligent hältst. Ich bin es ja auch nicht, wirklich, ich bin es nicht.«

»Doch! Du bist es.«

Er traute nicht ihrer gleichgültigen Miene, mit der sie ihn anschaute. Noch eben hatte er eine andere Seite von ihr gesehen.

»Nun, ich will jetzt mit Vater sprechen.«

Er wollte das Zimmer verlassen, doch sie bat: »Gottfried! Noch nicht, noch nicht! Ich muss vorher mit dir sprechen. Komm in einer halben Stunde in mein Zimmer.«

Er verbrachte die halbe Stunde damit, im Hof herumzuschlendern, er ging durch die Ställe, begrüßte Röthlisberger, Joggi und Leonhard und ging dann zurück ins Haus. Er klopfte an Thereses Tür, ein Lächeln, halb traurig, halb heiter, empfing ihn.

»Setz dich in diesen großen Stuhl! Ich habe deinem Vater nicht gesagt, dass du morgen abreisen willst. Fahr doch noch nicht und bleib noch ein Weilchen, Gottfried!«

»Therese, wenn du mich bittest, dann muss ich wohl bleiben.«

Nach einem kurzen Zögern sagte er. »Ich glaube doch, dass ich abreisen sollte. Ich kann hier ja vorläufig gar nichts mehr tun.«

»Ich weiß, was dich treibt. Du hast den Aufenthalt hier satt, es verlangt dich nach deinen Freunden.«

»Meine Freunde!«, sagte er leicht verächtlich. »Nicht ein einziger von ihnen interessiert mich wirklich. Nur Theo vielleicht, obgleich er etwas Sklavisches an sich hat. Weil ich ihm sein Studium ermögliche, fühlt er sich mir gegenüber verpflichtet. Nun wird es Zeit, dass ich einmal an mich selbst denke.«

»Du hast mir einmal erzählt, wie sehr du dich darauf freust, dein Leben später anderen Menschen zu widmen und vor den Gerichten für Verbrecher zu kämpfen.«

»Ach, dieses Gefühl ist längst tot. Ich werde nie für einen Verbrecher kämpfen. Sind wir nicht alle Verbrecher? Es gibt nur graduelle Unterschiede. Während dieser letzten Monate bin ich zu der kuriosen Schlussfolgerung gekommen, dass zwischen Richter, Verteidiger und Angeklagten nur ein sehr geringer Unterschied besteht. Einen Menschen verurteilen, weil er auf kürzestem Weg sein Glück erreichen will, weil ihn die Natur anders geschaffen hat als die übrigen, ja, selbst einen Dieb ins Gefängnis sperren – das ist alles nur eine Formalität. Der eine nennt es Selbstschutz, der andere Schutz der menschlichen Gesellschaft. Für mich ist alles das Gleiche. Was kümmert es mich? Schon der Gedanke, mein Rechtsstudium fortzusetzen, ist mir verhasst. Ich kann die Professoren nicht mehr ertragen, die mich mit Doktrinen vollstopfen, während ich die Notwendigkeit empfinde, die meisten von ihnen abzulehnen.«

»Aber«, sagte sie überrascht, »hattest du nicht die Absicht, nach Basel zurückzukehren und deine Studien fortzusetzen?«

»Meine Studien fortsetzen? Jedenfalls nicht diese Studien. Schau dir Sophie's Mann an! Würdest du mich gerne als Rechtsanwalt sehen, nach seinem Vorbild oder Ebenbild? Nein, Therese, solche Leute sind alltägliche, ordinäre Bourgeois. Unser Land wimmelt von solchen gebildeten Mittelmäßigkeiten. Sie sind nicht nach meinem Geschmack. Kein Wunder, dass Vater sie Esel nennt: Und insgeheim hält er mich auch für einen. Kann sein, dass ich umsattle und Theologe werde! Soll er mich dann einen Esel nennen!«

»Ein Geistlicher!«, rief sie entsetzt.

»Ja, aber nicht einer wie Theo. Wenn ich diesen Beruf ergreife, dann nicht, weil ich ein göttliches Feuer in meiner Seele brennen fühle oder an irgendwelche mystischen Theorien glaube, sondern Gott eine Chance geben will, mich zu prüfen. Das ist alles.« Nach einer Pause fuhr er fort: »Ich habe meinen früheren guten Schlaf verloren: Oft liege ich wach und grüble über die Welt. Mein Kopf steckt dann wie in einem Nebel, und in solchen Augenblicken begreife ich überhaupt nichts mehr. Ich bin ein Faulenzer geworden. – Zum Teufel! – Und mit dem sogenannten freien Willen ist es kläglich bestellt! Immer schiebt sich etwas zwischen uns und unser Wollen. Die Hälfte meiner Zeit ist nutzloser Reue geopfert. Schrieb ich es dir nicht in meinem letzten Brief?«

Er sprang auf: »Ich hasse das Leben überhaupt.« Und im nächsten Augenblick öffnete er die Tür und war verschwunden.

Therese blieb durch sein unerwartetes Benehmen verwirrt zurück. Während er gesprochen hatte, bekam sein Gesicht einen so gequälten Ausdruck! Und als er sagte, er hasse das Leben, war ihr zumute, als ob ein schweres Gewicht sich auf sie wälzte. Sein Ungestüm überraschte sie. Was er soeben gesagt hatte, war nicht der Ausfluss einer momentanen Stimmung, nein, das war der wirkliche Gottfried, der endlich zu Tage kam. Doch warum hatte er sie so unvermittelt, so ungestüm verlassen? Als ob er sie verwunden wollte? Mehr noch, aus seinen Worten fühlte sie eine beängstigende Liebe hervorbrechen. Ein jäher Impuls trieb sie an das Bett Anton Jakobs, der jedoch schlummerte; sie fühlte sich erleichtert.

Nach ein paar Stunden kam Gottfried zurück und eröffnete Therese in gleichgültigem Ton, er habe sich die Sache überlegt und beschlossen zu bleiben, unter der Bedingung allerdings, dass sie in ihrer freien Zeit ab und zu einen Spaziergang mit ihm mache. Sie willigte schweigend ein und nickte nur mit dem Kopf. Die Zurückhaltung in ihrem Verhalten verriet, dass sie ihre Liebe zu Gottfried nicht offen eingestehen wollte.

Bald darauf begannen Therese und Gottfried ihre täglichen gemeinsamen Spaziergänge. Niemand kümmerte sich um sie.

»Warum sollten sich die Leute etwas Böses denken?«, fragte sich Therese.

Nun, jeder, der sie kannte, fand es auch natürlich. Mit der Zeit dehnten sie ihre Spaziergänge immer weiter aus. Begonnen hatten sie mit einem kleinen Gang von zehn Minuten, bald aber wurden daraus stundenlange Ausflüge durch Wald und Feld. Therese sprach nie ein Wort von ihrer wachsenden Unruhe. Sie lebte in ständiger Furcht vor Anton Jakob, dem sie aus unerklärlichen Gründen nie von ihren Spaziergängen erzählt hatte. Oft hatte sich Anton Jakob beklagt: »Theresli! Meidi! Ich habe über eine Stunde auf dich gewartet.«

Therese fand immer einer Entschuldigung. Sie hatte Frau Bühler besucht, sie hatte sich die Lawine angesehen, die von der Fluh heruntergedonnert war, oder irgendjemand hatte sie in Gam aufgehalten.

»Geh nicht aus, ohne es mir zu sagen!«, bat Anton Jakob. »Wenn ich weiß, wo du bist, bin ich beruhigt.«

»Schön, Toni.«

Bald darauf änderte sie ihre Taktik. Statt Entschuldigungen für ihre Abwesenheit vorzubringen, erfand sie nun Gründe für ihr Fortgehen.

»Warum, wozu diese verächtlichen kleinen Lügereien?«, fragte sie sich hin und wieder. »Ich könnte ihm ebensogut die Wahrheit sagen. Es hat ja so wenig Bedeutung.« Aber vielleicht hatte es doch mehr Bedeutung?

Auf einem dieser Spaziergänge, auf denen Gottfried Therese immer wieder neue Ideen erschloss, begann er die Frage zu erörtern, was es bedeute, auf dieser Welt als Einzelwesen, losgelöst von der Gemeinschaft, zu einer gewissen Größe zu gelangen. Er dozierte, die höchste Daseinsform sei die absolute Unabhängigkeit im Denken und Tun; freier sein als die Mitmenschen und sich durch nichts als das eigene Ich beeinflussen zu lassen.

Therese lieh ihm ein williges Ohr. Sie hatte nicht die Maßstäbe, um seinen Intellekt abschätzen zu können. Sie empfand nur seine Überlegenheit und glaubte alles, weil sie es glauben wollte. Für sie war alles wie Musik in ihren Ohren! Sie war sozusagen der jungfräuliche Boden, auf dem der Teufel seinen Pflug angesetzt hatte.

Das Leben, das aus ihren Augen sprühte, kannte weder Vorurteile, noch unumstößliche Gesetze, sie kümmerte sich wenig um den Schöpfer, und der Tod bedeutete ihr nichts. Gottfried hingegen kannte die Skrupel christlicher Erziehung, und wenn er die Grenzen einer vernünftigen Zuneigung überschritten haben sollte, so war das lediglich im Geiste geschehen. Ja, im Geiste hatte er gesündigt, doch davon wusste niemand, aber niemand konnte ihm auch die kleine Befriedigung rauben, die ihm diese Sünde gewährte. Es gab nur einen Gedanken, der ihn nicht loslassen wollte: »Wenn der Alte sterben würde!« Dieser Gedanke war nicht nur Sünde, er war etwas viel Stärkeres, und es blieb kein Ausweg, als gegen ihn anzukämpfen. Er musste die Zähne zusammenbeißen: »Fort mit dir, ich verabscheue dich! Fort, und komm nicht wieder!«

ALS DER FRÜHLING anbrach, glaubte Gottfried, das Leben in Gam kaum mehr ertragen zu können. Er vergötterte Therese. Unbeobachtet folgte er ihr zuweilen, ihr federnder Gang erregte ihn; war sie nicht wie ein vollblütiges Pferd? Nichts Geziertes war an ihr, sie blieb immer Therese und war wie niemand anderer.

Gerade in dieser Zeit verfiel Anton Jakob durch seine Schmerzen in einen Zustand der Verzweiflung. Langsam wuchs in ihm die Überzeugung, dass er sterben müsse. Eine Zeitlang sprach er mit niemandem darüber, aber dann drängte es ihn plötzlich, Therese alles zu sagen. Doch Therese war nicht zu Hause. Er rief nach der Hausmagd Mathilde, die ihm meldete, die Frau sei wie gewöhnlich mit dem jungen Herrn spazieren gegangen.

»Oh, aha! Gut! Sag der Köchin, sie soll mir die Wärmflasche neu auffüllen.« Kurz danach kam die Köchin und legte die Wärmflasche dem Herrn auf den Bauch. Nebenbei fragte er sie nach Therese und Gottfried, und sie bestätigte, sie seien an die frische Luft gegangen. Frau Müller habe nach ihrer Rückkehr den Tee auf ihr Zimmer bestellt.

»Ja, ja!«, seufzte Anton Jakob, »meine arme kleine Frau! Sind übrigens die Zeitungen schon gekommen?«

»Noch nicht, Herr.«

»Schick sie herauf, wenn sie kommen.«

Ein wenig später kamen Therese und Gottfried zurück. Sie ging in das Zimmer ihres Mannes und fand ihn beim Zeitunglesen. Sie fragte ihn, ob sie etwas für ihn tun könne, was er kurz verneinte.

»So will ich ein bisschen Tee trinken.«

»Ja, tu das, Meidi.«

Sie traf Gottfried in ihrem Zimmer, der mit einem aufgeschlagenen Buch im Sessel saß. Um die Spannung, unter der sie lebten, zu überbrücken, sprachen sie zunächst etwas gequält von alltäglichen Dingen. Auf einmal sagte Gottfried: »Ich will dir vorlesen, was Voltaire über ›Persönlichkeit‹ zu sagen hat.« Therese ging zu seinem Sessel und beugte sich über ihn, während sie ihre Hand auf der Lehne ruhen ließ. In diesem Augenblick öffnete sich die Tür.

»So, aha!«

Überrascht drehten sie sich um.

»Toni!«

Gottfried erhob sich und ging ein paar Schritte auf seinen Vater zu, der im Nachthemd an der Türe stand, bleich, grünlich, die Wärmflasche an den Magen gepresst, während seine Blicke von einem zum anderen wanderten. Therese begann krampfhaft zu lachen.

»Nein, Vatti!«, sagte Gottfried, »was ist in dich gefahren? Steht einfach auf! Geh schnell wieder in dein Bett!«

Therese schien Gottfrieds Gegenwart vergessen zu haben.

»Nein, wie du aussiehst, Toni«, sagte sie immer noch halb lachend, »und noch dazu im Nachthemd und mit der Wärmflasche! Du musst sofort ins Bett zurück, du Böser. Komm!«

Sie führte ihren Mann zurück ins Schlafzimmer.

»Gottfried! Bring mir meinen Tee, ich trinke ihn beim Vater.«

Gottfried trug sowohl seinen wie Thereses Tee in das Krankenzimmer. Anton Jakob kroch schwerfällig ins Bett.

»So!«, sagte er immer noch außer Atem. »Ist euch endlich der Gedanke gekommen, den Tee mit mir einmal zu trinken! Dachte mir schon, euch mal zu holen. Ein Sterbender hat gern Gesellschaft!«

»Du und ein Sterbender! Red keinen Unsinn, Toni!«, sagte Therese.

Als Gottfried das Zimmer verlassen hatte, musterte Anton Jakob seine Frau von Kopf bis Fuß.

»Geht ihr oft miteinander spazieren, Meidi?«

»Ja! Weißt du, Gottfried fühlt sich manchmal so einsam.«

»Du auch, vermutlich?«

»Sei nicht dumm, Toni.«

»Ich bin nicht dumm«, erwiderte er. »Hm, ja. Traurig, dieses Leben, nicht wahr? Ich sterbe nicht gern, das kann ich dir sagen, Meidi. Ich habe noch zu wenig von dir gehabt. Ich würde gern noch etwas leben, weißt du.«

»Aber du wirst ja nicht sterben, Toni«, sagte sie.

»Doch, doch. Wenn du nicht aufhörst, mit Gottfried herumzuflanieren.«

»Wie kannst du nur solches Zeug reden? Wenn du so weitermachst, gehe ich aus dem Zimmer. Ist Gottfried nicht dein Sohn?«

»Ja, das ist er, und er hat ebenso viele Fehler wie sein Vater, und die kenne ich gut.«

»Schluss jetzt!«, rief sie mit einem Machtwort. »Das ist die reine Narretei! Wenn du willst, bleibe ich bis zum Ende deiner Tage in diesem Zimmer sitzen.«

»Meidi«, sagte er, und das Weiß seiner Augen schimmerte gelblich, »es ist nicht recht, so mit mir zu sprechen.«

»Du bist eifersüchtig! Und das ist lächerlich!«

»Ich bin nicht eifersüchtig, Meidi. Ich bin nur auf der Hut. Gottfried ist kein Umgang für dich. Wollte Gott, er wär's! Er stopft allerlei dummes Zeug in deinen Kopf, dabei kennt er sich selber nicht einmal.«

»Neulich sagtest du, er sei gescheit.«

»Gescheitheit hat mit Charakter nichts zu tun! Ich bin nicht eifersüchtig, du weißt das. Habe ich dich je gebeten, mir Gottfrieds Briefe zu zeigen, die er dir geschrieben hat? Wie kannst du behaupten, ich sei eifersüchtig?«

Er holte schwer Luft, fuhr aber mit Wärme fort:

»Meidi, was glaubst du eigentlich! Ich liebe dich doch! Jedes bisschen an dir; aber am liebsten, so wie du warst. Mein liebes kleines Theresli aus dem Wallis! Mein armes Theresli, das mit zerrissenen Strümpfen hier ankam und dem aller Schmutz von Gam nachgeschmissen wurde!«

Er machte eine Pause und betrachtete sie mit schweren Blicken. Sie erschien völlig ruhig. Ihre Lippen zuckten ein wenig, sie scharrte mit den Füßen und schaute zu Boden.

»Komm, Meidi«, sagte er und streckte ihr seine zitternde Hand entgegen, »ich weiß, ich bin ein hässlicher Anblick, eine Art Leichnam, in dem gerade noch ein Fünkchen Leben steckt. Einerlei! Ich werde vielleicht wieder auf die Beine kommen. Ja, wahrscheinlich werde ich wieder gesund. Gewiss, ich werde gesund und lustiger denn je! Das ist ja keine Krankheit, das sind bloß Gallensteine, und sobald ich sie los bin, werde ich sicher wieder wohlauf sein. Jeder kann schließlich Gallensteine haben! Auch du! Hoffentlich erlebst du es nie! Komm, gib mir einen Kuss!«

Sein Gesicht verzerrte sich. Sie kannte dieses Zucken schon. Es war der Beginn eines Krampfes.

»Komm!«, sagte er. »Bevor die Steine anfangen, mich zu plagen! Komm!«

Sie küsste ihn. Einen Augenblick lächelte er selig – dann setzten die Qualen ein.

Als Therese am Abend mit Gottfried zusammentraf, wusste sie nicht so recht, was sie sagen sollte. Sein Blick und seine Haltung schienen ihr den Mund zu verbieten. Sollte sie ihm die Wahrheit sagen? Vielleicht wäre dies das Beste.

»Dein Vater scheint es nicht gern zu sehen –«, begann sie.

»Was?«, unterbrach er sie mit fester Stimme.

»Ich meine«, fuhr sie fort, augenblicklich ihrer Entschlossenheit beraubt, »er beklagt sich, dass man ihn zu viel alleine lässt. Ich werde in Zukunft eben bei ihm bleiben, selbst wenn ich unsere Spaziergänge aufgeben muss.«

»Selbst wenn …! Hm! Nun, Gottes Wille geschehe!«

»Bitte Gottfried«, sie legte ihre Hand auf seinen Arm. »Ich bitte dich! Es ist ihm heute Abend sehr schlecht gegangen. Ich habe nun wirklich Angst und werde wohl Professor Rupp rufen müssen.«

»Gottes Wille geschehe!«, wiederholte er. Sie dachte, er wolle sie verspotten.

»Ich meine es ernst; so wie ich es sage! Therese, ich habe

mich endlich entschlossen, mein Jurastudium aufzugeben, mein ganzes Leben soll anders werden.«

»Dein Rechtsstudium aufgeben?«, rief sie.

»Jawohl! Später wirst du mehr hören.«

»Schön«, sagte sie unwirsch und ließ ihn stehen.

Am nächsten Morgen war Gottfried abgereist.

ANTON JAKOB WAR ein schwieriger Patient. Der Haushalt hatte monatelang unter seinen Launen zu leiden. Professor Rupp aus Bern, den man zugezogen hatte, untersuchte ihn und erklärte, eine Operation sei unumgänglich. Anton Jakob runzelte sein eingefallenes, ledernes Gesicht und brummte: »So, aha! Operieren! Zum Teufel nochmal!«

Nach sorgfältiger Diagnose entdeckte Rupp noch zwei weitere kleine Krankheitsherde in Verbindung mit den Steinen. Er machte Anton Jakob mit eingehenden Worten klar, dass er, falls er ein Mitglied der menschlichen Gesellschaft bleiben wolle, sich schleunigst dieser Operation unterziehen müsse. Während seiner Leiden verfluchte Anton Jakob jeden Tropfen Wein, den er je getrunken hatte. Seine Laune blieb verbittert und tyrannisch. Er wollte sich nicht operieren lassen. Doch als der Schnee zu schmelzen begann, schien auch in ihm etwas zu schmelzen. Er wurde sanft und nachgiebig, seine Stimme klang schwach, fast kläglich, und er begann um Erleichterung zu flehen.

»Verdammt«, sagte er eines Tages und zeigte mit zittrigem Finger nach oben, »ich habe nie an den Herrgott der Pfaffen geglaubt, aber warum sollte ich nicht eines Tages den Himmel verdienen? Gott würde mir sicher keine einzige heikle Frage stellen, wenn ich heute Nacht dort ankäme. Er würde mich sicher ohne Eintrittskarte einlassen – weil ich so viel durchgemacht habe.«

Eines Tages wurde sein Zustand alarmierend. Man legte ihn auf eine Tragbahre und transportierte ihn in die Klinik von Prof. Rupp in Bern. Dort wurde er schließlich mit Erfolg operiert.

Gegen Ende Mai war er wieder zurück in Gam, abgemagert, mit schlaffen Gliedmaßen, das Haar noch grauer und das Gesicht mit einem dichten krausen Bart bedeckt. Seit dieser Zeit rasierte er sich nie wieder.

Sein Charakter schien verändert; er war einsilbig und grüblerisch geworden. Die frühere Freundlichkeit war einer mürrischen Strenge gewichen, die nur ab und zu von einem bissigen Hohn belebt wurde. Er war sich bewusst, dass Monate seines Lebens verstrichen waren und das Leben sich in dieser Zeit ohne ihn beholfen hatte. Das kam ihm unmöglich vor, aber es war so. Er brauchte nur zum Fenster hinausschauen auf den alten Lindenbaum, um es klar zu sehen. Wahrhaftig, es schien nicht mehr der gleiche alte Lindenbaum zu sein! Und der Wirtschaftsbetrieb! Wie konnte der Gamhof all die Monate ohne ihn auskommen? Ein Wunder! Alles schien zu gedeihen, üppig in Blüte zu stehen, während er untätig dasaß und zusah.

»Ja«, sagte er sich, «jetzt bin ich wie ein Güggel, der einen harten Kampf hinter sich hat und beinahe umgebracht worden ist. Aber ich komme wieder in die Höhe. Bald krähe ich wieder zuoberst auf dem Misthaufen!«

Doch seltsamerweise wurde es nichts mit dem Krähen, und statt imaginäre Höhen zu erklimmen musste sich Anton Jakob begnügen, Schritt für Schritt vorsichtig herumzuspazieren, auf einen Stock oder Thereses Arm gestützt.

Als er zum ersten Mal durch Gam humpelte, kamen die Leute aus den Häusern, um ihn zu begrüßen, und die Kinder liefen ihm entgegen.

Dies war ein großer Augenblick! Aus dem Bären rollte ihm Johann Timm mit dem dreifachen Kinn wie eine Lawine entgegen; er wischte sich seine Pfoten an der blutigen Schürze ab, da er gerade ein Kalb geschlachtet hatte.

»So ist's recht. Jetzt haben wir unseren Herrn Müller wieder. Wie wär's, wollen wir einem Fläschchen den Hals brechen?«

Aber Anton Jakob wehrte ab: »Das Pferd hat seinen Zaum im Maul. Ich habe meinen in der Leber!«

Als der Sommer kam, reiste er nach Vichy. Dort unterzog er sich der Kur, und seine Gesundheit besserte sich zusehends.

Ein Teil seiner früheren Energie kehrte zurück. Die Operationsnarbe verheilte, und allmählich begann er seine Leber zu vergessen und auch die qualvollen Monate, die sie ihm eingetragen hatte. Nur älter, sehr viel älter war er geworden. Sein Bart war grau, die hängenden Schultern verrieten seine Müdigkeit und obwohl er nun viel magerer war als früher, so hatte er doch jugendlicher ausgesehen, als er noch sein rundliches Bäuchlein hatte. Da er in Vichy unter Depressionen litt, war er froh, als er wieder nach Gam zurückkehren durfte. Sein brennendster Wunsch, der fast zur Besessenheit wurde, war, von Therese ein Kind zu bekommen. Dieser Wunsch jedoch wollte nicht in Erfüllung gehen.

Bei ihrer Rückkehr fand Therese in Gam einen Brief von Gottfried vor, in dem er ihr mitteilte, dass er die juristische Fakultät verlassen und sich für das nächste Semester an der theologischen Fakultät eingeschrieben habe. Diese Nachricht wirkte auf Therese wie ein Schlag, denn heimlich hatte sie gehofft, Gottfried werde von seinem Entschluss wieder abkommen. Sie hatte ihn sogar schriftlich gebeten, nicht umzusatteln. Nun war es geschehen. Die Kirche hatte sich seiner bemächtigt. Was für eine Niederlage für Therese! Statt Halleluja zu singen, weinte sie heiße Tränen für Gottfried. Sie fühlte, dass seine Annäherung an die Kirche und an Gott das Ende seiner Liebe zu ihr bedeutete. Sie war für die Liebe geschaffen, nur für die Liebe!

»Ach«, dachte sie mit Bitterkeit, »warten wir ab, ob Gott ihn glücklich machen kann! Noch liegt das ganze Leben vor mir! Ich bin jung und fühle mich zu allem fähig. Wir wollen sehen, wer der Stärkere ist, Gott oder ich!«

Therese verstand zu schweigen, und wenn sie schwieg, war es unmöglich, ihre Gedanken zu lesen. Oft hätte Anton Jakob gerne gewusst, was in ihrem Kopf vorging, aber er hätte eher versuchen können, die Tiefe einer Gletscherspalte oder eines bodenlosen Sees auszuloten als ihre Gedanken und Gefühle zu enträtseln. Oft fragte er sie: »Was ist los? Worüber denkst du nach?« So häufig allerdings, dass sie schon nicht mehr das übliche »Nichts« zur Antwort gab, sondern nur noch mit den

Achseln zuckte, wie jemand, der sich bis zum Überdruss gelangweilt fühlt. »Eines Tages«, meinte er dann, »eines Tages wirst du mir gestehen müssen, was eigentlich los ist.«

»Sehr wahrscheinlich«, dachte sie kalt, »würdest du nicht sehr erfreut sein, wenn ich dir alles beichten würde!« Sie schaute ihn höhnisch an. Oh, wie sie seiner überdrüssig war!

»Einerlei«, dachte Anton Jakob, »solange sie so ruhig und friedfertig ausschaut, kann sie doch nicht das Gefühl haben, dass etwas nicht in Ordnung sei. Und zudem, hat sie nicht alles, was sie sich wünschen kann?«

»Theresli«, sagte er eines Tages, »wenn du nur den Leuten eine fröhlichere Miene zeigen wolltest! Ich weiß, meine Krankheit hat dir viel Kummer gemacht, ich bin dir eine Last gewesen. Aber jetzt geht es wieder aufwärts. Der Räucherschinken und die frischen Bohnen von heute Mittag haben mir nicht das mindeste geschadet, sogar das Gläschen Waadtländer hat mir gut getan. Wenn ich es nur so weit bringen könnte, dass du ein wenig glücklicher ausschaust! Wie wäre es, wenn du, wie andere Frauen im Oberland auch, ein bisschen arbeiten würdest, mit den Händen arbeiten, meine ich«.

»Oh, ich bin ganz wohl, Toni«, sagte sie mit ihrer tiefen melodischen Stimme.

»Und noch etwas«, fuhr er fort und legte die Hand auf ihre Schulter, »du würdest sicher viel glücklicher sein, wenn du ein Kind hättest. Wenn du es nur versuchen würdest, Meidi!«

Sie schob seine Hand von ihrer Schulter.

»Das ist es ganz und gar nicht«, sagte sie schroff.

Er versuchte sie zu küssen, doch sie wich vor ihm zurück.

»Herrgott!«, rief sie in plötzlicher Wut. »Diese ewige Küsserei! Das scheint die ganze Liebe zu sein, die du für mich übrig hast! Sonst denkst du überhaupt nicht an mich – oder du würdest mich nicht in diesem Tal begraben!«

Sie packte ein Buch und schlug es auf den Tisch.

»Bis daher habe ich es satt!«, schrie sie und legte die Hand an den Hals.

»Teufel nochmal, was ist denn plötzlich los?«

»Ja, mag mich der Teufel holen, das wäre das Beste, was mir

passieren könnte. Ich habe dieses Leben satt! Dieses Gam! Ich gehe zurück ins Wallis!«

»Ins Wallis?«, murmelte er erstaunt. »Ins Wallis? Weshalb denn?«

»Um meine Heimat wiederzusehen! Ich halte es hier nicht länger aus, ich brauche freiere Luft!«

Verblüfft schaute Anton Jakob sie an. Ihre Leidenschaft erstaunte ihn.

»Wenn du derlei Dinge mit dir herumträgst, warum hast du dann nicht längst mit mir darüber gesprochen?«

Anton Jakob konnte jedoch nichts mehr aus ihr herausbringen.

ALS DER WINTER KAM, begann Anton Jakob wieder zu kränkeln. Diesmal ergriff er Vorsichtsmaßregeln und fuhr nach Bern, um sich von den Ärzten untersuchen zu lassen. Zu seiner Bestürzung entdeckten sie, dass er an einer funktionellen Störung der Herztätigkeit leide und dass seine Leber vergrößert sei.

Infolgedessen wurde er auf strenge Diät gesetzt und als der Frühling ins Land zog, riet man ihm zu einer Kur in Plombières. Der Weg dorthin führte über Basel, und so beschloss er, einen Tag in Basel zu bleiben, um Gottfried zu besuchen.

Eines Tages also kam er in Basel an, wurde von seinem Sohn am Bahnhof erwartet und begab sich mit Therese in das nahe gelegene Hotel Schweizerhof, wo er zwei Zimmer bestellt hatte.

»Was du dem Bueb für Augen machst«, sagte er zu Therese, als sie im Hotel allein waren. »Man könnte denken, es seien ihm Hörner gewachsen, seitdem du ihn zuletzt gesehen hast.«

»Ich und Augen machen?«, sagte sie. »Sei nicht so dumm! Ich war nur erstaunt! – Er hat sich so verändert.«

»Ich kann nichts sehen; noch hat er keinen Heiligenschein.«

Gegen Mittag erschien Gottfried mit Theodor Straub zum gemeinsamen Mittagessen. Als er die Halle betrat, sah er seinen Vater in einem Korbstuhl sitzen, eine mürrische, bäuerliche Gestalt, wie man sie sicher nur selten in einem solchen Hotel zu sehen bekommt. Therese saß am andern Ende der Halle und blätterte in einer Illustrierten. Wäre es nicht wegen Therese gewesen, er wäre sicher nicht im Schweizerhof abgestiegen.

Die Ungleichheit im Alter zwischen seinem Vater und Therese sprang Gottfried peinlicher in die Augen denn je. »Vater und Tochter, oder Onkel und Nichte«, dachte er. »Aber Mann und Frau! Kein Mensch würde auf den Gedanken kommen.«

Er stellte seinen Freund Theo vor. »Nach all diesen Jahren dürfte eine Vorstellung fast nötig sein«, sagte er.

Anton Jakob brummte dem in einen Theologen verwandelten Bauernsohn ein paar Worte zu, während Therese gewandt eine Konversation begann. »O ja«, sagte sie mit singender Stimme, »ich erinnere mich noch sehr gut an Herrn Straub! Ja, ja!«, und sie begann von den alten Zeiten auf der Alp zu plaudern. Nach dem Mittagessen blieben Gottfried und Theo noch eine kleine Weile, tranken Kaffee und rauchten die von Anton Jakob angebotenen Zigarren. Therese, die darauf brannte, mit Gottfried ein paar Worte unter vier Augen zu sprechen, saß stumm dabei, das Herz vor Sehnsucht übervoll. Nur ab und zu musterte sie ihn mit einem flüchtigen Blick, den keiner bemerkte. Die auf ihr lastende Spannung der Situation entfachte in ihr einen wahrhaften Hass gegen den Alten. Gottfried sprach mit dem Vater hauptsächlich über Geschäfte, über seine Gesundheit und die bevorstehende Kur, während Theo heimliche Blicke auf Therese warf und hin und wieder eine Bemerkung machte, die sie mit einer gewissen Schüchternheit beantwortete.

Dieser kleine frömmlerische Grübler mit dem riesigen Kopf war also ihr Feind? So ein winziger Bursche! Wie ein Schulmeisterlein sah er aus neben dem großen, romantischen Gottfried! Ja, wie ein gottesfürchtiger Käfer sah er aus. Und der sollte es fertig bringen, Gottfried von ihr wegzulocken? Kein Glanz strahlte aus Theos Auge, sein Haar war stumpf, die Finger knöchern und blass, und die goldgefasste Brille saß in einem kläglichen Winkel auf seiner Nase. Sie konnte es einfach nicht für möglich halten, dass Gottfried durch seinen Einfluss Priester werden könnte.

»Wisst ihr«, sagte Gottfried in einer momentanen Pause, in der alle schweigend vor sich hinstarrten, »nächsten Sonntag in drei Wochen ist Theo's Ordination. Man munkelt schon, dass man ihm die Pfarrei von Lützikon anbieten wird. Es wäre schön, wenn ihr an seinem Ehrentag da sein könntet. Seine Eltern und seine Schwester kommen eigens vom Land herein. Wollen wir nicht alle an diesem Sonntag beisammen sein und ihn festlich begehen?«

»Mach nicht zu viel Aufhebens von der Sache, Gottfried«, sagte Theo. Doch seine Augen verrieten seine Freude über diesen Vorschlag.

»Und ob wir Aufhebens machen!«, rief Therese. »Toni, hörst du, was Gottfried sagt? Wir sollten Herrn Straub den Gefallen tun.«

»Ah, bah«, brummte Anton Jakob, »wer weiß, ob ich bis dahin noch am Leben bin? Vielleicht muss ich wieder in Gam sein!«

»Wir kommen sowieso auf der Rückreise durch Basel«, warf Therese ein. »Wir müssen hierher zurückkommen, Toni, nächsten Sonntag in drei Wochen? Der Doktor meinte doch, du solltest drei Wochen in Plombières bleiben.«

»Schön, schön, wenn ich noch lebe.«

»Herr Alt-Regierungsrat«, sagte Theo, »die, die vom Sterben reden, leben immer am längsten. Der Mensch sollte in allen wichtigen Augenblicken seines Lebens sein Ende ins Auge fassen. Es ist aber nicht nötig, deshalb niedergeschlagen zu sein. Der Richterspruch über das Ende unserer Tage liegt nicht in unserer Hand.«

»Wohl gesprochen, Herr Pfarrer«, erwiderte Anton Jakob schwerfällig. »Mir scheint, es gäbe noch viele andere Entscheidungen, die nicht in unserer Hand liegen. Es bleibt einem nichts übrig, als die Dinge philosophisch zu nehmen und gegen das Unabänderliche nicht zu sehr aufzumucken.«

»Dann solltest du auch in diesem Fall nicht zu sehr aufmucken«, sagte Therese.

Lächelnd wandte sie sich Gottfried zu.

»Wir kommen schon, sicher werden wir kommen«, flüsterte sie.

»Da ich immer mehr von euch jungen Leuten abhängig bin, so macht mit mir, was ihr wollt. Aber lasst mich nicht zu viel bergauf gehen, ich habe noch eine Menge zu tun, solange dieses Herz noch seine Arbeit verrichtet.«

»Wir werden gut auf dich aufpassen, Toni«, rief Therese etwas zweideutig.

AM SAMSTAG VOR Theos Ordination kehrten die beiden aus Plombières zurück. Sie stiegen wieder im gleichen Hotel ab. Da sie aber nicht vorbestellt hatten, konnten sie keine aneinanderstoßenden Zimmer bekommen. Zwischen ihren Türen lag der Korridor. Zeitig am Abend ihrer Ankunft besuchten sie Gottfried in seiner kleinen Wohnung am Rhein, und später speisten sie zusammen en famille im Hotel. Anton Jakob klagte, er fühle sich flau und wie ausgehöhlt und verfluchte alle Kuren als absolut nutzlos. Monate würde er brauchen, um sich von den Nachwirkungen dieser Kur zu erholen, und er schwor einen feierlichen Eid, dass er nie mehr zu einem Doktor gehe.

Während der Kur hatte er sehr viel über Gottfried nachgedacht. Der Bueb hatte im Verlauf des vergangenen Jahres ein viel männlicheres Aussehen bekommen. Dennoch machte er sich immer noch gewisse Sorgen um ihn; in Gottfrieds Blick und Haltung lag etwas, das ihn beunruhigte.

Am Sonntagmorgen kam Gottfried Sixtus ins Hotel, um seinen Vater und Therese in die Kirche abzuholen. Ein Boy führte ihn in Anton Jakobs Schlafzimmer. Er fand den Vater in Hemdsärmeln auf einem niedrigen Sofa sitzend, vor sich ein Frühstücksbrett mit einer Flasche Medizin.

»So, Bueb, das ist nett, dass du gekommen bist, aber sei mir nicht böse, ich werde heute nicht mit in die Kirche gehen. Ich war schon so lange in keiner Kirche mehr und wenn ich jetzt ginge, würde ich mir komisch vorkommen. Ich glaube nicht wirklich an diese Geschichten und will kein Heuchler sein. Nur um jemandem ein Kompliment zu machen, ist auch kein genügender Grund für einen Kirchgang. Kurzum, ich bleibe in meinen vier Wänden hier. Aber geh über den Korridor und hole Therese ab. Sie macht schon seit einer Stunde Toilette. Ja, Bueb, ein komisches Leben; läuft immer weiter und weiter, und immer wieder gibt es etwas Neues. Du hast doch noch ein bisschen was übrig für den Alten aus Gam? Eh?«

»Natürlich, Vätti«, sagte Gottfried.

»Komm, beug dich nieder!«

Gottfried beugte sich zu ihm, und Anton Jakob berührte die Stirn seines Sohnes mit den Lippen. Dann gab er ein selbstzufriedenes Brummen von sich.

»Geh jetzt und klopf bei Therese an, die Tür gegenüber. Sie soll mit dir in die Kirche gehen; sie ist mit ihrem neuen Seidenkleid aus Mühlhausen für alles zu haben.«

»Ich werde sie rufen«, sagte Gottfried und verließ das Zimmer. Als er an Thereses Tür klopfte, rief sie »Herein!«

Sie stand im Mieder vor dem Spiegel und frisierte sich mit erhobenen Armen. Ihre Schönheit traf Gottfried wieder wie ein Blitz. Sie stieß einen kleinen Schreckensschrei aus.

»Ich dachte, es sei Toni.« Sie versteckte sich rasch hinter der Rückenlehne des Sessels.

Gottfried schloss sofort die Türe.

Wenig später kam Therese die Treppe herunter. Sie lächelte ihm zu, sobald sie seinem Blick begegnete.

»Ich glaube, wir sollten die Trambahn nehmen, damit wir nicht zu spät kommen.«

Sie bestiegen die Straßenbahn, und nach wenigen Minuten überquerten sie zu Fuß den Münsterplatz. Vor Thereses staunenden Augen erhob sich das große rote Sandsteingebäude mit den gotischen Zwillingstürmen, die hoch über die Stadt emporragten.

Sie traten durch das östliche Portal ein und fanden Platz neben einem der Pfeiler, die die Galerien stützten. Therese setzte sich sofort, während Gottfried einen Augenblick noch stehen blieb und mit vorgehaltenem Hut etwas in sich hineinmurmelte.

Dann nahm auch er Platz. Inmitten des gedämpften Lärms der Menschen versank Therese in einem Nebel unentwirrbarer Gedanken. Ihr Gesicht nahm einen schicksalsergebenen Ausdruck an. Der große Dom bedrückte sie. Doch als die prachtvollen Klänge der Orgel einsetzten, war ihr zumute, als ob man neues Leben in sie einflöße. Gottfried flüsterte ihr zu, dass Theo nach dem nächsten Choral seine Predigt halten werde.

Kurz darauf kletterte ein kleines schwarzes Männchen mit breiter Stirn und langer, weißer Nase die Treppe zur Kanzel hinauf. Er war außerordentlich beflissen und begann eifrig und ohne Scheu mit vortrefflicher Aussprache zu predigen. Während sie seiner Predigt zuhörte, plagte sie die Vorstellung, wie wohl Gottfried an dieser Stelle zu Männern und Frauen – und darunter auch hübschen Frauen – predigen würde.

Ah! Was für ein Unsinn! Gott! Was für ein Unsinn, vom ewigen Leben zu reden! Wie konnte sie, die die Erde heiß liebte, an blasse Geister glauben! Sie war nicht abergläubisch, sie fürchtete weder Donner noch Blitz, auch die Sterne hatten sie nicht überzeugen können, dass es einen Gott gebe, der kirchlichen Zeremonien beiwohnt. Und was für ein seltsamer Gott – eine Trinität! Wie konnte eine Trinität gleichzeitig in tausend Kirchen anwesend sein? Ihre eigenen Sorgen hatten mehr Wirklichkeit als die ganze Predigt von Freund Theo über die Barmherzigkeit des heiligen Paulus. Dass Gottfried sich in Thereses Augen durch eine unnatürliche Heuchelei hatte einfangen lassen, erbitterte sie. Sie sah ihn von der Seite an, wie er bequem in seinem Stuhl saß. Sein Gesicht zeigte einen gewissen Hochmut, einen Ausdruck, der seine feinen Züge verhärtete bis fast zur Maskenhaftigkeit. Seine Augen schienen Theos komische Gestalt hinter der Kanzel zu verschlingen. Was für ein seltsamer Freund für Gottfried!

Endlich war die Predigt zu Ende, doch die Liturgie ging weiter. Therese wartete nur, bis die Orgel wieder spielen würde. Sie vergötterte diese Orgel und wenn sie auch nichts von Musik verstand, so liebte sie jede Art Musik. Als schließlich die letzten Akkorde verhallt waren, flüsterte sie Gottfried ins Ohr. »Musik überfällt mich wie der Sturm die Weiden.«

Am Schluss des Gottesdienstes spielte Meister Ham ein machtvolles Stück von Bach, um die Besucher aus dem Münster zu geleiten. Therese blieb sitzen, sie erschauerte unter dem donnernden Halleluja, das aus den Tiefen der Galerie zu ertönen schien. Die gewaltigen Harmonien stürmten auf sie ein. Ach, das ist der wahre Himmel! Sollte sie je in einen Himmel kommen, dann muss es einer sein, in dem es Musik gibt.

»Es ist zu Ende«, sagte Gottfried, der hinter ihr stand. »Wollen wir jetzt gehen?«

»Es war herrlich!«, sagte sie. »Wie wunderbar muss es sein, in diesem Münster mit einem Menschen getraut zu werden, den man wirklich liebt!«

AM ABEND DESSELBEN TAGES saßen Vater, Stiefmutter und Sohn gemeinsam im Hotel. Nach dem Essen ging Anton Jakob auf sein Zimmer, Therese folgte ihm, während Gottfried in der Halle Platz nahm und einen Blick in die »Nationalzeitung« warf. Therese legte Schuhe und Straßenkleid ab, zog einen losen Schlafrock an und ging in das Zimmer ihres Mannes, um noch ein Weilchen mit ihm zu sitzen.

Anton Jakob war schläfrig, er gähnte ununterbrochen.

»Meidi, wir wollen nicht den Frühzug nehmen morgen, ich denke, wir sollten bis Mittag warten.«

»Ja«, nickte sie ihm zu. »Du solltest jetzt bald schlafen, damit du eine lange, gute Nacht vor dir hast.«

Er bat noch um einen Kuss, den sie ihm gab, dann verließ sie ihn und ging auf ihr Zimmer. Dort wartete sie nahezu eine Stunde. Dann schlich sie leise auf den Korridor, um nachzusehen, ob die Türe ihres Mannes abgesperrt war und da sie sie verschlossen fand, zog sie sich in ihrem Zimmer wieder an, betrachtete sich kurz im Spiegel und verließ das Zimmer. Den Schlüssel steckte sie in ihre kleine Handtasche und eilte die Treppe hinunter. So entschlüpfte Therese zum ersten Mal den Zügeln ihres Gebieters. Mit Gottfried verließ sie das Hotel.

»Er schläft«, sagte sie. »Wo wollen wir hingehen, um miteinander sprechen zu können? Ich würde gern zu einem einsamen schönen Platz gehen, an dem nichts mehr an Häuser und Menschen erinnert.« Er schlug vor, mit der Kutsche in den Hardtwald zu fahren und dort am Rhein spazieren zu gehen.

»Mir ist es einerlei, wohin wir gehen«, sagte Therese, »solange wir nur endlich dieses eine Mal ungestört miteinander sprechen können. Weißt du, dass es über ein Jahr her ist, seitdem wir unser letztes langes Gespräch hatten?«

Gottfried erschien Therese auffallend kühl, ihr Gewissen plagte sie. Doch das Glück, endlich mit ihm allein zu sein, überwog alle Bedenken.

»Gott sei Dank«, sagte sie zu ihm, als sie im Wagen saßen, »jetzt sind wir endlich wieder einmal Seite an Seite!«

Er gab keine Antwort. Seine Gedanken waren finster und ängstlich. Irgendwie musste sich in ihrem Leben etwas entscheiden ...

Als sie den Waldrand erreichten, gab Gottfried Therese die Hand, um ihr aus der Kutsche zu helfen. Leichtfüßig sprang sie heraus. Und als sie nebeneinander auf dem mondhellen Pfad dahinschritten, fröstelte ihn ein bisschen. Vielleicht hätte er doch dieser Unterredung ausweichen müssen? Mit welchem Recht ging er mit der Frau seines Vaters zu dieser Stunde im Wald spazieren? Zweifellos hatte er hier mit Therese nichts verloren.

»Gottfried«, sagte Therese, »ist es nicht wunderbar, nachts durch einen solchen Wald zu gehen? Man kommt plötzlich zum Nachdenken, die Phantasie beginnt zu arbeiten, und man sieht und hört Dinge, die man am hellen Tag niemals sieht oder hört.«

»Ja«, meinte Gottfried, »manchmal ist es gut, solche Erfahrungen zu machen, manchmal auch nicht.«

»Bist du nicht froh, mit deiner Schülerin zusammen zu sein, Meister?«

»Ja, natürlich! Aber ich habe auch Angst.«

Sie lachte.

»Wir sind noch nicht ganz natürlich miteinander«, meinte sie.

»Möglich. Aber es ist viel Zeit verstrichen, seitdem wir das letztemal zusammen waren. Erinnerst du dich nicht, dass wir fast im Streit auseinander gingen? Und vieles ist seitdem passiert.«

»Bei mir nicht! Ich bin wie eine Schnecke weitergekrochen. Frühling, Sommer, Herbst, Winter und wieder Frühling! Ja, fast schon wieder Sommer!«

»Wenn ich denke, wie es noch vor einem Jahr in mir aussah. Damals glaubte ich, alles sei nichtig. Jetzt habe ich endlich etwas Greifbares gefunden. Wenn ich doch nur imstande wäre, dir das Leben in einem neuen Licht zu zeigen. Ich verfluche mich selbst für alles, was ich dir angetan habe. Wie kann ich es jemals wieder gut machen?«

»Ich wüsste nicht, dass du mir ein Unrecht getan hättest.«

»Aber ich weiß es! Ich habe dir Bücher gegeben, die reines Gift für dich waren. Ich hätte dir Luther, Calvin oder Franz von Assisi zu lesen geben sollen.«

»Du hast nicht recht«, erwiderte Therese, »ich richte mich nur nach dem, was ich selber sehe und fühle, nicht nach den Anschauungen anderer Leute.«

»Eben darum geht es; es kommt vom Lesen der Schriftsteller wie Flaubert, Tolstoi, Nietzsche, Voltaire und so weiter, lauter Freidenker!«

»Nein, es kommt nur von mir!«

»Trotzdem bereue ich, dass ich dir diese Bücher gegeben habe. Aber ich befand mich selber in einem Irrgarten, in einem Chaos, aus dem ich erst einen Ausweg finden musste. Theo, mein bester Freund, hat mir dabei geholfen, und ich bin entschlossen, auf meinem neuen Weg zu bleiben.«

Gottfried sprach sicher und bestimmt. Und doch bedurfte es nur eines flüchtigen Blickes auf seine etwas schwankende Gestalt, als er diese Worte sprach, um zu erkennen, dass sein Charakter nicht aus Stahl war, sondern dass er sich unter den Stürmen des Lebens eher beugen würde. Dennoch glaubte Therese, dass er in völliger Aufrichtigkeit gesprochen hatte. Allerdings war das nun ein ganz neuer Gottfried, ein Mensch, dessen Natur im Widerspruch stand zu allem, was sie bewegte.

Wo war der Gottfried geblieben, den sie liebte? Was hatte Freund Theo nur aus ihm gemacht?

»Wie bist du denn so plötzlich ein so eifriger Anhänger der christlichen Religion geworden?«, fragte sie.

»Durch Luther«, war Gottfrieds ruhige Antwort.

Sie blieb stehen und legte die Hand auf seinen Arm. »Gottfried«, sagte sie, »ist seitdem wirklich Helligkeit in deinem Herzen?«

In der Dunkelheit sah er nur ihre halb geöffneten Lippen, als wollten sie ihm einen nächtlichen Kuss anbieten, aber dahinter tauchte auch schon der düstere Schatten Theos auf, der seine Augen warnend auf ihn gerichtet hatte.

»Therese«, sagte er, die Augen schließend, »in dieser Sekunde bezweifle ich nichts und stelle nichts in Frage. Ein Kind könnte mich führen, und ich würde nichts erbitten, als dass es mich nicht in Gefahr führen möge.«

»Gottfried! Du kommst mit Gedanken, die nicht deine eigenen sind«, unterbrach sie ihn mit Bestimmtheit.

Inzwischen hatten sie sich dem Rhein genähert und gingen auf der Uferböschung einen Pfad entlang. Therese nahm Gottfrieds Arm. Minutenlang blieben beide stumm. Das einlullende Geplätscher des Flusses, die milde Luft, Sterne und Mond zu ihren Häuptern – dies alles verstärkte ihren Kummer und ihre Unruhe.

In diesem Schweigen fand Therese schließlich wieder zu sich selbst zurück: Er ist jetzt Theologe – sie wollte nicht das Kind sein, das ihn in Gefahren führt. Schön hatte er es immerhin gesagt! Aber wie weit war er ihr entrückt! Die Kirche hatte ihn geangelt. Sie wird mit Anton Jakob wieder nach Gam zurückfahren und von jetzt an schwarze Blusen tragen mit einer Brosche am Kragen …

»Gottfried«, fragte sie mit verändertem Tonfall, »wann gedenkst du denn, in den geistlichen Stand einzutreten?«

»Ich weiß es nicht«, sagte er düster.

»Nun, bis dahin wirst du wohl noch einige Lebenserfahrungen gemacht haben.«

Sie waren am Ende des Pfades, der auf ein Mond beschienenes Feld führte, angelangt. »Ich möchte dich etwas fragen«, sagte Therese.

»Wirst du mir wahrheitsgetreu antworten?«

»Ich werde es versuchen.«

»Wie kommt es, dass du jetzt nie mehr nach Gam fährst?«

»Ich kann es dir nicht sagen, Therese, du folterst mich.«

»Ich will den Grund wissen, du meidest mich seit Monaten! Hab ich nicht das Recht zu erfahren, warum?«

»Ich habe dich nicht gemieden; ich habe nur versucht, mir selbst zu entrinnen.«

»Wie schön diese Theologie dich gelehrt hat, dich herauszureden!«, rief Therese rebellisch.

Einen Augenblick lang glaubte sie, Theo Straub vor sich zu sehen. Sie sah, wie Gottfried die Augen zum Himmel aufschlug, jener grenzenlosen Zielscheibe aller frommen Blicke der Menschheit. Ihre ganze Liebe schien dahinzusterben. Besaß sie überhaupt noch die Kraft, zur Kutsche zurückzukehren? Tödliches Schweigen lag zwischen den beiden, ihre Beziehung schien völlig zerrüttet. Gottfried war wie betäubt, doch er wollte bei seinem Luther und seinem Jesus getreulich ausharren.

Noch bevor sie das Hotel erreichten, ließ er die Kutsche halten und begleitete Therese bis zum Eingang. Dort trennten sie sich.

DIE ZEIT WOLLTE die Wunden nicht heilen, die Gottfried mit dem Schwert Jesu der armen Therese zugefügt hatte. Jedoch der Schmerz verringerte sich ein wenig und verwandelte sich allmählich in ein Gefühl allgemeiner Müdigkeit

Noch bevor Weihnachten kam, lag Gam schon unter tiefem Schnee. Am Weihnachtstag erhielt Therese eine Karte von Gottfried aus Tübingen, auf der das Jesuskind zu sehen war, in der Hand einen Palmzweig, an der Spitze einer ganzen Menagerie von Löwen, Tigern, Leoparden und Riesenschlangen.

»Herzensgrüße von Gottfried!«

Das war alles.

Kurz vor Neujahr gelang es Therese, einen Brief an Gottfried nach Tübingen zu schreiben:

»Mein lieber Gottfried!
Ich wünsche dir Glück, wo immer du bist. Es ist mein einziger Wunsch, dich glücklich zu wissen. Werde aber nur kein Engel, bitte! Das wäre zu schrecklich!
Meine Tage vergehen mit herumsitzen, nähen, sticken, lesen – doch meist sitze ich mit geschlossenen Augen und hoffe, dass mir kein Zeichen aus der Ferne entgehen wird.
Immer Deine Therese.«

Sie wartete auf Antwort; eine Woche, zehn Tage, einen ganzen Monat, es kam keine Antwort.

»Es ist Winter«, sagte sich Therese. »Warte nur, bis das Gras wieder sprießt, bis die Blumen wieder leuchten und die Sonne über der Wildfluh aufgeht.

Es kamen aus Tübingen beunruhigende Briefe. Gottfried Sixtus war an Rippenfell- und Lungenentzündung erkrankt. Mehrere Wochen lag er in bedenklichem Zustand im Spital, schließlich aber genas er wieder. Ärzte und Freunde rieten ihm, in seine Schweizer Berge zu fahren, um dort Gesundheit und Kraft zurückzugewinnen. Dankbar, seinen Sohn nicht verloren zu haben, legte Anton Jakob der Rückkehr seines Sohnes nichts in den Weg.

So befand sich Gottfried im Vorfrühling wieder unter dem väterlichen Dach. Vorläufig konnte von einer Rückkehr an die Universität keine Rede sein, und hätte man ihn nach seinen Zukunftsplänen gefragt, so würde er sicher geantwortet haben, dass er überhaupt nicht mehr zur Universität zurückkehren wolle: kein Studentenleben mehr! Er hatte genug davon. Zudem empfand er eine gewisse Verachtung für Advokaten und Geistliche; er war wie ein Alter, Uralter, der die ganze Weisheit der Welt in sich aufgesogen hatte, um zu guter Letzt herauszufinden, dass sie nur dazu da ist, dem Menschen eine bedeutende Stellung zu verschaffen, nicht aber, um ihm das Glück zu bringen, nach dem er sich im Grunde sehnt! Als die ersten warmen Tage einsetzten, machte Gottfrieds Gesundheit zusehends Fortschritte. Er hatte einen gewissen Mut gebraucht, sich einzugestehen, dass seine Ambitionen fehlgeschlagen waren. Lieber wollte er Spott auf sich ziehen, als wieder ein Semester beginnen und die Zeit mit geistiger Maskerade und Spiegelfechterei vertun. Er konnte an keine Theologie mehr glauben. Unbekehrt und von jedem Ballast befreit, stand er nun da, und in Zukunft wollte er nur noch dem Gesetz des geringsten Widerstandes folgen.

Anton Jakob, Sophie und ihr Mann sowie einige andere Mitglieder der Familie waren höchst erstaunt, manche sogar ärgerlich, als Gottfried ihnen eröffnete, er werde seine Universitätskarriere aufgeben. Wie, um Himmels willen, würde nun sein nächster Schritt aussehen? Die Verwandten zogen seinen Gesundheitszustand in Betracht, wobei sie sich erinnerten, dass seine Mutter durch ihre schwache Brust frühzeitig ins Grab gesunken war. Und nach endlosen Erörterungen und Ratschlägen nahmen sie schließlich seine Entscheidung als natürlich und unvermeidbar hin. Er war ja bei allen als kluger Bursche bekannt und genoss einen ausgezeichneten moralischen Ruf. Weder trank er viel, noch lief er den Weibern nach, sicher wusste er voll und ganz, was er tat. Mehr denn je beherrschte ihn die Leidenschaft für Therese; er war außerstande, sie zu ersticken. Angst mischte sich in seine Liebe, die Hindernisse auf seinem Weg schienen unüberwindlich. Seit seinem Aufenthalt in Basel trug er in seiner Brieftasche ein weißes Pulver bei sich, das er als seinen verführerischsten Freund ansah. Es gab Augenblicke, in denen er über seine Brusttasche strich, als wolle er sich vergewissern, dass sein Freund noch da sei.

»Vielleicht würde es schmerzhaft sein«, dachte er, »aber jedenfalls unfehlbar. Besser als ein jahrelanges sich Dahinschleppen durch ein qualvolles oder leeres Leben! Nur das nicht – nein, lieber der Tod! Im Grunde bin ich dem Glück nicht näher als vor zwei Jahren. Vielleicht wird das endgültige Glück erst dann erreicht, wenn ich alles von mir werfe und aufhöre, in dieser Welt noch eine Rolle spielen zu wollen.

Seit Gottfrieds Rückkehr war Therese voll heimlichen Glücks. Sie wusste, dass Gottfried ihr nun nie wieder entrinnen würde. Gebeugt sah sie ihn durch den Garten und die Wälder stapfen, als schleppe er eine schwere Kette hinter sich her. Dieser Gedanke brachte ihr indessen eine gewisse Genugtuung. Außerdem war es Frühling! Und die Kräfte der Natur erweckten neue Hoffnungen. Vielleicht war durch ihren Verzicht eine Kluft zwischen ihnen entstanden? Wer konnte das sagen? Tatsächlich war ihr Umgang miteinander etwas konventionell geworden und selbst unter vier Augen beinahe kühl. Und trotzdem blieb eine gewisse Vertrautheit, die aber ihren Kummer eher steigerte. Ihr Auftreten schien ein wenig gedrückt, als sie eines Abends sagte:

»Gottfried, Vater hat soeben aus Interlaken telegraphiert, dass er den Anschlusszug versäumt hat. Er wird mit dem Spätzug kommen.«

Einen Augenblick schwiegen sie. In beiden Köpfen war derselbe Gedanke. Sollten sie dieses Mal nicht die Zeit besser nutzen, als sie es bisher getan hatten? Sie waren seit Gottfrieds Heimkehr des Öfteren allein im Haus gewesen, doch sie hatten diese Augenblicke nie ausgenutzt. Eine Sekunde lang fühlte sie sich in einer tollkühnen Laune fähig, alles preiszugeben, was sie besaß.

»Komm, Gottfried«, sagte sie plötzlich mit jugendlichem Feuer, »lass uns einen Spaziergang machen, ich glaube, das brauchen wir beide. Gehen wir in den Wald! Weg von allem! Allons!«

Während sie dies sagte, hakte sie sich bei ihm ein, und mit raschen Schritten zogen sie los. Ihre Arme pressten sich fest aneinander, ihr Atem ging schneller.

»Hab keine Angst, wir werden uns nicht verirren. Ich bin wie ein Kettenhund, ich kann nicht weiter, als meine Kette reicht.«

»Zerbrich sie dieses eine Mal!«, sagte er.

»Scht!«

Ein Windstoß strich über die Wiesen und verwandelte sie in ein Meer von Silber. Sie kamen zum Froschweiher, in dem die Frösche ihre monotonen Litaneien quakten. Einen Augenblick blieben sie am Ufer des Teiches, der Thereses Geheimnisse so gut kannte, stehen, und sie sah Gottfried an:

»Bist du es wirklich?«

»Ja, Theresli.«

»Aber ist es nicht nur dein Geist?«

»Nein, ich bin es wirklich; ich, mein glanzloses Ich.«

»Scht«, winkte sie mit einem Lächeln ab, »komm mit hinauf in den Wald!«

Sie gingen zwischen den riesigen Tannen immer bergauf, trockenes Moos und kleine Zweige knackten unter ihren Füßen; bald durch das ausgetrocknete Bett eines Gießbachs, bald bis an die Brust durch hohes Farnkraut watend. Ab und zu war durch eine Lichtung der vom Mond beschienene Gletscher der Wildfluh zu sehen.

»Wo führst du mich hin?«, fragte Gottfried.

»Auf meine Wiese. Sie ist ganz nah.« Bald erreichten sie ein kleines Plateau, das wie ein Teppich im Mondschein lag. Dort setzten sie sich auf einen kleinen Hügel und schauten auf die blinkenden gelben Lichter von Gam hinab.

»Voilà! Hier sind wir! Jetzt wollen wir uns unterhalten. Du bist immer so stumm, Gottfried. Und lässt mich nie wissen, was dir durch den Kopf geht.«

»Ein Glück für dich!«

»Ich habe aufgehört, über uns beide nachzudenken, weil ich mich nur im Kreise bewege. Ich kann es manchmal kaum ertragen, allein hier oben zu sein und all die Schönheit der Blumen und Berge zu sehen, ohne es mit dir teilen zu können.«

»Können wir denn jemals glücklich werden?«, fragte er.

»Wenn wir uns wirklich selbst treu bleiben. Aber was dann?«

»Ich frage mich manchmal, ob es nicht das Ehrlichste wäre, sich selbst zu opfern.«

»Opfern?«, fragte sie mit eindringlichem Blick. »Was soll das heißen?«

»So handeln wie ein Skorpion. Wenn er in Gefahr ist und keinen Ausweg mehr weiß, kehrt er seinen tödlichen Stachel gegen sich selbst.«

»Und so etwas ging dir in letzter Zeit durch den Kopf?«

Unwillkürzlich griff er an seine Brusttasche. Sie sah es.

»Gottfried!«, rief sie erschrocken. »Das ist Feigheit!«

»Ach Feigheit? Das ist die übliche Meinung von schwachen Naturen, aber es kann nicht die deine sein. Ich denke das Gegenteil: Es bedarf mehr als gewöhnlicher Mut, allen Verlockungen des Lebens zu entsagen.«

Er lachte bitter.

Sie wandte sich ab. »Sonderbar! Ich weiß nicht, was ich dir antworten soll. Ich kann keine Worte finden.«

Ein Frösteln lief über ihre Haut.

»Wenn ich bedenke, wie lange ich diese Gelegenheit herbeigesehnt habe: Wir beide ungestört allein! Und jetzt? Ich kann für uns kein Glück erhoffen, es scheint unmöglich!«

»Vielleicht nicht das gewöhnliche Glück!«

»Was? Etwa ein überirdisches Glück? Glaubst du noch immer daran?«

»Nein, nein, Therese!«, sagte er eifrig. »Daran glaube ich nicht mehr. Ich habe mich allerlei Gedankenflügen hingegeben, und dennoch blieben meine Füße an diese Erde gefesselt, Theresli! Die Erde und alles, was auf ihr lebt, ist für mich allein in dir verkörpert. Für mich gibt es keinen Menschen, der dir gleichkäme, der so ist wie du! Wie könnte ich dich nicht lieben? Ich hätte mir am liebsten das Herz aus der Brust gerissen, als ich von dir getrennt war. Und jetzt? Ich kann den Mond anbeten … nur dich darf ich nicht anschauen, dich darf ich nicht lieben!«

»Woher weißt du, dass du es nicht darfst?«

»Die menschliche Gesellschaft verbietet es.«

»Bah!«, sagte sie. »Das meinst du doch nicht im Ernst?«

»Aber mein Gewissen.«

Ein merkwürdiges Lächeln glitt über ihre Lippen. Sie warf

den Kopf zurück und holte tief Atem. »Ich bin stark«, sagte sie, »sehr stark, Gottfried. Habe keine Angst, mich zu verletzen. Wenn ich zusammenbreche, dann wie ein Baum im Sturm.«

»Therese! Ich weiß das. Ich weiß aber auch, dass, wenn dieser Baum stürzt, er einen Gefährten haben wird, der mit ihm stürzt.«

»Gottfried!«, sie legte ihre Hand auf die seine, »mit unserem Leben ist etwas falsch gelaufen; ich weiß nicht, wessen Schuld es ist …«

Verzweifelt trafen sich ihre Lippen; lange lagen sie auf der noch warmen Erde, Körper an Körper gepresst, Hand in Hand, und kosteten die Süße des Augenblicks. Die Stille der Nacht umgab sie. Plötzlich erhob sich Therese.

»Komm Gottfried, wir müssen gehen!«

Als sie sich dem Gamhof näherten, nahm Gottfried sie noch einmal in die Arme. »Ich fürchte mich vor nichts! Endlich lebe ich!«

Dann trennten sie sich. Gottfried begab sich auf sein Zimmer und warf sich in einen Sessel, halb missvergnügt und halb entzückt. Er verlor jedes Zeitgefühl angesichts des verheißungsvollen und doch unheilschwangeren Paradieses, das seine Pforten vor ihm aufgestoßen hatte. Er war sich bewusst, dass er alle Begriffe von Moral weit hinter sich gelassen hatte. Endlich hatte er sich über den Sumpf erhoben, aus dem die Philosophen ihre Ideen prophezeiten, über die Streitfragen und Probleme der Menschen. An der Seite Thereses sah er sich ohne alle moralischen Zwänge und ohne jede degradierende Rücksichtnahme auf seine Mitmenschen, und besonders jenes Menschen, der zufällig sein Vater war. Nun überlegte er nur noch, ob er sein Glück auch ganz würde genießen können, bevor sein Dasein in diesem Narrenhaus, das man Leben hieß, ein Ende nahm. Oder sollte der Freudenkelch an ihm vorübergehen? Das hing alles nur von Therese ab. Während Gottfried selige Stunden verbrachte, hing Therese mehr praktischen Fragen nach. Sie war hoffnungslos verliebt, aber sie hatte einen Ehemann, der ein Hindernis war für die Stimme der Natur, die immer lauter und mächtiger wurde.

Berauscht von ihrer Jugend und der Macht ihrer Sinne, stürzten sich Therese und Gottfried Hals über Kopf ins Feuer. Zunächst schienen sie völlig geblendet von dem Ansturm ihrer Gefühle. Die ständig drohende Gefahr und das Bewusstsein der Ungesetzlichkeit ihres Rausches verstärkten noch ihre Leidenschaft. Gelegenheit wurde der Schlüssel zu den Türen ihrer Liebe, die sich überall zu öffnen schienen. Ja, das alte Herrenhaus schien geradezu für heimliche Liebesleute erbaut zu sein.

DAS MÜLLER'SCHE GIEBELHAUS mit seinen grünen Fensterläden, mitten in einem Garten voller Frühlingsblumen, verriet der Außenwelt nichts von seinen Geheimnissen. Schließlich waren die Müllers ehrenhafte, hoch angesehene Leute.

An warmen Abenden konnte man sie in ihrem Garten sitzen sehen – Vater, Stiefmutter und Sohn, bis die Dunkelheit hereinbrach. Manchmal blieb Gottfried nach dem Aufbruch der Eltern noch eine Weile sitzen, oder er machte behutsam mit dem Stock in der Hand einen kleinen Gang, in der Art eines Rekonvaleszenten.

Eine Reihe schöner ›Simmentaler‹ stand am steinernen Brunnen im Hof und trank gierig das kristallklare eisige Wasser. Die Gebäude von Anton Jakobs Anwesen lagen im Zwielicht, und die letzten karmesinroten Flecken des Wildfluhgletschers leuchteten hinunter ins düstere Tal. Man vernahm das übliche Geklimper der Milchkannen, die gedämpften Stimmen in den Ställen, das Gesumme der Häckselmaschine sowie den Rhythmus eines groben Kehrbesens, der über den Boden fegte, – »Shh – Shh – Shh.«

Gottfried setzte sich vor Röthlisbergers Wohnung auf eine Bank. Frieda brachte ihm ein Glas frische Milch, die er nachdenklich trank. Es war seine Gewohnheit geworden, zweimal täglich diese Milch zu trinken, die nach Blumen und mütterlicher Wärme roch.

Seine Ansichten über das Bauerntum hatten sich beträchtlich gewandelt. Vielleicht, weil er des Stadtlebens überdrüssig geworden war, vielleicht auch, weil er reifer wurde – er schaute jetzt nicht mehr von oben herab auf die Bauern. Er betrachtete sie jetzt als ›das Salz der Erde‹, die sich vom Adel nur unterschieden durch eine gewisse Unbewusstheit ihres eigenen Standes und durch ihre individuellen Unterschiedlichkeiten.

Gottfried hatte sich entschlossen, wieder ein aktiveres Leben zu beginnen. In dieser Zeit, glaubte er, für andere da sein zu müssen, und so beschloss er, ein monatliches »Land-Magazin« herauszugeben.

Räume hatte er in der Nähe gefunden, die sich für ein Redaktionsbüro eigneten; nun suchte er noch Mitarbeiter und korrespondierte mit einer Firma in Bern, die den Druck übernehmen sollte. Eines Tages könnte ein solches Magazin ein gutes Geschäft werden, doch zunächst musste er Kapital investieren. Die erste Ausgabe des Land-Magazins erfolgte im Juni mit der Eröffnung der Nationalen Landwirtschaftsausstellung. Auf dem Deckblatt war eine Zeichnung von Thereses Kopf, und Gottfrieds erster Artikel war eine Lobpreisung des Bauernstandes. Er erregte damit öffentliche Aufmerksamkeit. Hier war endlich etwas Neues, eine Art intellektueller Zeitschrift für Bauern, aus dem Zentrum des Oberlandes.

Es kam wirklich zur rechten Zeit. Die Städte wurden mehr und mehr sozialistisch. Die Industrie hatte unter Streiks gelitten. Ja! Solche Bauern waren die Stärke der Republik!

Der konservativen Presse war das Land-Magazin willkommen; die liberalen Blätter zollten dem Herausgeber mildes Lob und Respekt; die Sozialisten ignorierten es einfach.

Aber auch andere politische Köpfe streckten ihre Fühler aus, um sich den Weg in dieses neue Organ der öffentlichen Meinung zu ertasten. Doch insgesamt brachte es nicht mehr als ein paar hundert Subskriptionen.

Gottfried machte seine Verlagsarbeiten teils zu Hause, teils im Büro in Gam. Gleich von Anfang an hatte Therese ihm geholfen.

Anton Jakob runzelte die Stirn. Zuerst sah er nicht den Sinn und Zweck des Land-Magazins, wo es doch schon so viele ausgezeichnete Tageszeitungen gab, die den Interessen der

Bauern Genüge taten. Und außerdem gefiel es ihm nicht, dass Therese inoffiziell zu Gottfrieds Stab gehörte. »Warum lässt du nicht Herrn Kabis die Sache machen? Ich denke, diese Art Arbeit ist für deine Stiefmutter doch etwas degradierend.«

Trotz allem war er aber doch insgeheim zufrieden. Sicher würde es in Bern viel diskutiert und sich außerdem bezahlt machen. Die Müllers waren schließlich und endlich immer noch im Gespräch! Die Wirtschaft ging in diesem Jahr besonders gut und hielt Anton Jakob ständig in Atem. Er sah der Zukunft optimistisch entgegen. Zuweilen jedoch überkam ihn eine Unruhe, dann betrachtete er alles in seiner Umgebung mit Argwohn. Eines Nachts träumte er, ein Schwarm schwarzer Raben umkreise sein Bett und setze sich schließlich auf seine Brust. Von diesem Albtraum gepeinigt, schrie er auf und lockte damit Therese aus ihrem Zimmer.

»Meidi!«, sagte er schweißgebadet. »Ich habe einen schrecklichen Traum gehabt. Bleib bei mir.«

Sie blies die Kerze aus und blieb. Angeödet musste sie dafür bezahlen, Frau Müller zu sein. Nein, es war keine Bezahlung, es war ein Opfer, das sie Gottfried brachte. »Wenn dieser Mensch nur tot wäre!«, dachte sie in dieser Nacht, mit heißen Wangen und am ganzen Körper zitternd. Am nächsten Tag wich sie Gottfried aus. Sie blieb auf ihrem Zimmer und ließ sagen, dass sie sich nicht wohl fühle. Am Nachmittag hörte sie Gottfried das Haus verlassen und beobachtete ihn, wie er durch die Felder dem Dorf zuging. Anton Jakob besprach mit einem Architekten den Ausbau der Scheune. Therese ging hinauf in Gottfrieds Zimmer.

Er hatte einen Haufen Papier auf seinem Tisch zurückgelassen, der ganze Fußboden war zudem mit Zeitungen übersät. Sie setzte sich auf seinen Stuhl. Über der Rückenlehne hing seine Jacke; er war in einer leichten Flanelljacke ausgegangen. Sie durchsuchte seine Taschen und entdeckte seine Brieftasche, deren einzelne Fächer sie prüfte. Dabei fand sie ein kleines Päckchen aus Seidenpapier. Ein Verdacht stieg in ihr hoch, der sie veranlasste, den Inhalt genauer zu untersuchen. Es war nur ein kleines Häufchen weißen Pulvers von unschuldigem Aussehen; so unschuldig dieses Pulver jedoch aussehen mochte, seine Existenz flößte ihr plötzlich Angst ein. Sie erinnerte sich an jene Nacht, als Gottfried von einem Skorpion gesprochen hatte und er mehrmals seine Brusttasche gestreichelt hatte. Seit jener Nacht hätte sie brennend gern gewusst, was hinter alledem steckte.

Sie tippte mit dem Finger in das Pulver und betrachtete es aufmerksam, dann schnalzte sie mit den Fingern und das Pulver flog weg. Nur ein paar fast unsichtbare Stäubchen blieben haften, die sie mit ihrer Zunge ableckte. Das Zeug hatte überhaupt keinen Geschmack. Schlimme Gedanken gingen ihr durch den Sinn, ängstlich wickelte sie das Pulver wieder ein und steckte es zu sich; die Brieftasche schob sie in den Rock zurück und verließ das Zimmer. Warum war ihr so schwindelig? So stark konnte doch das Pulver nicht sein! In plötzlicher Panik lief sie Hals über Kopf in ihr Zimmer, trank ein Glas Seifenwasser, steckte den Finger in den Hals und übergab sich. Danach setzte sie sich kreidebleich ans offene Fenster. Mochte nun geschehen, was wolle, es war ihr gleich. Niemand würde wissen, dass sie sich vergiftet hatte. Sie würde ganz einfach nicht mehr existieren, und dies wäre sogar vielleicht der beste Ausweg aus all den Verwirrungen.

Ängstlich wartete sie, doch es geschah nichts. Wie gewöhnlich aß sie zu Abend und ging dann zu Bett. Die Türe hatte sie versperrt. Und nun begann sie im Lexikon unter dem Stichwort »Gifte« nachzulesen. Doch du lieber Himmel, es gab so viele Gifte. Sie müsste wochenlang studieren, um alles zu erfahren. Bis dahin könnte sie längst tot sein. Allerdings, sie spürte ein leises Brennen … Sie legte das Lexikon beiseite, drehte das Licht ab und schloss die Augen. Helle gelbe Ringe tanzten vor ihr auf und ab. Ihr Kopf begann weh zu tun. Sie drehte das Licht wieder an; ihr war übel. Ihr Kopf sank auf das Kissen zurück; terrorisiert wollte sie um Hilfe schreien, doch kein Laut kam über ihre Lippen. Schließlich stand sie auf, schaute sich das Pulver noch einmal an und versteckte es im hintersten Winkel einer Schublade unter ihrer Wäsche. Nein, sie hatte nur ein paar Stäubchen genommen, sicher nicht genug, um sich zu vergiften. Dann kroch sie ins Bett zurück, und wenig später fiel sie in tiefen Schlaf.

ANTON JAKOB FUHR zur Ausstellung nach Bern. Seine junge Frau nahm er mit. Sie stiegen in einem der besten Hotels ab, und da sie die Zimmer rechtzeitig reserviert hatten, erhielten sie die gewünschte Bequemlichkeit mit zwei Zimmern. Anton Jakob hatte längst schon aufgehört, gegen getrennte Zimmer zu protestieren. Das war das Opfer, das der alternde Mann seiner jungen Frau brachte. »Nein«, dachte Anton Jakob, »es wäre nicht fair, sie dauernd zu stören, sie würde mich höchstens hassen, und schließlich gibt es ja auch hassenswerte Dinge im Leben.«

Die Zimmer im Hotel lagen nebeneinander, ohne verbunden zu sein, was Therese augenblicklich registriert hatte. Sie beabsichtigten, ungefähr eine Woche zu bleiben. Therese hatte zwei neue Kleider mitgebracht, man musste ja mit Frau Weidenhof, mit Saengers aus dem Emmental, mit Sophie und Felix sowie zahlreichen anderen Leuten zusammenkommen. Mit Gottfried hatte sie vereinbart, dass er ein oder zwei Tage später nachkommen sollte. Die Müllers gingen en famille zur Ausstellung. Anton Jakob, mit Sophie zur Rechten und Therese zur Linken, machte mit der leuchtenden Rosette eines Preisrichters im Knopfloch eine stattliche Figur. Allen zum Trotz trug er an diesem Tag seinen gewöhnlichen Tuchanzug, wobei er mit seinem grau-melierten Krausbart, seinen riesigen Stiefeln, der schweren Uhrkette und dem schwarzen Schlapphut auf seinem Hinterkopf das Bild eines ungeschlachten, oberländischen Großbauern abgab, wie es charakteristischer nicht hätte sein können. Felix und Gottfried folgten hinterher, außerordentlich bescheiden in ihrer Erscheinung. Sie waren in der Tat nichts weiter als zwei Exemplare aus der großen Menschenmenge.

Am Abend speiste die Familie gemeinsam, und die Männer blieben danach noch bis in die Nacht sitzen. Am nächsten Tag wieder Ausstellung; doch Sophie und Felix reisten ab.

Für den Abend war ein großes Konzert im Saal des Casinos angekündigt. Anton Jakob erklärte, er habe versprochen, an einem offiziellen Essen teilzunehmen, womöglich mit seiner Frau, und dass es auch Gottfried nichts schaden würde, mitzukommen. Gottfried könnte einen Bericht im Land-Magazin bringen, da hoch angesehene Persönlichkeiten anwesend seien und Reden hielten.

Doch Therese und Gottfried ereiferten sich für das Konzert.

»Toni, ein schweres Essen!«, sagte Therese. »Du wirst dich mit den vielen Diners noch krank machen. Viel besser, du sagst ab und kommst mit uns ins Konzert. Essen können wir jeden Tag; aber wir können nicht jeden Tag ein berühmtes Orchester hören. Außerdem habe ich in meinem ganzen Leben bisher nur drei Konzerte gehört«.

»Was sagst du dazu, Bueb?«, fragte Anton Jakob seinen Sohn.

»Ich persönlich habe kein sonderliches Verlangen nach offiziellen Festessen. Lieber würde ich ins Konzert gehen; in Gam hören wir wenig Musik.«

Eine Sekunde lang fixierte Anton Jakob die beiden mit einem düsteren Blick, in dem ein furchtbares Misstrauen lauerte.

»Ganz wie ihr wollt«, sagte er in einem so resignierenden Ton, dass die beiden erschraken. »Ich habe zugesagt, und ich werde gehen. Sie haben mich zum Preisrichter ernannt, und es wäre nicht ehrenhaft, mich mit einer Lüge zu entschuldigen.«

Einen Augenblick lang schwankte Therese, ein Augenblick der Loyalität gegenüber einem so charaktervollen Mann ließ sie zögern. Aber die Versuchung, einen Abend allein mit Gottfried verbringen zu können, überwog alle Bedenken.

»Toni«, sagte sie, »Gottfried und ich gehen ins Konzert, doch hinterher wollen wir uns alle treffen«.

»Vielleicht komme ich erst spät zurück«, gab er zu bedenken.

»Einerlei, wir werden warten.«

Therese und Gottfried waren erleichtert, ihre Sache durchgefochten zu haben. Frühzeitig kleideten sie sich an. Therese trug ein hübsches grünes Seidenkleid ohne Ärmel, und Gottfried glaubte, sie niemals schöner gesehen zu haben. Sie schaute fast verwegen aus, zu keck jedenfalls für die Schweiz, wo die Damen sich eher farblos und konventionell anzogen, jedenfalls nicht ärmellos. Dafür hatten sie Juwelen, Pelze und andere Accessoires, die die Blicke auf sich lenkten. Als Therese vorbeiging, drehten die Leute die Köpfe nach ihr. Ihre Frische und Schönheit erregten Aufsehen.

»Was wird der Alte sagen, wenn er dich in diesem Aufzug sieht?«

»Warum, Gottfried, bin ich nicht ganz korrekt? Ich habe auch andere Frauen so gesehen, in Vichy, in Plombières und sonstwo. Sind wir hier nicht in Bern – der Hauptstadt der Schweiz?«

»Einerlei, du siehst wunderschön aus«, flüsterte er ihr ins Ohr.

Nach dem Konzert aßen sie ein köstliches Abendessen miteinander, Gottfried bestellte eine Flasche Champagner. Bis Mitternacht saßen sie zwischen den obligatorischen Topfpalmen an einem kleinen Tisch in der Ecke des Restaurants. Ihr Gespräch bewegte sich in leichten Bahnen, drehte sich aber im Grunde ausschließlich um sie selbst. In ihren Phantasien bauten sie sagenhafte Luftschlösser und fühlten sich in imaginäre Welten versetzt, bis der Zeiger der Uhr gegen Mitternacht an die Wirklichkeit erinnerte.

»Wir müssen jetzt nach Hause«, sagte Therese. »Wir dürfen ihn nicht warten lassen.«

Wie Sklaven kehrten sie stumm ins Hotel zurück.

»Gottfried«, sagte Therese, als sie den Eingang betraten, »warte hier nebenan, ich will hinaufgehen und sehen, ob er da ist. Falls ich in fünf Minuten nicht wiederkomme, geh zu Bett.«

Zuerst lief sie in ihr Zimmer, dann zu Anton Jakob. Er lag im Bett.

»So, Meidi, endlich bist du zurück. Hör zu! Weißt du, wo mein Lebersalz ist? Ich möchte einen Löffel davon nehmen.«

»Bist du krank?«

»Nein, aber ich habe mir den Magen verdorben.«

Er setzte sich auf; das Gesicht war stark gerötet. Sie sah, dass er zu viel getrunken hatte. Als sie ihm das Salz brachte, nahm er laut Verordnung einen Löffel voll mit Wasser und sank schwer in die Kissen zurück.

»Gute Nacht, Meidi«, sagte er, »versprich mir, dass du sofort schlafen gehst.«

»Ja natürlich! Ich habe nach dem Konzert mit Gottfried zu Abend gegessen.«

Sie verließ ihn und ging in ihr Zimmer, wo sie sich ein Weilchen auf ihr Bett setzte.

Kurz darauf sah sie auf die Uhr. Sie schloss die Augen, holte tief Atem und öffnete einen Augenblick später die Tür. Alles war still. Mit raschen Schritten ging sie die Treppe hinauf und stand mit klopfendem Herzen vor Gottfrieds Zimmer. Fast unhörbar trommelte sie mit den Fingerspitzen gegen die Tür. Er öffnete sofort und sperrte hinter ihr wieder ab.

»Er schläft. Ich wollte dir nur Gute Nacht sagen«, flüsterte sie. »Du bist noch nicht im Bett?«

»Eben war ich im Begriff, schlafen zu gehen.«

»Ich muss sofort wieder hinunter, ich darf nicht bleiben.«

»Bleib doch, Theresli, bleib bei mir!«

»Nein«, sagte sie.

»Aber liebst du mich denn nicht?«

»Gottfried! So etwas fragst du mich?«

Er presste sie an sich und hob sie etwas vom Boden hoch.

»Gib acht! Du tust mir weh, du reißt mich in Stücke!«

»Verzeih! Ich habe den Kopf verloren.«

»Das Licht tut meinen Augen weh«, sie bedeckte das Gesicht mit der Hand.

Er drehte das Licht aus. Dunkelheit umgab sie, nur das matte Licht einer Straßenlaterne schimmerte durch die Spalten der Läden. Sie hörten ihr eigenes Herz pochen.

»Ich habe seit der Alp nie an eine andere Frau denken können. Wenn ich gewusst hätte, was Vater vorhat, wäre ich nach Gam gekommen und hätte dich entführt.

So wie die Dinge jetzt stehen … ich darf gar nicht daran denken – es macht mich wahnsinnig! Aber, Theresli, ich schwöre dir, ich werde dir mein ganzes Leben lang treu bleiben, was auch kommen möge.«

»Das versprichst du mir jetzt – aber …«, sie presste sich an ihn … Dann zog sie sich im Dunkeln aus.

ALS THERESE AM späten Morgen in ihrem Zimmer erwachte, wurde ihr bewusst, dass ihr ganzes Leben sich von nun an verändern würde.

Während sie sich ankleidete, zog die vergangene Nacht mit jeder Einzelheit an ihrem inneren Auge vorbei. Vieldeutig lächelte sie sich im Spiegel an. Die Farbe ihrer Augen schien unbestimmter, ein sanfter Schimmer lag auf ihren Wangen; schließlich heftete sich ihr Blick auf einen bräunlichen, blutunterlaufenen Fleck auf ihrer Schulter.

Ein Bote klopfte an ihre Türe und überreichte ihr einen Strauß roter Rosen.

»Die Blumen, die Madame bestellt hat.«

»Ich bestellt?«

»Ja, Madame, Herr Müller sagte so.«

»O ja, ich weiß. Danke!«

Sie nahm die Blumen, schloss die Tür und steckte das Gesicht in die Rosen.

»Ja, Gottfried! Liebster!«

Anton Jakob trat ein. Er sah sanft und mild aus.

»Tag! Wie hast du geschlafen?!«

»Ich weiß nicht, was mit mir los ist«, sagte Therese, »ich habe wie eine Tote geschlafen. Das muss die Berner Luft sein.«

»Hm«, brummte er, »wo hast du diese Rosen her?«

Sie verbarg einen Augenblick ihr Gesicht in dem Strauß.

»Ich habe Gottfried gestern gebeten, sie zu kaufen.«

»Was für eine Geldverschwendung! Haben wir nicht daheim einen ganzen Garten voll von Rosen?«

»Und gerade deshalb wollte ich auch hier Rosen haben. Ich entbehre meine Blumen.«

»Ich sehe nicht ein, wozu du Blumen brauchst, Meidi. Es gefällt mir nicht, dass du diese gewisse Sorte von Weibern nachäffst, diese modischen Puppen.«

»Ich ahme niemanden nach.«

»Du wirst mir furchtbar verwöhnt«, sagte er.

»Du musst mich schon sehr lieben, wenn du so etwas sagen kannst!«, versetzte sie scharf.

»Meidi, ich will wissen, warum dir Gottfried diese Blumen geschickt hat.«

»Weil ich ihn darum gebeten habe«, erwiderte sie gereizt.

»Oh, aha!«

»Und sei nicht so eifersüchtig auf den Bueb! Du machst mir sonst das Leben unerträglich, und es gibt keinen Grund dafür.«

»Ich? Eifersüchtig?«, sagte Anton Jakob würdevoll. »Das ist aber eine eigentümliche Behauptung.«

»Bist du es etwa nicht? Du machst manchmal so sonderbare Augen, wenn wir beisammen sind.«

»Meidi«, sagte er, »wenn du mir schwörst, dass deine Gefühle für Gottfried ehrenhaft sind, werde ich dir glauben und nie wieder böse sein.«

»Natürlich schwöre ich! Aber es scheint dich nicht zu kümmern, wie sehr du mich demütigst, wenn du einen solchen Schwur von mir verlangst!«

Sie sah ihn entrüstet an.

»Nimm's nicht übel; ich glaube dir, und jetzt ist alles wieder gut.«

Anton Jakob war erleichtert. Er hatte eine große Achtung vor der Heiligkeit des Eides. Meineid war für ihn ein Verbrechen, das dem Mord gleichkam.

»Hör zu, Meidi«, er setzte sich auf das Bett und legte den Arm um sie. »Ich werde nicht wieder über mein erlaubtes Maß trinken! Wir haben noch drei Tage in Bern vor uns. Wenn du gern mit Gottfried ins Theater gehst, habe ich gar nichts dagegen. Ich habe es mir überlegt: es wäre nicht recht, wenn ich euch nachts in die ›Saure Traube‹ schleppen wollte und ihr in der verrauchten Stube herumhockt und mir zuschaut, wie ich mit Schwändli und Inden spiele. Gottfried kann dich ins Theater führen. Was sagst du dazu?«

Er zog ihren Kopf zu sich und küsste sie auf die Stirn.

»Aber das Konzert? Du hast mir noch nichts erzählt. War es schön?«

»Das Programm war etwas ernst und schwer. Beethoven und Wagner dominierten. Aber es war ein herrliches Konzert! Du hättest dir nicht viel daraus gemacht. Es gab nichts Patriotisches dabei.«

Er stand auf.

»Willst du mit mir in die Ausstellung kommen?«

»Wenn du nur ein Weilchen wartest, komme ich mit.«

Nicht Verdacht zu erwecken, wurde nun eine ihrer Hauptsorgen.

Kurze Zeit danach traf sie Gottfried unten. Er fragte sie, ob er auch mitkommen solle, was sie kurz verneinte. Sie würden einander am Abend treffen.

Den ganzen Nachmittag verbrachte Therese zwischen landwirtschaftlichen Maschinen, Musterbetrieben und Rindern. Eine glühende Sonne schien auf das Menschengedränge herab, aus den Kleidern der Menschen stieg ein Geruch auf, der mit dem der Tiere fast zu vergleichen war. Sie grübelte über die Möglichkeit nach, wie sie Gottfried in der Nacht allein treffen könne. Hinter Anton Jakobs gönnerhafter Herablassung, seinem Vorschlag, mit Gottfried doch ins Theater zu gehen, witterte sie instinktiv einen diplomatischen Schachzug. Höchste Vorsicht war geboten! Anton Jakob war nur gutmütig bis zu einem gewissen Grad. Bald würde er sicher einen physischen Beweis ihrer Liebe fordern. Dies aber war ihr zuwider. Sich ihm aber zu versagen, war gefährlich und konnte zu einer Katastrophe führen. Was sollte sie tun?

Am Abend ging sie mit Gottfried ins Theater, um »Faust« zu sehen.

Sie hatte zwar Teile daraus schon gelesen, doch nie auf der Bühne gesehen. Nach der Aufführung brauchte es einige Zeit, bis sie wieder in die Wirklichkeit zurückfand.

Nach der Vorstellung drängte Therese Gottfried, ins Hotel

zurückzukehren. Noch hatte sie nicht mit ihm über die Probleme der Zukunft gesprochen. Sie gingen durch verlassene Straßen, am Bundeshaus vorbei, als es vom Münster Mitternacht schlug.

»Komm«, sagte sie, »wir wollen rascher gehen.«

»Warum? Der Alte spielt sicher noch in der ›Sauren Traube‹.«

»Wollen wir ihn nicht besuchen? Ja, komm!«

Bald kamen sie zu dem bescheiden aussehenden Gasthaus, das zwischen mittelalterlichen Gebäuden eingezwängt war. Dröhnendes Stimmengewirr drang nach außen. Als sie die niedrige Gaststube betraten, sahen sie, dass noch zwei Tische besetzt waren. In der hinteren Ecke saß Anton Jakob mit drei Männern, die Gesichter glühend, die Augen schwer und trüb.

»Trumpf!«, rief Anton Jakob. »Häh! Häh! Häh!«

Er schlug mit der Faust auf die grüne Tischdecke, die Männer lachten.

»Ja, der verdammte Bauer! Er hat ihn den ganzen Abend gepachtet.«

»Ich glaub', er hat immer einen im Ärmel! Heh!«

»Marieli! Noch einen Liter! Vorwärts!«

Frau Vogt holte den Krug und sah Gottfried und Therese in die Gaststube kommen.

»Herrjeh!«, polterte Anton Jakob, den bei dem Anblick der beiden ein halb erfreutes, halb verlegenes Gefühl beschlich. »Da kommen meine Frau und der Bueb. Kommet! Setzt euch!« Er erhob sich schwerfällig.

»Komm Meidi, nimm Platz!«

Frau Vogt schüttelte Therese und Gottfried die Hand.

»Das freut mich aber wirklich – es ist mir eine Ehre!«

»Ach«, sagte Therese munter, »wir kommen aus dem Theater, und da dachten wir, wir könnten hier vorbeischauen.«

Sie setzte sich neben Anton Jakob, während Gottfried gegenüber Platz nahm.

»Etwas einzuwenden, dass ich dieses Spiel noch fertig mache, Frau Alt-Regierungsrat?«, fragte Anton Jakob mit lauter, jovialer Stimme. »Kommt nur, trinkt ein Gläschen mit uns.«

»Natürlich, spielt nur weiter.« Anton Jakob legte seinen Arm um Thereses Taille, mit der anderen hielt er die Karten.

»So Meidi! Jetzt spielst du! Du ziehst die Karten, die ich ausspielen will, währenddessen meine andere Hand eine angenehme Betätigung hat. He! Gottfried! Willst du nicht einen trinken?«

»Danke, ich habe schon!«, sagte Gottfried und stellte ein Weinglas, das er zwischen den Knien gehalten hatte, auf den Tisch. Er konnte Thereses Benehmen nicht verstehen. Wie konnte sie sich öffentlich nur so vulgär behandeln lassen? Er schämte sich für sie, als sie noch einen Liter Wein für die Männer bestellte.

Endlich um halb zwei warf Anton Jakob die Karten hin.

»So, jetzt ist Schluss! Heim geht's!«

Sie verließen die ›Saure Traube‹. Anton Jakob bemühte sich, gerade zu gehen. Diesmal hatte sein Besuch in Bern, so schien ihm, eine besondere Eigenheit, die ihn von früheren Besuchen unterschied: Der Alkohol stieg ihm viel leichter als sonst zu Kopf, sodass er nach wenigen Gläsern kaum mehr gerade gehen konnte. Darüber schämte und ärgerte er sich.

»Kommt, Kinder!«, sagte er. »Ich weiß nicht, was mit mir heute Nacht los ist. Kommt! Eines auf jeder Seite. In unserer guten alten Stadt Bern! Wir sind zu Hause hier. Donnerwetter noch einmal! Was ist nur mit meinen Beinen passiert? Mein Kopf ist doch ganz in Ordnung.«

»Wir haben nicht mehr weit«, bemerkte Gottfried trocken.

»Nein, Toni«, sagte Therese, »lauf jetzt nicht rückwärts! Ich verliere sonst selber die Richtung.«

»Hä hä! Eine Sauerei, hä? Findet ihr beide mich nicht abscheulich? He! Gottfried! Du mit deiner Bildung und deinem Land-Magazin! Du musst mich doch verachten. Ich weiß, du magst so etwas nicht. Aber Meidi, du hast doch auch getrunken. Meidi, eh? Wir kommen ja nicht so oft nach Bern; drum muss man es jedes Mal ausnutzen, eh? Jetzt geht's auf einmal leichter. Ich kann schon wieder allein gehen. Es war nur der plötzliche Luftwechsel nach dem langen Hocken. Wir sind gar nicht so betrunken, wie es aussieht.«

Im Hotel sagte Gottfried gleich Gute Nacht. Der Blick, den Therese ihm zuwarf, versetzte ihn in Hochspannung. Drei Stufen auf einmal nehmend, lief er auf sein Zimmer.

Eine Stunde später hörte er das sanfte Trommeln an seiner Tür. Therese!

Am Tag vor ihrer Abreise besuchte Therese Gottfried am Nachmittag, während Anton Jakob unterwegs war. Die Läden waren geschlossen, die Gardinen zugezogen, nur das matte Licht einer kleinen roten Lampe gab dem Zimmer eine wollüstige Atmosphäre.

Therese gab sich Gottfried mit ungezügelter Leidenschaft hin.

Später öffneten sie die Läden, ließen Sonne und Luft herein und bestellten dann Tee.

Als der Kellner die Tassen und Kännchen auf dem Tisch arrangierte, beobachtete Therese ihn genau, da sie das Gefühl hatte, den Mann schon einmal gesehen zu haben.

Sie fragte ihn, woher er sei.

»Aus Sitten, Madame.«

Er lächelte sonderbar und schlich seitwärts wie eine Krabbe aus dem Zimmer.

»Da«, sagte sie, »du siehst, wie vorsichtig wir sein müssen. Gottlob sind die Läden auf, und alles ist wieder in schönster Ordnung. Ich glaube, der Mann war in einem Hotel beschäftigt, in dem ich manchmal Gelegenheitsarbeiten gemacht habe. Er hat mich wiedererkannt; ich bin so gut wie sicher!«

»Nach all den Jahren?«

»Ich hoffe, er hat keinen Verdacht geschöpft. Es zeigt, wie behutsam wir sein müssen, ich habe solche Angst, es könnte eine Lawine ins Rollen kommen – und dann …?

Heute Abend bleibe ich lieber unten. Wir reisen morgen zurück nach Gam.«

»Theresli«, sagte Gottfried gedrückt, »ich weiß, ich weiß. Ich habe selbst schon darüber nachgedacht – es gibt nur eines, was ich nicht ertragen kann: Wenn der Alte mir sein Besitzrecht unter die Nase hält – und er tut es mit einer gewissen Absicht!«

»Mach dir darüber keine Gedanken, Gottfried …

Du bist das einzige Glück in meinem Leben! Doch ich bin gezwungen, es zu verteidigen und unglücklicherweise, indem ich mit deinem Vater ein falsches Spiel treiben muss. Diese Schuld müssen wir gemeinsam tragen; es ist der Preis, den wir zu zahlen haben …

Gottfried, leih mir fünfzig Franken, sei so gut!«

Er zog seine Brieftasche heraus und gab ihr das Geld, indem er sie forschend anschaute.

Sie drehte die Scheine geheimnistuerisch zwischen ihren Fingern.

»Hast du noch nicht entdeckt, dass man dich bestohlen hat?«

»Wieso?«

»Das kleine Päckchen, das du an deinem Busen aufbewahrt hast!«

»Du meinst das Pulver…« Er starrte sie entsetzt an.

»Therese, wo ist es, hast du es weggenommen?«

»Ich war eifersüchtig; du hast es behandelt wie eine intime Freundin. Ich habe es weggeworfen. Du kannst es nicht so sehr geliebt haben, da du nicht einmal bemerkt hast, dass es verschwunden ist.«

Er schaute überrascht und zugleich undurchdringlich.

»Macht nichts! Ich kann für ein paar Centimes jederzeit neues bekommen.«

»Spekulierst du immer noch mit deinem Skorpion-Trick? Eh? Das Pulver habe ich ja selbst probiert.«

»Großer Gott! Theresli! Du hast doch nicht etwa … es ist Arsenik!«

»Nur ein Stäubchen davon.«

Sie fuhr mit dem Finger unter seine Nase. »Gerade so viel wie ein Stecknadelkopf.«

Anton Jakob zeigte auf der Rückreise nach Gam ein ungewöhnliches Interesse an seiner jungen Frau. Der Ortswechsel hatte offenbar sehr wohltuend auf sie gewirkt. Nachdem er sie, genauer, als es sonst seine Gewohnheit war, betrachtet hatte, kam es ihm vor, als sehe sie jünger aus, fast wie die Therese, die er vor einigen Jahren zum Altar geführt hatte. Sie las einen Roman, den sie im Bücherstand auf dem Berner Bahnhof gekauft hatte. Zurückgelehnt in die weichen Polster des Abteils, blätterte sie flink die Seiten um und folgte gierig dem Text. Anton Jakob war gerührt.

»Mein schönes Meidi! Jetzt ist sie glücklich und zufrieden, sie hat es gut gehabt.« Er empfand sogar eine gewisse Dankbarkeit Gottfried gegenüber, denn er hatte dazu beigetragen, dass sie so zufrieden war; Theater, Konzerte und was noch alles!

»Diesmal ist es nett gewesen in Bern, Meidi?«, fragte er.

Sanft wie ein Täubchen schaute sie ihn an: »Ja«, sagte sie, und ihre Augen kehrten zu ihrem Buch zurück.

Anton Jakob dachte an die kommende Nacht. Eheliche Abstinenz schien sein Wohlwollen ihr gegenüber gesteigert zu haben. Insgeheim war er erstaunt und erfreut, dass es in seiner Ehe immer noch etwas Neues und ein Gefühl der Verjüngung geben konnte.

»Ich werde froh sein, wenn ich wieder mit dir daheim bin«, sagte er. »Heute Abend werde ich dir eigenhändig einen Strauß Rosen pflücken, und ich gehe auch nicht in den Bären. Diese Kerle sollen nur warten.«

»Und du auch«, dachte sie im Stillen. Und mit einem Seufzer: »Ich bin ja neugierig.«

»Du wirst sehen, dass ich mein Wort halte«, beteuerte er naiv. Sie stiegen um. Sobald Anton Jakob das Abteil des Arnatalzuges betreten hatte, zog er seinen Rock aus und knöpfte sich die Weste auf. Der Tag war heiß, Schweißtropfen kollerten über sein aufgedunsenes Gesicht. Er hakte seinen Arm in eine Lederschlaufe, die neben ihm baumelte, lächelte zufrieden und wischte sich seinen Kopf mit einem bunten Baumwolltaschentuch ab. Therese sah einen Augenblick missbilligend auf ihn und versenkte sich dann wieder in ihr Buch.

»Hast du etwas dagegen, wenn ich einen Stumpen anzünde?«

»Nein gewiss nicht!«

Er stand auf und durchsuchte die Taschen seines Rockes.

»Hat der Held sie nicht gerettet?«, fragte er mit einem verächtlichen Blick auf das Buch. »Warum wirfst du das verdammte Buch nicht aus dem Fenster? Schau lieber mich an, wie heiß mir ist!«

»Mir auch. Aber ich habe nicht ein solches Fettpolster unter der Haut wie du.«

»Hä, hä, hä! Fettpolster, Schmalz sozusagen! Du bist ein komisches Ding, Meidi!«

Er beugte sich zu ihr und küsste sie.

»Am fünfzehnten September ist das Preisschießen. Beinahe unser Hochzeitstag. Ob wohl Mahder Fritz und Adrian wieder einen Preis gewinnen? Jetzt sind sie noch auf der Alp. Ich werde diesmal auch ein paar Schüsse versuchen mit meinem alten Karabiner; schießt besser denn je. Ich glaube, ich lasse die beiden auf der Alp und hol mir selber den Preis. Oh, uh! Wie heiß es ist. ›Wo Luzern uf Weggis zu‹ begann er zu singen, ›Tralala – la, la! Lauf mer ohne Strümpf und Schueh! Tralala – la! la!‹ So eine Hitze. Du schaust so unverschämt kühl aus, Frau. Wie machst du das nur, eh?«

»Ich denke nicht die ganze Zeit darüber nach«, sagte sie, ohne aufzublicken, »und ich streng mich nicht an mit Singen.«

»Ich und an die Hitze denken? Keine Rede davon! Aber ich brate nun einmal.«

»Sei dankbar, der Doktor sagte, schwitzen sei gut für dich.«

Nach einer Weile verstummte Anton Jakob; er schloss die Augen und begann zu schlummern. Schon seit einiger Zeit hatte Therese aufgehört zu lesen. Ihre Augen folgten nur noch mechanisch den Zeilen, aber ihre Gedanken waren nicht mehr bei der Sache. Die ausschließliche Beschäftigung mit der Problematik ihres Lebens hatte vollkommen Besitz von ihr ergriffen.

Gottfried hatte in Bern adieu gesagt mit einem Blick, den sie nicht vergessen konnte. Hinter der Leidenschaft und Glut dieses Blickes lauerte gleichzeitig Bitterkeit. Wenn nur nicht der Alte zugegen gewesen wäre. Ach! Dieser Alte! Dieser schwitzende Koloss, der ihrem Glück so im Wege stand! Sie grollte ihm, kaum dass sie ihn noch ertragen konnte!

Als der Zug mit einem Ruck in Gam anhielt, öffnete Anton Jakob seine verschlafenen Augen. »Eh, da sind wir schon!«

Er knöpfte seine Weste zu, zog den Rock an, holte die Reisetaschen aus dem Netz und reichte sie durchs Fenster dem jungen Melchior. Ein Wagen wartete auf das Ehepaar Müller. Zwischen den Deichseln stand ein ruhiger, fetter Grauschimmel, dem Anton Jakob mit der flachen Hand auf den Hintern klatschte. Herr Frick, der Stationsvorsteher, stolzierte herbei und griff an die Dienstmütze. »Tag wohl! So, wie steht's mit der Ausstellung?«

»Famos! Ist eine schöne Sache dieses Jahr. Wir Schweizer dürfen stolz auf uns sein!«

»Sollen wir das Gepäck hinunterschicken?«

»Nein, merci! Ich lasse es durch Melchior oder Röthlisberger holen.«

»Adieu wohl!«

Der fette Grauschimmel legte sich ins Zeug. Sie fuhren an Baumeister Höfers Zementröhren und Gerüsthölzern vorbei in die kleine Allee von Gam, das schmuck und scheinbar menschenleer in der grellen Sonne lag. Anton Jakob warf einen sehnsüchtigen Blick auf die geschlossenen Läden des Bären, wo um diese Zeit wahrscheinlich schon Niederegger und Bühler zu finden waren. Nein! Er hatte doch erklärt, dass er heute nicht Karten spielen wolle. Also weiter, durch die Straßen mit den dunklen Giebelhäusern und den Fenstern voller blühender Geranien!

»Hier kommen schon die Felder, meine Felder! Und da der Gamhof!

Schön! Da sind wir. Endlich wieder daheim! Gott sein Dank!«

Therese stieg aus und ging mit raschen Schritten zum Haus hinauf, während ihr Mann mit Röthlisberger plauderte, der auf dem Plan erschienen war. Sobald Therese in ihr Zimmer kam, änderte sich ihre Stimmung. Sie warf ihre städtischen Kleider ab, ließ kaltes Wasser in die Badewanne laufen, kämmte ihre Haare und steckte sie wieder hoch. Vor dem Spiegel warf sie einen flüchtigen Blick auf ihren makellosen Körper.

»Nein! Ich kann nicht! Ich darf nicht! Ich will nicht! Es ist unmöglich!« Sie stöhnte vor Widerwillen. Dann stieg sie ins Bad, kühlte sich ab und räkelte sich voller Lust.

Darwin hätte vielleicht konstatiert, dass sie sich in Gottfried einen neuen Partner gewählt habe, einen jüngeren und besseren für die Zwecke der Natur. Doch weder Wissenschaft, noch Philosophie hätten sie davon abbringen können, dass sie mit der Ethik in Konflikt geraten war. Sie hatte alle von der zivilisierten Gesellschaft festgelegten Moralgesetze verletzt und damit den schwersten Preis bezahlt, den eine Frau für ihr Glück bezahlen konnte. Trotzdem war sie nicht weiter als zuvor. Noch war sie Anton Jakobs Frau; und das Gesetz gab ihm Gewalt über sie.

Als sie sich ankleidete, dachte sie mit Angst und Schrecken an die kommende Nacht. Sie wusste, was passieren würde … falls sie es geschehen ließe. Alle Anzeichen sprachen dafür; der bloße Ton seiner Stimme oder ein ominöser düsterer Seitenblick genügten, um ihr anzukündigen, dass ein neues Opfer von ihr verlangt würde. Ja, es war ein Opfer! Und daher hatte sie Angst. Es müsste eine sonderbare Moral sein, wenn ich den Alten noch einmal ertragen würde, dachte sie, während sie ihre Strümpfe anzog. Meine Liebe zu Gottfried hat mich davor gefeit und völlig unfähig gemacht, einem anderen Mann anzugehören als ihm. Es wäre geradezu eine Sünde, wenn ich Gottfried jetzt untreu würde, es wäre Prostitution!

Die Moral reißt eigentlich Körper und Seele auseinander, überlegte sie weiter, in Gedanken darf man sündigen, aber nicht mit dem Körper. Sünde! Wie gern ich mit Gottfried sündige! Ihm alles geben, aber auch alles von ihm erhalten! Wenn nur die Menschen dies verstünden! Vielleicht als Einziger würde Nietzsche es verstehen! Wie Gottfried sagt, ist keine bessere Welt zu erwarten, solange die Welt die Lehre vom Übermenschen nicht verstanden hat. Wir werden weiter von Menschen umgeben bleiben, die mit ihrer Schwachheit, ihrem Unsinn und ihren Kirchen die Natur beleidigen.

Therese ließ sich Kaffee bringen. Mathilde meldete ihr, dass Anton Jakob weggegangen sei, im Stall sei der Tierarzt, da eine Kuh schwer erkrankt sei. Was kümmerten sie die Kühe! Sie trank ihren Kaffee, setzte ihren breitbandigen Strohhut auf und verließ das Haus in Richtung des Waldes; ihre verwegenen Gedanken trug sie mit sich.

Am Abend gab es Rosen, rote Rosen. Anton Jakob hatte sie selbst geschnitten und sich abgemüht, bis seine Hände bluteten. Dann ließ er sie von Mathilde in verschiedene Vasen verteilen. Eine dieser Vasen fand Therese in ihrem Zimmer. Sie nahm die Rosen heraus und warf sie weg. »Wahrhaftig! Rosen für mich jetzt – und was kommt als Nächstes? Wenn er nur ausgehen würde! Bis morgen früh kann er Karten spielen, aber er soll mich in Ruhe lassen!«

Ein Weilchen später hob sie die Blumen, eine nach der anderen, wieder auf und steckte sie in die Vase zurück.

»Eine schöne Frau Alt-Regierungsrat bin ich! Wenn die Leute mich sehen könnten, wie ich wirklich bin, sie würden mich bei lebendigem Leib verbrennen! Aber die Leute! Bah! Diese Hedwig zum Beispiel: Vorne schon wieder hoch und hinten schleppt sie den Rock im Staub. Die heiligen Pflichten des Weibes! ... Diese Weiber! Rümpfen die Nase, wenn ich vorbeigehe ... Doch können sie nichts vermuten – sie glauben nur, dass sie von Rechts wegen vermuten müssten, dass es ihre Pflicht sei, allerlei zu vermuten! Dieses fromme Völkli! Diese Dickschädel!«

»Wie gefallen dir meine Rosen?«, fragte Anton Jakob, als sie abends bei Tisch saßen.

»Rosen sind immer schön!«, sagte sie.

»Aber diesmal? Sind sie nicht sogar schöner als sonst?«

»Warum?«

»Nun, ich habe sie selbst gepflückt. Schau dir meine Hände an.«

»Du hättest Handschuhe anziehen sollen – so wie ich es mache.«

Sie empfand die ganze Wollust der Grausamkeit …

»Ja, aber ich wollte mich ja stechen lassen. Ich habe sie für dich gepflückt, und jeder Stich freute mich daher.«

Therese lachte laut, es kam ihr komisch vor. Toni, der den Liebhaber spielte. Morgen wird er wieder bei seinem Glas sitzen und »Trumpf« rufen oder mit den Fäusten auf den Tisch schlagen und weder an die Rosen, noch an die Dornen denken. Sie tätschelte seine Hand.

»Ich danke dir, Toni, vielen Dank!«

Ihr Lachen wollte nicht aufhören. »Meine Rosen« hatte er sie genannt – und sie hatte sie doch gepflanzt.

Anton Jakob war anfangs ein wenig verblüfft, ließ sich aber von ihrer Heiterkeit mitreißen. Auch er lachte, er errötete sogar.

»Ich hätte noch mehr geschnitten, aber ich wurde weggerufen, weil die ›Gräfin‹ gekalbt hat. Zufällig war ich im Stall und habe mitgeholfen. Joggi habe ich hinausgejagt, er wird mir zu alt und zu schrullig. Über dem Kopf der ›Gräfin‹ hat er im Stall ein Kruzifix aufgehängt und angefangen, Gebete herzuleiern.

Was wird als Nächstes kommen? Das Kalb ist männlich, hat aber einen großen braunen Fleck auf der Stirn. Dabei sind seine Eltern doch makellos, mein Gott! Herzog II war ein perfekter Vater! Natürlich habe ich meinen Verdacht bei dem Geschäft. Man muss einen anderen Bullen untergeschoben haben, der mit der ›Gräfin‹ sein Spielchen trieb. Faule Geschichte jedenfalls!«

»Da siehst du Toni, was für merkwürdige Unfälle im Leben passieren können.«

»Ist dir denn etwas passiert?«

»Nein«, erwiderte sie deutlich, »aber ich wünschte, es würde mir etwas passieren.«

»Meidi, ich verstehe nicht.«

»Oh, ich weiß, dass du mich nicht verstehst, aber eines Tages wirst du mich verstehen.«

Anton Jakob lehnte sich in seinem Stuhl zurück, hakte seine Daumen in den Westentaschen unter und musterte Therese.

»Du willst mir doch nicht etwas geheimhalten, Meidi?«

»Nein!«, rief sie entschieden.

»Dann sag mir, was soll das Gerede mit dem Unfall – Zufall – Unglück oder was weiß ich?«

»Ich werde es dir später sagen, nicht jetzt, später!«

Er nickte mit seinem mächtigen Kopf.

»Hm! Später! Ja, später! Immer heißt es später, aber niemals jetzt!«

Therese litt unter bösen Vorahnungen, wenn sie an die Zukunft dachte. Es wurde ihr bewusst, dass ihre Gedanken, die nur noch von ihrer Liebe beherrscht waren, sich allmählich in seltsame Regionen verirrten. Eine verborgene Welt, die bisher unbewusst in ihr geschlummert hatte, begann zutage zu treten.

»Vorwärts!«, regte sich eine Stimme in ihr. »Vorwärts!« Die Vergangenheit ist nicht wieder gutzumachen, nichts, was geschehen ist, kann ungeschehen gemacht werden! Und um neue Kraft zu sammeln, schrieb sie noch an diesem Abend einen glühenden Brief an Gottfried.

Anton Jakob rumorte oben in seinem Arbeitszimmer mit Papieren.

Therese machte sich die Beschäftigung des Alten zunutze und schlüpfte aus dem Haus, um den Brief einzuwerfen.

Als sie zurückkam, empfand sie eine sonderbare Abneigung, das Haus zu betreten. Sie schlenderte im Garten auf und ab.

»Meidi«, scholl es plötzlich aus einem der Fenster. »Wo bist du?«

»Ich will noch ein wenig Luft schnappen.«

»Komm bald herauf«, kam die sanfte Antwort zurück.

»Ja, bald!«, rief sie.

Sie konnte es einfach nicht über sich bringen, der Aufforderung gleich Folge zu leisten. Sie konnte nicht. Unmöglich!

»Meidi, willst du nicht endlich heraufkommen?«, tönte es nach einer Weile wieder aus dem Fenster.

»Warum gehst du nicht zu Bett, Toni?« Kaum dass sie den Hohn in ihrer Stimme verhehlen konnte.

»Dann werde ich auf dich warten!«

Bitterkeit schlich in ihr Herz, ja ein Hass gegen das Leben selbst und eine unwiderstehliche Abneigung gegen ihn, der doch von Rechts wegen der Mittelpunkt ihres Lebens sein sollte. Wie lange würde sie ein solches Leben noch ertragen? Sollte sie jetzt hinaufgehen und ihm erklären, dass sie ihn nicht lieben könne? Als Vater ja!, als Onkel oder Verwandten könne sie ihn gern haben, nur nicht als Ehemann! Nur das nicht! Das war unmöglich! Aber sie musste ja früher oder später wieder hinaufgehen – für das Glück mit Gottfried musste sie diese Abneigung überwinden, sie musste jeden Verdacht ausräumen … es sei denn … ihm die Wahrheit sagen? »Die Wahrheit! Das Allereinfachste! Ja, die Wahrheit! Eine gute Idee! Und dieser unerträgliche Zustand wird ein Ende haben!«

Doch was sie im Verlauf ihrer Liebe allmählich als etwas Natürliches angesehen hatte – nämlich sich Gottfried hinzugeben –, war durchaus keine solche Geringfügigkeit und natürliche Sache, ebensowenig wie ihrem Mann kaltblütig zu beichten, der in einer Sommernacht sehnsüchtig nach ihr verlangte. Nein, ein Dolchstoß in sein Herz wäre weniger grausam, eine Dosis Gift ein Kinderspiel im Vergleich zu diesem Anschlag auf seine Ehre und sein Leben. Nein, sie besaß nicht den Mut zur Beichte. Sie war zu weit gegangen in ihren Gedanken. Außerdem, ein volles Geständnis vor Anton Jakob würde sie ihrem Glück auch nicht näher bringen. Im Gegenteil, es würde dieses Glück völlig vernichten. Grässliche Auftritte, Beschuldigungen und Demütigungen würde es nach sich ziehen.

Lieber sich prügeln lassen, lieber sich die Haut in Fetzen reißen lassen, als von der empörten bäuerlichen Ehrbarkeit und Wohlanständigkeit an die Wand gestellt und gesteinigt zu werden! Großmut? Verständnis? Verzeihung? Derlei durfte sie von Anton Jakob nicht erwarten. Sollte er je die Wahrheit erfahren, würde er sie in den Schmutz der Gosse stoßen.

Lieber den Tod …

»Theresli«, rief eine halb klagende, halb ungeduldige Stimme. »Warum kommst du nicht? Komm, Meidi, es ist Zeit.«

Seinem Ruf endlich gehorchend, stieg sie schleppenden Schrittes die Treppe hinauf, damit er sie hören konnte. Sie ging in ihr Schlafzimmer, zog sich rasch aus und legte sich ins Bett.

Bald hörte sie nebenan seinen schweren Schritt, die Türe ging auf.

»Meidi«, hörte sie seine sanfte Stimme, dicht an ihrem Ohr, »es ist jetzt über zwei Wochen, Meidi!«

»Toni«, sagte sie, selbst überrascht vom Klang ihrer Stimme – sie schien auffallend laut für den Anlass – »ich kann nicht!«

»Aber komm doch! Was soll das heißen?«

Sie stieß ihn weg.

»Du sollst nicht …!«

»Aber was ist denn los?«

»Nichts. Geh ins Bett. Nichts. Ich werde es dir ein andermal erklären.«

»Habe ich dich beleidigt? Habe ich dir irgendein Unrecht angetan?»

»Nein, nein! Aber geh, Toni, geh!«

Sie knurrte wie eine Tigerin.

»Jetzt kenne ich mich gar nicht mehr aus!«, sagte er scharf und gereizt. »Ich glaube nicht, dass ich das verdient habe!«

Eine Sekunde lang schaute er in ihr bleiches Gesicht, in ihre Augen, die im Halbdunkel des Zimmers flackerten, dann entfernte er sich.

»Denk nach, Therese, denk nach!« Sie fuhr sich wild mit beiden Händen in die Haare. Ein stummes Schluchzen, ohne Tränen, schüttelte sie.

»Herrgott! Was für ein Dasein! Was für ein Leben!«

Er kam nicht mehr zurück. Aber er schlief auch nicht. Das Licht seiner Lampe fiel durch das Schlüsselloch und die Ritzen der Türe. Worüber würde er jetzt wohl nachdenken?

Kalt wie ein Fels, saß Anton Jakob am nächsten Morgen beim Frühstück.

Seine Tasse Milchkaffee, in der kleine Würfel Schwarzbrot schwammen, stand unberührt vor ihm. Eine tiefe Furche zog sich durch seine Stirn und lief über die Backenknochen in die krausen Wirbel seines Bartes. Die Grübchen, die seinem Gesicht einen unleugbar rauen Charme verliehen, waren graue, fahle Höhlen. Doch die Augen hatten ihren Glanz nicht ganz verloren. Er realisierte, dass in seinem Leben irgendetwas schief lief. Unebenheiten im Leben quälten ihn. Der leiseste Anlass hätte genügt, seine Heftigkeit zu entfesseln und eine jener unbarmherzigen Launen heraufzubeschwören, die er hinterher bereuen würde.

Therese kam ins Zimmer, sie sah blass aus, beugte sich über ihn und küsste ihn auf die Stirn. Fast augenblicklich glättete sich die Furche in des Alten Gesicht und zerfloss in tausend kleine Runzeln.

Vor allem gedachte er, Therese gerecht zu behandeln, und Gerechtigkeit sollte nicht düster und umwölkt sein.

Ihre Augen ruhten auf ihm; die langen dunklen Wimpern verbargen vieles, ihre Mundwinkel waren ein wenig gekräuselt.

»Toni, du bist böse, gelt?«, sagte sie. »Aber sei nicht böse, weißt du, ich habe ein Geheimnis. Ich wollte es dir schon seit längerer Zeit sagen, aber ich hatte nicht den Mut dazu.«

»Hm!«, brummte er und neigte den Kopf ein wenig zur Seite, als wolle er ihr ein besonders williges Ohr leihen.

»Trink deinen Kaffee, er wird kalt.«

»Was für ein Geheimnis?«, fragte er und schob die Tasse weg.

»Ach, ein schreckliches!«

»Pah!«, sagte er barsch, »das muss dann wohl ein hübsches Geheimnis sein.«

»Ich habe es dir eigentlich gestern schon erzählt, aber du wolltest nicht begreifen …«

»Wann?«

»Als wir von dem angeblichen Unglücksfall sprachen.«

»Sprich doch deutlicher, ich versteh mich nicht auf diese welsche Art. Sag ja, oder sag nein, aber nicht so viele Wenn und Abers!«

»Kannst du es immer noch nicht erraten?«

»Donnerwetter! Sprich doch!«

»Es hat mit deinem alten Lieblingswunsch zu tun. Oft hast

du mir in den letzten Jahren gewisse Vorwürfe gemacht. Und einmal sogar, als du die Geduld verloren hast, sagtest du, jede Kuh erfülle ihre Pflichten besser als ich. Nun, darum handelt es sich, Toni.«

Ein drastischer Wandel seiner Gefühle veränderte seine Züge. Er starrte sie an, als wäre sie ein Wunder, Tränen quollen über sein Gesicht.

»Jetzt aber ist der Teufel los!«, rief er und fasste über den Tisch nach ihren Händen.

»Meidi, Meidi! Was du nicht sagst! Ja, wahrhaftig! Nein, nein! Weißt du es sicher?«

Sie schüttelte den Kopf, langsam, kalt. Sogleich erfror der Freudenschimmer in seinem Gesicht.

»Nicht? Nicht?«, fragte er fast flehentlich.

»Noch nicht, aber bald!«

Er ließ ihre Hände los.

»Noch mehr Geheimnisse!«, brummte er und fiel wie ein hungriger Löwe über sein Frühstück her.

»Ich traue mich gar nicht zu sprechen, wenn du in einer solchen Stimmung bist.«

»Ich habe überhaupt keine Stimmung.«

»Erinnerst du dich an die alte Zigeunerin auf der Ausstellung?«

»Ja, was hat sie denn mit uns zu tun?«

»Nichts, aber ich ließ mir von ihr für einen Franken aus der Hand lesen.«

»Sie erriet jedenfalls, dass ich noch keine Kinder habe, und ich klagte darüber. Die Alte beteuerte, ein Mittel dagegen zu wissen. Sie sagte, und das sind genau ihre Worte: Von heute an bis achtundzwanzig Tage nach dem nächsten Neumond dürft Ihr Eurem Mann nicht erlauben, dass er sich Euch nähert. Wenn der Neumond aufgeht, müsst Ihr mit einem dunklen Schleier am Fenster sitzen bleiben, die Blicke fest auf den Mond geheftet, bis er wieder untergeht. Danach müsst Ihr achtundzwanzig Tage lang jeden Morgen bei Anbruch der Dämmerung ein Glas kaltes Wasser trinken. Und jeden Abend, bevor Ihr zu Bett geht, müsst Ihr die rechte Hand aufs Herz legen und bis sieben zählen. Dann, genau vier mal sieben Tage nach dem Neumond, werdet Ihr frei sein und geläutert. Euer Wunsch wird in Erfüllung gehen, es wird ein Knabe sein.«

Therese hatte sogar die Unverfrorenheit als Beweis für ihre Geschichte ein Stück Papier vorzuzeigen, auf das sie alle diese angeblichen Ratschläge aufgeschrieben hatte. Anton Jakob konnte nur staunen; dann aber brach er in lautes Gelächter aus.

Therese wurde blass, ihre Augen schmal vor Wut.

»Wie kannst du es wagen, mich auszulachen!«, rief sie.

»Lach nicht!«, sie wurde immer wütender. »Jetzt bin ich es, die das Kind will, auch wenn du es nicht mehr haben willst. Ich werde den Anweisungen dieser alten Zigeunerin gehorchen.«

Anton Jakob, der nun merkte, dass sie es ernst meinte, begann nachdenklich zu werden.

»Du willst doch nicht sagen, dass du das alles wirklich glaubst? Eine echte Welschi! Wer weiß … ob du nicht selbst Zigeunerblut in dir hast?«

Er schaute voller Interesse.

»Wann ist der nächste Neumond?«

»In neun Tagen. Du weißt jetzt, warum ich gestern Abend so zu dir war.«

Sie hielt inne, um dann in verändertem Ton fortzufahren:

»Nimm mir nicht die Chance, Toni. Nein, sei gut zu mir! Hilf mir! Denk nur, was das für uns bedeuten wird!«

Während sie so sprach, zog der Alte sie auf die Knie.

»Meidi, du verlangst viel, sehr viel von mir. Meinst du es ernst mit der Geschichte?«

»Natürlich!«

»Was ihr Weiber manchmal für sonderbare Dinge anstellt! Es ist fast unheimlich. Ihr glaubt an ein Wunder und steckt voller kurioser Grillen. Aber ich darf dich doch küssen, das hat sie doch nicht verboten, wie?«

»Nein«, sagte Therese.

Er gab ihr einen herzhaften Kuss.

»Wie leicht kann man doch euch Männern etwas vormachen!«, dachte sie im Stillen und war erleichtert, sich eine

Atempause erobert zu haben. Von dieser Nacht an machte sie es sich zur Regel, ihre Türe abzuschließen.

»Du sollst deinen Willen haben, Meidi«, dachte er resigniert. »Ein Kind würde uns sicher glücklich machen. Frauen sind nie wirklich zufrieden, bevor sie ein Kind haben. Und sollte es ein Bueb sein, keine Universität! Er wird eines Tages Herr im Gamhof werden.«

NACH EINIGEN TAGEN kam Gottfried aus Bern zurück. Anton Jakob war zufälligerweise bei seiner Ankunft nicht daheim, sondern im Bären. So konnte Therese Gottfried ungestört empfangen … doch kamen beide schnell zur Vernunft.

Ihr Leben lief nun in den alten Bahnen weiter. Nie vergaßen sie sich, und selbst die schärfsten und argwöhnischsten Augen hätten in ihrem Benehmen nichts Ungewöhnliches entdecken können. Bei Tisch saß Therese neben ihrem Mann und Gottfried gegenüber.

Anton Jakob hatte den Eindruck, als ginge alles nun leichter als zuvor. Er glaubte, dass Therese und Gottfried inzwischen eine freundschaftliche Beziehung zueinander gefunden hätten. Wenn sie sich unterhielten, hatten sie eine leichte, unbefangene Art miteinander, und Gottfried legte Therese gegenüber eine Art launiger Ritterlichkeit an den Tag.

Sein Benehmen war heiter und zufrieden, sodass Anton Jakob sogar auf den Gedanken verfiel, dass Gottfried ein Mädchen gefunden habe; ja, er sah sich bemüßigt, Therese auf etwaige Überraschungen vorzubereiten.

»Warte nur, Meidi! Gottfried hat ein Geheimnis im Hinterhalt, er will nur noch nicht mit der Sprache heraus; er wartet, bis er sie sicher hat.«

Diese Andeutungen brachten Therese, obwohl sie darüber lächelte, ein wenig aus der Fassung. Einige Zeit darauf fand es Therese für nötig, das Hausmädchen Mathilde zu entlassen. Schon wieder hatte sie einen wertvollen Suppenteller zerschlagen. Und mit ihr würden auch ein paar neugierige Augen verschwinden, denen Therese nie hatte trauen können.

Anton Jakob erhob Einwendungen, denn sie hatte ihn während seiner Krankheit oft gepflegt – und er wusste seine Dankbarkeit dadurch zu bekunden, dass er sie zuweilen in die Wangen kniff oder sie auf seine Knie zog.

»Na, ein zerschlagener Teller, das ist doch eine Kleinigkeit«, sagte er zu Therese, die ihren Mann mit kaum verhülltem Argwohn musterte.

»Wenn du willst, behalte ich sie speziell für dich«, sagte sie.

»Nein, nein«, meinte er ausweichend. »Du bist hier die Herrin. Tue, was du für richtig hältst!«

Er glaubte, Therese sei eifersüchtig, und das gefiel ihm.

Jetzt lebte neben der Familie nur noch die alte Köchin Minna im Hause, und sie war ein harmloses altes Wesen. Ein Muttermal bedeckte die eine Hälfte ihres Gesichtes, und überdies besaß sie einen stattlichen Kropf. Auf ihrem gedankenlosen Kopf saß ein dünner Haarknoten; sie war ein schweigsames, verschlossenes Geschöpf. Ihre Kammer lag auf dem Boden, fern von allen anderen Zimmern. Auch pflegte sie immer sehr früh zu Bett zu gehen. Therese ordnete an, Luise solle jeden Tag heraufkommen, um die Hausarbeit zu machen und Minna zu helfen, bis sie eine neue Magd ihrer eigenen Wahl gefunden haben würde. Der Neumond kam und, gehorsam den angeblichen Befehlen der weissagenden Zigeunerin, saß Therese hinter verschlossenen Türen am Fenster, den Kopf in einen schwarzen Schleier gehüllt. Sie hörte, wie Anton Jakob aus dem Bären heimkehrte, vor ihrer Türe stehen blieb und vorsichtig die Klinke drückte. Sie rührte sich nicht. Der Alte brummte, ging aber auf sein Zimmer.

Er wagte es nicht, sie zu stören. Zudem hatte er jenes kleine Maß zuviel geladen, das gleichsam aus Platzmangel in seinen Kopf hinaufstieg.

»Ja, hm! Ganz gut, dass sie sich eingesperrt hat, sie hasst mich ohnedies, wenn ich in diesem Zustand bin. Immerhin, sie ist ganz schön hart mit mir. Ich habe einen Schatz im Safe, aber sie hat den Schlüssel dazu. Hm! Nein! Ich darf nicht wütend werden über ihre dummen Launen; ich muss es dulden, ich muss ein Mann sein.«

Therese hörte sein Gemurmel durch die Tür. Wenig später sank der Alte vernehmlich in sein Bett. Da erhob sie sich und machte ein Zeichen durch das Fenster. Unten im Schatten eines Baumes stand eine Gestalt. Sie legte den Schleier ab und schlüpfte durch die kleine Eichentür auf den Korridor und zum Haus hinaus.

So verstrichen die Tage und Nächte. Der Mond wurde von Nacht zu Nacht runder, und immer länger verweilte er auf seiner vorgeschriebenen Bahn über dem himmlischen Abgrund zwischen Wildfluh und Gamfluh.

Das Sommerwetter war stetig und schön. In den Dörfern des Tales sangen und tanzten die Leute. Pferde und Ochsen, friedlich zusammengeschirrt, schleppten die riesigen Heuwagen nach Hause. Dicke Bremsen schwirrten um die schwitzenden Tiere, Hornissen und Wespen trieben ihre Freibeuterei in den Obstgärten, während die Bienen ihrem rechtmäßigen Gewerbe nachgingen. Junge Pärchen lagen atemlos unter dem dichten Laubwerk der Haselsträucher oder verborgen im sonnenwarmen Heu. Die Nächte waren von Blütenstaub gewürzt, den die sanften Winde über Land trugen.

Eine üppigere Verlockung, alle diese Wunder zu genießen, konnte Gottfried und Therese kaum beschieden sein. Die Natur war ihre große Mutter, und sie war Zeugin ihrer ungestümen Leidenschaft.

Ja sie beflügelte sie, sich wie Götter zu fühlen. Sie schmeichelte ihnen, sie legte einen funkelnden Firnis auf ihre Sünde.

Knapp zehn Minuten vom Haus entfernt, fanden sie sich am Rande des Waldes, etwas abseits vom Pfad. Dort floss ein kleiner Bach in Kaskaden durch das felsige Bett, und daneben war im Boden eine Mulde, überwuchert von dichtem Gebüsch.

Dort lagen sie, Seite an Seite, eng aneinandergeschmiegt, stumm wie ein Teil der Erde. Und dort, eines Nachts, gestand Therese Gottfried, dass sie ein Kind erwarte.

»Liebster«, flüsterte sie, »es ist von dir. Ich schwöre es, nur du, kein anderer …!«

Er lag wie betäubt, sein Herz pochte.

»Du schwörst es?«

Feierlich bekräftigte sie es.

»Theresli! Jetzt bist du ganz und gar mein, und ich liebe dich noch tausendmal mehr!«

Er presste sie noch enger an sich, und seine Tränen vermischten sich mit den ihren.

So blieben sie nebeneinander liegen, bis die Dämmerung über die Zacken der Fluh heraufkroch und der junge Tag sich im Bach widerspiegelte.

Schweren Herzens trennten sie sich, und Therese floh raschen Schrittes ins Haus. In der Küche zog sie die Schuhe aus und eilte die Treppe hinauf in ihr Zimmer.

Nie machte sie einen falschen Schritt, aber auch nie verließ sie die Angst, entdeckt zu werden. Ihre Energie, die gleichsam unter Druck im Dienste der Leidenschaft stand, erschlaffte niemals in einem Gefühl der Sicherheit oder Sorglosigkeit. Sobald sie in ihrem Zimmer war, sozusagen hinter Schloss und Riegel, war sie frei. Rasch zog sie sich aus und räkelte sich.

Inzwischen schlenderte Gottfried in weitem Bogen um das schlafende Gam und erreichte über einen Seitenpfad das Haus.

AM ABEND DES ersten August, sobald die Dämmerung einbrach, strömten die Bewohner von Gam aus ihren Häusern, um die Freudenfeuer anzusehen. Bald wurde die festliche Stimmung belohnt, denn auf dem St.-Friedolins-Felsen zeigte sich ein roter Fleck, und wenig später flackerten überall längs der Bergkämme und der Alp die Feuer. In den Gassen brannten die Jungen ihre Knallfrösche ab. In der Krone und im Bären drängten sich die durstigen Seelen. Und es gab Musik. Die Gamer ›Concordia‹ war fest bei der Arbeit, und Maximilian, der alte Krüppel aus Arnisboden, saß auf der Schwelle des Bären, spielte seine Ziehharmonika und ergötzte seine Zuhörerschaft mit Liedern. Anton Jakob ging mit Therese in den Bären, er hatte sich »einmal umsehen« wollen. Dies war außerdem eine prächtige Gelegenheit für ihn, mit ihr groß zu tun. Sie hatte sich nicht geweigert, ihm ins Wirtshaus zu folgen, im Gegenteil, sie schien ihren Spaß daran zu haben. Anton Jakob hatte seine hochmütige Paschamiene aufgesetzt, denn überall erregte ihr Erscheinen höchstes Aufsehen. »Sie ist es! Die Frau Alt-Regierungsrat! Jesses, die Welschi! S'Theresli! N'abig wohl!« Anton Jakob blieb nicht lange. Der erste August! Er hatte ihn genossen, doch der zweite August war wichtiger für ihn.

»Wollen wir jetzt nach Hause gehen?«, fragte er Therese.

»Soll mir recht sein«, sagte sie mit kaltem, unbeweglichem Gesicht.

Langsam gingen sie zum Gamhof zurück; beide verschwiegen.

Gottfried war seit drei Tagen nach Zürich verreist. Zum ersten Mal dankte sie dem Himmel für seine Abwesenheit. Dennoch waren ihre Gedanken bei ihm, während sie mit Anton Jakob nach Hause ging. Was ihr bevorstand, hing wie ein Damoklesschwert über ihr.

Anton Jakob drückte ihren Arm.

»Meidi«, sagte er, »hast du auch nicht vergessen, dass heute um Mitternacht der zweite August beginnt, das Ende unserer Fastenzeit. Weißt du, was das heißt?«

»Nicht heute Nacht!«, rief sie schnell. »Erst morgen!«

»Nein, Meidi, heute Nacht! Hä, hä! Du kannst nicht ausweichen.«

»Wir werden sehen.«

»Du bist eine liebe kleine Meidi!«, flüsterte er ihr zu. »Hast du nicht gesehen, wie sie dich alle im Bären angestarrt haben? Hä?«

Was war das für eine herrliche Nacht heute! Noch loderten die Feuer auf den Höhen und an den Grenzen der ganzen Schweiz – dies war der Tag des Friedens, der Menschenrechte und der Verbrüderung! Tausend Feuer brannten für ein Schweizer Herz! Es war ein Tag des Feierns, und der Himmel war gnädig. Ein nächtliches Sternenmeer wölbte sich über das ganze Land. Aber im Hause Müller war um Mitternacht alles still, und es brannten keine Freudenfeuer …

Therese lag auf ihrem Bett, zerquält und gepeinigt: Nein!

Sie war nicht unschuldig, sie war eine Ehebrecherin und Betrügerin; aber eine Hure war sie nicht!

Anton Jakob kam auf Zehenspitzen hereingeschlichen.

»Meidi, schläfst du?«

»Beinahe«, sagte sie …

»Gottfried, mein Herz«, schrieb Therese am nächsten Morgen, »wenn du mich liebst, so bleibe noch einige Tage fort. Es wird für uns beide besser sein. Ich sehne mich nach dir, jede Minute, jede Sekunde, aber ich brauche Ruhe. Ich muss Kräfte sammeln. Heute sieht alles so traurig aus. Das Wetter schlägt um, Wolken ziehen herauf. Hoffentlich wird es bald regnen, damit unsere kleine Mulde bei deiner Rückkehr wieder trocken ist. Ich vermisse dich schrecklich. Wie lange werde ich das ertragen können? Ich bin furchtbar unglücklich …«

Sie trug den Brief zum Briefkasten an der Straße.

Als sie zurückkam, erfuhr sie von Luise, dass der Herr mit geschultertem Karabiner das Haus verlassen habe. Er sei auf den Schießstand gegangen um zu üben.

Therese ging in ihr Zimmer und begann Gottfrieds Artikel für die Septembernummer des Land-Magazins zu tippen. Von Zeit zu Zeit hielt sie inne, und ihre Augen hefteten sich schwermütig auf ihr Lexikon im Bücherregal. Plötzlich stand sie auf, verschloss die Türe, nahm den Band und begann unter dem Buchstaben A zu suchen. Fast den ganzen Vormittag und noch am Nachmittag las sie, bis sie völlig erschöpft die Augen schloss.

Als Anton Jakob zurückkam, stellte er seinen Karabiner in den Schrank und entfernte sich wieder, um mit Röthlisberger zu sprechen. Er sah nicht glücklich aus. Endlich war er zu der Überzeugung gelangt, dass Therese ihn nicht liebe. Unleidlich saß er an diesem Abend bei Tische. Therese schaute ihn verstohlen durch ihre Wimpern an. Sie wusste, was in ihm vorging, aber sie konnte es nicht ändern. Sie hatte sogar Mitleid mit dem alternden Mann, aber es war nicht jenes Mitleid, das eine teilnahmsvolle Seite der menschlichen Seele zum Schwingen bringt, es war ein unempfindliches, grausames Mitleid, das den Tag des Untergangs im Leben des anderen heraufziehen sieht. Etwas Feindseliges, Dämonisches lag in diesem Mitleid.

Jetzt kam es allerdings nicht mehr darauf an, was geschah. Sie hatte sich entschlossen.

»Toni«, sagte sie, als sie vom Tisch aufstand, »ich werde heute Nacht die Türe offen lassen.«

»Ich glaube nicht, dass dir noch etwas an mir liegt«, erwiderte er.

»Es ist an dir, dich davon zu überzeugen«, sagte sie schnippisch.

»Ich glaube nicht, dass es den geringsten Sinn hat. Nein, Meidi, ich werde dich nicht mehr stören.«

Er wandte sich ihr zu. Ihr Ausdruck war hart, herrisch.

»Außerdem«, fuhr er fort, »bin ich müde. Ich habe den ganzen Morgen geschossen und dann mit Röthlisberger die Schneidemaschine repariert. Ich bin müde – müde bis ins Innerste.«

Er erhob sich, und sie bemerkte, dass er nur mit größter Anstrengung den heraufziehenden Sturm in sich bändigen konnte; er wankte und biss sich in die Lippen. Therese zitterte, als ob der Schatten des Todes sie berühre. Sie verließ das Zimmer, während er sich wieder setzte und einen schweren Seufzer von sich gab.

In dieser Nacht kam Therese aus eigenem Antrieb zu ihm, und sie bot alle weiblichen Künste auf, um ihn glauben zu lassen, dass sie ihn noch liebhabe. Anton Jakob zog die Summe seines ehelichen Lebens; sie erschien ihm höchst fragwürdig …

Nach einer Woche tauchte Gottfried wieder auf. Therese empfing ihn in einem Zustand leidenschaftlicher Aufregung und Verwirrung.

Wie ein Vogel flatterte Therese treppauf, treppab und versuchte, ihre Freude zu verbergen, während sie ihm zu gleicher Zeit die tollsten Dinge ins Ohr flüsterte, wie sie nur Verliebten einfallen können. »Aber«, sagte sie, »wir müssen vor allem vorsichtig sein, sehr vorsichtig! Ich werde es dich wissen lassen, wann und wo wir uns wieder treffen können.«

Gottfried merkte sofort, dass Komplikationen eingetreten

waren. Er runzelte die Stirn, er hatte von einer ewigen Wiederkehr jener duftenden Nächte geträumt. Nun jagte ihm Thereses Haltung Angst und Schrecken in die Glieder. Alles schien ihm so eng und beklemmend, als hause etwas Dunkles, Drohendes unter diesem Dach.

»Ist während meiner Abwesenheit irgendetwas passiert?«

»Nichts, ganz und gar nichts!«, beteuerte sie.

»Hat er – hat er etwa –?«

Mehr brachte er nicht über die Lippen.

Er konnte in ihren Augen lesen; und was er las, erfüllte ihn mit Entsetzen.

»Ich bin sicher, du leidest nur halb so viel wie ich!«, sagte sie, »solange er lebt, kannst du nie der Einzige sein. Er hat seine Rechte durch Gesetz, du hast sie nur durch die Natur und die Liebe. Du hast mir doch geschworen, dass du meinetwegen alles ertragen würdest, und nun bist du gerade zurück, und jeder deiner Blicke ist ein einziger Vorwurf …

Ich werde diesem Zustand ein Ende machen. Ich werde diejenige sein, die geht, ich selber! An einem dieser Tage werde ich der Familie Müller ihren Frieden lassen!«

Gottfried war wie vom Schlag gerührt durch ihre Drohung. Zwei Wochen lang mied er unter allen möglichen Vorwänden das Haus. Verzweiflung trieb ihn umher, wie ein loses Blatt im Wind. Er liebte Therese; und noch immer liebte er das Leben, trotz aller Verwirrung und ungelöster Rätsel. »Vielleicht«, sagte er sich schließlich, »wäre es besser, wenn ich Gam verließe. Vielleicht käme durch mein Opfer alles wieder in Ordnung? Ferne Länder jenseits des Ozeans? Vielleicht sogar der Tod?«

Er fasste einen Entschluss nach dem anderen, vor allem mit dem unsinnigen Zweck, Therese zu bestrafen. Doch es gab ein Hindernis, das alle Entschlüsse vereitelte: Therese selbst. Sooft sie ihn ansah, warf sie einen neuen Funken Liebe in sein Herz, als wolle sie sagen: »Warte, Liebster, Warte!«

Eines Abends saß Anton Jakob unter der Linde. Er dachte an nichts Besonderes, träumte nur vor sich hin. Gottfried kam auf dem Heimweg an der Linde vorbei.

»Hör einmal, Bueb!«, sagte der Alte. »Warum lässt du in letzter Zeit den Kopf so hängen? Sorgen etwa? Hm! Wir haben alle unsere Sorgen. Hat sie dich laufen lassen? Erzähl doch! Wer ist sie? Darf ich's wissen?«

»Du irrst dich, ich habe weder an ein Mädchen noch speziell an eine Frau gedacht.«

»Aber irgendetwas quält dich. Nie sagst du ein Wort. Ist das die Art, wie die gelehrten Leute ihre Schwierigkeiten vor sich hertragen?«

»Meine Sorgen sind nicht groß. Du würdest wahrscheinlich lachen, wenn du sie kennen würdest.«

»Nun«, sagte Anton Jakob, »nächsten Sonntag ist Schützenfest. Wie wär's, wenn du einmal mitmachen würdest? Du hast noch keinen einzigen Preis für die Familie gewonnen. Ich möchte dich gern mit einem Kranz nach Hause kommen sehen!«

»Ich kann nicht schießen, Vater, du weißt doch! Mahder oder Adrian oder sonst jemand versteht mehr, mit einer Flinte umzugehen.«

»Mahder und Adrian werden auf der Alp bleiben. Sie sollen mir nicht in die Quere kommen. Ich will mir nicht von meinen eigenen Leuten meine Chancen verpfuschen lassen.«

Etwas unsicher schaute er vor sich hin.

»Willst du nicht mit mir in den Bären, einen Abendschoppen nehmen? Ich glaube, wir könnten beide ein Gläschen vertragen.«

Gottfried lehnte ab, er habe noch eine Menge zu tun.

»Gut«, bemerkte Anton Jakob, »dann bleibe ich auch zu Hause, ich habe heute keine Lust, allein zu gehen.«

Gottfried ging ins Haus und warf einen Blick in Thereses Zimmer. Grübelnd saß sie am Fenster. »Der Alte sitzt unter der Linde, er scheint in einer melancholischen Laune zu sein und hat erklärt, er gehe heute nicht aus.«

Gottfried sprach mürrisch, wie einer, den man beleidigt hat.

»Gottfried, wie soll das enden?«, seufzte sie. »Ich werde ihm sagen müssen, wie es um mich steht, und ihn zwingen müssen, mir zu glauben. Er wird nur allzu gern glauben, dass das Kind von ihm ist ...«

Ihr Kind! Ihr Kleinod! Nein! Es soll nicht mit einem Fluch auf die Welt kommen! Eher sollte es Anton Jakobs Kind sein. Ja, es muss Anton Jakobs Kind sein! Gottfried muss dieses Opfer bringen! Gottfried erwiderte nichts, nach einem kurzen Zögern verließ er sie. Sie erhob sich und schlüpfte in einen Mantel, um Anton Jakob unter der Linde aufzusuchen. Wie ein Geist huschte sie an seine Seite und legte den Kopf an seine Schulter. Er schien gerührt, denn er gab ein zufriedenes Brummen von sich.

»Toni«, sagte sie, »endlich weiß ich es. Mir war heute morgen übel. Das ist ein sicheres Zeichen.«

Er schien verwirrt und schaute forschend in Thereses Augen, als hegte er noch Zweifel. Sie zuckte mit keiner Wimper. Da atmete er tief auf, küsste sie auf die Stirn und drückte ihre Hand. Sie erhob sich.

»Kommst du bald ins Haus?«, fragte sie mit ruhiger Stimme. Er nickte und wischte sich ein paar Tränen aus den Augen.

Dann blickte er hinauf zur Wildfluh, zu den sich ballenden grauen Wolken, aus denen die Röte des Sonnenuntergangs verschwunden war.

»Himmel – Heiland – Donnerwetter!«, fluchte er. Doch es war kein echter Fluch, es war ein Ausdruck seines Dankes an den Schöpfer, der sich hier entlud.

Er kehrte ins Haus zurück, verwirrt, doch im Grunde seines Herzens beruhigt. Ein kleiner Schatten des Zweifels befiel ihn zwar, doch der Stolz »des Mannes« nahm die Überhand.

Vieles war möglich – dass aber Therese so zu ihm sprechen konnte mit dem Gesicht einer Heiligen, das war nur möglich, da es wahr sein musste.

In dieser Nacht lag Therese in seinen Armen, aber sie fanden keinen Schlaf. Anton Jakob sprach über den kommenden Sohn und was er mit ihm beginnen wolle.

Gottfried hörte aus dem Zimmer unter ihm das Gemurmel der Konversation. Schließlich verließ er das Haus und irrte bis zum frühen Morgen durch das Tal. Dann zog er sich auf sein

Ledersofa in seinem Büro zurück, schlief ein paar Stunden und ging nach Hause.

Er begann, die Atmosphäre im Gamhof zu hassen, alles war Abscheu und Ekel für ihn, und doch hielt ihn das Haus in Bann; er musste immer wieder zurück.

Beim Frühstück traf er seinen Vater. Anton Jakob sah ihn etwas unbeholfen an.

»Ich weiß nicht, ob es dir Freude machen wird oder nicht, Bueb«, sagte er, »mich jedenfalls freut es. Therese hat mir gestanden, dass sie guter Hoffnung ist. Wenn alles gut geht, müsste es im April oder Mai nächsten Jahres soweit sein. Aber ganz sicher ist sie noch nicht.«

Gottfried war zumute, als müsste er unter den Tisch sinken. Er konnte die Blicke seines Vaters kaum ertragen, und um seine Empfindungen zu verbergen, schnitt er sich mit dem Messer in den Finger.

»Schau, was du gemacht hast!«, rief Anton Jakob.

Gottfried steckte den Finger in den Mund: »Es freut mich, ich gratuliere euch!«, und um angeblich seinen Finger zu verbinden, verließ er das Zimmer.

Schon in den nächsten Tagen schrieb Anton Jakob an Sophie und ein paar Verwandte und teilte ihnen stolz die zu erwartende Ankunft eines neuen Müller mit. Es dauerte keine Woche, bis die Neuigkeit sich in Gam verbreitet hatte. Frau Müller war also in der Hoffnung! Endlich erfüllte sie ihre ehelichen Pflichten!

DER FÜNFZEHNTE SEPTEMBER war ein Sonntag. Die Männer des Arnatales versammelten sich in Gam, um – mit einer Flinte bewaffnet – am jährlichen Schützenfest teilzunehmen. Sie kamen aus Lindbach, Arnisboden, Imsteg und Speuz, einige sogar aus den Nachbartälern. Sie hatten die dazwischenliegenden Berge bei Tagesanbruch auf gefährlichen Steigen überquert; Männer jeden Alters, schwerfällig wie Bären oder jugendlich flink wie ein Panther, waren erwartungsvoll mit glühenden Augen unter dem Dach des Schießstandes versammelt, an dessen Fahnenmast das weiße Kreuz auf rotem Feld fröhlich über ihren Köpfen flatterte.

Gutes, meisterhaftes Schießen ist eine Kunst, die nur ein nüchterner, ruhiger Mensch ausüben kann.

Nach der Kirche ging Anton Jakob zu den Ständen hinüber. Obgleich selbst kein eifriger Kirchgänger, erachtete er es doch stets für seine Pflicht, ein gutes Beispiel zu geben und nicht eher zum Schießen zu gehen, bevor nicht der Gottesdienst zu Ende war. Er ging gemächlich, den Karabiner über der Schulter, neben ihm Gottfried Sixtus. Es schien sonderbar, Vater und Sohn einmal beisammen zu sehen.

Anton Jakob war ein großer Patriot. Er wusste, dass im Kopf seines Sohnes moderne, sozialistische Ideen spukten. Aber nichtsdestoweniger debattierte er gern mit ihm über den Militärdienst. Gottfried war bisher nicht, wie fast alle Männer seines Alters in diesem Land, Soldat gewesen. Als er aufgerufen wurde, hatte man ihn wegen einer Schulterverletzung, die noch nicht ausgeheilt war, zeitlich zurückgestellt. Und als er Theologiestudent wurde, war er ipso facto vom Militärdienst befreit. Selbst für den hartgesottensten Patrioten war es einsichtig, dass man einen Mann Gottes nicht zwingen könne, die Kunst zu erlernen, wie man einen Mitmenschen erschießt.

Anton Jakob war aber der Ansicht, dass Gottfried im nächsten Frühjahr aufgerufen werden könne. Er wollte nicht einen Sohn haben, der nie gedient hatte.

Als sie bei den Schießständen angelangt waren, trennten sich die beiden. Gottfried schaute den Schützen zu, während Anton Jakob nicht lange zögerte und niederkniete. Die anderen Meisterschützen standen schweigend hinter ihm, denn er hatte seinerzeit viele Preise davongetragen. Jedes Mal fest und sicher zielend, mit einer Pause von einer vollen Minute zwischen zwei Schüssen, jagte Anton Jakob acht Kugeln hintereinander in das Schwarze der Scheibe. In diesem Augenblick hatte er die anderen schon um einen Punkt überholt. Die Leute drängten sich in Gruppen zusammen und begannen, das Ereignis zu diskutieren.

»Ja, unser Müller! Das hätte man ihm nicht mehr zugetraut!«

»Gell«, sagte Bader und klopfte Anton Jakob auf die Schulter. »Wenn einer einem Stier die Kugel durchs Auge jagen kann und sie kommt auf der anderen Seite so heraus, dass man nicht weiß, wo sie hergekommen ist, bis der Metzger es aufklärt ... Ha-hä! Hä-hä! das ist noch viel schwerer! Gell?«

Die meisten verstanden die Anspielung und lachten. Anton Jakob wischte sich den Schweiß von der Stirn und lachte mit ihnen. Gottfried, der bei einer Gruppe von Männern stand, drehte sich um und sah, dass sein Vater zu ihm herüberschaute.

»Ich gratuliere dir! Wenn ich nur auch schießen könnte.«

»Da! Nimm den Karabiner und versuch's einmal!«

»Nein! Ich würde mich nur lächerlich machen. Ich gehe jetzt.«

»So, so! Du gehst schon?«, fragte Anton Jakob mit müder, erschöpfter Stimme. »Aber du bist zum Abendessen zu Hause?«

»Ich bin abends zu Hause.«

»So, so! Hm! Ja, ja!«

Sie nickten einander zu, und Gottfried verließ den Schauplatz des Festes, ging nach Hause, versperrte seine Türe und streckte sich auf seinem Sofa aus. Allein sein war alles, was er wollte. Allein, mit seiner Sehnsucht!

Wo mochte sie jetzt sein? In letzter Zeit wich sie ihm aus; sie warf ihm nur seltsame Blicke zu, als hege sie einen Argwohn gegen ihn. Neue Vorwürfe hatte er nicht geäußert, doch sie war ja völlig im Recht: Wenn sie ein Kind erwartete, konnte sie unmöglich sagen, dass es von ihm sei. Natürlich nicht! Dennoch war es von ihm. Sie hatte es geschworen. Er begriff nicht, was in jüngster Zeit in ihr vorging, ja er fürchtete sich vor ihr ...

Welche Kraft! Welches Feuer in ihr steckte! Er holte das Bild, das auf seinem Schreibtisch stand, und drückte seine Lippen auf die Fotografie ... sein Kopf sank zurück, er fühlte sich völlig erschöpft.

Während die stählernen Geschosse über die unschuldigen Wiesen pfiffen, Anton Jakob mit seinen Treffern gute Fortschritte machte und Gottfried niedergeschlagen auf seinem Sofa lag, spazierte Therese auf einem Pfad durch die herbstlichen Wälder. Sie ging lebhaft, wiegte bei jedem Schritt ihre Hüften, doch ihr Gesicht war starr, wie eine aus Marmor gemeißelte Maske. Ein verirrtes Hündchen, das vermutlich einem der Scharfschützen gehörte und das seinen Herrn verloren hatte, hüpfte auf drei Beinen hinter ihr her. Therese nahm keine Notiz von ihm, sie bemerkte nicht einmal, dass es da war. Unterdessen gewann Anton Jakob den Lorbeer mit einem Punkt Vorsprung. Den Kranz des Schützenkönigs auf seinem Kopf, das Gewehr über der rechten Schulter, so marschierte er an der Spitze des Gamer Schützenvereins zum Bären. Die meisten Räume des Gasthauses waren schon besetzt, doch das braun getäfelte Stübli mit den Stammtischen blieb an solchen Tagen ausschließlich für Anton Jakob reserviert.

»Johann Timm!«, schrie er mit gewaltiger Stimme, als er unter dem Torweg ankam, wo sich eine festliche Menge bereits drängte, »Johann Timm!«

Meister Timm erschien in Schürze und Hemdsärmeln.

»Du lieber Himmel!«, rief Timm, als er den Lorbeerkranz auf des Schützenkönigs Haupt erblickte, »bei meiner Seel', das darf nicht wahr sein!«

Er beugte sich zurück, streckte seinen riesigen Bauch vor, umklammerte ihn mit seinen wulstigen Pratzen und brach in ein gigantisches Gelächter aus. Sein Trippelkinn schlotterte und wackelte. Das Lachen wollte kein Ende nehmen. Zu guter Letzt aber rief er den Scharfschützen zu:

»Schämt ihr euch nicht? Ihr habt in letzter Zeit zu viel mit euren Mäulern geschossen! Jawohl, das habt ihr! – Meinen Glückwunsch Herr Alt-Regierungsrat!« Er schüttelte Anton Jakob herzlich die Hand. »Wo ist der Schlüssel zu meinem Stübli?«, fragte Anton Jakob. »Ich habe Gäste heut' Abend. Eine ganze Menge. Bader kommt ebenfalls; und auch noch Binder und Knöpfli, Männeli und Peter. Geh! Mach das Stübli auf!« Er drehte sich um. »Und jetzt meine Herren, legen wir los!«

Timm riss die knarrende Eichentür des Stüblis auf und verneigte sich mit einladender Geste. Er schaute Anton Jakob fragend an. Dieser kannte den Blick, wie er alle Blicke Timms kannte.

»Ja, wieviele sind wir? Sagen wir vorläufig zwanzig! Bring zunächst einmal zehn Liter – jeweils dann fünf!«

»Wohl! Aber wollt ihr nicht gleich essen?«

»Nein, später. Wir essen droben im Saal. Die Herren haben ihr Weibervolk dazu eingeladen.«

»Jesses! Die reine Hochzeit!«, rief Timm und verschwand, während sich Anton Jakob und seine Gefolgschaft im Stübli niederließen.

»Das wächst uns über den Kopf!«, schrie Timm, als er in die Küche stürzte. »Was, schon alle Töpfe auf dem Feuer? Ich weiß nicht, was zuerst anpacken! Dunnerhagel nochamal!«

»Was wollen die Herren essen und wann?«, fragte Emilia.

»Ach später! Später. Lasst mich jetzt in Frieden! Ich weiß nicht, wo mir der Kopf steht. Fritzli! Zehn Liter ins Stübli, schnell! Gib aber auf die Gläser Acht und zerbrich sie nicht! Sag Alfredi, er solle mit einer Logel zum Brunnen kommen. Zwanzig mal drei ist sechzig. Nein das Weibervolk auch noch dazu: macht sechzig plus vierzig, gibt hundert. Ein ganzer See voll!«

Dicker blauer Rauch erfüllte das Stübli; Krüge voller Wein machten die Runde, die Gesichter glühten in bester Laune und Wohlbehagen. Anton Jakob schickte nach Fritzli. Als dieser erschien, sagte er: »Nun Buebli, lauf hinunter und sag Frau Müller, dass ich einen Kranz habe, dass ich Schützenkönig bin. Und sag ihr, dass wir heute Abend ein Fest feiern und viele Damen hier sein werden. Auch sie sei herzlich eingeladen und auch Herr Gottfried. Kannst du dir's merken?«

»Ja, Herr!«

Fritzli begab sich auf seinen Botengang. Etwas später kam er zurück und meldete, Frau Müller lasse bestellen, dass sie nicht kommen könne, weil sie sich nicht wohl fühle, dass sie aber die Neuigkeit mit großer Freude gehört habe.

»Und Herr Gottfried?«

»Herr Gottfried ist in seinem Büro sehr beschäftigt, hat Frau Müller gesagt.«

»So, aha! Hm! Schön und gut!«

Bitterkeit stieg in Anton Jakob auf, dann aber verzweifelte Wut. In einem Zug stürzte er ein volles Glas Wein hinunter. »Wenn nur das Zeug nicht so leicht zu trinken wäre!«

Gegen elf Uhr ging Anton Jakob Müller nach Hause. Er hatte reichlich gegessen und übermäßig getrunken. Seine Schritte waren unsicher. Röthlisberger, gleichfalls auf dem Heimweg, begleitete seinen Herrn. Auf dem Hof wünschten sie einander gute Nacht.

Anton Jakob trat ins Haus. Mit dem Kranz auf dem Kopf und dem Karabiner in der Hand, schlich er schwerfällig zu Thereses Zimmer hinauf. Diesmal wollte er sie überraschen. Eilig riss er die Türe auf.

Gottfried kauerte auf dem Boden und hielt ein Buch in der Hand, aus dem er offensichtlich Therese vorgelesen hatte. Sie saß in ein Kissen zurückgelehnt auf ihrem Sofa. Als ihr Mann in der Türe erschien, drehte sie sich rasch ihm zu.

»Zum Teufel«, schrie Anton Jakob, »was soll das heißen? Diesmal habe ich euch erwischt, wie? Was spielt ihr beide? Puppentheater oder was! Was liest du ihr denn wieder vor? Was ist das für ein minderwertiges Zeug?«

Gottfried sprang auf.

»Gedichte«, sagte er und hielt ihm das Buch hin.

Anton Jakob schlug ihm das Buch aus der Hand.

»Ihr seid mir ein sonderbares Pärchen in meinem Haus!«, rief er. »Habt ihr nicht mehr Achtung vor mir? Habe ich nicht Fritzchen geschickt, um euch in den Bären zu holen. Aber Frau Müller fühlt sich nicht wohl! Nie fühlt sie sich wohl!«

»Toni«, sagte Therese eisig und erhob sich.

»Schrei nicht so!«

»Schreien? Ich bin nur taub, weil ich den ganzen Tag im Schießstand war. Nur schade, dass eine von den Kugeln nicht mich getroffen hat!«

Einen Augenblick herrschte Totenstille. Anton Jakob bemerkte, dass seine Frau einen losen Schlafrock trug und darunter nur sehr wenig anhatte. Das Blut wich eine Sekunde lang aus seinem Gesicht. Er riss den Karabiner von der Schulter und warf ihn auf das Sofa.

»Eines möchte ich wissen«, knurrte er, »warum bist du nicht gekommen, als ich dich holen ließ? Schämst du dich meiner? Bin ich für dich nicht gut genug? Sind meine Freunde nicht anständige Leute?

Alle waren sie da, das sage ich dir, lauter ehrliche Leute, und zum Essen kamen auch die Frauen dazu. Ja, seit Wochen habe ich auf diesen Tag gewartet. Ich wollte den Preis gewinnen! Und ich habe ihn gewonnen! Obwohl ich auf die sechzig zugehe und man mir an der Leber herumgeschnipselt hat. Aber du bist nicht erschienen! Nein! Frau Müller hat sich nicht wohl gefühlt! Eine Schande, Meidi!

Dass du hier mit dem Bueb herumsitzt und mit kaum einem Fetzen am Leib, die Beine vor seinen Augen herumschlenkerst und dir lausige Gedichte vorlesen lässt – schämen solltest du dich!«

»Du lieber Gott!«, warf Gottfried ein, »wir haben nicht den geringsten Grund, uns wegen irgendetwas zu schämen. Hast du etwa erwartet, dass wir die Bibel lesen? Du hättest uns höchstens für verrückt gehalten!« Sein Mund zuckte nervös.

»Da irrst du dich!«, schrie Anton Jakob. »Du könntest die Bibel brauchen, beide könntet ihr sie brauchen!«

Zitternd vor Wut trat er einen Schritt zurück.

»Du«, fuhr er fort, indem er auf seinen Sohn zeigte, »du taugst zu nichts! Geh du deiner Wege und lass Therese in Ruhe! Ich brauche deine Hilfe nicht. Putz vor deiner eigenen Tür, bevor du versuchst, sie zu erziehen!«

»Genug jetzt!«, sagte Therese gebieterisch. »Ich glaube, das genügt jetzt wirklich, Toni!«

»So, wirklich genug?«

»Ja, du hast zu viel getrunken!«

»Getrunken? So, aha! Hm!«

Anton Jakobs Stimme wurde heiser, Tränen stiegen in seine Augen.

»Schämst du dich nicht, Meidi, mir so etwas vor dem Bueb zu sagen?«

Er nahm seinen Lorbeerkranz vom Kopf und zerriss ihn wütend in Stücke.

»Da hast du's!«, knurrte er. »So denke ich jetzt! Diesen jungen Nichtstuer mit seinen lächerlichen Gedichten ziehst du dem Ehrenplatz an der Seite deines Mannes vor. Dies war das letzte Mal, dass ich auf eine Zielscheibe geschossen habe. Es ist der letzte Preis, den ein Müller gewonnen hat!« Er warf ihr den zerrissenen Kranz vor die Füße. »Das nächste Mal«, drohte er finster, »schieß ich auf ein lebendes Ziel!« Und zu Gottfried gewandt, brüllte er: »Ins Bett mit dir, Bueb! Geh mir aus den Augen! Du bist der Fluch meines Lebens!«

Stumm verließ Gottfried das Zimmer und stieg die Treppe hinauf. Dann packte Anton Jakob Therese am Arm. Sein Griff schmerzte sie, aber sie wehrte sich nicht. Er zog ihren Schlafrock zur Seite, um sich zu vergewissern, dass sie darunter ein Nachthemd und Strümpfe trug. Sein Gesicht verzerrte sich. »So also steht es, wie?«, brüllte er.

»Toni«, sagte Therese begütigend, »wäre es nicht besser, wenn du ins Bett gingest, statt zu fluchen und mich zu beschimpfen?«

»Ins Bett? Ich habe mein Bett satt! Ich habe dieses ganze halbherzige Leben satt! Heute Nacht musst du zurück in mein Zimmer und wirst eine richtige Ehefrau! Schluss mit dem dummen Zeug! Ich werde dich an meinem Bett festbinden! Jawohl! und ich verbrenne deine verdammten Bücher, deine Gedichte, dein ›De l'amour‹ und die ganzen Philosophen! Und ich verhaue dir den Buckel, wenn du dich noch einmal so schamlos ausziehst. Deine Kleider verbrenne ich und stecke dich in einen Sack, jawohl, das werde ich! Lach nur, Meidi, wenn es dir Spaß macht, aber du wirst noch heulen, bevor ich mit dir fertig bin! Halte mich nicht für einen Hanswurst! Ich habe gute Augen und weiß sie zu gebrauchen. Du wärst nicht die erste, die man aus der Gosse gezogen und sie dorthin wieder zurückgestoßen hat. Bei meiner Ehr', ich vergesse manchmal, wer dein Vater war! Ein dreckiger Sträfling! Das war er, vergiss das nicht!«

»Diese Worte musst du mir hinunterwürgen und wenn dir dabei speiübel wird!«, fauchte sie kreidebleich und verließ das Zimmer. Anton Jakob donnerte ihr einen Fluch nach: »Und wenn ich dich noch einmal mit dem Bueb erwische, dann ist es aus! Ganz gleich, ob Kind oder nicht Kind, dann schieß ich dich nieder.« Erschöpft sank er auf das Sofa. Therese verschwand im Badezimmer, seine Worte klangen noch in ihren Ohren: »dreckiger Sträfling!«

Kurze Zeit danach versuchte sie, die Treppe zu Gottfried hinaufzusteigen, doch die Stufen schienen unter ihren Füßen wegzugleiten. Schließlich schleppte sie sich nach oben und klopfte an seine Türe. Er öffnete sofort. »Was willst du, Theresli?«, fragte er fast tonlos. Sie konnte nicht sprechen; Gottfried stützte sie, er geriet in Panik.

Jeden Augenblick erwartete er an der Türe den Karabiner seines Vaters auf sich gerichtet. War das nun das Ende ihrer Liebe? »Du bist der Fluch meines Lebens!« Immer noch hörte er diese furchtbaren Worte. Dies war das Ende! Das sichere Ende! Vater wusste alles, sonst hätte er nicht diesen Fluch ausgestoßen. »Theresli! Theresli! Komm zu dir, richte dich auf!«

Eine Treppe tiefer schlug eine Türe zu. Thereses Körper straffte sich plötzlich. »Horch!«, sagte sie. Totenstille … Krampfhaft schluckte sie mehrere Male. »Das war seine Schlafzimmertür. Hörst du? … Er sperrt sie ab.«

»Geh hinunter, Theresli! Um Himmels willen, Theresli, geh hinunter. Wenn er heraufkommt, wer weiß, was er tun wird!«

Sie schüttelte den Kopf.

»Nein, er wird nicht heraufkommen!«

»Geh hinunter! Geh hinunter!«, wiederholte er verzweifelt. Aber sie schloss die Türe.

»Ich habe gehört, wie er dir drohte! Therese, bitte, geh hinunter und sperr dich in dein Zimmer ein. Er ist betrunken.«

Therese zupfte ein Lorbeerblatt von ihrem Schlafrock und warf es weg.

»Bald wirst du keinen Grund mehr haben, dich zu ängstigen«, sagte sie. »Es wäre mir gleich, wenn er jetzt heraufkäme. Er könnte dich oder mich niederknallen. Das wäre kein so furchtbares Unglück. Vielleicht sogar das Beste, was uns passieren könnte. Ja, ja! So weit ist es jetzt gekommen – entweder er oder ich.«

Sie lachte abstoßend.

»Bist du wahnsinnig?«

»Ich? O nein!«

Sie lachte erneut.

»Ich bin gesund, Gottfried! Sehr gesund!«

Ihre kalte Sicherheit entsetzte ihn. Er konnte ihr Lachen in einem solchen Augenblick nicht begreifen.

»Morgen früh«, sagte er, »werde ich das Haus verlassen.«

»Mich verlassen? Hm! Also zuerst Sohn und dann erst Liebhaber! ... Ich lasse dich gehen, aber wenn du zurückkommst, findest du mich in deinem Bett, und ich habe den Rest des Pulvers geschluckt. Nicht du bist jener Skorpion – ich werde es sein! Ich habe keine Angst davor! Schau mich nur nicht so an! Auf dein Bett werde ich fallen, und du wirst mich hinaustragen und begraben müssen!«

Unwillkürlich wich er vor ihr zurück.

»Therese, versteh doch, es ist unmöglich – unmöglich – ich kann nicht im Haus bleiben. Ich bin der Fluch seines Lebens. Er sah deinen Aufzug, er weiß alles! Mag sein, dass er zu viel getrunken hat, aber was er sagte, hat er ernst gemeint, und er wird sich morgen früh an jedes Wort erinnern.«

»Er wird sich ... morgen früh ... an nichts erinnern«, sagte sie kalt und wandte sich ab. Er starrte sie mit höchstem Argwohn an. Plötzlich packte er sie am Arm.

»Therese, du bist schrecklich! Was hast du vor? Warum redest du so, als wüsstest du, was morgen sein wird?«

»Gut, du sollst es wissen: Wenn der Alte morgen Abend noch am Leben ist, kannst du mich für alle Zeiten verlassen. Oder ich werde verschwinden. Denn so wahr ich Therese Etienne heiße, ich – und nicht er – muss dann ins Grab.«

»Therese, was hast du getan?«

»Was ich getan habe? Ich habe das Pulver in zwei Hälften geteilt. Ja, und die eine Hälfte wird er schlucken müssen, und zwar heute Nacht noch, Gottfried! Wenn nicht, dann nehme ich die andere Hälfte. So muss es sein!«

Gottfried sprang auf, außer sich, und packte sie an der Kehle, als wolle er sie erwürgen. Sie leistete keinen Widerstand. Im Gegenteil. Sie schien sich wollüstig seiner Wut hinzugeben.

»Es ist doch nicht möglich«, rief er, »wie konntest du! Der arme alte Mann! Therese, was hast du gemacht?«

»Es ist auch dein Werk, Gottfried. Du brauchst nur hinunterzugehen und ihn zurückhalten, wenn du willst. Du brauchst ihm nur sagen, dass Gift in seiner Nähe ist!«

Gottfried ließ sie los und glitt auf die Kante seines Bettes. Ob der Vater den Lärm in seinem Zimmer gehört hatte? Beinahe hoffte er es.

Grauen beschlich ihn. Kein Zweifel! Therese hatte das Gift aufgehoben das sie aus seiner Tasche genommen hatte. Eine Prise davon genügte, um einen Menschen zu töten. Was sollte er tun? Hinuntergehen und seinen Vater aufklären? Hinuntergehen unter dem Vorwand, dass ihm der Auftritt leid tue, sich entschuldigen und gleichzeitig versuchen, das Arsenik zu finden? Oder aber hinuntergehen und ihm die volle Wahrheit sagen? »Therese will dich vergiften, sei vorsichtig, trinke nicht, es sei denn du willst sterben!« Therese würde sicher ihre Drohung ausführen! Das wusste er. Später würde er sie dann auf seinem Bett finden, steif, wie ein Stück Holz.

Grauenvoller Gedanke! Sie würde sicher nicht zaudern! Er durfte keine Zeit mehr verlieren, er musste handeln.

Sich nicht zu einem Vatermord hinreißen lassen! Ja er hatte zwar die Frau seines Vaters besessen, doch diese durfte nicht über dessen Leben entscheiden … das Blut des Sohnes rebellierte in ihm. Heiß und kalt lief es ihm über den Rücken … er musste hinuntergehen und verhindern, was sie geplant hatte.

»Therese, sag mir um Gottes willen, wo du das Arsenik hingetan hast. Ich werde sofort hinuntergehen und es holen. Was kümmert es mich, was der Alte denkt! Ich verlasse ohnehin morgen das Haus.«

»Nichts werde ich dir sagen!«

Gottfried sprang auf, öffnete die Türe und lauschte. Unheilvolle Stille im ganzen Haus. Nur das feierliche Ticken einer alten Großvateruhr war zu vernehmen. Eben wollte er die Treppe hinuntergehen, als Therese rücklings auf sein Bett taumelte. Ihr Gesicht war wie Wachs. Rasch schloss er wieder die Türe und lief zu ihr.

»Theresli, hast du von dem Gift genommen?«, fragte er in Todesangst. Langsam richtete sie sich auf und legte ihren Arm um seinen Hals.

»Hab keine Angst um mich! Erst will ich in allem sicher sein, bevor ich mich selbst vergifte.«

»Therese, das ist Mord!«

»Nenne es, wie du willst, mich kümmert's nicht.«

»Wie kannst du so grausam und herzlos sein – ich kenne dich nicht mehr. Liebste, mein Alles! Ich flehe dich an, geh hinunter und verhindere, dass der arme alte Mann unter Qualen sterben muss! Arsenik … ein grauenhafter Tod!«

Er fiel auf die Knie und hielt sie fest.

»Es wird an den Tag kommen, es ist Mord! Ja, schlimmer noch als Mord, Vatermord!«

»Es wird nicht an den Tag kommen!«, sagte sie, und ein finsteres Flackern trat in ihre Augen, ihr Ausdruck war unerbittlich.

»Einen schmutzigen Sträfling hat er meinen Vater genannt. Nein, wer das sagen konnte, für den gibt es kein Mitleid. Der Alte muss sterben! Es ist die pure Gerechtigkeit! Er muss sterben!«

Vollkommen außer sich, packte er sie und schüttelte sie; er schlug wie ein Wilder auf sie ein, als wolle er ihr alle Knochen brechen. Ohne einen Ton ließ sie es über sich ergehen.

»Wenn du endlich fertig bist mit mir, du Wahnsinniger, dort ist die Türe! Geh doch hinunter und sag ihm alles! Bist du nicht ebenso schuldig wie ich?«

Plötzlich hielten beide den Atem an. Unten hatte eine Türe geschlagen. Eine zweite wurde geöffnet und wieder geschlossen. Sie hörten ein Geräusch, ein Stöhnen wie von einem Todkranken. Dann hörte man Wasser fließen. Es war unheimlich.

Sie hörten Anton Jakob wimmernd und hustend durch den Korridor in sein Zimmer schlürfen.

Gottfried fühlte, wie ihm der kalte Schweiß ausbrach. Therese stieg vom Bett herunter und ging zur Türe. Mit wächserner Hand griff sie nach dem dunklen Eichengeländer der Treppe.

Sie ging ins Badezimmer und wusch sich, dann legte sie sich ins Bett. Die Verbindungstüre stand ein wenig offen, aber kein Laut kam aus Anton Jakobs Zimmer. Still und bewegungslos lag sie im Finstern. Ihre Sinne und Geisteskräfte schienen unendlich gesteigert. Vor dem Fenster strich der Nachtwind durch die Geranien. Es knackte in den alten Balken des Hauses. Und droben in Gottfrieds Zimmer war ein leises Geräusch zu hören.

In ihren Wachträumen spazierte sie durch Gam in Trauerkleidung, unabhängig – eine Frau, die ihr Schicksal endlich selbst gestalten konnte. »Der schmutzige Sträfling«, klang immer noch in ihren Ohren. Und diese Worte riefen ihr die Kindheit zurück, die frühen Jahre ihres Lebens mit all den winzigen Einzelheiten. Die finstere Seele ihres Vaters schien im Zimmer umherzugeistern. »Ja«, dachte sie, »andere drohen oder reden vom Tod ihrer Feinde, aber meine Gedanken werden wie bei ihm Wirklichkeit. Ich habe nie geredet, nie gedroht, ich tue es einfach. Ich habe die Kraft dazu; ich bin mir selber treu, rücksichtslos treu! Eine Etienne-Mariano! Ich werde mein Kind nach meinem Vater nennen, und niemand soll je die Wahrheit erfahren! Und dieses Geheimnis wird Gottfried bis ans Ende meines Lebens an mich binden!«

»Theresli!«, hörte sie Anton Jakobs Stimme aus dem Nebenzimmer – und dann wieder, nur lauter: »Theresli! Theresli! Meidi!« Nie hatte sie eine solche Qual und Verzweiflung in eines Menschen Stimme vernommen. Ihr brach der Schweiß aus allen Poren.

»Oh! Theresli! Komm!«

»Was ist los?«, schrie sie aus dem Bett zurück.

Keine Antwort. Doch sie konnte sein Stöhnen hören. Sie schlüpfte in ihre Pantoffeln und betrat sein Zimmer. Die Lichter brannten, ihr Mann saß im Nachthemd auf der Bettkante.

Er sah elend aus, seine Blicke irrten verloren im Zimmer umher, bis sie schließlich mit einem stumpfen, gequälten Ausdruck an ihr hängen blieben.

»Ich dachte, du kommst überhaupt nicht mehr!«, klagte er mit leiser Stimme, wie ein Kind. »Oh! Mir ist so schlecht gewesen! Ich möchte mich die ganze Zeit übergeben, aber ich kann nicht.« Er zitterte.

»Leg dich hin!«, sagte sie. »Vielleicht wirst du dich dann besser fühlen! Und warum diese vielen Lichter? Sie tun den Augen weh.«

Sie drehte die Hauptbeleuchtung zu und ließ nur eine kleine Tischlampe brennen.

»Ich musste eine Menge trinken, das gebe ich zu!«, stöhnte er. »Und auch viel essen. Mir ist so schlecht. Oh!«

Er schwankte, richtete sich aber auf.

»Ich war heute Abend schlechter Laune, Meidi! Ich habe nicht alles so gemeint, wie ich es gesagt habe, aber du hättest nicht in diesem Aufzug bei dem Bueb sitzen sollen. Ach! Jetzt fühle ich mich so elend. Ich weiß nicht, was mit mir los ist. Oh! Ich bin sehr krank!«

Er fiel seitwärts auf das Bett, dann aber erhob er sich plötzlich. »Meidi, schnell! Ich muss mich übergeben. Das Becken, Meidi! Schnell!«

Sie goss etwas Wasser in ein Becken und stellte es auf sein Bett. Er erbrach sich. Therese selbst wäre es beinahe übel geworden. Erschöpft sank er zurück. Sie hob seine Beine aufs Bett und trug das Becken in das Badezimmer, wo sie es leerte und auswusch.

»Jetzt fühle ich mich ein wenig besser. Aber dieses Brennen! Es brennt! Ah! Wieder diese verdammten Steine! Ich habe alles reichlich verdient! Ja, wirklich! So zu essen und zu trinken, wie ich es heute Abend getan habe! Und mich über ein Nichts aufzuregen! Meidi, oh!«

»Warum nimmst du nicht etwas von deinem Lebersalz?«

Sie deutete auf ein kleines Fläschchen auf dem Waschtisch. »Ich habe ein bisschen genommen, bevor ich mich ins Bett legte; ich wollte nüchtern werden.« Er begann zu winseln.

»Soll ich dir einen Cognac holen?«, frage sie.

Der Brechreiz schüttelte ihn.

»Nichts! Gar nichts!«, murmelte er abweisend.

Er versuchte zu schlucken, aber er konnte nicht.

»Meidi! Meidi!«, schrie er plötzlich, »ich muss sterben! Ah!«

Sie sprang zu ihm hin. Er stieß die Bettdecke beiseite.

»Lass mich aufstehen! Rasch! Ich muss hinaus! Hilf mir! Hilf mir!«

Auf sie gestützt ging er den Korridor entlang zum Klosett. Sie wartete auf ihn. Plötzlich war sie alarmiert; sie rannte zu Gottfried hinauf. Noch immer lag er mit dem Gesicht nach unten, wie zuvor, auf seinem Bett. Sie drehte seinen Kopf und sah ihm ins Gesicht. Es war rot und erhitzt, die Augen geschlossen, die Lippen fest zusammengepresst.

»Du hast deine Chance verpasst, ihn zu warnen«, sagte sie. »Jetzt sind wir für immer aneinander gefesselt! Du hättest ihn retten können, aber du hast es versäumt. Nun werde ich es selber zu Ende führen.«

Keine Antwort, nicht einmal die Augen öffnete er. Wie wild zog sie ihn an den Haaren hoch. »Wenn es darauf ankommt zu handeln, dann seid ihr Männer, die ihr vom Übermenschen redet, feige wie erschrockene Mäuse!«

Sie stieß ihn wieder in die Kissen zurück und lief hinunter. Anton Jakob war noch nicht wieder aus dem Badezimmer zurück. Rasch glitt sie in sein Schlafzimmer, nahm das Fläschchen Lebersalz und versteckte es in ihrem Zimmer unter ihrem Kissen. Dann holte sie aus einer Schublade ein neues Fläschchen Lebersalz ungefähr zur Hälfte voll und von gleicher Sorte und stellte es in Anton Jakobs Zimmer an seinen alten Platz. Daraufhin ging sie wieder in den Korridor, wo der Alte aschfahl erschien.

»Es ist schrecklich! Schrecklich!«, stöhnte er. »Ich habe die Kolik.«

»Komm ins Bett zurück!« Sie nahm seinen Arm.

»Der Fisch war doch frisch!«, sagte er im Gehen. »Timm würde mir keinen schlechten Fisch vorsetzen, nein, er war frisch!« Es schüttelte ihn. »Auch das Fleisch war gut! Oh, oh, hilf mir! Ich falle um! Ich muss mich wieder übergeben. Der bloße Gedanke an Essen dreht mir den Magen um.«

Er übergab sich auf dem Korridor.

»Wasser, Wasser!«, rief er. »Gib mir etwas zu trinken, ich bin so durstig.«

Sie half ihm ins Bett und fragte ihn, ob er nicht doch einen Cognac wolle. Doch alles, außer Wasser, schien seinen Ekel zu erregen.

»Nichts! Nein, nur Wasser. Meidi, gib mir Wasser!«

Sie näherte sich ihm, ein Glas in der Linken, den Krug in der rechten Hand. Es erinnerte sie an frühere Jahre, als sie seine Magd gewesen und ihm abends heißes Zitronenwasser bringen musste – und er sie zum ersten Mal auf seine Knie gezogen hatte. Mit zitternden Händen nahm er den Krug und trank ihn leer wie ein Mensch mit völlig ausgedörrter Kehle. Sie füllte den Krug erneut und stellte ihn neben das Bett.

Er legte sich zurück, sein Gesicht begann zu zucken und wurde von einem metallischen Schimmer überzogen. Therese ging in die Küche, band sich eine Schürze um über ihrem Spitzennachthemd und begann die Fliesen des Korridors zu reinigen. Dann kehrte sie in ihr Zimmer zurück, holte das Fläschchen unter dem Kissen heraus, schüttete den Inhalt in den Abguss und wusch das Fläschchen gründlich aus. Sie versorgte es im untersten Fach des Schrankes zwischen Dutzenden anderer Fläschchen, die zum Teil ebenfalls Lebersalz enthalten hatten.

Dann schien ihr auf einmal etwas einzufallen. Sie lief in ihr Zimmer und holte aus einer Schublade ein winziges Päckchen, das unter einem Buch versteckt war, und schüttete es in den Ausguss. Nach all diesen Vorkehrungen schien sie merklich erleichtert. Als sie zu Anton Jakob zurückkam, starrte er sie mit eingesunkenen Augen an.

»Diese Leber! Jetzt hat es mich richtig erwischt. Die ganze Leber löst sich auf. Solche Schmerzen! Meidi! Es ist doch nicht möglich! Entsetzlich! Ich muss schon wieder laufen.«

Er schwankte aus dem Zimmer und nach einer Viertelstunde fiel er vollkommen erschöpft wieder in seine Kissen.

Therese ging in ihr Zimmer. Für eine Weile herrschte absolute Stille. Kalte Angst ergriff sie. War er schon tot? Sie ging an sein Bett zurück.

»Wasser!«, murmelte er nur. Sie hielt ihm den Krug an die Lippen. Er trank, und sein Kopf fiel wie ein Stein zurück.

»Ich werde bald verrückt mit diesen Schmerzen!« Seine Stimme hatte keine Kraft mehr. Die Art, wie er diese Worte vorbrachte, als mache er eine kalte, distanzierte Feststellung, erschreckte sie. Auf einmal warf er seinen Kopf von einer Seite zur anderen, er bekam einen Krampf und stieß einen Schrei aus. Von kaltem Schweiß bedeckt, schleuderte er die Betttücher und Kissen auf den Fußboden.

»Meidi! Wenn das nicht gleich aufhört, dann – sterbe ich. Bring mir das Becken! Schnell!« Sie gehorchte – gehorchte wie ein Automat; hatte sie ihn nicht in diesem Bett schon monatelang gepflegt?

DIE DÄMMERUNG BEGANN durch die Läden zu schimmern, doch Anton Jakobs Krämpfe ließen nicht nach. Im Gegenteil, sie wurden noch schlimmer; doch er starb nicht. Therese suchte ihm Erleichterung zu bringen, gab ihm Wasser, reinigte und wusch ihn. Das Hemd klebte an seiner Haut. Ach, wenn er nur das Bewusstsein verlieren würde! Wenn er nur nicht so schrecklich leiden müsste! Wenn sie das alles vorher gewusst hätte, dann hätte sie ein anderes Gift gewählt! Sie konnte es kaum mehr mit anhören, wie er mit den Zähnen knirschte und trockene, heisere Worte ausstieß, als sei ihm die Kehle ausgedörrt. Und die kurzen Atempausen, die ihm das Gift vergönnten, sie waren fast noch schlimmer! Tonlos beschrieb er dann die grauenhaften Qualen, die er durchmachte. Er sprach vernünftig, doch wie ein Todgeweihter.

»Ja«, flüsterte er, »jetzt ist es bald zu Ende! Alles vorbei! Ich fühle mich erleichtert. Meidi, wenn es mir besser geht, werde ich nie wieder eifersüchtig sein. Wo ist der Bueb? Sag ihm, dass ich – ich – ihn verflucht habe, weil – ich – betrunken war! Verdammt! Wird das jemals aufhören? Schon wieder! Das ist – das letzte Mal!«

Wieder ein höllischer Anfall. Nein, es war grausam! Genug! Er hatte genug gelitten! Nicht mehr, um Gottes willen: stirb doch! Stirb!

»Um Himmels willen!«, schrie sie wild. »Was ist los mit dir?«

Sie schüttelte ihn, während er würgte; sie hoffte, das Leben aus ihm herauszuschütteln. »Ich will wissen, was mit dir los ist? Warum nimmt das denn kein Ende? Mir wird selber schlecht dabei!«

Sie verließ fluchtartig das Zimmer.

Als sie wieder zurückkehrte, lag er ganz still da. Seine Blicke waren starr auf sie gerichtet. Sein Gesicht war hager, seine Hände geschrumpft und verkümmert, wie die Klauen eines toten Vogels. Sie hielt sich an seinem Bett fest, er versuchte, sie zu berühren, aber es gelang ihm nicht. »Theresli«, sagte er mit Grabesstimme, »falls ich – sterben – muss, so wirst du alles – in Ordnung finden.«

Bei diesen Worten löste sich etwas in ihrem Inneren, und sie brach in Tränen aus. Aber der Geist des »Schmutzigen Sträflings« schwebte trotzdem im Raum und schien seiner Tochter zuzuflüstern. »Gib Acht! Gib Acht! Sonst wird man dich erwischen wie mich!«

Und Therese ging wieder ins Badezimmer, um sich zu waschen. Dann fuhr sie fort, ihrem sterbenden Ehemann beizustehen.

Ein grauer Tag dämmerte herauf. Anton Jakobs Lebenskraft schwand dahin. Reglos lag er da, eine Masse gefolterten Fleisches, vom grinsenden Lächeln des Todes überschattet, der Geist betäubt, aber immer noch bei Bewusstsein.

Knapp vor sechs Uhr betrat Gottfried Sixtus das Zimmer. Sein Gesicht war blass, aber gefasst. Sein erster Blick galt Therese. Sie saß zusammengekauert auf einem Stuhl, mit dem Rücken zum Bett. Sein nächster Blick ging zum Vater. Er trat ans Bett und fühlte Anton Jakobs Puls, der schwach und unregelmäßig war. Der Vater schlug die Augen auf.

»Bueb«, versuchte er zu sagen, und für einen Augenblick erschien ein mattes Leuchten auf seinem Gesicht.

»Therese«, sagte Gottfried, »ich werde Dr. Hauser aus Arnisboden holen.«

Sie gab keine Antwort. Sie rührte sich nicht. Er wiederholte seine Worte.

Ein knarrendes Geräusch kam aus dem Bett des Vaters.

»Ich hole den Doktor«, wiederholte Gottfried. »Er muss kommen!«

Therese drehte sich um und zeigte ihm ein blasses, ausgezehrtes Gesicht mit zwei riesigen Augen, die gleichsam ins Leere starrten. Sie sagte kein Wort. Gottfried stürzte aus dem Zimmer.

Kalte Morgenluft traf sein Gesicht. Er versuchte eine Zigarette zu rauchen, warf sie aber gleich wieder weg. Ein dünner grauer Nebel hing an den Bergen.

Er suchte Röthlisberger auf und war versucht ihm alles zu sagen …

Doch sobald er Röthlisberger übliches ›Tagwohl, Herr Gottfried‹ vernahm und seinem erstaunten Blick begegnete, wusste er, dass er kein Wort hervorbringen würde, ja, dass er keinem Menschen das Geringste verraten würde.

»Der Vater ist schon die halbe Nacht krank.«

Röthlisberger sah beunruhigt aus, doch in seinem Blick erschien ein wissender Ausdruck. »Wundert mich nicht!«, bemerkte er. »Er hat sich in letzter Zeit übernommen, besonders gestern Abend. Hatte ziemlich geladen …«

»Mag sein«, sagte Gottfried. »Du oder sonst einer muss sofort laufen und Dr. Hauser telefonieren. Er muss unverzüglich kommen.«

»Ist es denn so schlimm?«

»Ich fürchte, es ist sehr schlimm. Stiefmutter und ich sind die ganze Nacht auf gewesen.«

»Ich gehe selbst.«

Röthlisberger setzte seinen Hut auf und eilte in Bühlers Laden, um zu telefonieren, während Gottfried fröstelnd in den Stall ging, um sich aufzuwärmen.

Er traf Mägde und Knechte bei der Arbeit und teilte ihnen mit, dass der Herr während der Nacht schwer erkrankt sei. Diese Nachricht schien alle Tätigkeit zu lähmen.

»So? Krank? He, hm! Wieder die Leber vermutlich.«

Sie schienen alle unter dem Eindruck zu stehen, dass Anton Jakob am vergangenen Abend betrunken, oder fast betrunken, nach Hause gekommen sei. Und noch bevor Röthlisberger wieder erschien, kam Luise aus dem Haus herunter, um Gottfried zu suchen.

»Herr«, sagte sie, »Frau Müller lässt Euch sagen, sie müsse mit Euch sprechen, bevor Ihr den Doktor holt. Sie schaut sehr krank aus.«

»Ich hole den Doktor für Herrn Müller, nicht für Frau Müller«, erwiderte Gottfried kurz. Solange er lebt, würde ihn der Anblick seines sterbenden Vaters nicht mehr verlassen. Gift hatte auf seinen gequälten Zügen in großen Lettern gestanden! … Nicht einmal ein Bekenntnis könnte jemals das Kainsmal auf seiner Stirn auslöschen!

Er ging ins Haus und wurde von Therese in ein abgelegenes Zimmer geführt.

»Gottfried«, sagte sie in scheinbarer Ruhe, »du musst dem Doktor sagen, dass ich dich gegen fünf Uhr in der Früh aus deinem Zimmer geholt habe, weil dein Vater plötzlich so krank wurde. Das ist alles, was du weißt, nicht mehr und nicht weniger. Und dann habe ich dich gebeten, den Doktor zu holen. Verstehst du?«

Er schaute sie verzweifelt an. »Ich werde allem die Stirn bieten!«

»Tue, was du willst!« Sie zuckte mit den Schultern. »Mir soll es gleich sein, wenn du mich mit allem allein lässt, aber ich hätte dich für mutiger gehalten.«

Sie warf ihm einen verzweifelten Blick zu und verließ ihn, um ins Zimmer des Sterbenden zu gehen.

Inzwischen war Röthlisberger zurückgekommen und meldete, dass Dr. Hauser soeben einen Krankenbesuch mache, er würde aber mit dem Zehnuhrzug kommen, es sei denn, man hole ihn vorher ab.

»Ich werde ihn abholen«, sagte Gottfried.

Wenige Minuten später fuhr Gottfried die Straße hinauf in einem vierrädrigen Karren, der gewöhnlich benutzt wurde, um die Milchkannen zum Bahnhof zu bringen. Er trieb den fetten Grauschimmel mit der Peitsche zum Galopp an und raste davon.

»Dr. Hauser war vielleicht nicht der Allergescheiteste, aber er hatte immerhin seine medizinische Ausbildung. Würde er glauben, dass die Erkrankung seines Vaters natürlich sei? …

Ich habe es nicht verhindert… Es ist meine Schuld! Ich habe ihn ermordet!«

Er knallte mit der Peitsche und versetzte den Gaul in einen immer rasenderen Galopp. Gottfried war wie von einem Dämon besessen …

Er musste sein Möglichstes tun, um Dr. Hauser so schnell wie möglich nach Gam zu bringen, ja, er musste das Leben des alten Mannes unbedingt retten. »Schneller! Die Hölle ist los! Du kennst doch die Straße genau!«

An einer scharfen Biegung der Straße schwang das Hinterteil des Wagens plötzlich herum und stieß gegen einen Zaun. Der Schimmel scheute, der Wagen flog nach links, ein Rad hatte sich gelöst. Gottfried versuchte, das Tier zu zügeln, doch er raste weiter. Gottfried wurde vom Wagen geschleudert, er stieß einen Schrei aus und landete im Straßengraben, während der Grauschimmel mit dem kaputten Wagen davonstob.

Herr Züberli aus Lindbach, der seinen Wagen kutschierend des Weges kam, fand Gottfried im Straßengraben.

»Herr Müller, was ist mit Euch passiert? Ich dachte schon, Euer Pferd sei toll geworden, wie es vorbeigaloppierte.«

»Ich wollte Dr. Hauser holen. Vater liegt schwerkrank zu Hause; ich war in größter Eile.«

Herr Züberli beugte sich nieder, um Gottfried auf die Beine zu helfen. »Ihr scheint ja selber in einem bösen Zustand zu sein. Keine Knochen gebrochen?«

»Ja, den Arm, glaube ich.«

»Ich fahre Euch nach Arnisboden und bringe Euch zum Doktor.«

Er hob Gottfried auf seinen Wagen und trieb sein Pferd an. Sie waren noch keine zehn Minuten gefahren, als sie auf ein paar Leute stießen, die den fetten Grauschimmel, der mit Schaum bedeckt war, festzuhalten versuchten. Seine Hinterbeine bluteten, der Karren war total zertrümmert. Während Herr Züberli den Leuten erklärte, was geschehen war, richtete der Schimmel seine Augen auf Gottfried und wieherte angriffslustig.

MINNA SASS IN der Küche, und schaute geistesabwesend auf ihre blank geputzten Pfannen. Heute war kein Frühstück vorzubereiten, der Herr war wieder einmal schwer krank.

Röthlisberger erschien und bat, Therese sprechen zu dürfen. Er kam mit der Nachricht – und ein Kloß saß ihm dabei im Hals –, dass Herr Gottfried unterwegs einen Unfall mit Pferd und Wagen gehabt habe. Sein Arm sei gebrochen, man habe ihn schienen müssen. Er komme mit dem Doktor um zwölf Uhr am Bahnhof an. Therese sah Röthlisberger an, als sei er ein Bote aus einer anderen Welt.

»Wir müssen warten, bis der Doktor kommt«, sagte sie. »Hoffentlich kann er meinen Mann noch retten! Bitte schicken sie einen Wagen für den Doktor zum Bahnhof!«

»Ja, ich fahre selbst.«

Er setzte verlegen seinen Hut auf. »Dachte ich mir schon gestern Abend, dass der Herr nicht in Ordnung ist. Auf dem Heimweg vom Bären hat er recht schwer geatmet.« Und Röthlisberger entfernte sich.

Anton Müllers kleiner Hofstaat war aufgescheucht. Es schien der Ratschluss des Schicksals zu sein, dass diesmal ihr Herr sterben müsse. Ja, der Tod lag in der Luft. Ihr Herr und Gebieter hatte sich wahrscheinlich zu Tode gesoffen, es war sicher des Guten wieder zu viel gewesen. Thereses Kräfte schwanden dahin; sie war kaum noch imstande, ein paar Schritte zu tun. Gottfried hatte sich den Arm gebrochen … diese Nachricht schien sie nicht einmal allzusehr zu berühren. Alles sank zu vollkommener Bedeutungslosigkeit zusammen im Vergleich zur Tragödie, die sie in diesem Haus heraufbeschworen hatte. Sie ging zurück in das Krankenzimmer und riss die Fenster auf, um die stickige Luft zu vertreiben. Aber sie wagte nicht, die Läden zu öffnen, denn der Gedanke, Anton Jakobs Gesicht bei hellem Tage sehen zu müssen, schreckte sie ab. Ja, und er lebte immer noch! Er lebte weiter! In ihrem Lexikon hatte sie nachgelesen: »Der Tod tritt gewöhnlich innerhalb vierundzwanzig Stunden nach Genuss des Giftes ein, falls die verabreichte Dosis groß genug war.«

Vielleicht war die Dosis gar nicht tödlich? Um halb zehn erlitt Anton Jakob den schlimmsten Anfall, den er bisher gehabt hatte. Damit man draußen seine Schreie nicht hören konnte, schloss Therese wieder Fenster und Türen.

Schließlich erreichte der Krampf seinen Höhepunkt. Anton Jakob warf seinen Kopf hin und her, Schaum trat aus dem Mund. Er starrte auf Therese, die an seinem Bett stand, als sähe er geheimnisvolle Visionen aus einer anderen Welt. Offenbar wollte er etwas sagen, doch er brachte kein Wort mehr über die Lippen. Er richtete einen letzten sterbenden Blick auf sie – dann plötzlich blieb er still und friedlich liegen.

Der Tod hatte den furchtbaren Kampf beendet.

Dieses Wesen war nun nicht mehr ihr Ehemann. Das kleine weiße Pulver hatte seine Arbeit getan. Ihre Blicke wanderten suchend durch das Zimmer. Nein, hier war außer ihr niemand mehr, das fühlte sie. Anton Jakob war nicht mehr bei ihr, er war gegangen, und zurück blieb nur eine Masse toten Fleisches, bereit zur Verwesung.

Sie begann mit sich selbst zu sprechen:

»Ob er wohl noch lebt?« Sie hob seinen Arm hoch.

»Wie schwer er jetzt plötzlich wird! Wie sein Gesicht und seine Hände blass werden! Er ist ganz warm und weich. Ich dachte, Tote seien kalt und steif ... Und auf diese Weise wäre auch ich möglicherweise gestorben ...?«

Ein Schauder ergriff sie, der den ganzen Morgen nicht mehr von ihr weichen wollte. Sie wischte ihm Mund und Bart mit einem Schwamm ab und wunderte sich selbst, warum sie das tat. Alles schien so völlig sinnlos zu sein.

Dann reinigte sie sämtliche Becken, öffnete die Fenster und wusch sich Gesicht und Hände. In ihrem Zimmer nahm sie Dinge in die Hand, stellte sie von einem Platz zum anderen und wieder zurück; sie schloss die Türe, schaute zum Fenster hinaus und roch an den Geranien. Es schien ihr, als lägen jetzt tausende von Meilen zwischen ihr und Anton Jakob.

Sie ging zurück an sein Bett. Sein Gesicht war um vieles starrer geworden; die Brauen hingen über seine Augen, und um den Mund spielte ein sardonisches Lächeln. Sie wunderte sich über dieses Lächeln. Galt es etwa ihr? Sie berührte seine Hand, sie war immer noch feucht und klamm. »Toni«, flüsterte sie, »warum sagst du nichts? Bist du noch da? Sag doch etwas! Sprich! Toni!« Sie hielt den Atem an. Die Stille im Raum versetzte sie plötzlich in panische Angst, und es überwältigte sie ein bisher unbekannter Schmerz. Sie brach zusammen und fiel in eine tiefe Ohnmacht.

Mittags kam der Wagen vom Bahnhof. Er brachte Dr. Hauser, aus dessen Miene ein heiteres Selbstbewusstsein sprach. Mit ihm Gottfried, der bleich und gequält aussah und der den Arm in einer Schlinge trug. Röthlisberger begleitete sie zum Haus, er half Gottfried über die Stufen hinauf, und die drei Männer betraten die Küche, wo Minna immer noch mit offenem Mund auf ihrem Hocker saß.

»Wie geht es Vater?«, fragte Gottfried.

Sie erhob sich und sagte, sie wisse es nicht, Frau Müller sei die ganze Zeit bei ihm gewesen. Dr. Hauser legte seinen Hut ab.

Die drei Männer stiegen die Treppe hinauf. Dr. Hauser betrat Anton Jakobs Zimmer, und sofort änderte sich sein Ausdruck. Gottfried klammerte sich an Röthlisbergers Arm. Dieser neigte seinen Kopf zur Seite und starrte vor sich hin, als könne er seinen Augen nicht trauen.

Sie sahen Anton Jakob regungslos auf seinem Bett ausgestreckt; zu seinen Füßen die bewusstlose Therese. Gottfried machte ein paar Schritte ins Zimmer.

»Heb sie auf und bring sie in ihr Zimmer!«, sagte er zu Röthlisberger. Er blickte in das Gesicht des Vaters.

»Herr Doktor, wir kommen zu spät.«

»Das Ende muss sehr plötzlich gekommen sein«, erklärte Dr. Hauser. «Auf jeden Fall müssen wir uns zuerst um Frau Müller kümmern. Die arme Frau!«

Therese wurde in ihrem Zimmer mit Riechsalz ins Leben zurückgerufen.

»Wie ist das zugegangen?«, fragte Doktor Hauser in gütigem Ton, während er ihre Hand nahm.

»Frau Müller! Ihr habt mein herzliches Mitgefühl. Ihr Mann und ich sind immer gute Freunde gewesen, trotz kleiner gelegentlicher Meinungsverschiedenheiten. Die Sache geht mir tief nach, wirklich sehr tief. Kommt, setzt Euch auf und versucht, stark zu sein! Ja, es ist sehr traurig, ich weiß es. Herr Gottfried hat mir erzählt, dass Herr Müller die ganze Nacht krank war. Schützenfest und danach im Bären – ich weiß, ich weiß! Armer Mann! – Sie sehen wirklich krank aus!«

Gottfried saß inzwischen auf einem Stuhl im Zimmer seines Vaters.

Seine körperlichen Schmerzen schienen nichts im Vergleich zu den seelischen Qualen, die er durchmachte. Bald darauf kam Dr. Hauser herein.

»Ihr dürft hier nicht so sitzen!«, sagte er zu Gottfried. »Wir alle müssen einmal sterben. Kopf hoch!«

»Geht und seht nach!«, flüsterte Gottfried. »Vielleicht lebt er noch. Ich möchte fast noch hoffen.«

Dr. Hauser untersuchte Anton Jakob mit großem Ernst. Er schlug das Betttuch zurück, fasste das Handgelenk des Toten, sah unter die Augenlider und deckte ihn wieder zu.

»Er ist schon seit geraumer Zeit tot. Worüber klagte er eigentlich?«

Gottfried wandte sein Gesicht ab.

»Er hatte schreckliche Schmerzen; bekam keinen Atem und klagte über sein Herz.«

»Ich habe dem armen Mann schon immer gesagt, was ihm eines Tages passieren wird, wenn er sich nicht an ein strenges Regime hält. Hm! Natürlich! Ich kenne die Geschichte seiner früheren Anfälle. Eine Gallenkolik, mein Freund. Morphiuminjektionen hätten ihm vielleicht ein wenig genützt – aber sein Herz! Sein Herz, das war die Gefahr. Die Anstrengungen des Erbrechens nach dem vielen Essen und Trinken von gestern Abend haben das Herzversagen herbeigeführt.«

Dr. Hauser ging ans Bett zurück, nahm ein Handtuch und wickelte es um Anton Jakobs Kopf. »Wir wollen nicht warten, bis sein Kinn herunterfällt. Und wir müssen ihm auch die Hände falten!«

Er nahm Anton Jakobs Arme und kreuzte sie über der Brust.

Die Todesstarre setzte schon ein.

»Herr Müller«, sagte er, »Euer Vater war ein guter Mann, seinen Tod werden viele bedauern. Doch kommt jetzt mit mir. Kopf hoch! Denkt an die Lebenden und an Eure Pflichten ihnen gegenüber.«

Sie klopften sanft an Thereses Türe und traten ein. Bleich und stumm saß sie auf einem Stuhl. Ihr Ausdruck war so steinern, dass die beiden sich sofort zurückzogen. Gottfried führte den Doktor in Anton Jakobs Arbeitszimmer. Er ließ auch Röthlisberger kommen und schrieb verschiedene Telegramme an die nächsten Verwandten.

»Röthlisberger«, sagte er, »geh nach Gam und gib den Leuten bekannt, dass Vater gestorben ist.«

Röthlisberger, der seine Rührung zu verbergen suchte, reichte Gottfried stumm die Hand. Darauf verkündete er überall, dass Herr Alt-Regierungsrat Anton Jakob Müller um zehn morgens durch Herzversagen verstorben sei.

DIE SCHWARZEN SCHWINGEN des Todes überschatteten in Windeseile die Höfe der Nachbarschaft. Joggi stand auf seinem riesigen Düngerhaufen, schwang mit gewandten Händen seine Gabel und häufelte den dampfenden Mist.

»Denk nur, Joggi«, rief ihm Adrian zu, »der Herr ist vor ein paar Minuten gestorben. Denk nur! Ist das nicht traurig?«

Der alte Joggi stieß seine Gabel in den Mist.

»So?«, krächzte er und heftete seine rot umränderten Augen

auf den jungen Burschen, »wenn es so steht, dann bin ich hier fertig!«

Er ging über ein Brett, das seine Burg wie eine Brücke mit dem Festland verband, und trottete in einen der Ställe. Dort warf er sich in einem dunklen Winkel auf ein Bündel Stroh, klaubte einen Halm auf und begann an ihm zu knabbern. Nein, er war zu alt, um ohne den Herrn weiterzumachen. Er war noch an der Wiege seines Herrn gestanden, und nun stand er an seinem Totenbett. Hä! Was wird der alte Karli nur sagen? Der alte Karli, der auf die Hundert zugeht?

Vierzig Jahre älter als der Herr, zwanzig mehr als er selbst. »Sakrament! Das übersteigt meinen Verstand!« Und er tastete unter dem Stroh nach einem Fläschchen. »Jetzt ein Schnäpsli! Komm, du Trost für ein altes Männli!« Joggi trank, dann hustete er, und seine Augen füllten sich mit Wasser. Seine rote Nase begann, glitzernde Tropfen abzusondern, er schüttelte die Faust und beteuerte vor sich selbst: »Ich mach nicht weiter, nein! Ich habe zwei Müller gedient, ich will keinem dritten dienen!«

Bald strömten aus dem Dorf schwarz gekleidete Männer und Frauen zum Gamhof. In den Händen hielten sie Blumensträuße, die sie in der Eile in ihren Gärtchen gepflückt hatten. Frau Bühler hatte sogar schon einen Kranz violetter Astern geflochten. Auch Blaser und seine Frau sowie Flück und Guggel waren unter den Trauergästen. Herr Niederegger nebst Gemahlin blieben nicht aus, und selbst der mächtige Johann Timm schleppte sich zum Gamhof hinüber. Emilia, die Chefin seiner Küche und der Schatten seines Schlafgemachs, schritt an seiner Seite.

»Ja, Emilia, so ist es nun einmal! Eines Tages müssen wir alle sterben«, bemerkte er, als er das Grundstück betrat. »Armer, alter Müller, einfach weg – wer hätte das gedacht? Und ohne ein letztes Spielchen!«

»Jäh, Johann«, sagte Emilia, »der Nächste wirst du sein, das ewige Saufen und nie wissen, wann du genug hast. Ihr Männer seid wie die Schweine. Aber – es ist traurig! Er war ein so guter

Kunde. Schwierig zwar, aber ein guter Kunde. Hans, wir müssen ihm einen großen Kranz schicken.«

»Was wird ein großer Kranz wohl kosten? Was denkst du, wie viel wir ausgeben sollten?«, fragte er.

»Wir wollen erst abwarten, welche Art von Kränzen die Bühlers vorbereiten.«

Bald wimmelte es in der Küche von Anton Jakobs lautlosem Haus von trauernden Gesichtern. Gottfried war inzwischen in seinem Zimmer und ließ sich von Röthlisberger in seinen schwarzen Anzug helfen.

»So plötzlich! So plötzlich!«, murmelte er. »Ich kann nicht darüber hinwegkommen. Er war noch ganz wohl gestern Abend, jovial und in bester Stimmung.«

»Es war sein Herz!«, sagte Röthlisberger, »er kannte keine Schonung für sich, kümmerte sich um nichts, der Herr. Kam ihm nicht darauf an, ein bisschen über die Stränge zu hauen. Und gestern war ein großer Tag für ihn – zu viel Aufregung.«

Als die Trauertoilette zu Ende war, sagte Gottfried zu Röthlisberger: »Geh hinunter und sage den Leuten, dass ich jetzt unmöglich jemanden empfangen kann. Am Nachmittag werden wahrscheinlich einige Verwandte kommen. Schick einen Wagen zum Bahnhof. Frau Dr. Naef und ihr Mann kommen ganz sicher.«

Röthlisberger verließ das Zimmer auf Zehenspitzen. Allein gelassen, ließ er sich schwer in einen Sessel fallen:

Dies war also der Gipfel, den er schließlich erklommen hatte, der grauenvolle Höhepunkt seines Lebens – Mord!, dachte er.

Und düsteres Stimmengewirr drang an sein Ohr: »Feigling! Mörder! Vatermörder!«, schien eine unsichtbare Menge ihm zuzurufen. »Wo bleibt dein Nietzsche jetzt? – deine ganze Theorie vom Übermenschen? Oh du verliebter Irrer! Wozu hast du deine blutigen Hände hergegeben? Deine unsichtbaren Richter sind unterwegs!

Kein Tag soll von nun an vergehen, der dich nicht an dein Verbrechen erinnern wird. Du bist für immer verloren!«

Stunde um Stunde verstrich.

Plötzlich ging die Türe auf. Therese trat ein. Sie trug ein schwarzes, am Hals geschlossenes Kleid. Ihre Augen wirkten doppelt so groß wie sonst.

»Was träumst du hier?«, fragte sie. »Wach auf!«

»Was erwartest du von mir?«

»Ich erwarte gar nichts. Du bist viel zu schwach, um etwas zu tun. Immerhin hättest du mir mitteilen können, was Doktor Hauser sagte.«

»Ich ging mit ihm in dein Zimmer, aber du warst gar nicht imstande, angesprochen zu werden.«

»Hat er irgendeinen Verdacht geäußert?«

Gottfried zog seine Armschlinge zurecht.

»Er sagte, er werde, wenn nötig, heute Abend noch einmal vorbeikommen, um nach dir zu sehen. Er schien zu denken, dass du seine Hilfe brauchst.«

»Ich? Was glaubt er denn, woraus ich gemacht bin? Aus Pappe?«

»Umso besser für dich, wenn er das denkt.«

»Sag mir lieber, was er über ihn gesagt hat«, sagte sie ungeduldig. »Hat er ihn untersucht?«

»Kaum. Er schien nicht einmal überrascht. Er habe es erwartet, sagte er, da Vater seinen ärztlichen Ratschlägen nicht die leiseste Beachtung geschenkt habe. Es sei eine Gallenkolik gewesen und dann ein Herzversagen infolge der heftigen Anstrengung.«

Therese musterte ihren Geliebten einen Augenblick lang.

»Hast du schon den Totenschein?«

»Nein! Doktor Hauser will alle notwendigen Anordnungen treffen, um uns Unannehmlichkeiten zu ersparen. Er hat den Leichenbestatter für heute Abend bestellt, um den Toten zu waschen und anzukleiden.«

»Und den Sarg?«

»Wir müssen warten, bis Sophie und Felix kommen, und erst einmal sehen, was sie vorzuschlagen haben.«

»Du selber musst vorschlagen, was zu geschehen hat! Der Sarg muss aus weichem Holz sein, das schnell verfault, sodass das Gewicht der Erde bald den Sarg zerdrückt …«

Gottfried schaute sie entsetzt an. Das war teuflisch! Therese war tatsächlich viel durchtriebener, als er erwartet hatte! Sie schien den ganzen Scharfsinn eines Perfektionisten zu besitzen. Sie war ein Rätsel. Ihn hatte sie unlösbar an dieses Verbrechen gefesselt und zum moralischen Komplizen gemacht. Ja, sie ließ ihn die schwächere Rolle spielen. Und wahrhaftig – er wusste nicht einmal, wie sie die Tat begangen hatte!

»Therese«, sagte er, »ich habe Angst vor dir.«

Sie trat auf ihn zu und legte die Hand auf seinen Kopf.

»Du fürchtest dich vor mir? Dann weiß ich jetzt, dass du mich lieben wirst. Was ist die Liebe ohne Angst? Wir werden einander ebenso fürchten, wie wir einander lieben werden. Wie eine Person werden wir sein, und wir werden nie mehr voneinander loskommen.«

Er warf ihr einen etwas unsicheren und doch rebellischen Blick zu. Er, der intellektuelle Gottfried, war so tief gesunken. Er konnte still dasitzen und ruhig der Frau zuhören, die seinen Vater vergiftet hatte …

»Ich werde keine Ruhe haben, solange er nicht unter der Erde liegt«, murmelte er.

»Es ist kalt heute, ich spüre jeden Nerv in meinem Körper. Mir wurde schon übel, als Dr. Hauser meinen Arm schiente. Ist jetzt jemand unten?«

»Nur Minna. Luise ist in einen Laden gelaufen, um mir schwarzen Crêpe-de-Chine zu holen.«

»Ich habe Röthlisberger beauftragt, Sophie und Felix vom Bahnhof abzuholen. Wie werde ich nur imstande sein, ihnen unter die Augen zu treten? Und allem, was auf mich zukommt, zu begegnen? Dutzende von Leuten werden hier aufkreuzen, und jeder Einzelne wird auf mich gaffen. Wie schaue ich aus? Sieh mich an, Therese! Sehe ich nicht wie ein Verbrecher aus?«

Er ging ein paar Schritte auf und ab und blieb dann vor Therese stehen. Langsam hob sie die Augen. Er betrachtete die blassen, schönen Linien ihrer Wangen, ihr festes Kinn, ihr dunkles welliges Haar und verfolgte die Umrisse ihres schwarzen, eng anliegenden Kleides.

Alles gehörte ihm nun – jeder Zoll! Für alle Zeiten! Ihm, dem Besitzer der Frau des eigenen Vaters! ... Eine grauenhafte Wollust kam über ihn ... »Zwischen dir und mir gibt es keine Hindernisse mehr. Dein Gift steckt in mir. Vor aller Welt möchte ich dich nun besitzen!«

Seine Augen glühten. Therese nahm seinen Kopf zwischen ihre beiden Hände und schüttelte ihn. »Gestern Nacht lagst du noch zitternd in deinem Bett. Warum hast du mich nicht davon abgehalten? Du warst nicht stark genug.

Du ließest mich gewähren, weil du Angst hattest, mich zu verlieren!

Du hast immer geleugnet, dass es so etwas wie ein Gewissen gibt, und jetzt auf einmal quält es dich. Du verachtest mich! Und mit einem Blick auf mich widersprichst du allem, was in der Vergangenheit zwischen uns war. Du bist tief gefallen, Gottfried! Du liegst dort unten, wo alle Schwächlinge liegen mit ihrem ganzen Christentum! Ach, ich vergaß, dass du vor nicht so langer Zeit noch Theologe warst! Kehre zurück zu deiner Theologie. Lass deinen lieben Gott versuchen, dich wieder von mir loszureißen! Wenn es ihm gelingt, werde ich auch zu ihm kommen.«

In einer Art verzweifelter Niedergeschlagenheit antwortete er:

»Es ist nun einmal geschehen, nutzlos, darüber zu streiten, wer schuldiger ist, du oder ich. Wir haben gleichen Anteil an diesem Verbrechen, bis in unsere letzte Stunde. Nein, vielleicht habe ich doch den größeren Anteil und bin der Schuldigere. Ich bin's, Theresli.«

Sie drehte sich stolz zur Türe. Aber an der Schwelle hielt sie inne. »Gottfried, vor morgen Früh bin ich für niemanden zu sprechen. Bitte empfange du Sophie und Felix, und wer sonst noch erscheinen mag«.

»Ich werde mich um sie kümmern.«

Therese ging hinunter und schloss sich ein.

IN DER NACHT zum Mittwoch waren sämtliche Räume des Hauses von den nächsten Verwandten Anton Jakobs belegt. Es herrschte tiefe Stille: Kerzen, die über das ganze Haus verteilt waren, brannten mit stetiger Flamme, das Haus roch nach verwelkten Blumen in einem Grabgewölbe. In der Mitte seines Zimmers lag Anton Jakob in einem offenen Sarg aus Holz, der mit silbernen Rosetten verziert war. Der Raum wirkte sonst leer; das Bett hatte man entfernt, schwarze Schleier hingen über den wenigen Bildern und am Kopfende des Sarges häuften sich Blumen und Kränze. Vier riesige Kerzen verbreiteten einen milden Schimmer über die friedliche Szene.

Sophie hatte bereits mit einem Notizbuch in der Hand im Haus die Runde gemacht, um eine Liste der Sachen anzulegen, die sie für ihre kleine Gartenvilla in Thun brauchen könnte. Felix plauderte mit Doktor Schneeli, zweifellos über das Testament. Therese hatte gesehen, wie sie die Köpfe zusammensteckten. Und all die anderen Verwandten mit ihren tränennassen Taschentüchern! Ihr Anblick war ihr zuwider, noch nicht einmal eine Nussschale würde ihr ganzer Kummer füllen. Was kümmerte sie Tonis Testament, was seine Schränke, sein Porzellan, sein Silberschmuck? Selbst der Sarg, den sie bestellt hatten, wurde mit kritischen Augen betrachtet. Warum silberne Rosetten? Warum seidene Kissen, Leichentücher von der besten Qualität? Warum all diese teuren Dinge unter der Erde verfaulen lassen? Ihr Narren! Es scherte sie nicht, wenn seine ganzen Reichtümer mit ihm verfaulten. Nur aus den Augen wollte sie ihn haben, tief begraben, mit einer zentnerschweren Marmorplatte auf seinem Grab. Eine Trauerweide und Rosen! Ja!

Niemand wusste, dass sie eine Mörderin war, niemand außer Gottfried. Aber Gottfried war ein Teil von ihr; sein Wissen zählte nicht. Mit wem also hatte sie zu rechnen? Mit der Welt? Die würde es nie erfahren. Im Gegenteil, die Welt in ihrer Ahnungslosigkeit bedauerte sie höchstens. Doch wie schnell konnte die geringste Unachtsamkeit die ganze Welt gegen sie aufbringen! Ah! Sie wusste wohl, was die Welt mit dem kleinsten bisschen Wissen beginnen könnte! War sie nicht im

Schatten des Gesetzes aufgewachsen und hatte sie nicht gelernt, das Gesetz und die Polizei zu hassen? Die Polizei! Schon das bloße Wort ließ sie schaudern. Alle Ängste ihrer Kindheit kehrten zurück – Uniformen, Säbel, Notizbücher, roh zupackende Hände!

Aber nein! Sie hatte wirklich keinen Grund, die Polizei zu fürchten. Anton Jakob war doch an Herzversagen gestorben. Was hatte sie also zu fürchten? Wer weiß, ob er nicht auch ohne Arsenik an einem wirklichen Herzschlag gestorben wäre? Die Natur selbst hätte vielleicht einen Tag später die Arbeit verrichtet, wenn sie nicht in sein Leben eingegriffen hätte – oder eine Woche später, oder einen Monat, oder ein Jahr später? »Wenn die Natur ein Leben vernichtet«, sagte sie sich, »dann neigen die Menschen kummervoll das Haupt, wenn aber ich oder ein anderer die Natur nachahmt – schaut nur, was die Polizei dann mit ihm anfängt! Aug um Aug, Zahn um Zahn, heulen sie dann. Dabei schmunzeln einige schon jetzt über seinen Tod …«

Therese trat um Mitternacht ans Fenster, um frische Luft zu schöpfen. Sie liebte die Freiheit der Sterne dort oben, aber ihr freundliches Funkeln sandte kein Licht in ihre heidnische Seele. Nein, sie fühlte nicht, dass irgendwo dort oben im Universum ein unsichtbarer bärtiger Herrscher lebte, der alle Gestirne auf ihren Bahnen lenkte und deren Bewohner kommandierte. Die allmächtigen Finger dieses großen, geheimnisvollen Steuermanns rührten nicht an ihr Herz. Er war für sie nicht greifbar und daher nicht existent. Wenn er aber – so dachte sie – zufälligerweise doch existierte, dann müsste er selbst der größte Verbrecher sein. Denn er hat den Tod in alle Dinge gelegt; er lässt Lämmer, Kälber, Vögel, Männer, Frauen und Kinder nur deshalb leben, damit er sie eines Tages sterben lassen kann!

»Ich will leben, während ich lebe«, dachte sie, »und ich werde dieses Leben bis zum Äußersten auskosten.«

Erregt durch ihre überhitzten Gedanken, begann Therese zu zittern. Dieses hässliche Zittern an allen Gliedern kam immer wieder. Als es nach einer Weile nachließ, fühlte sie sich völlig erschöpft. Doch irgendetwas quälte sie, sie konnte keine Ruhe finden. Sie wusste, dass sie noch etwas zu tun habe, den ganzen Tag schon wollte sie es tun. Eine Pflicht … ein Impuls? Sie konnte sich nicht besinnen. Doch plötzlich wusste sie, dass sie Anton Jakob noch einmal sehen müsse. In der nächtlichen Stille sperrte sie die Verbindungstür auf. Nun schien sie diesen Schritt nicht mehr zu fürchten wie früher, wenn sie im Überdruss die Türe aufgerissen hatte, um ihm zu sagen: »Du kannst jetzt hereinkommen.« Diese Folter war nun zu Ende. Jetzt war er es, der sie zu sich rief; nicht, um das Bett mit ihm zu teilen, sondern um das Ergebnis ihres Frevels zu beschauen.

Sie ging über den gebohnerten Fußboden in das duftgeschwängerte Zimmer; das veränderte Aussehen des Raumes setzte sie in Erstaunen. Es lag etwas Heiliges über dem Ganzen. Der Friede, die vollkommene Stille, verschlugen ihr den Atem. Anton Jakob lag in der dunklen Tiefe seines Sarges. Er trug seinen schwarzen Gehrock, die Hände waren auf der Brust gefaltet, der Bart gepflegt, der weiße Kragen makellos. Er sah aus wie bei ihrer Hochzeit.

Obgleich er, undurchdringlich wie eine Maske, erstarrt in den Kissen lag, schien er doch auf unerklärliche Weise lebendig. Sie erwartete fast, dass er sprechen würde. Mit einem kalten schnellen Atemzug hauchte sie seinen Namen: »Toni!« Seine Reglosigkeit begann sie zu erschrecken. Es schien unmöglich, dass kein Muskel seines grauen, eingefallenen Gesichts mehr zuckte. Ja, es war einfach ungeheuerlich, dass ein paar Stäubchen einer mineralischen Substanz imstande sein sollten, einen Menschen, der noch vor zwei Tagen auf eine Scheibe geschossen, gegessen und getrunken hatte, der durch die Straßen marschiert war und strahlend seine ganze Vitalität offenbart hatte, dass der nun in einen stillen, hilflosen Schatten verwandelt war. Sie schob die Finger zwischen die Hände des Toten und drückte sie heftig; sie fühlten sich hart wie Stein an. »Verzeih mir, Toni!«, flüsterte sie. »Bitte, verzeih mir!«

Doch er gab keine Antwort.

»Vergib mir! Vergib mir!«, rief sie von neuem, »komm und hör mich an. Ich möchte, dass du mir verzeihst!«

Der undurchdringliche Ausdruck seines Gesichts schien einem unheimlichen Lächeln gewichen zu sein. Der Kontrast zwischen ihrem Schmerz und seiner eisigen Gleichgültigkeit ähnelte dem unwiderruflichen Schlussakt einer Satire. Nie würde sie dieses unheimliche Lächeln, das zugleich eine Drohung zu enthalten schien, vergessen können, selbst nicht, wenn er begraben sein würde.

Ihrer selbst nicht mehr mächtig, stieß sie einen gellenden Schrei aus, doch niemand schien sie zu hören.

ANTON JAKOBS LETZTE irdische Reise war nicht allzu lang. Am Mittwochnachmittag trugen ihn sechs Männer in seinem blumengeschmückten Sarg zur Kirche. Eine imposante Zahl von Honoratioren folgte ihm. Dr. Naef und Gottfried schritten an der Spitze des Zuges. Dann kam Dr. Schneeli aus Bern, Anton Jakobs befreundeter Anwalt und Testamentsvollstrecker, eine gewichtige Persönlichkeit mit einem patriarchalischen weißen Bart und einer Furcht gebietenden Hakennase. Dicht dahinter marschierte Herr Keller, der Präsident des Bauernbundes, ein trippelnder Homunkulus mit einem zerknitterten Chapeauclaque und dem nachdenklichen Ausdruck eines listigen Pavians. Auf seiner winzigen Nase saß ein großer goldener Kneifer, der ständig hin und her wippte, als wolle er von dieser unbedeutenden Nase rutschen. Doch Herr Keller hatte mit einer langen Kordel vorgesorgt, die am mittleren Knopf seiner Weste wie unter Hochspannung festgezurrt war. Augustin Sänger, Nationalrat und Gottfrieds Onkel, trippelte hinter dem Präsidenten her. Ab und zu richtete er ein paar gewichtige Worte an Herrn Eschbach an seiner Seite, wie: »Es ist traurig«, oder »Ein großes Begräbnis«, oder »Der Joggi war doch ein guter Kerl, alles in allem.«

In seinen Augen war die Schläue eines Fuchses mit der gutmütigen Ergebenheit eines Bernhardiner-Hundes gepaart, und seine Lippen waren dauernd damit beschäftigt, an seinem überhängenden Schnurrbart zu schlecken. Die Arme hatte er im Rücken gekreuzt; in den Händen hielt er, sehr zum Ärger seines Nachbarn, einen schwarzen Regenschirm in horizontaler Lage. Sein Zylinder war schon von zwei »Sänger«-Generationen getragen worden, allerdings immer nur bei Gelegenheiten wie dieser.

Weiter folgte in der Prozession Herr Inden, der Großbauer aus Meiringen, dicht hinter ihm Bolzacher aus Lindbach, Bader und Niederegger; ferner Gysen aus Geißbrunnen mit seinem Holzbein, ein hitziger Liberaler, und nicht zuletzt Oberst Zumbein, der über die Land besitzende Klasse immer noch seine feudalistischen Ideen hochhielt, auch wenn er ungeachtet davon auf seine modernen amerikanischen Neuerungen stolz war. Der Reihe nach folgten dann Aebi, Johann von Kästlifurren, Bühler von Gam, Blaser, Stürler, Knübel, Muri, Riederen, Schwändli, Meyer, Huber, der Sägemüller, der gigantische Johann Timm, Schindelegg, ein alter Journalistenfreund Anton Jakobs, Stalder, der Manager der Interlaker Schweizerischen Bundesbank, und wohl noch an die hundert Leute, zumeist aus dem Arnatal und der näheren Umgebung.

Sobald man aber über die erste Hälfte des Zuges hinaus war, wurden die Zylinder seltener, und wenn dann die Gamer, Speuzer, Steffiswälder und Lindbacher kamen, verschwanden sie völlig, und an ihre Stelle traten die schwarzen Schlapphüte. Je größer die Entfernung vom Sarg, desto geschwätziger war der Trauerzug. An der Spitze herrschte Schweigen, am Ende Geraune und Geschnatter. Sämtliche Gefühle und Neigungen natürlich empfindender Menschen traten zutage; Ernst, Gleichgültigkeit, Verwunderung, Stolz, Bescheidenheit, Eitelkeit, Freundschaft, Kameradschaft, aber auch geheimer Neid.

Ein großes Vermögen wechselte die Hand. Dies war genug, um in der Brust derjenigen, die wenig oder gar nichts besaßen, Neid zu entfachen. Eine schöne, reiche, junge und liebenswerte Witwe war zurückgeblieben; genug, um einen Geschmack säuerlich-impotenter Wünsche in den Herzen der meisten zu erzeugen, die alle am liebsten in des Toten Schuhe geschlüpft wären.

»Ah! Wenn wir sie nur wenigstens in der Kirche oder im Friedhof sehen könnten! Diese welsche Schönheit! Das ganze

Oberland redet von ihr. Ja, der Müller war gar nicht so dümmlich, wie manche Leute von ihm angenommen haben! Der alte Bock! Hä! Hä! Er wusste, was er für sein Geld bekommen konnte!«, sagte der rheumatische Guggisberg von Steffiswald.

Als die Prozession auf dem Weg zur Kirche am Bären vorbeikam, tröpfelte so mancher vom Schwanzende des Trauerzuges ab und schlich ins Wirtshaus davon. Johann Timm jedoch marschierte stolz an seinem Etablissement vorbei und betrat mit den anderen die Kirche.

Ein paar Kutschen standen bereits vor dem Portal der Kirche; sie hatte die Frauen hergebracht. Aber wenn irgendjemand gehofft hatte, das Gesicht der schönen Witwe zu erblicken, so sah er sich enttäuscht, denn Therese war dicht verschleiert. Und Sophie war ihrem Beispiel gefolgt. Beide verhüllten nur allzu gern ihre Gesichter vor der Welt, wenn auch aus verschiedenen Gründen.

Der Gamer Friedhof lag nicht mehr als hundert Schritte von der Kirche entfernt auf leicht geneigtem Boden. Fast wie ein Weinberg angelegt, bekam er reichlich Sonne. Doch statt Trauben bis zur Reife zu hegen, barg und schützte er die Leiber, die langsam dem Tag des Gerichts entgegenreiften.

Anton Jakob, der über die Art und Weise seines Begräbnisses keine besonderen Anweisungen oder Wünsche hinterlassen hatte, erhielt ein christliches Leichenbegräbnis, wie es in diesem Winkel der Welt üblich war. Nach der Abdankung in der Kirche wurden seine sterblichen Überreste zum Friedhof hinübergetragen, wo man neben dem Grab seiner ersten Frau eine frische Grube aufgeworfen hatte. Sophie hatte darauf bestanden, dass er neben ihrer Mutter bestattet werde, und so triumphierte sie insgeheim am Grab des Vaters über ihre Stiefmutter. Sie glaubte nicht, dass Therese jemals an der Seite ihres Vaters liegen würde, obgleich Dr. Naef sie auf diese Möglichkeit aufmerksam gemacht hatte, und nicht ohne die groteske Seite einer solchen Eventualität hervorzuheben.

»Nein! Vätti muss neben Müeti liegen!«

Therese selbst erhob keine Einwände; sie hatte nicht den Ehrgeiz, neben Anton Jakob begraben zu werden.

Die Familie stand nun an der gähnenden Gruft versammelt, und Pfarrer Niederhauser bemühte sich, ihren Seelenschmerz zu lindern. Seine feierliche Stimme scholl weithin über die Köpfe der Menge.

Thereses Kopf sank auf die Brust; sie schien unter ihren Schleiern zusammenzuschrumpfen. Sophie schüttelte sich in krampfhaftem Schluchzen, Gottfried hingegen stand kalt und ernst vor dem Grab. Sein Herz war unempfindlich, stumpf. Der alte Dr. Schneeli hob sein gewichtiges Haupt und starrte in die Einsamkeit des Universums über ihm. Vier Männer senkten den Sarg langsam in das Grab ... »Wir übergeben seinen Leichnam der Erde; Erde zu Erde, Asche zu Asche, Staub zu Staub! In der sicheren Hoffnung auf die Auferstehung zum ewigen Leben ...« Während Pfarrer Niederhauser die Worte sprach »Erde zu Erde, Staub zu Staub« ..., ergriff er die Schaufel des Totengräbers und warf in die Grube drei symbolische Schollen, die laut auf den Sarg polterten, was über den ganzen Friedhof zu hören war.

Dann kam Therese an die Reihe.

Sie zog den Schleier zur Seite, und alle Blicke hefteten sich auf ihr Gesicht. Aus ihren Augen leuchtete ein unheimliches Feuer. Das Herz so manch eines Mannes war durch das Oval ihres Mater-dolorosa-Antlitzes stärker gerührt als durch die Worte des Pfarrers Niederhauser. Therese löste ein paar Rosen los, die sich in ihrem wallenden Schleier verhakt hatten, schritt an den Rand des Grabes, hielt mit ihrer schwarz behandschuhten Rechten einen Kranz empor, um ihn dann auf den Sarg fallen zu lassen. Sich wieder zu voller Höhe aufrichtend, trat sie zurück und zog den Schleier über ihr Gesicht.

»Jesses, lueg!«, flüsterte Emilia, die im Hintergrund bei einigen Gamer Frauen stand. »Wie kann sie nur so traurig sein? Wenn der Anton Jakob Müller mein Mann gewesen wäre, würde ich bei seiner Beerdigung nicht so traurig sein. Wenn diese Mannsbilder uns beerdigen, gibt es nicht so viel Herzeleid. Die gehen mit der Nächstbesten davon, um sich zu trösten.

»Sie warten nicht auf uns, bis wir sterben, um das zu machen«, meinte Frau Frey philosophisch.

»Er wird sicher eine Million hinterlassen! Nein, mehr sogar!«, sagte Emilia. »Und unsereiner arbeitet den ganzen Tag in der heißen Küche, – und sie – schau sie dir an! Noch vor fünf Jahren hatte sie nichts, gar nichts; in ein paar Monaten wird sie sicher wieder heiraten, sobald sie Herrn Müllers Kind auf die Welt gebracht hat. Was willst du von so einer Welschen erwarten?«

An die niedrige Mauer des Friedhofs gelehnt, standen der alte Karli, der von der Alp heruntergekommen war, sowie der Joggi. Mit gekrümmten Knien und gebeugtem Rücken waren sie in ihrem eigenen Tempo dem Leichenzug gefolgt. Der alte Karli schnaufte schwer durch seine eingetrockneten Lippen. Alle Knochen taten ihm, dem fast Hundertjährigen, weh, doch im Augenblick schien er seine Schmerzen nicht wahrzunehmen. Seine eingesunkenen Augen ruhten starr auf der Trauerversammlung, gleichsam wie die Augen einer halbverhungerten Eule. Alle alten Männer im Arnatal sahen sich wie Brüder ähnlich. Je näher sie der Erde kamen, desto mehr glichen sie der Erde.

»Wenn es mich eines Tages erwischt«, sagte Joggi zum alten Karli, »dann werde ich auch hier liegen, dort hinten in der Ecke, wo sie die armen Leute einscharren. Hä, was? Du willst dir doch nicht die Pfeife anzünden, Karli! Nein! So eine Gotteslästerung!«

»Ich sage dir, ich tue es«, sagte der alte Karli verstohlen. »Hü! Ich zünde eine an, jawohl! Und lasse mich mit ihr begraben, wenn es einmal soweit ist. Jetzt aber mach ich erst einmal ein Brünneli an die Mauer, solang niemand herschaut«.

»Röthlisberger wird dich schon sehen!«

Die beiden hohläugigen Alten lehnten sich neugierig über das Mäuerchen, Joggi an seiner eigenen Zunge kauend, Karli an der alten knorrigen Pfeife.

Die große Trauerversammlung löste sich allmählich in einzelne Gruppen auf, die langsam aus der Pforte schritten. Dr. Schneeli führte Therese am Arm, Gottfried seine Schwester. Zwei Totengräber schaufelten die Erde ins Grab. Nach und nach leerte sich der Friedhof, und übrig blieben schließlich nur die beiden, die sich mit Grabesstimme unterhielten, während Joggi und Karli sie noch immer beobachteten. Fast schien es, als seien sie mit dem Mäuerchen verwachsen.

AM ABEND SETZTE ein dünnes Nieseln ein, und während der Nacht begann es zu regnen. Am Morgen hingen dicke graue Wolken über dem Tal und verwischten die Konturen der Landschaft. Sophie und ihr Mann, Gottfried und Therese waren im Esszimmer versammelt, als Dr. Schneeli begann, Anton Jakobs letztwillige Verfügung zu eröffnen. Er verlas ein langes Dokument, dessen Inhalt etwa dahin lautete, dass Therese zwei Achtel des Kapitalvermögens – das auf über zwei Millionen geschätzt wurde – erben sollte und dass sie das Recht erhalte, Zeit ihres Lebens im Hause zu wohnen, vorausgesetzt, dass sie sich nicht wieder verheirate. Sophie und Gottfried erhielten je drei Achtel des Besitzes. Der Grundbesitz selbst hatte ungeteilt zu bleiben und zugunsten der Erben einem Treuhänder übergeben zu werden. Die Einkünfte aus den Ländereien aber sollten in vier Teile aufgeteilt werden: einen für Therese, einen für Gottfried, einen für Sophie und einen für das zu erwartende Kind (wobei Anton Jakob annahm, dass es ein Knabe sein würde). Es war seine Absicht gewesen, die Ländereien ganz zusammenzuhalten, wenn auch das Übrige geteilt werden musste. Denn aus diesem Grund und Boden war jener stetige Bach geflossen, der mehrere Generationen hindurch den Geldteich der Müllers gespeist hatte.

Sobald Sophie begriffen hatte, dass eine halbe Million des Familienvermögens in Thereses Hände übergehen sollte, sagte sie zu Felix: »Jetzt wissen wir es! Jetzt können wir gehen, das genügt vollkommen! Komm doch!«

Gottfried versuchte, seine Schwester zu beruhigen, doch diese schoss dolchartige Blicke auf Therese und verließ, ihren etwas störrischen Ehemann mitschleppend, das Zimmer.

Unverzüglich packte sie ihre Reisetasche und befahl Felix, ebenfalls einzupacken. Er versuchte sanft, ein paar Einwendungen zu erheben. »Schließlich und endlich, Sophie, war sie die Frau deines Vaters! Bedenke doch, meine Liebe. Erst gestern war die Beerdigung.«

Sie warf ihm einen eisigen Blick zu, worauf er die Finger in seinen Kragen schob und heftig daran zerrte. »Ahem! So! Ja! Hm! Sophie, wirklich, du solltest es nicht vergessen.«

Sophie zog ihre Schultern hoch.

»Sag mir!«, begann sie, »ist das Testament rechtsgültig? Du bist doch angeblich ein Advokat; kannst du ihr das Geld nicht streitig machen? Du musst! Es ist mein Geld, nicht das ihre. Jawohl! Mein Geld und Gottfrieds! Glaubst du, dass ich nach alledem je wieder hierherkommen werde? Solange sie lebt nicht! Nie! Da hast du es! Ich habe dir immer schon gesagt, was geschehen wird! Hunderttausend, allerhöchstens, hätten als Abfindung für diese welsche Dienstmagd vollauf genügt. Nun schau dir die Bescherung an! Wir haben sie nun im Nacken, diese unerwünschte Person!«

Sophie verbarg ihr Gesicht in den Händen und brach in zornige Tränen aus.

»Vätti! Vätti! Du hast mich betrogen!«, schrie sie. »Ich hätte das nie von dir gedacht!«

Derweilen saß Felix auf einem Koffer, klemmte sich den Zwicker auf die Nase und wusste nicht, was er sagen sollte. Da er sich selbst aus kleinen Verhältnissen emporgearbeitet hatte, konnte er Sophie's Wut schwer begreifen. Sie besaß doch nun, alles in allem, ungefähr eine Million. Eine Million! Das sollte doch genügen, ihn eines Tages für den Großen Rat oder für den Nationalrat kandidieren zu lassen!

»Du bist nicht gerecht«, sagte er geziert. »Ich verstehe dich nicht. Warum versuchst du nicht, die Dinge von einer freundlicheren Seite zu sehen?«

»Ist Vaters Testament rechtsgültig? Das ist alles, was ich wissen will!«

»Aber natürlich! Was soll es denn sonst sein? Etwa rechtsungültig?«

»Nun, dann verlassen wir sofort dieses Haus«, schrie sie. »Ich bleibe bei diesem Weib keine Minute länger als unbedingt nötig.«

Und noch am selben Nachmittag reisten sie ab und kehrten in ihr Thuner Haus zurück, wo sie ihren ehelichen Zank fortsetzten, bis Sophies Kräfte erschöpft waren.

THERESE, GOTTFRIED UND Dr. Schneeli aßen im Gamhof gemeinsam zu Abend. Stumm saßen sie um den Tisch. Therese hatte Tränen in den Augen, sodass Dr. Schneeli nach ihrer Hand griff und sie freundlich tätschelte.

»Nun, nun, Frau Müller! Nein, nicht doch! Versucht, es ein bisschen zu vergessen.«

Gottfried, den verletzten Arm auf den Tisch gestützt, sah Therese finster an, als fürchte er jeden Augenblick eine Überraschung. Aber es geschah nichts Besonderes. Therese schaute nur mit feuchten Augen auf Dr. Schneeli, diesen Mann mit den gütigen Augen, und sie fühlte sich von diesem alten Freund der Familie irgendwie angezogen.

»Ich habe über das Testament meines Mannes nachgedacht«, sagte sie, «und ich meine, dass ich darin zu großmütig behandelt wurde. Ich bin durchaus bereit, ein Dokument zu unterzeichnen, auf dem ich auf alle Rechte, die mir zustehen, verzichte. Ich will weder etwas von seinem Geld, noch von seinem Landbesitz.«

Dr. Schneeli lehnte sich erstaunt zurück. Gottfried runzelte die Brauen und fragte: «Und warum?«

«Weil ich den Gedanken nicht ertragen kann, dass ich es bin, die Feindschaft in der Familie stiftet.«

»Niemand ist dein Feind«, sagte Gottfried.

»Doch! Sophie! Sie ist abgereist, ohne sich zu verabschieden. Ist es meine Schuld, dass Anton Jakob mir soviel hinterlassen hat?«

»Jedenfalls haben meine Gefühle mit Sophies Gefühlen nicht das mindeste zu tun«, sagte Gottfried. »Ich bin mit meinem Anteil zufrieden und möchte, dass Dr. Schneeli das weiß.«

Dr. Schneeli fuhr sich mit den Fingern durch den Bart. »Wenn irgendjemand die geschäftliche Seite Ihres Mannes gekannt hat«, sagte er bedächtig zu Therese, »so war ich es. Ich habe ihn vor gar nicht langer Zeit darauf aufmerksam gemacht, dass die Frage der Verwaltung seiner Liegenschaft im Testament noch offenstehe. Und damals sagte er zu mir: »Ich lege die Sache in Eure Hände. Meine Frau erwartet ein Kind, und dieses Kind soll eines Tages sich um den Gamhof kümmern.

Natürlich lächelte ich darüber. Ich erklärte ihm, dass ich fünfzehn Jahre älter sei als er und dass er sich einen jüngeren Testamentsvollstrecker suchen solle. Aber nein, er wollte es nicht anders. Schön, schön! Ich erinnere mich jetzt an so manches, aber es ist nicht der richtige Augenblick, es zu erzählen. Ich will nur betonen, dass ich dem Toten gegenüber eine Loyalität empfinde, die durch nichts zu erschüttern ist. Er selbst hat über alles, was sein Leben betraf, offen mit mir geredet, und ich erkläre, Kraft der Vollmacht, die er in meine Hände gelegt hat, nicht ein Yota werde ich in seinem Testament ändern lassen, sondern mit Nachdruck dafür sorgen, dass es auf den Buchstaben genau vollstreckt wird.

Er muss seinen Tod vorausgeahnt haben. Nur wenige treffen Vorsorge für ihre ungeborenen Kinder. Er aber hat es getan, und ich will euch auch sagen, warum. Er wusste von dir, Gottfried, dass du eines Tages eine Karriere machen würdest, die dich in eine hohe Stellung führen könnte. Andererseits setzte er großes Vertrauen in Sie, Frau Müller – und in ihr Kind. Keinen Moment zweifelte er, dass es ein Knabe wird, und wir wollen hoffen, dass er recht behält. Von diesem Kind erwartet er, dass es die Familientradition weiterführen werde. Ich sage nur, was er euch wahrscheinlich zu Lebzeiten selbst erzählt hat, aber ich halte es für meine Pflicht, es noch einmal zu wiederholen.« Dr. Schneeli sah Gottfried an.

»Dein Vater hat mir erzählt, ihr beide seid gute Freunde, und um die gute Freundschaft zu erhalten, müsst ihr bemüht sein, einander zu verstehen, einander zu achten, wie bisher, und auch sein Andenken zu ehren. Er war ein bemerkenswerter Mann, es gibt heutzutage leider nur wenige seines Schlages.«

Er schwieg eine Weile, während Gottfried und Therese vor sich hinstarrten.

»Wenn es euch recht ist, Kinder, so werde ich jetzt hinaufgehen, mein Gebet verrichten und mich ins Bett legen.«

Er stand auf und sagte Gute Nacht. Therese begleitete ihn die Treppe hinauf bis an seine Türe. Als sie ins Esszimmer zurückkam, war Gottfried verschwunden. Sie wurde unruhig und ging in die Küche.

»Hast du Herrn Gottfried gesehen?«, fragte sie Minna.

»Ja, er ist ausgegangen.«

»Sagte er, wohin?«, fragte Therese, ungewollt fasziniert durch die Hässlichkeit der Köchin und das Muttermal betrachtend, das ihrem Gesicht eine gewisse Ähnlichkeit mit einer Landkarte verlieh.

»Der Herr sagte, er gehe spazieren.«

»Was? Bei diesem Regen?«

»Ja!«

Therese zog einen Mantel an, holte einen Regenschirm und verließ ebenfalls das Haus.

Seit dem Gespräch mit Dr. Schneeli war eine gewisse Unruhe nicht von ihr gewichen. Neue Hindernisse schienen sich auf ihrem Weg aufzutürmen.

Aber nein! Sie war jetzt ihre eigene Herrin; mit ihrer unbegrenzten Willenskraft wollte sie aller Welt Trotz bieten und sich ein Leben schaffen, wie sie es sich erhofft hatte! Der Regen, der ihr entgegenschlug und auf ihren Schirm prasselte, versetzte sie in ein Gefühl von neuem Lebensmut. Es tat gut, aus dem Haus herauszukommen und den Kampf mit den Elementen aufzunehmen. Bald verschwanden hinter ihr die letzten Lichter und vor ihr tauchten die dunklen Mauern des Friedhofs auf. Ein starkes Mitleid mit Anton Jakob ergriff sie aufs Neue, ein Mitleid, das jenen Gefühlen verwandt war, die sie für ihn empfunden hatte, als er noch am Leben war. Ja, vielleicht hatte sie ihn auch nur aus Mitleid geheiratet? Ging er jetzt in ein ewiges Leben ein, um dort seine erste Frau wiederzutreffen und mit ihr im Himmel eine neue Hochzeit zu feiern? Die bloße Möglichkeit, dass Eheleute nach dem Tod wieder zusammentreffen würden, erschien Therese wie eine ausgeklügelte Strafe. »Vielleicht«, dachte sie, »vertauschen die gläubigen Leute ganz unbewusst den Himmel mit der Hölle«.

Sie betrat den Friedhof nicht, obwohl sie sich insgeheim zum Grabe hingezogen fühlte. Sie begnügte sich damit, aus einiger Entfernung hinüberzuschauen. Unvermutet sah sie eine dunkle Gestalt neben dem aufgeworfenen Hügel stehen.

»Gottfried«, hauchte sie.

Ja, es war Gottfried, der barhäuptig dort im Regen stand. Ein schneidender Schmerz durchbohrte sie. War das nun das Glück, war das die Zukunft, die sie für ihn erobert hatte? Und mit einem Mal wusste sie, dass sie nie diesen Anblick vergessen würde. Gebeugt, kummervoll! Die Haltung tiefer Reue! – Und sie liebte ihn mehr denn je!

Therese hatte einen bitteren Vorgeschmack von allem, was da kommen sollte. Sie drehte sich um und ging nach Hause.

Im Esszimmer wartete sie auf Gottfrieds Rückkehr. Ungefähr eine halbe Stunde tat sie nichts anderes, als dazusitzen und auf ihre Hände zu starren; endlich hörte sie Gottfried kommen, hörte ihn seinen Mantel ablegen, und dann kam er ins Zimmer.

»Theresli«, stammelte er, »Theresli!« …

Aber er ging sofort hinauf in sein Zimmer.

Therese blieb reglos sitzen und starrte immer weiter auf ihre Hände.

»IST DIR NICHT aufgefallen, dass die kleine Luise mich manchmal so misstrauisch anschaut?«, sagte Gottfried eines Abends zu Therese, als sie eben mit dem Abendessen fertig waren.

»Wie kommst du auf diesen Gedanken?«

»Es kommt mir eben so vor.«

»Unsinn!«, sagte sie bestimmt, »nächstens wirst du Gespenster sehen«.

»Ich dachte, dass auch Blaser heute ein wenig argwöhnisch geschaut hat.«

»Blaser? Wann? Wo?«

»Ich traf ihn heute Morgen und abends auf dem Heimweg wieder.«

»Liebster Gottfried! Du leidest an Verfolgungswahn.«

Er schüttelte den Kopf.

»Durchaus nicht. Ich bemerkte, dass Blaser stehen blieb und mir nachschaute. Und als ich ein ziemliches Stück gegangen war und mir eine Zigarette anzündete, sah ich, dass er immer noch an derselben Stelle stand. Blaser muss man meiden, selbst Vater nannte ihn immer einen Pharisäer und Schnüffler.«

»Du solltest wirklich versuchen, eine andere Miene aufzusetzen. Warum nicht manchmal ein wenig lächeln? Wenn du ewig so schaust, wird dich natürlich jeder anstarren und sich fragen, worüber du nachdenkst«.

»Theresli«, sagte er, »es ist fast noch schlimmer als früher. Damals waren wir die Sklaven eines einzigen Menschen, aber jetzt scheint es, als seien wir die Sklaven einer ganzen Welt.«

»Was glaubst du, geht in Blasers Kopf vor?«

»Sein Blick fiel mir auf, das ist alles.«

Therese versank eine Weile in Grübelei. Sie kannte Blasers amtsüblichen Blick nur allzu gut. Vor Jahren schon hatte sie unter ihm gezittert. Gottfried steckte seine Hände in die Taschen und ging im Zimmer auf und ab.

»Wenn nicht das Arsenik wäre«, sagte er, »hätte man weniger Grund, nervös zu sein. Aber dieses verdammte Arsen! Es frisst sich in mein Hirn. Es verfolgt mich. Unmöglich, ihm zu entrinnen.«

Therese packte ihn am Arm.

»Niemand wird je an Arsen denken!«

Gottfried, der sich eben gesetzt hatte, sprang auf und lief zur Türe, die er mit einer hastigen Bewegung aufriss. Angst und Entsetzen waren in sein Gesicht geschrieben – aber draußen war niemand.

»Es ist doch egal.« Er schob die Hände wieder in die Taschen und begann von neuem, auf und ab zu gehen. »Es ist geschehen – es ist nun mal geschehen! Es kümmert mich nicht mehr, wirklich nicht! Ich würde nur gern erfahren, wie du es getan hast!«

Er blieb vor ihr stehen.

»Wie hast du es gemacht? Ich zermartere mir den Kopf, aber komme nicht dahinter. Willst du es mir nicht verraten? Es würde mich erleichtern; es wäre nur fair, mir alles zu sagen!«

Sie machte einen Schritt auf ihn zu. »Du musst aufhören, endlich damit aufhören, diese Frage an mich zu richten und vor allem ununterbrochen darüber nachzudenken. Wenn du mich liebst, dann frage mich nie mehr!«, sagte sie trotzig und herausfordernd.

Er ließ sich schwer auf die Bank am Kachelofen fallen.

»Schön, schön!«, murmelte er nur.

»Wir haben einfach vorsichtig zu sein, das ist alles!«, sagte sie.

»Ich glaube immer noch«, bemerkte er nach einer kurzen Pause, »dass es für uns weit besser gewesen wäre, miteinander davonzulaufen, bevor das alles geschehen musste. Wenn ich irgendetwas von Psychologie verstehe, so weiß ich, dass die Welt uns zwar entsetzlich geschmäht hätte, aber wir wären niemals in diesen Zustand ewiger Angst geraten.«

»Da bist du schon wieder bei deiner Welt«, rief sie. »Was bedeutet denn uns diese Welt? Ich dachte immer, wir seien erhaben über sie. Ein Idiot wie Blaser kann dich mit einem einzigen Blick in Verwirrung bringen. Gottfried, mich ängstigt diese zunehmende Schwäche an dir. Sie verändert dich vollkommen.«

Sie schritt durchs Zimmer zur Ofenbank, auf der er saß, legte ihre Hände auf seine Schultern und lehnte sich schwer über ihn. »Du liebst mich doch, nicht wahr?«, fragte sie.

»Natürlich!«

»Sag, dass du mich liebst, sag es!«

»Ich liebe dich, Therese.«

Sie gab ihm einen langen, atemlosen Kuss und setzte sich neben ihn. »Und du wirst nie aufhören, mich zu lieben?«

»Nein, niemals!«

Es erinnerte ihn an seine Konfirmation und seine Antworten aus dem Katechismus. Aber was für ein Katechismus!

»Alle schönen Dinge des Lebens liegen jetzt vor uns«, flüsterte sie, »ich träume nur mehr von einer Zukunft an deiner Seite. Wir sind doch füreinander geboren. Erinnere dich, wie wir jahrelang gelitten haben, bis es soweit war. Wir wollen doch nicht ewig leiden.«

»Wir dürfen uns aber nichts vormachen«, meinte Gottfried, »als sei das, war wir getan haben, in irgendeiner Hinsicht zu rechtfertigen. Vielmehr sollten wir uns eingestehen, dass wir Verbrecher sind. Besser, der Welt die Stirn bieten, als die menschliche Gesellschaft – oder die Polizei – als unsere Todfeinde einschätzen.«

»Die Polizei ist nicht unser Todfeind, solange sie keinen Verdacht schöpft und die Sache aufdeckt.«

»Das ändert gar nichts, Theresli. Ich habe mir mein Gehirn nach jeder Richtung zermartert. Die Tatsachen bleiben die gleichen! Wir haben einem Menschen das Leben geraubt, um Vorteil aus seinem Verschwinden zu ziehen.«

»Hättest du denn ein besseres Gefühl, wenn wir eine Zeitlang verreisen würden?«

»Verreisen? Wohin denn?«, fragte er erstaunt.

»Ja, nur für kurze Zeit, in eine sonnige Gegend. Um aus Gam wegzukommen.«

»Machst du dir klar, was das bedeuten würde? Hals über Kopf hier verschwinden? Schon am nächsten Tag würde der Tratsch losgehen. Sie ist weg. Aha! So! Und er auch! Sie haben nur auf den Tod des Alten gewartet. Gewartet? Vielleicht haben sie auch ein bisschen nachgeholfen? Haben ihn umgebracht? – Grabt ihn aus! Schaut nach! Ha! Arsenik! Nein, nein, Theresli, wir müssen hierbleiben und Augen und Ohren offenhalten!«

Es schauderte ihn, doch nach kurzer Pause lächelte er wieder.

»Was für ein Unterschied zwischen Theorie und Praxis«, murmelte er.

»Es ist geradezu erhebend, im Gegensatz zur Menschheit zu stehen und zu denken. Man hat das Gefühl, über dem ganzen

Wirrwarr von Zank und Streit zu stehen. Man hat die Vorstellung, dass alles, was man tut, richtig ist, weil man es selbst gewollt hat. Welch ein Überlegenheitsgefühl, die moralischen Begriffe seiner Mitmenschen mit Füßen zu treten, als wäre Selbstbehauptung des eigenen Willens die höchste Form von Lebensgenuss!«

»Das ist es, was du immer gesagt hast«, meinte Therese, »und Nietzsche denkt genauso.«

»Pah! Nietzsche! Er hat eben das alles nur gedacht, aber nichts davon getan. Er lebte so rücksichtsvoll wie nur möglich, und ich wage zu behaupten, dass er keiner Fliege etwas anhaben konnte. Doch wir haben seine Theorie in die Praxis umgesetzt, und so müssen wir uns darauf einstellen, mit der Welt in Konflikt zu geraten, jener Welt nämlich, mit der wir bisher nur theoretisch im Widerspruch lagen.«

»Du musst stark sein, das ist alles!«, sagte sie. »Wenn wir schwach werden, werden wir fallen und verdammt sein.«

»Stark? Was soll das bedeuten? Es ist ein sehr vager Begriff.«

»Nein! Es heißt, dass wir uns frei und offen gegenüberstehen und uns nicht anstecken lassen von einem krankhaften Gewissen. Denke einfach, dass das, was geschehen ist, nicht ungeschehen gemacht werden kann, und richte deinen Blick ganz in die Zukunft. Und wenn du mich liebst, wie du behauptest, so tue das.«

»Das ist nicht der springende Punkt«, sagte er, »der Punkt ist, vorsichtig zu sein, dass nicht irgendwelche seltsamen Gedanken in den Köpfen der Leute entstehen.«

Sie stand auf.

»Du siehst alles in den schwärzesten Farben. Es ist dieser Blaser mit seinem Blick, der wieder all die alten Zweifel und Befürchtungen in dir aufgerührt hat. Vergiss ihn, Gottfried! Wir werden so weiterleben wie bisher, und niemand wird sich Gedanken machen. Du hast recht, wir dürfen unser Leben nicht verändern und die Leute zum Denken bringen.«

Gottfrieds Stirn umwölkte sich, während Therese plötzlich lebendig wurde.

»Ich gehe jetzt hinunter, um mit Röthlisberger zu sprechen. Er muss dafür sorgen, dass die Möbel für Naefs eingepackt werden«.

Sie küsste Gottfried und verließ das Zimmer.

Dies also war das großartige Leben mit Therese, vom Ungeheuer der Eifersucht befreit! Wie ein Pendel hin und her geschaukelt von Reue, Selbstanklage und Angst einerseits und wilder, zügelloser Leidenschaft andererseits.

Vielleicht wäre es erträglich gewesen, hätte da nicht eine Stimme wie das Heulen der Medusa in seinen Ohren gegellt: »Es ist alles deine Schuld! Du allein hast ihre Seele vergiftet! Sie ist unschuldig! Es ist allein deine Schuld!«

Es fiel ihm auf, als Therese leichtfüßig das Zimmer verließ – fast schien sie zu schweben in ihrem schwarzen, fließenden Gewand –, dass sie sich der Schwere ihrer Lage nicht im mindesten bewusst war. Wenn er doch, wie Therese, ja zur Zukunft sagen und die Vergangenheit vergessen könnte! Vergessen! Welch ein Wahnsinn! Wie könnte er je vergessen? Kann ein Mensch, der an Krebs leidet, seinen Krebs vergessen? Er wusste, dass sein Charakter seiner Tat nicht gewachsen war. Und doch, wen hatte er zu fürchten? Anton Jakobs Stiefel polterten nicht mehr treppauf, treppab, und seine barsche Stimme schrie nicht mehr: »Meidi, wo bist du?«

Eine entsetzliche Stille herrschte jetzt im Haus.

EIN STRENGER WINTER brach ein. Im Oberland lag viel Schnee, aber gegen Mitte Januar zerstreuten sich die schweren Wolken, und aus dem blauen Äther leuchteten die majestätischen Bergriesen herab ins Tal in funkelnagelneuem Gewand von blendendem Weiß. Langsam wurden die Stöße von Brennholz, die an den Wänden der Wohnhäuser aufgeschichtet waren, kleiner und kleiner. Die Futterberge in den Tennen begannen tiefe, höhlenartige Löcher aufzuweisen.

Jedes Haus in Gam hatte seine dünne Rauchsäule, seine dicht verschlossenen Türen und Fenster, seine Reihen kristallener Eiszapfen rund um den Dachrand. Aus den dampfigen Ställen kam das Muhen der Simmentaler, die eng in der Wärme ihrer Ausdünstungen zusammenstanden. Ab und zu sah man einen zottigen Hirtenhund durch eine zufällig offene Tür ins Freie jagen und mit lustigen Sätzen in die tiefen Schneehaufen am Straßenrand springen. Alles sah sehr behaglich und respektabel aus, und es gab nichts, was an jene Armut erinnerte, die in den Großstädten als drohendes Grauen über der menschlichen Gesellschaft hing.

Eines Tages ging Gottfried auf dem Heimweg von seinem Büro durch die Dorfstraße. Er war diesen Weg schon seit längerer Zeit nicht mehr gegangen, da er ihn absichtlich gemieden hatte. Gewöhnlich pflegte er einen größeren Umweg einzuschlagen, auf dem er nur selten einem Menschen begegnete. Aber gerade an diesem Tag wählte er die Hauptstraße. Es fiel ihm ein, wenn er sich nie in Gam blicken ließe, könnten die Leute sich wundern und sich allerlei Fragen stellen. »Was ist aus Herrn Müller geworden? Man sieht ihn neuerdings überhaupt nicht mehr – warum nur?«

Zunächst ging er ziemlich rasch, doch als er die Kirchenecke erreichte und vereinzelt Leute auf der Hauptstraße sah, verlangsamte er sein Tempo, damit man sich nicht wundere, weshalb er so schnell gehe. Er knöpfte seinen dunklen Mantel zu und bemühte sich, möglichst unbefangen und freundlich auszusehen; aber es schien, als sei sein Wille nicht stark genug, um seine Gesichtszüge zu beherrschen.

Als er in die Nähe von Bühlers Laden kam, sah er gerade noch Herrn Steiger in seinem grünen Waffenrock und seinem langen Säbel den Laden betreten. Eine Schwäche befiel ihn. Gottfried vergaß einen Augenblick, wohin er gehen wollte. Das war der Polizist, natürlich. Warum nicht? Wer konnte es sonst sein? Doch warum musste Steiger gerade in diesem Augenblick seinen Weg kreuzen? Höchst sonderbar! Nein, es war nicht ein einfacher Zufall des alltäglichen Lebens, es war ein richtiges Problem. Wieder eines dieser vielen Probleme, die sich jetzt täglich auftaten. Steiger hatte ihn aus einer Entfernung von zwanzig Metern gesehen, aber er hatte nicht gegrüßt. Dabei war er doch immer ein höflicher Mann gewesen. Manche hielten ihn für einen steifen Amtsmenschen, aber Unhöflichkeit konnte ihm niemand vorwerfen. Gottfried war einer Ohnmacht nahe; doch es gelang ihm noch, bis zu Bühlers Laden zu kommen. Dort blieb er stehen. Er starrte in das Schaufenster, wo Winterartikel, Krawatten, Sweaters, Schokoladenschachteln und Ansichtskarten ausgestellt waren; dazu Skier und Davoser Schlitten, die reihenweise zum Verkauf oder Verleih bereitstanden. »English spoken«, hing als Schild im Fenster. Seit wann sprachen die Bühlers Englisch?

Aber warum kam denn Herr Steiger nicht heraus? Was konnte er in Bühlers Laden zu tun haben? Worüber mochte er reden? So etwa fragte sich Gottfried.

Nein, es war einfach ein Fehler, dass er mit Therese unter einem Dach wohnte. Es ist ein Fehler, dachte er plötzlich, auch wenn die Leute wissen, dass sie Mutter wird.

Es gab keinen Grund, dass sie zusammenleben. Plötzlich fiel ihm jener Brief von seiner Schwester ein, den er in der Brusttasche bei sich trug. Wieder eines jener beschämenden Probleme! Noch war er nicht imstande gewesen, den Brief zu beantworten. Er enthielt eine leise Warnung, vorsichtig und sehr verschleiert, über die Tatsache, dass er mit Therese in einem Haus wohne. Auch einen Köder enthielt er: die Meldung, dass Barbara Gotsch, ein hübsches, wohlhabendes, junges Geschöpf bei ihr in Thun zu Besuch weile. – »Just das richtige Mädchen, das dir gefallen würde und eine gute, tüchtige Frau für dich wäre.«

Ein trauriges Lächeln umspielte Gottfrieds Lippen. »Barbara Gotsch – was bedeutete ihm schon eine Barbara, eine Gotsch?«

»Ich stehe jetzt schon eine ziemliche Weile hier«, dachte er nun. »Warum zum Teufel stehe ich hier? Sicher haben sie mich im Laden gesehen. Was werden sie jetzt denken? Falls ich weitergehe? Steiger könnte glauben, dass ich mich vor ihm fürchte. Nein, diesen Eindruck darf ich ihm nicht geben.«

Gottfried stieg ein paar Stufen hinauf und öffnete die Ladentür. Irgendwo im Hintergrund läutete eine elektrische Klingel.

»Tag wohl!«, sagte er.

»Tag, Herr Müller! Sieht man sich auch mal wieder?«, erwiderte Frau Bühler. Steiger stand von einem Stuhl auf und reichte Gottfried die Hand.

»Tag, Herr Müller!«, begrüßte er ihn.

Es schien Gottfried, als tausche der Polizist einen raschen Blick mit Frau Bühler. Eine seelische und körperliche Schwäche überkam ihn, er setzte sich rasch nieder.

»Ja, ja«, murmelte er, »es ist merkwürdig, wie ich – wie ich kraftlos seit meiner letzten Krankheit geworden bin. Ich wollte eine Schachtel Zigaretten holen, Frau Bühler. Sie haben die Sorte, die ich gern rauche. Ich sah sie im Schaufenster. Der Doktor sagt zwar, dass ich nicht rauchen solle, aber die Ärzte würden einem jede kleinste Lebensfreude rauben, wenn man sie ließe. Ich erinnere mich, wie sie meinen Vater drangsalierten ... Ja, Frau Bühler, das sind die, die ich immer rauche, danke schön.«

Steiger nahm ein Paket vom Ladentisch und schob es unter den Arm.

»So, ja, hm!«, sagte er. »Ich habe noch keine Gelegenheit gehabt, um Euch für die Gemeindewahl am Sonntag Glück zu wünschen, Herr Müller.«

»Wahl?«

»Ja, es wird wohl keine Opposition geben, nehme ich an. Und Ihr werdet die Stelle des seligen Herrn Alt-Regierungsrats im Gemeinderat einnehmen.«

»Ja, das ist eine Sache für sich«, sagte Gottfried zerstreut. Er stand auf und bezahlte seine Zigaretten. Steiger sah in verwirrt an.

»Ich hoffe, Frau Müller geht es gut«, sagte Frau Bühler.

»Frau Müller?«, murmelte Gottfried. »Frau Müller?«

Plötzlich riss er sich zusammen.

»O ja! Natürlich!«, lächelte er. »Ich dachte zuerst, Ihr sprecht von meiner Frau Müller. Ich habe noch keine. Aber eines Tages, vielleicht bald ... man kann nie wissen. Aber Frau Müller geht es gut, ist sie nicht heute bei Euch gewesen? Zumindesten sagte sie, sie wolle zu Euch. Die Mäuse sind uns nämlich in die hölzerne Makkaronikiste geraten.«

»Ich weiß. Minna ist hier gewesen. Und der Bueb hat eine neue Kiste hinübergebracht.«

»Ich muss jetzt gehen«, sagte Steiger und nickte Frau Bühler und Gottfried zu.

»Wartet einen Moment, Herr Steiger. Ich komme mit Euch.«

Er steckte die Zigaretten ein und verließ gemeinsam mit Herrn Steiger den Laden.

»Ich würde mich freuen«, sagte er draußen vor der Tür, »wenn Ihr mit mir im Bären vor dem Essen noch ein Gläsli trinken würdet.«

Steiger schaute überrascht auf Gottfried. Dieser lachte trocken.

»Ja, wirklich! Ich fühle mich wohl in Eurer Gesellschaft. Es gibt mir ein Gefühl des Schutzes. Nicht, dass ich Feinde hätte, nein! Aber Ihr repräsentiert für mich den Staat, die Obrigkeit, ich meine die exekutive Seite des Gesetzes. Wie Ihr wisst, habe ich Jura studiert, Eure Meinung darüber würde mich interessieren.«

»Tut mir leid, Herr Müller«, sagte Steiger. »Ich muss nach Hause. Meine Frau hat das Essen fertig und auch die Kinder sind zurück. Die Suppe wird kalt, wenn ich jetzt in den Bären gehe. Ein andermal, Herr Müller! Ihr entschuldigt mich doch hoffentlich!«

»Gut! Auf ein andermal! An einem der nächsten Tage komme ich in den Bären. Vielleicht übernehme ich eines Tages auch Vaters Stammsitz, doch jetzt noch nicht. Es wäre ein bisschen zu bald nach seinem Tod.«

Er schüttelte Steiger die Hand und ging seines Weges.

»Esel! Esel, Esel! «, murmelte er vor sich hin. »Was wird das Nächste sein, was du tust? Deine ganzen Neuigkeiten in Blasers Büro an die Wand nageln? Oder sie von den Dächern schreien?«

Mit gehetztem Blick schaute er um sich. Steiger ging friedlich in die entgegengesetzte Richtung. Gottfried stellte den Mantelkragen hoch und beschleunigte seine Schritte. Unterwegs traf er noch diesen und jenen, zog mit übertriebener

Förmlichkeit seinen Hut und eilte weiter. Bald darauf erreichte er das Haus in einem Zustand völliger Erschöpfung.

THERESE SASS MIT einem Buch im Esszimmer und wartete auf Gottfried. Lesen war ihr zu einer richtigen Leidenschaft geworden, wenn ihre zahlreichen Pflichten ihre Zeit nicht in Anspruch nahmen oder sie nicht gerade spazieren ging. Als Gottfried hereinkam, erhob sie sich langsam und streckte ihm ihre weiße Hand entgegen. Er zog sie sanft an sich und küsste sie. Dann setzten sie sich zu Tisch.

»Bist du mit deinem Artikel fertig geworden?«, fragte sie.

»Nein, ich kann mich einfach nicht auf meine Arbeit konzentrieren. Wenn ich mich hinsetze, um zu schreiben, habe ich das Gefühl, als ob die Wirklichkeit sich verflüchtige, und ich falle in eine Art von Traum. Ich empfinde ein undefinierbares Grauen … Theresli! Oh, Theresli!«

Er griff nach ihrer Hand, zog sie über den Tisch und legte seine Wange darauf.

»Nur so fühle ich mich glücklich, nur wenn ich dich bei mir habe und dich fühlen kann. Du bist mein einziger Trost, denn du verstehst mich. Oder nicht?«

Sie presste den Handrücken gegen sein Gesicht.

»Aber«, sagte sie, »du meinst schon, dass du die Februar-Nummer rechtzeitig fertig bringst?«

»Ich weiß nicht. Ich fühle mich fast zu krank, um irgendetwas zu tun. Wenn ich nur wüsste, wie ich diesen Zustand beenden kann. Wenn ich nur wie andere sein könnte.«

»Wie ich?«

»Du bist nicht wie andere, Theresli. Nein, ich meine zum Beispiel wie Felix. Ich bin überzeugt, er jagt alle großen Gefühle von sich und hält es für ungesund, sich Empfindungen überhaupt hinzugeben. Er begnügt sich damit, aus seinem Leben eine trockene Angelegenheit zu machen. Für mich wäre es ein großer Vorteil, wenn ich weniger Phantasie hätte, glaube mir.«

Luise brachte das Essen: Hasenpfeffer mit Johannisbeergelee, Kartoffeln und Rotkraut. Gottfried sog schnuppernd den würzigen Duft in die Nase, und ein kleiner Schimmer von Freude trat in seine Augen.

»Ich glaube, ich habe endlich einmal Appetit«, sagte er.

»Stell alles auf den Tisch, Luise«, befahl Therese.

Luise gehorchte und verließ das Zimmer.

Therese stocherte in der Kasserolle herum, um ein besonders schönes Stück für Gottfried herauszufinden. Sie füllte seinen Teller und bediente sich dann selbst. Gottfried machte sich sogleich über sein Essen her, doch schon nach ein paar Bissen schaute er voller Überdruss.

»Nein – es geht nicht.«

»Iss, Liebster, iss doch!«

»Wenn ich nicht bald wieder meinen regelrechten Schlaf finde, werde ich noch verrückt. Ja, es ist schon sonderbar, wie das Sühnen ganz von selbst begonnen hat und immer weiter und weiter geht. Heute wäre ich fast auf offener Straße in Ohnmacht gefallen, und ich weiß gar nicht mehr, was ich an Dummheiten getan oder gesagt habe. Ich holte Zigaretten bei Bühlers und habe mit dem Polizisten geschwatzt. Aber der Henker soll mich holen, wenn ich noch wüsste, was ich zu den beiden gesagt habe.«

»Hoffentlich hast du nichts Unvorsichtiges gesagt«, rief sie hastig.

»Nein, sicher nicht! Du weißt ja, es steckt in mir noch eine zweite Person, eine, die so stark ist, dass sie mich immer davor bewahren wird, etwas Dummes zu sagen, selbst wenn ich im Fieber phantasiere oder aus einer Ohnmacht erwache, eine Art unterbewusstes Ich!«

Er seufzte.

»Und zuweilen wundere ich mich auch, wie die Leute nicht einmal zwei und zwei zusammenreimen können, wo doch alles so einfach und klar ist. Hier sind wir beide, und er ist weg! So klar ist das alles! O Gott!«

Sie hatten bisher immer streng getrennt gewohnt, sie unten und er im Oberstock. Nun ging sie mit ihm die Treppe hinauf zu seinem Zimmer. Sie zog einen dunklen Vorhang vor das Fenster, um das grelle Sonnenlicht abzuschirmen.

»Komm, Bueb! «, sagte sie schmeichelnd, als spreche sie zu einem Kind. »Leg dich jetzt hin und versuche zu schlafen.«

Er legte Jacke und Stiefel ab und sank mit einem Stöhnen auf sein Bett.

»Ach, ich glaube, du nimmst alles viel zu tragisch«, sagte sie und nahm seine Hand.

»Es wird eine Zeit kommen, wo du mich verfluchen wirst für alles, was ich dir angetan habe. Leg deine Hand auf meine Stirn, Liebste. Sag mir, dass du unschuldig bist. Lass es mich aus deinem Mund hören. Du bist unschuldig!«

Sie stotterte nur seinen Namen …

»Ich verliere nicht den Verstand. Aber du bist unschuldig. Nach Wochen des Nachdenkens bin ich zu dieser Überzeugung gekommen.«

»Was sagst du da! Ich weiß genau, was ich getan habe. Nur … irgendwie fühle ich, dass ich stärker bin als du. Ich bin so geschaffen, es ist sozusagen meine Konstitution …«

Gottfried lachte trocken.

»Ich bin es doch gewesen«, antwortete er, »der dich all die Tricks des Menschengeistes lehren wollte. Was ist schnellwirkendes Arsenik gegen das schleichende Gift, das ich tagaus, tagein während der letzten Jahre dir eingeflößt habe! Nein, nein, du bist unschuldig – du bist nicht einmal fähig einzusehen …«

»Unsinn! Du bist das Opfer deiner seltsamen Ideen und Empfindungen geworden. Beherrsche sie! Begrabe sie!«

»Du bist eben mutiger«, sagte er. »Das ist es ja gerade. Du hast es getan, weil du dem Gebot deines Willens folgen musstest. Dein Wille hat dich beherrscht, hat deinen Geist bevormundet. Der Impuls wurde unwiderstehlich und der Entschluss Notwendigkeit. Nur für mich hast du es getan und durch mich! Aber hinter deinem Willen stehe ich! Nicht einmal gehindert habe ich dich daran, als ich es hätte können. Ich bin der eigentliche Mörder, nicht du – sogar die Gesetze würden dich für unschuldig erklären!«

»Warum dies alles wieder aufwühlen?«

»Ach!«, sagte er, »wenn ich nur schlafen könnte! Der Schlaf

würde mir neue Kraft geben. Aber ich kann nicht. Natürlich schläfst du! – Weil du unschuldig bist!«

»Gibt es denn gar keinen Weg zu vergessen, Gottfried? Keine Möglichkeit, wenigstens ein bisschen zu vergessen?«

»Es ist nicht so sehr die Vergangenheit als vielmehr die Zukunft, die ich fürchte – und mich selber. Mein ganzer Körper scheint eine Barrikade gegen meinen Schlaf aufgebaut zu haben. Letzten Donnerstag in Zürich – ich habe es dir noch nicht erzählt – habe ich mich auf ein Bett ausgestreckt, habe meine Medizin genommen und gedacht: ›Also jetzt! Schlafe!‹ Und verdammt nochmal, das ganze Grauen überfiel mich im Traum. Plötzlich wachte ich auf und habe Gott gedankt, dass alles nur ein Traum war. Es war gerade Mitternacht – und danach habe ich kein Auge mehr zugetan. Ich weiß nicht, wie ich kuriert werden kann. Manchmal hätte ich fast Lust, bei jenen geistlichen Herren in Tübingen Zuflucht zu suchen; aber ich bin ihnen ja ausgekniffen.«

Therese war alarmiert, sie stand auf, ging hinunter und setzte sich auf die Ofenbank. Sie empfand ein immenses Mitleid mit Gottfried.

»Ich unschuldig? Er ist unschuldig? Er allein ist unschuldig!«

War dies der Stachel des Gewissens?

Das Kind in ihrem Leib bewegte sich …

ENDLICH HATTE GOTTFRIED einmal geschlafen, ohne ein Mittel genommen zu haben.

Als er am Morgen hinunterging, sah er einen alten Mantel über einem Stuhl hängen.

»Minna, ist Leonide da? Mir ist, als hätte ich ihren Mantel gesehenen.«

»Leonide? Ja, wenn der Herr die Hebamme meint.«

Im Esszimmer saßen Therese und Leonide. Leonide war eine stattliche Matrone mit leicht ergrautem Haar, die seit mehr als dreißig Jahren das mühsame Gewerbe einer Hebamme ausübte. Sobald Gottfried ins Zimmer trat, öffnete sie weit ihre Arme und rief. »Herrjesses, da ist der Gottfried! Ja, wirklich. Muss über zehn Jahre her sein, seit ich mein Gottfriedli gesehen habe. Komm und gibt Tante Leo einen Kuss!«

»Du bist noch immer die gleiche, Leonide, nicht ein bisschen verändert. Aber wo kommst du her?«

»Hedwig hat mir von Frau Müller erzählt, und so bin ich von Interlaken herübergekommen. Ich habe ihr soeben gesagt, wie gut ich deine Mama gekannt habe, und jetzt wünscht Frau Müller, dass ich auch ihren Fall übernehme.«

Verliebt sah sie Therese an.

»Sie ist eine ganz Liebe. Nur traurig, dass der alte Herr Müller nicht mehr da ist. Er hat die Babys so gern gehabt. Ach! Was er da alles versäumt! Für ein Kind ist es traurig, wenn es seinen Vater nie kennenlernt. Aber ich hoffe, Frau Müller wird nicht nervös sein. Sie hat übrigens keinerlei Grund dazu.«

Und sich rasch Gottfried zuwendend, sagte sie: »Du wirst dem neuen Stammhalter ein Vater sein müssen.«

Therese lachte. »Leonide; Leonide! Er wird sich eines Tages um seine eigenen Kinder zu kümmern haben!«

»Wann erwartest du das Kind?«, fragte Gottfried.

Leonide lachte.

»Wie neugierig die jungen Leute heute sind! Ihr beide solltet eigentlich Mann und Frau sein, Jesses Gott! Wie schön wäre das!«

Gottfried lachte über diese Bemerkung von einer Frau, die fast wie eine Mutter zu ihm gewesen war – immerhin war sie gute drei Jahre bei ihnen gewesen.

»Vater hat mir einmal gesagt« – fast schauderte er über seine Kühnheit –, »dass ich Stiefmutter hätte heiraten sollen und nicht er. Natürlich hat er Spaß gemacht.«

»Jetzt spielst du aber mit dem Feuer«, rief Therese, »wir sind doch nicht wie die alten Ägypter, die nichts dabei fanden, ihre eigene Mutter oder Schwester zu heiraten.«

»Ihr seid mir die Richtigen!«, brach es aus Leonide heraus, indem sie die Hände zusammenschlug und mit offenem Mund dastand, »aber ich könnte euch ja Dinge erzählen, die ich rauf und runter im Arnatal gesehen habe! Oh, Herr Jesses! Und wie ich das könnte.«

»Du bist skandalsüchtig, Leonide«, sagte Gottfried. »Aber ich lasse euch jetzt allein, ich muss ausgehen.«

Leonide drückte ihn heftig an ihren Busen, küsste ihn auf beide Wangen und ließ ihn dann gehen.

Im Verlauf des Vormittags erledigte Gottfried eine Menge Korrespondenz. Dann wurde er plötzlich müde, sah schwarze Löcher in der Luft, schloss die Augen und döste vor sich hin, den Kopf in die Hände gestützt.

Im weiteren Verlauf des Tages kamen neue Probleme auf ihn zu. Es gab etwas Wichtiges, das er schon lange mit Therese zu besprechen beabsichtigt hatte. Er wollte ihr mitteilen, dass er über ihren Stammbaum, den vor kurzem ein Genfer Genealoge als eine noch von Anton Jakob bestellte Arbeit geschickt hatte, gründlich nachgedacht habe. Die Marianos waren bis ins Jahr 1315 zurückzuverfolgen. Gegen Ende des 14. Jahrhunderts war ein Etienne Nathaniel Graf Mariano durch endlose Zwistigkeiten mit den herrschenden Bischöfen berühmt und berüchtigt gewesen. Sein Sohn heiratete Cecilia Lucia Jolanthe, die Tochter von Amadeus dem VIII., Herzog von Savoyen. Nun wurden die Etiennes jener Zeit die unbarmherzigsten Schlächter, die die Geschichte kennt. Jahrhunderte hindurch blieb das Morden ihr Lieblingshandwerk. Auch Thereses Vater hatte unglücklicherweise getötet – und nun Therese selbst …

Gottfried stritt lange mit sich und kam zu dem Schluss, dass Therese nur als sein Werkzeug getötet hatte. Er war es gewesen, der diese dunkle, tief verborgene Neigung entfesselt hatte. Die modernen Gesetze und die Wissenschaft hätten diese Tatsache zu berücksichtigen, falls das Verbrechen je an den Tag käme. Sie war allen Ernstes unschuldig, der Mord an Anton Jakob war allein seine Tat. Aus diesem Gefühl heraus wollte er ihr dies erzählen; wenn nur Leonide nicht so plötzlich im Hause aufgetaucht wäre. Und deshalb hatte er wahrscheinlich auch gut geschlafen. Er nahm sich vor, später einmal mit Therese darüber zu sprechen. Im Augenblick schien es ihm ziemlich natürlich, dass ein Abkömmling von Generationen von Mördern selbst töten konnte. Man hätte ja auch eine Löwin nicht wegen Grausamkeit tadeln können!

ALS GOTTFRIED ZU seiner ersten Sitzung aufbrach – man hatte ihn inzwischen in den Gemeinderat gewählt –, lief ein Zucken über sein Gesicht.

»Ich habe die Wahl nur angenommen, um keinen Verdacht aufkommen zu lassen«, sagte er zu Therese. »Aber, glaube mir, ich habe nicht die geringste Lust hinzugehen. Es ist nicht Angst, es sind nur die Nerven. Wenn ich doch nur einmal richtig schlafen könnte.«

Thereses Ausdruck veränderte sich schlagartig; sie zog ihn am Arm in ihr Zimmer und schaute ihn streng an.

»Gottfried! Gottfried!«, sagte sie mit harter Stimme. »Das muss ein Ende nehmen. Es ist schrecklich! Schau mich an! Da bin ich, wenige Wochen vor meiner Niederkunft, mit Angst genug für mich selber. Aber schleiche ich herum wie ein armer Sünder? Ich kann nur sterben oder leben. Bedenke, was du für mich bedeutest. Dieses Leben in Gam wird nicht ewig dauern; bald wird es sich von selbst ändern. Sobald das Kind geboren ist, reise ich weg. Wir werden uns weit weg irgendwo treffen und ein neues Leben beginnen. Wahrhaftig, Gottfried, ich kann deine ewige Angst nicht mehr ertragen, ich kann nicht.«

Weiß im Gesicht kehrte sie sich ab und ging im Zimmer auf und ab.

»Aber, aber«, stammelte Gottfried, »ich tue ja nichts anderes, als mir selber zu beweisen, dass du unschuldig bist. Damit dir keine Gefahr droht, wenn die Wolken sich über mir entladen.«

»Das ist unmöglich! Du wirst nie meine Unschuld beweisen können! Warum auch? Es sind Hirngespinste! Ich brauche keine Entlastung. Ich habe dir tausendmal gesagt, dass alles mein klarer Wille war. Ich habe es so gewollt!«

»Genau«, erwiderte er finster. »Das ist eben das Rätsel. Du

hast es durch mich, für mich gewollt. Du bist nicht mehr schuldig, als die Waffe in der Hand des Mörders schuldig ist.«

»Gottfried, wie unvernünftig du bist! Quäle mich doch nicht die ganze Zeit über das, was ich getan habe! Du solltest nun unbedingt zur Gemeindeversammlung gehen, es ist ja deine erste. Hab keine Angst und geh nur!«

»Ich gehe schon«, sagte er und löste sich von ihr. Während er den Mantel anzog, sagte er noch: »Die Zeit wird mir recht geben. Aber es wird Zeit nehmen, vielleicht mehrere Jahre, bevor ich wirklich genau weiß, wo und wofür ich in dieser konfusen Welt stehe.«

Bevor er die Schwelle zum Gemeindehaus überschritt, holte er noch einmal tief Atem. Dann stieß er auf Blaser, der ihm salbungsvoll guten Abend wünschte und ihm mitteilte, die Herren seien bereits im Saal, und nach Erledigung des Protokolls würden sie sich ins Stübli im Bären vertagen.

Er betrat den Sitzungssaal zusammen mit dem Ratschreiber. Die Herren Dr. Blatter, Zurmühlen, Niederegger, Bühler, Baumann und Vögeli erhoben sich alle, um das jüngste Gemeinderatsmitglied zu begrüßen. Dann ließen sie sich mit würdevoller Miene um einen großen Eichentisch nieder; Gottfried nahm seines Vaters Stuhl ein. Gemeindeamtmann Niederegger begrüßte mit einer vortrefflichen Rede den studierten Sohn Anton Jakobs, von dem sie alle hofften, dass seine vielfachen Talente der Gemeinde zum Nutzen gereichen werden. Dann setzte Blaser seine Brille auf die Nasenspitze, räusperte sich und verlas das Protokoll der letzten Sitzung. Außerdem berichtete er, dass die alte Buche, die seit jeher ein Hindernis für die Heuwagen auf der Hauptstraße gewesen war, nun endlich gefällt worden sei. Auch dass der Platz am Abfluss des Fröschenweihers, wo die Frauen ihre Wäsche waschen dürfen, Anlass zu Streitigkeiten gegeben habe; nun sei er nach den Plänen von Dr. Blatter mit Kosten von siebenhundertdreißig Franken und fünfundvierzig Rappen vergrößert worden.

Gottfried saß da und hörte sich noch die vielen kleinen Angelegenheiten mit an, die laut Tagesordnung eine nach der anderen mit gewissenhafter Förmlichkeit behandelt wurden.

Als die Sache Knübel zur Beratung kam – Knübel hatte seine Düngerfestung zu weit in die Straße vorgebaut – und als man ihn aufforderte, das Ganze einen Meter zurückzunehmen, weigerte er sich und erhielt ordnungsgemäß eine Geldstrafe.

Diese Männer hatten Gottfried Sixtus als ihresgleichen in ihre Mitte gerufen. Ihre Stimmen hatten ihn ausgewählt, als Sohn eines Vaters, dessen Andenken hochgeachtet war. Mit bescheidener Zurückhaltung, aber großer Herzlichkeit hatten sie ihn empfangen. Er war jetzt Gemeinderat von Gam.

Gottfried war tief in Gedanken versunken. Plötzlich rief Niederegger: »Und was sagt Herr Müller zu diesem Vorschlag?«

Gottfried fuhr leicht zusammen.

»Oh, meine Herren! Ich bin ein Neuling. Ich werde fürs Erste nur zuhören und lernen.«

Ein zufriedenes Brummen machte die Runde. Solcher Bescheidenheit konnte man unter den herrschenden Köpfen im Oberland nicht oft begegnen.

Einen Augenblick lagen Gottfried schreckliche Worte auf der Zunge, doch er würgte sie wieder hinunter.

»Was tue ich hier?«, würde er gesagt haben, wenn ihn nicht eine innere Stimme zurückgehalten hätte. »Ich beschmutze eure ehrliche Gesellschaft. Für mich ist kein Platz mehr in irgendeiner sozialen Gemeinschaft. Mögen andere dort leben!«

»So!«, rief schließlich Niederegger. »Wir haben unsere Aufgaben erledigt. Jetzt wollen wir Johann Timm im Bären heimsuchen.«

Die Sitzung wurde im Bären fortgesetzt. Die Traktanden wurden alle noch einmal durchgekaut, nur mit dem Unterschied, dass nun jeder der Männer ein Gläsli vor sich stehen hatte. Als Gottfried ins Haus zurückkam, ging er zu Bett und bemühte sich verzweifelt einzuschlafen.

Die Großvateruhr fuhr fort, unten im Flur die Stunden zu verkünden. Gottfried hörte ihre Schläge. Vor seinem inneren Auge wickelte sich von neuem die furchtbare Tragödie seines Vaters ab, in all ihren kleinsten Einzelheiten – bis ans Grab!

»Du bist der Fluch meines Lebens!« Wieder schossen jene

Worte durch sein Gehirn, doch er zitterte nicht, nein, sein Körper war wie zu Wachs erstarrt. Dennoch war ihm, als zöge man ihm mit glühenden Nadeln die Nerven aus dem Fleisch. Und dann sah er sich wieder im Trauergefolge beim Begräbnis … Wie oft war er nun schon hinter diesem Sarg gegangen; unzählige Male! Es schlug vier. – Um diese Zeit steigerten sich gewöhnlich die Verfolgungen, die Zukunft stand vor ihm. Er sah den Zug der Richter, die qualvolle Wanderung von Zelle zu Zelle. Endlose Verhöre hatte er über sich ergehen zu lassen. Und hinter allem gähnte grauenhafte Einsamkeit.

Immer wieder wälzte er sich herum und zog die Tücher glatt, schweißbedeckt. Schließlich senkte sich aber doch der Schlaf auf ihn nieder, tiefer als ein Todesschlaf.

EINIGE TAGE DANACH öffnete Gottfried den Schrank, der neben Seife, Wäsche und Haushaltschemikalien ein Fläschchen mit einem Schlaftrunk enthielt, den er seit einiger Zeit nicht mehr genommen hatte. Er dachte, dieser Medizin noch einmal eine Chance zu geben, um seinen Gemütszustand zu beruhigen. Wie er es überhaupt fertig brachte, sich unter diesen Umständen noch einigermaßen aufrecht zu erhalten, war ihm ein Rätsel. Allmählich sah er sich als ein gespaltenes Wesen, wobei der eine Gottfried den anderen pausenlos jagte … Doch irgendwo in den Tiefen seines Inneren hatte er die Zuversicht, dass eines Tages alles doch noch ins richtige Geleise kommen werde.

Eine Stimme aus unbekannten Regionen flüsterte ihm ein, dass alles in der Natur aus einer Form in die andere übergehe – und so, wie die stofflichen Wesen blühen und verwelken, so kommen und gehen auch die körperlosen, die moralischen Ideen. Es schien ihm sogar, als sei das moralische Gefüge des Universums gleichsam dem stofflichen und greifbaren aufgepfropft.

Er hatte begonnen, das Leben als etwas Unvermeidliches zu betrachten, etwas, das man durchmachen musste und das man hinter sich zu bringen hatte.

Selbst die Liebe, diese tragische Macht im Leben, musste voll ausgekostet werden. Dies war eine Naturnotwendigkeit, sozusagen die Essenz und das Verhängnis der Natur zugleich.

Während er noch nach dem Fläschchen suchte, bemerkte er auf dem untersten Regal des Schrankes mehrere leere und halbleere Fläschchen mit Lebersalz. Unvermittelt empfand er jenen scharfen Schmerz, der ihn jedes Mal heimsuchte, wenn er an seinen Vater dachte.

Er hielt inne, um sich die Fläschchen näher anzusehen, und entdeckte, dass eines offenbar ausgespült war. Als er es ergriff, blieb ihm das Etikett in der Hand.

Im Bruchteil einer Sekunde wusste er nun, was er seit Monaten wissen wollte. Es schloss den Schrank zu und ging in sein Zimmer. Dort untersuchte er sorgfältig das Fläschchen. An der einen Ecke des Etiketts war noch ein bißchen Gummi haften geblieben. Er klebte das Papier wieder ans Glas, das er in eine Schublade seines Schreibtisches einschloss.

Am Abend fragte ihn Therese, ob etwas passiert sei, das ihn so heiter stimme. Sie ahnte wohl, dass seine Heiterkeit um ihretwillen geheuchelt sein konnte.

»Ich habe jetzt die Mittel in der Hand, für den Fall, dass ich sie brauche«, sagte er. »Ich könnte dich damit wunderbar verteidigen.«

»Mich verteidigen?«

»Ja, warum nicht? Ich könnte jedem Dummkopf beweisen, dass ich ein Vatermörder bin.«

Sie versuchte, ihn zu beschwichtigen: »Warte, bis das Kind auf die Welt kommt! Das wird unser Leben verändern, und du wirst neue Ideen bekommen. Hast du dir schon überlegt, was wir später tun wollen? Ich will es dir sagen: Sobald wie möglich reise ich von hier weg. Ich habe genug von diesen dunklen, überhängenden Felsen des Arnatales. Meine Kräfte sind durch die ständige Drohung dieser Felsmassen aufgezehrt. Unser neues Leben müssen wir als Mann und Frau zusammen beginnen. Wir werden Bücher mitnehmen …«

»Und unsere Erinnerungen!«, unterbrach er sie.

»Wir nehmen alles mit und suchen uns von diesem Winter

und seinen Schrecken zu befreien. Immer diese Grübeleien und Selbstvorwürfe! Ich glaube nicht, dass dein Vater der Mensch wäre, der als Geist zurückkäme, um uns zu drohen oder uns das Leben aus Rache sauer zu machen. Jedes Mal, wenn ich an ihn denke, kann ich immer nur freundlich an ihn denken. Ich habe ihm Furchtbares angetan, doch er ist nicht ein einziges Mal wieder erschienen und hat mir gedroht. Im Tiefsten meines Herzens glaube ich, dass er mir verziehen hat.«

Eine Sekunde lang wäre er ihr am liebsten an die Kehle gesprungen.

»Was ist los mit dir?«, fragte sie erschrocken.

Er ließ seinen Kopf auf die Arme sinken.

»Schlaf! Schlaf! Nichts als Schlaf!«, kicherte er.

»Du wirst doch nicht verrückt werden!« Sie legte die Hand auf seinen Kopf und erkannte, dass ihr Leben am Rande eines Abgrunds stand.

DAS GROSSE TAUWETTER hatte im März begonnen. Tag um Tag stieg die Sonne höher über das Tal, und die warmen Südwinde fegten heulend über die Bergpässe. Der Schnee schmolz, auf den Feldern bildeten sich Moraste, und ab und zu war das erschreckende Donnern von Lawinen zu hören. Eine kam nicht weit von Gam nieder. Es war die St.-Fridolins-Lawine, die fast jedes Jahr durch denselben Kamin zu Tale fuhr. Zunächst ertönte in den oberen Regionen ein dumpfes, beängstigendes Grollen. Dann hob ein dauerndes monotones Donnern an, und man sah, wie die lose Masse von Schnee, Eis, Geröll, Bäumen, Felsbrocken und Erde sich anfangs nur langsam über die Hänge schob, bis sie, mit Ungestüm, an Größe und Stärke zunehmend und alles mit sich reißend, brüllend die Wände herunterdonnerte. Erst im felsigen Flussbett der Arna gab es Halt … ein höllisches Krachen, ein scharfer Luftdruck, der peitschend durch das Tal fegte und leise grollend langsam verebbte … Das schäumende Wasser der Arna, in der Farbe nun wie eine Mischung von Milch und Gras, prallte unmittelbar gegen die tonnenschwere Masse, die sich ihr in die Quere gelegt hatte und ihren Lauf hemmte.

Spät im März ging Therese mit Leonide auf den Friedhof. Leonide trug einen Kranz von frischen Blumen. Sie sprachen über Gottfried, so wie sie es häufig taten, seit Leonide im Gamhof eingezogen war. Leonide meinte, dass Gottfried, der bald dreißig sein würde, jemanden finden müsste, der ihn liebte.

»Es ist nicht gut für ihn, allen Frauen seines Alters aus dem Weg zu gehen. Es ist unnatürlich.«

»Seit dem Tod seines Vaters ist er eigenartig geworden, und ich weiß nicht, weshalb …«

»Er hätte nicht gerade jetzt nach Zürich fahren sollen«, sagte Leonide. »Es ist immer gut, einen Mann im Hause zu haben, wenn ein Kind auf die Welt kommt …«

»Aber du wirst ihm telegrafieren, er kann in wenigen Stunden hier sein, wenn wir ihn brauchen.«

»Er hätte hierbleiben sollen.«

»Du kennst doch Gottfried, er ist zu feinfühlig. Wahrscheinlich hat er angenommen, dass seine Nähe mich stören oder verwirren könnte, was die Sache nicht leichter machen würde.«

»Eigentlich müsstest du seine Frau sein«, erklärte Leonide unverblümt. »Das wäre für euch beide das Beste.«

Therese stieß ein kleines nervöses Lachen aus. Leonide warf einen Blick auf ihre junge Begleiterin.

»Ich bin überzeugt, jedermann findet es schade, dass ihr beide niemals werdet heiraten können.«

»Wer ist jedermann?«, fragte Therese rasch. »Ach, dummes Geschwätz«, fügte sie in entschiedenem Ton hinzu. »Und das alles auf dem Weg zum Grab meines Mannes!«

»Du musst verzeihen, ich habe einfach das Gefühl, als ob ihr meine Kinder seid. Du kannst mir wirklich vertrauen, jetzt und in Zukunft. Ich könnte dir immer eine Freundin, ja, eigentlich eine Mutter sein. Ich weiß auch, was mit dir sehr bald geschehen wird. Du bist die beneidenswerteste junge Witwe im ganzen Oberland. Ein halbes Dutzend reicher Männer könnte ich dir aufzählen, die dich auf der Stelle heiraten würden. Wer weiß? Hast du denn schon daran gedacht? Ich möchte mich deiner nur annehmen, das ist alles. Schon seit deiner Hochzeit mit dem Alt-Regierungsrat war ich neugierig, dich kennenzulernen. Du kannst dir gar nicht vorstellen, wie die Leute darüber getuschelt haben. Ja, und jetzt ist der arme alte Mann tot … und du bist frei! Es regt mich einfach auf!«

»Aber jetzt Schluss damit! Wir sind schon fast da.«

Kurz darauf gingen sie durch den Friedhof zu Anton Jakobs Grab, das eine schwere Marmorplatte bedeckte. Therese legte den Kranz nieder; sie zog dabei ihren Schleier ein wenig zur Seite, und Leonide sah, dass sie weinte.«

»Du Liebe, hast du ihn denn wirklich so gern gehabt? Das hätte ich nie geglaubt. Ich habe ihn ja selbst gut gekannt und nie gedacht, dass man ihn so richtig gern haben könnte. Ich habe ihn zu gut gekannt … ja, zu gut! Was ich dir nicht alles aus meiner eigenen Erfahrung erzählen könnte! Niemand weiß das, niemand!«

Sie legte ihren Arm um Thereses Schulter und küsste sie. Therese lehnte ihren Kopf einen Augenblick an Leonides Wange und unterdrückte ein Schluchzen. Leonide nahm ihre Hand und presste sie fest. Leidenschaftlich liebte sie diese junge Witwe, und sie küsste sie aufs Neue.

»Wir verstehen uns so gut, Leonide! Was würde ich ohne dich tun! … Aber du musst verstehen, ich habe großes Mitleid mit Anton Jakob. Diese Kälte da unten …« Die unerfreulichen Augenblicke ihres Lebens mit ihm traten einen Moment in den Hintergrund. Der Tod begann die Vergangenheit zu verklären … War sie es nicht, die der eigentliche Fluch seines Lebens gewesen ist? Würde ihr Anton Jakob jemals verzeihen können? … Zu spät!

Und war ihr Unrecht gegenüber Gottfried nicht ebenso groß?

Leonide durfte nie erfahren, was sie wirklich bewegte … Ein eisiger Wind fegte über den Friedhof. Die Worte »dreckiger Sträfling« kamen wieder in ihr hoch, und sie sah sein sardonisches Lächeln … Nie würde sie es vergessen können …

»Komm, lass uns nach Hause gehen, mich fröstelt.« Stumm gingen sie heimwärts. Zu Hause sank Therese in ihrem Zimmer auf einen Stuhl. Die Geburtswehen hatten begonnen.

»Toni«, flüsterte sie, »Gottfried ist dein Sohn, und daher ist mein Kind auch das deine ... Mon Dieu, comme je suis seule! Pardonne-moi! Demain j'en saurai plus ...«

Sie öffnete die Tür und rief mit gepresster Stimme: »Leonide! Leonide! Ich glaube, ich brauche dich!«

GOTTFRIED HATTE BEGONNEN, Angst vor Leonide zu bekommen. Zu sehr erhob sie Anspruch auf ihre alte Vertrautheit mit ihm. Vielleicht empfand sie es als ihr gutes Recht, da sie ihn in der Kindheit aufgezogen und er lange Zeit an ihrer Brust gelegen hatte. Leonide war zwar ein etwas überschwängliches, aber doch sehr erfahrenes Frauenzimmer. Falls er zu Hause bleiben sollte, würde sie sicher ein Stückchen Wahrheit herausbekommen. Wie leicht könnte er sich vergessen und sich verraten! Und sie, mit ihrem hochentwickelten Spürsinn für alle Beziehungen zwischen Mann und Frau, könnte mit der Zeit die wirkliche Verbindung zwischen ihm und Therese entdecken. Dies wäre höchst gefährlich! Obgleich es nicht unwahrscheinlich war, dass Leonide in ihrer weiblichen Durchtriebenheit diese Mitwisserschaft genießen und stillschweigend dulden, ja, möglicherweise noch fördern würde. Er durfte an all diese Möglichkeiten gar nicht denken!

Leonide hatte ihm mitgeteilt, dass das große Ereignis nicht mehr fern sei und dass sie mit dem Doktor alles Notwendige vereinbart hatte.

»Ich fahre nach Zürich«, sagte er, »ich habe mit meiner Stiefmutter bereits gesprochen. Wenn irgendetwas passiert und man braucht mich, dann telegrafiert mir!«

Auf der Fahrt nach Zürich besuchte er die Naefs. Er traf Sophie allein an, da Felix verreist war. Die Begegnung war für ihn höchst unerquicklich: Seine Schwester machte ihm bittere Vorwürfe wegen der Entfremdung zwischen Thun und Gam. Sie war außer sich wegen seines Aussehens, seiner gesundheitlichen Verfassung und seines eigenartigen Benehmens. Sie flehte ihn geradezu an, Gam den Rücken zu kehren.

»Du schreibst uns überhaupt nicht mehr«, sagte sie. »Seit Vättis Tod bist du ein ganz anderer geworden. Wenn du sie nur in Gam lassen und irgendwo anders hinziehen würdest, nach Bern oder nach Zürich. Ich bin überzeugt, die Leute werden zu klatschen anfangen, wenn du bei ihr im Hause bleibst.«

»Oh, das spielt keine Rolle!«, behauptete er unsicher. »Ich werde Gam ohnehin bald verlassen. Und wenn ich mich nicht besonders wohl fühle, so kommt das von meinem Arm. Hat lange genug gedauert, bis ich ihn wieder gebrauchen konnte. Und ich spüre ihn immer noch, aber ich werde in Zürich einen Spezialisten konsultieren.«

Er war unruhig und konnte keinen Augenblick still sitzen. Hauptsächlich erzählte er von seinem Magazin, betonte aber noch einmal, dass er Gam binnen Kurzem verlassen wolle – bald nach der Geburt des Kindes. Früher könne er nicht abreisen, da Therese nicht in einem Zustand sein werde, alles allein zu besorgen. Schließlich und endlich sei sie ihre Stiefmutter, und sicher würden die Leute nicht gerade freundlich über sie beide reden, wenn alle sie gerade jetzt im Stich ließen.

Sophie begann sich unbehaglich zu fühlen.

»Irgendetwas stimmt nicht«, sagte sie.

»Zerbrich dir nicht den Kopf«, erwiderte er. »Du sollst nicht alles nur negativ sehen. Auch bist du gegen Stiefmutter voreingenommen und machst dir umsonst eine Unmenge Sorgen!«

Gottfried verabschiedete sich nach etwa einer Stunde. »Was würde sie erst sagen, wenn sie die Wahrheit wüsste!«, dachte er, als er auf die Straße kam.

Auf einer der Brücken, die sich über das grünliche Wasser der Aare spannte, blieb er stehen und schaute auf den Fluss hinunter. »Ja, ja«, sagte er zu sich selber. »Du bist zwar inzwischen hartgesotten, doch leicht wäre es nicht hinunterzuspringen. Vor Jahren wäre es noch leichter gewesen, damals hast du es nicht getan. Aber denk nicht darüber nach! Du bist dir mehr schuldig als einen so billigen Ausweg.

Gottfried wusste, dass sein Heil nicht im Wasser der Aare lag. Er hing magnetisch an Therese, die er in Gam zurückgelassen hatte, damit sie ihre schwere Aufgabe vollbringe. Nicht einmal tröstliche Worte durfte er ihr zuflüstern.

Seit dem Besuch bei Sophie hatte er das Gefühl, als ob sein Schicksal eine neue Wendung genommen habe. Niemand konnte, wie er, mit Therese so weiterleben, ohne allerlei Gedanken, ja sogar Argwohn wachzurufen. Auf der Weiterreise dachte er gründlich darüber nach. Er hatte offensichtlich einen Schritt vorwärts getan, einen Schritt in die richtige Richtung.

Als er am frühen Abend in Zürich ankam, nahm er ein Zimmer im Hotel St. Gotthard. Er zog die Vorhänge zu und legte sich sofort ins Bett. Grübelnd lag er im Finstern, bis Hunger und Durst ihn schließlich veranlassten, hinunter ins Restaurant zu gehen. Wie ein Wolf stürzte er sich zunächst auf das köstliche Menü, doch schob er sehr bald die Teller wieder von sich. Dagegen trank er mit Genuss eine Flasche Rotwein, die ihm die Illusion eines gewissen Behagens gab.

Lange beobachtete er dabei die Gäste des Restaurants: Geschäftsleute, Züricher Bürger, Appenzeller Bauern, hagere Touristen, Leute mit berufsmäßiger Gelehrtenmiene, ein paar gesittete Dämchen sowie ein katholischer Priester, der von Zeit zu Zeit diskret hinter der Hand rülpste und sich wohlig seiner Verdauung hingab.

Wie sie alle ihr Essen und ihre Freiheit genossen und über die Angelegenheiten ihres Lebens schwatzten! Wie dieser Priester in seiner Verschlafenheit schwelgte! Diese Menschen waren es, auf die Gottfried vor nicht zu langer Zeit mit Verachtung herabgeschaut und die er nicht höher eingeschätzt hatte als eine Herde von Rindern und Schafen; es waren diejenigen, die er Therese zu verachten gelehrt hatte. Es wurde ihm klar, dass sie sich voller Abscheu von ihm abwenden würden, wenn sie wüssten, was in der Nacht des 15. September auf dem Gamhof geschehen war.

Einen Augenblick lang bildete er sich sogar ein, sie wüssten alles, und er malte sich aus, wie sie zum Richter liefen, um ihn zu verdammen … Gottfrieds Irrungen gingen seltsame Wege.

Plötzlich schwanden ihm fast die Sinne – er musste an die Luft, er musste sich bewegen, fortlaufen, einen Freund finden; jemanden, der ihn verstand. Zumindest einen Teil der Schuld wollte er auf die Schultern eines anderen abwälzen. Doch wo war dieser Freund?

Gottfried verließ das Restaurant. Schwankenden Schrittes ging er die Bahnhofsstraße hinab, auf den See zu.

Die Lichter der Stadt, die märchenhaft über dem Dolder und dem Zürichberg hingen, funkelten auf ihn herab, als er auf der Seepromenade dahinschlenderte. Das Wasser des Sees klatschte an den Quai, ein kleiner illuminierter Dampfer kam von Thalwil herüber.

Stets scheint die Verzweiflung die Hoffnungslosen an den Rand irgendeines Gewässers zu treiben, wo sie in der Zone zwischen zwei feindlichen Elementen über einen Ausweg nachdenken können.

Hätte ein Passant Gottfried gefragt, wohin er ginge, er hätte geantwortet: »Ich weiß es nicht.«

Nach einer Weile setzte er sich auf eine Bank. Seine Gedanken waren in Gam bei Therese. Wie mochte es ihr in diesem Augenblick ergehen?

Die unfassbare Vorstellung der Geburt eines Kindes stand vor seinem inneren Auge und zugleich die Angst um ihr Leben.

Wenn der Augenblick da ist, hatte sie ihm gesagt, wird sie in Gedanken sich mit ihm in Verbindung setzen. War dies nun der Augenblick? Ja, er war davon überzeugt! Dann ging er weiter auf die Brücke zu, die über die Limmat führt.

Unterwegs begegnete er einem Passanten, der gemächlich auf ihn zukam. Anfangs konnte er nicht unterscheiden, ob es ein Mann oder eine Frau war, doch dann erkannte er den Priester, den er im Restaurant gesehen hatte.

»Da ist der Mann, den ich brauche, der Freund, den ich suche«, waren seine ersten Gedanken. »Ich weiß nicht, woher er kommt, noch wohin er geht; doch wohin er auch gehen mag, er könnte einen Teil von mir mit sich nehmen, ich könnte einen Teil meiner Nöte auf ihn abladen.«

Er folgte dem Priester, überholte ihn und blieb unter einer Laterne stehen, um auf seiner Taschenuhr nach der Zeit zu sehen.

Als der Priester an ihm vorbeiging, drehte er sich zu ihm: »Guten Abend, entschuldigen Sie! Können Sie mir sagen, wie spät es ist? Meine Uhr ist stehengeblieben.«

Zunächst sah ihn der Priester argwöhnisch an, dann lächelte er gütig, schlug seinen langen schwarzen Rock zur Seite und zog eine goldene Taschenuhr heraus.

»Elf, mein Herr.«

»Vielen Dank! Ich hoffe, Sie werden mir verzeihen, dass ich meine Uhr als Vorwand genommen habe, um Sie anzusprechen. Aber ich habe Sie wiedererkannt, als ich Ihnen soeben begegnet bin. Sie haben doch im St. Gotthard zu Abend gegessen, zwei Tische entfernt von mir.«

»Ich erinnere mich jetzt an Sie.«

»Dürfte ich ein paar Minuten mit Ihnen sprechen?«, sagte Gottfried. »Ich möchte Sie etwas fragen.«

»Sind Sie Katholik?«

»Nein, ich habe keinen besonderen Glauben.«

»Das ist der beste Zustand, bevor man die wahren Werte des Lebens erkennt ...«

»Gehen wir doch zurück zu den Laternen bei der Brücke.«

Gottfried fühlte sich unbehaglich: Aha, er traut mir nicht. Ich wusste ja, dass ich ziemlich übel ausschauen muss.

»Sie brauchen sich nicht vor mir zu fürchten!«, sagte er leicht erbost. »Ich bin kein gewöhnlicher Verbrecher – und auch kein Wegelagerer.«

»Ich habe kein feiges Motiv, junger Freund«, sagte der Priester. »Ich habe überhaupt keine Angst.«

»Dann bitte ich um Verzeihung.«

Stumm gingen sie ein paar Schritte weiter.

»Ich habe in Tübingen Theologie studiert, doch ich gab es wieder auf. Zuerst habe ich die Rechte studiert.«

»Sie müssen von Anfang an in den falschen Händen gewesen sein«, meinte der Priester.

»Nein« –, er zögerte. »Ich habe eine Frau zu sehr geliebt.«

Der Priester stieß gutmütig einen leisen Pfiff aus.

»Interessant. Vermutlich hat sie, wie auch die Juristerei und die Theologie, Ihre Instinkte enttäuscht?«

»Diese Annahme scheint natürlich, aber in Wirklichkeit verhält es sich anders. Ich suche Frieden, und ich weiß, dass ich ihn niemals finden werde. Ich bin für alle Zeiten verloren.«

»Das ist in der Tat äußerst interessant«, antwortete der Priester. »Wenn ich Ihnen behilflich sein kann, Ihre Seele oder Ihr Selbst wiederzufinden, wäre ich nur zu glücklich. Ich gehöre zum Orden des Heiligen Augustinus, der gesagt hat: ›Meine Seele ist verwirrt, solange sie nicht ruhet in Gott.‹ Wir haben einen jungen Confrater, der mich sehr an Sie erinnert.«

»Nehmen Sie auch die Beichte ab?«, fragte Gottfried.

»Zuweilen, ja!«

»Wenn man Ihnen die Sünden beichtet, so sprechen Sie mit keinem Menschen darüber?«

»Mein lieber Freund, was denken Sie denn?«

»Muss man nicht in einen Beichtstuhl, um zu beichten?«

»Das ist gewiss der Zweck eines Beichtstuhls – doch kannte ich einen alten Abt, der die Gewohnheit hatte, ihn zu einem kleinen Schläfchen zu benutzen.«

»Und wenn die Leute gebeichtet haben, dann erteilen Sie ihnen die Absolution, nicht wahr? Das bedeutet wohl symbolisch, dass dem Sünder seine Bürde abgenommen und auf mystischem Weg in den Schoß der Kirche versenkt wird?«

»Das ist profan ausgedrückt, aber zum Teil stimmt es.«

»Angenommen, es käme jemand und erzählt Ihnen, dass er ein schreckliches Verbrechen begangen hat – einen Diebstahl, eine Brandstiftung, Inzest oder gar Mord –, würden Sie ihm Absolution erteilen?«

»Das sind sehr heikle Fragen; sie hier zu diskutieren, bin ich nicht vorbereitet. Es gibt eine weltliche Autorität, die sich mit Verbrechen zu beschäftigen hat. Die Heilige Kirche ist kein Ersatz für ein Gefängnis.«

»Aber wenn ein Mensch gewisse tief verwurzelte Motive hat, die vielleicht seine Schuld mildern könnten, würden Sie sich dann weigern, ihn anzuhören?«

»Ich persönlich würde versuchen, außerhalb des Beichtstuhls mit ihm zu reden.«

»Aha!«

»Falls er darauf besteht, mit mir sprechen zu wollen.«

»Nun, Pater, wollen Sie mich anhören, nur ein paar Minuten? Ich werden Ihnen von mir erzählen und Sie dann um Ihren Rat bitten.«

»Sprechen Sie, junger Freund, wenn es Sie erleichtert. Ich weiß, dass manche Menschen ihr Herz einfach erleichtern müssen. Ich bin in der Tat interessiert – doch mein Rat in weltlichen Fragen, und zudem einem Freidenker gegenüber« – er zog seine Schultern hoch –, »ich frage mich, was es ihm nützen sollte.«

Der Lichtstrahl einer Straßenlaterne fiel auf das Gesicht des Paters; seine Augen schienen voller Spannung auf ihn gerichtet.

»Mein Vater war ein Mann in mittleren Jahren«, begann Gottfried, »als er sich als Witwer mit einer jungen, schönen Dienstmagd verheiratete. Sie war keine gewöhnliche Dienstmagd, sie stammte aus einer der ältesten Familien im Wallis ...« Plötzlich hielt er inne. Er wurde blass und griff mit beiden Händen an den Kopf.

»Herrgott! Was sage ich da! Halten Sie mich nicht für verrückt! Ich bin es nicht! Nur – was für ein Dummkopf bin ich! Was für ein Esel!«

Er drehte sich unverwandt um und rannte davon, so schnell die Beine ihn trugen. Erstaunt blickte ihm der Priester nach.

»Natürlich bist du verrückt!«, sprach er zu sich und ging auf die Lichter beim Baur-au-Lac zu. »Knapp davongekommen! Knapp davongekommen!«, dachte Gottfried, als er durch die Bahnhofsstraße sein Hotel aufsuchte. »Morgen wäre ich in den Händen der Polizei, wenn ich weitergesprochen hätte!«

Am nächsten Morgen ging Gottfried zu seinem Drucker und Verleger in der Storchengasse. Er unterrichtete sie, dass er noch vor dem Sommer die Herausgabe des ›Land-Magazins‹ aufgeben wolle. Es sei eine zu große Anstrengung für ihn. Falls sie die Rechte und Kundschaft übernehmen wollten, könnte er mit ihnen ins Geschäft kommen. Sein Verleger versprach ihm, die Sache gut zu überlegen.

Sowie der Morgen voranrückte, wuchs seine Angst um Therese. Ziellos irrte er durch die Straßen. Schließlich betrat er einen Juwelierladen und kaufte für Therese einen prächtigen Smaragdring, für den er einen hohen Preis bezahlte. Außerdem kaufte er noch eine Bernsteinkette, deren rotbraune Kugeln sich in seiner Hand so weich und kühl anfühlten wie Thereses Haut. Ring und Kette steckte er in die Tasche und ging zum Bahnhof, um den an- und abfahrenden Zügen zuzusehen. Seine Unruhe steigerte sich. Er eilte zu guter Letzt ins Hotel zurück und packte seinen Koffer. Mit dem Nachmittagszug fuhr er nach Bern und je mehr er sich Gam näherte, desto fieberhafter wünschte er, seine Fahrt zu beschleunigen.

Es war schon fast Nacht, als der Zug ankam. Als er zu Hause eintraf, fand er Leonide mit einem weißen Kittel in der Küche. Sie stand am Herd und breitete Tücher aus, um sie zu trocknen und anzuwärmen.

»Jesses, der Gottfried!«, sagte sie. »Du hast mich so erschreckt!« Ihr Matronengesicht strahlte vor Freude.

»Du bist mir einer! Hast du nicht ein schlechtes Gewissen, in einem solchen Augenblick davonzulaufen?«

»Komme ich zu früh?«, fragte er erregt.

»Warum so ängstlich? Warum so aufgeregt? Es ist alles vorbei. Heute Nachmittag um drei Uhr!«

»Und was ist es?«

»Ein Buebli!«, jubelte Leonide und umarmte Gottfried. »Du bist mir ein Schöner!«, fuhr sie, ihn herzhaft küssend, fort. »Aber Theresli war eine Heldin. Ich habe so etwas noch nicht erlebt. Sie musste viel durchmachen, aber war unglaublich tapfer. Man muss sie einfach gern haben. Ach, wie ich sie jetzt noch viel mehr liebe!«

Gottfried befreite sich aus ihrer ungestümen mütterlichen Umarmung.

»Kann ich sie sehen?«

»Sie schläft.«

»Ist der Doktor dagewesen?«

»Er kam zu spät, doch es ist alles in Ordnung.«

Gottfrieds Augen wurden feucht.

»Ihr seid beide so liebe Menschen … ich sag's ja, ein Jammer, dass ihr nicht Mann und Frau seid.«

»Wann kann ich sie denn sehen?«, fragte er von neuem.

»Aber sie schläft doch!«

Er näherte sich Leonide: »Weißt du, ich muss dir etwas sagen. Ich habe Therese sehr gern. Sehr gern, Leonide. Außer dir würde ich es sonst niemandem erzählen.«

»Da sagst du mir nichts Neues. Und Theresli hat dich auch gern, glaube mir!«

»Hast du es von ihr selbst gehört?«

»Bueb! Ich habe doch Augen im Kopf, ich mache euch ja keinen Vorwurf.«

»Aber du wirst nicht darüber reden?«

»Man spricht nicht über solche Dinge, man nimmt an ihnen teil, und man freut sich über sie.«

»Und das Kind, ist es normal?«

»Zum Anbeißen!«

»Ich meine nur, wie sieht es aus?«

»Wenn du ein Stündchen wartest, kannst du es selber anschauen.«

Am späten Abend wurde Gottfried zu Therese gerufen. Sie lag friedlich und zufrieden in ihrem Bett, schlug, als sie ihn sah, die Bettdecke zurück und sagte: »Schau!« Wie gern hätte sie seine Gedanken gelesen! Gottfried küsste das Kindchen auf die Stirn; dann schmiegte er seine Wange an Thereses Wange.

»Gib acht!«, flüsterte sie. »Leonide!«

»Macht nichts! Sie versteht uns. Bist du glücklich?«

»Sehr, sehr glücklich!«, flüsterte sie. »Ich wusste, dass es ein Bueb sein würde, ich wusste es vom ersten Augenblick an, damals in Bern.«

Gottfried drehte sich um und sah, dass Leonide eben aus dem Zimmer glitt.

»Ich hatte immer das Gefühl, dass es so kommen müsse.

Ach, Gottfried!« – Zärtlich streichelte sie seine Hand – »Wir müssen jetzt ein neues Leben beginnen. Du musst in eine andere Stimmung kommen. Wenn du unglücklich bist, habe ich das Gefühl, schuld daran zu sein. Aber wir sollten doch stark genug sein, unsere Vergangenheit gemeinsam zu ertragen. Versprich es mir, Gottfried! Schau, unser Sohn! Wir müssen auch an ihn denken – Gottfried Amadeus –! Findest du nicht, dass er dir ähnlich sieht? Und er hat auch eine gewisse Ähnlichkeit mit jenem Kupferstich von Louis von Savoyen, siehst du es nicht?«

Gottfried schaute unbestimmt: »Wäre es für dieses Kind nicht besser, wenn es das Licht der Welt nie erblickt hätte?«, dachte er. Aber laut sagte er: »Theresli, mach dir jetzt keine Sorgen, alles wird gut werden.«

Sie drehte sich zur Seite und schloss die Augen. Nachdem er ihre Hand geküsst hatte, verließ er sie. Vor der Tür fand er Leonide.

»Du bleibst doch bei uns, nicht wahr?«, fragte er sie.

»Am liebsten bliebe ich immer bei euch, wie eine Mutter.«

»Du bist ein Schatz!«, sagte Gottfried und küsste sie. Sie ließ sich die Gelegenheit nicht entgehen, ihn wieder fest an sich zu drücken.

WIEDER KAM EIN SOMMER, und das weite Dach von Anton Jakobs Haus barg noch immer seine Geheimnisse. Therese war verreist, um eine alte Burg in Savoyen zu besichtigen, die vor Zeiten ihrer Familie gehört hatte. Gottfried traf sich mit ihr dort etwas später. Doch diese Reise brachte den beiden Liebenden wenig Glück. Ihre Zukunft schien immer noch wie hinter einem dunklen Vorhang verborgen; ihre Gedanken kehrten unablässig zurück in die Vergangenheit. Gift zeugte neues Gift und ließ es nicht zur Ruhe kommen; es schlich sich ganz allmählich in ihre Seelen.

Eines Nachmittags kehrte Therese ganz unerwartet allein zurück. Ohne ihr Kind fühlte sie sich elend. Leonide saß im Garten neben dem Kinderwagen und häkelte friedlich, mit der

Brille auf ihrer Nasenspitze. Das Baby lag behäbig blubbernd im Kinderwagen. Therese nahm ihr Bübchen hoch und überhäufte es mit Küssen, ganz wild vor Freude. Ein leichtes Lächeln glitt über Leonides Gesicht. Höchste Zeit, dachte sie, dass sie Gottfried von hier weggeholt hatte. Er sah so mitgenommen aus; wie muss er gelitten haben, bis er endlich seine Theresli bekam, dieses liebenswerte Geschöpf, das so manchem Mann hätte den Kopf verdrehen können. Ach, diese beiden Armen! Ich würde überall mit ihnen hingehen, wo immer sie zu leben sich entschließen.

»Theresli, und die Burg? Hast du sie gesehen?«

»Eine alte Ruine, nichts zum Leben.«

»Und Gottfried?«

»Er wird in ein, zwei Tagen zurück sein. Wir konnten nicht gut zusammen heimkommen, du weißt ja, es hätte komisch ausgesehen.«

»Ja, und es hätte sicher die bösen Zungen in Schwung gebracht. Was würde nur Anton Jakob sagen, wenn er uns so reden hörte … aber tot ist tot, armer Mann! Jetzt ist Gottfried an der Reihe, mit dir glücklich zu werden.«

Als Therese die alten Räumlichkeiten wiedersah, schauderte sie. Und Gottfried? Würde er ähnlich empfinden wie sie, wenn er zurückkommt? War seine Geistesverfassung nicht schon morbid genug? Einst hatte sie seinen Vater gefürchtet, jetzt hatte sie beinahe Angst vor dem Sohn … Stück um Stück zog er sie an den Rand eines Abgrunds.

Drei Tage später kam Gottfried nach Gam zurück. Der bloße Anblick der Häuser, die ihm so vertraut waren, erregten in ihm seltsame Empfindungen – befand er sich in einem Drama auf dem Theater?

Sein Benehmen war zurückhaltend, als er Therese mit dem Kind auf ihren Knien neben Leonide spielend antraf. Er schaute auf sie mit einem verzehrenden Blick. Der kleine Gottfried Amadeus schrie jedes Mal vor Lachen, wenn sie ihn auf und ab wippen ließ.

»Hoppla – Hoppla! Kleiner Bandit! Kleiner Savoyard!«, rief Therese. »Ja, ja«, dachte Gottfried. »Zuerst kommt der

Sohn … doch wer weiß! Vielleicht ist es ein Segen … wenn ich einmal nicht mehr da bin …«

Auf den letzten Akt des Dramas hatte sich der Vorhang noch nicht gesenkt.

In niedergeschlagener Stimmung ging Gottfried bergauf durch die Wälder. Als die Kiefern spärlich wurden und die Alp sich seinem Blick öffnete, setzte er sich mit dem Rücken gegen einen Baum ins Moos. Tief unten lag das Tal; kein Laut drang an sein Ohr. Als er die unendliche Freiheit atmete, die ihn hier oben umgab, kehrten seine Gedanken zurück in seine frühe Jugendzeit.

Damals lag sein Leben noch voller Erwartungen und Sehnsüchte vor ihm, und er hatte sich eingebildet, dass die majestätischen Riesen rings um ihn her seine geliebten Freunde bleiben würden.

Heute aber? Ein mattes Lächeln … eine Wand vor seinen Augen. Bald würde er sie alle nie mehr sehen. Er wusste, dass es notwendigerweise so sein musste!

»Gott!«, sagte er auf einmal. »Ich glaube, du existierst wirklich. Gib mir die Kraft!«

Stunden verstrichen, wie angekettet saß er an seinem Baum; um ihn war alles unwirklich, zeitlos. Schließlich sprang er auf und ging in hektischer Eile hinunter ins Tal. Alle Mattigkeit war von ihm gewichen. Ohne zu zögern betrat er den Gamhof und ging in sein Zimmer. Dort öffnete er seinen Schreibtisch, nahm einen Umschlag heraus und steckte ihn, zusammen mit der Fotografie von Therese, in seine Jacke. Dann packte er eine kleine Reisetasche und ging hinunter, wo ihm Leonide über den Weg lief.

»Wo ist Therese?«

»Herrje! Wie heftig! Was ist denn los?«

»Wo ist sie, frage ich?«

»Sie hat soeben mit Röthlisberger gesprochen und ein paar Rechnungsbücher mit heraufgebracht. Sie ist im alten Schlafzimmer.«

»Sie ist also zu Hause. Gut!«

Leonide schaute ihm erschrocken nach.

Therese sprang bei seinem Erscheinen auf der Stelle hoch.

»Therese, du weißt, dass ich dich liebe!«, rief er in höchster Erregung, und streckte ihr die Arme entgegen.

»Gottfried! Gottfried! Was ist mit dir passiert? Bist du krank?«

Einen Augenblick blieben seine Lippen wie gelähmt durch das Wissen um alles, was nun kommen musste. Doch seine Augen sprachen Bände … Er hatte alle Fesseln abgeworfen.

»Gottfried«, wiederholte sie, »was ist geschehen? So hast du noch nie ausgesehen.«

»Bald wirst du noch ganz andere Veränderungen an mir entdecken … einen geschorenen Kopf, Handschellen, eine gestreifte Jacke …«

Therese schaute ihn völlig entgeistert an.

»Ja und dann werde ich endlich Frieden haben, nicht mehr und nicht weniger.«

»Bist du denn verrückt?«

»Verrückt? Nein! Jahrelang habe ich dich und mich betrogen. Jetzt aber sehe ich völlig klar, und nichts auf dieser Erde kann mich mehr täuschen. Ich bin ein moralischer Bankrotteur. Schließlich und endlich gibt es eine Moral. Jetzt kommt die Abrechnung; es ist mir gleich, was sie mit mir tun. Heute liefere ich mich der Polizei aus. Das ist alles. Und du wirst auch mit hineingezogen werden, aber unschuldig wieder herauskommen.«

Dies war die Krise; die Krise, die kommen musste, sie hatte es vorausgesehen. Wie Sand war Gottfried durch ihre Finger geglitten und war ihr entronnen.

»Du hast nie vor etwas Angst gehabt«, sagte er, »nun wird deine Stärke auch dies durchstehen.«

»Und was gedenkst du zu tun, Gottfried?«

»Melden, dass ich meinen Vater ermordet habe.«

»Gottfried, das wird mein Tod sein!«

Rückwärts ging er zur Türe – doch sie warf sich auf ihn.

»Du gehst nicht! Du bist wahnsinnig! Deine Schlaflosigkeit hat dich so weit gebracht …«

»Zwischen uns liegen Welten!«

»Und du hast sie zwischen uns aufgetürmt.«

»Ich allein bin der Schuldige. Alles in mir brennt, aber es gibt etwas, was noch heißer brennt als unsere Liebe: Es sind die Mächte, die uns treiben und die wir nicht kennen. All die Jahre hindurch habe ich sie verleugnet, und doch sind sie da! Ja, sie sind da! Ich habe kein Recht mehr, hier zu bleiben. Du kannst mir nicht mehr gehören!«

Mit einem Satz floh Gottfried zur Türe und lief zum Haus hinaus. Therese rannte ihm wie besessen nach, doch er war bereits auf der Straße. »Feigling!«, schrie sie. »Feigling! Verräter!« Wimmernd klammerte sie sich an einen Baum: »Feigling!«

Sie lief zurück ins Haus und fiel in Leonides Arme.

»Gottfried ist fort! Er ist von Sinnen! Oh, Leonide! Und unser Buebli? Was wird mit ihm geschehen?«

»Theresli«, sagte Leonide und klopfte ihr liebevoll auf die Schultern. »Ich habe alles gehört!«

Therese schob sie entsetzt beiseite.

»Was meinst du mit ›alles gehört‹?«, fragte sie alarmiert.

»Armes Theresli! Was habt ihr nur getan? … Ich muss euch beistehen.« Tränen liefen über ihr altes Gesicht. »Jesses Gott! Was habt ihr nur getan!«

Sobald der Gamhof hinter ihm lag, bog Gottfried in die große Landstraße ein. »Arme Therese«, murmelte er, während er rasch talabwärts eilte. »Es lässt sich nicht mehr ändern! Es muss sein!«

Eine Art Begeisterung nahm von ihm Besitz, die Begeisterung, einen Sieg über sich errungen zu haben. Endlich fühlte er sich frei, als erwache er aus einem hypnotischen Zauber. Nicht einmal schaute er zurück. »Das Gesetz des Landes wird das Unrecht tilgen, das ich verbrochen habe. Die Tat muss gebüßt werden, ehrlich gebüßt.«

GEGEN ABEND ERREICHTE Gottfried die ersten Häuser der kleinen Stadt Obwyl. Er nahm die Trambahn zur alten Burg. Von weitem schon sah er die Bastione, die kleinen vergitterten

Fenster und den mächtigen Turm, der über die niedrigen, mittelalterlichen Häuser emporragte. In der Burg befand sich ein Gefängnis, in dem die Delinquenten des Bezirks für die Dauer der Untersuchungshaft untergebracht waren. Ein anderer Teil der Burg diente als Bezirksgericht.

»Wahrscheinlich«, dachte er, während er ein schmales, steiles Gässchen hinaufstieg, wahrscheinlich werde ich nun viele Monate da oben zu Hause sein.«

Ein stämmiger Amtswaibel, die obersten Knöpfe seines Uniformrocks aufgeknöpft, empfing Gottfried mit der maßvollen Sicherheit eines Staatsbeamten. Gottfried gab ihm seine Karte und sagte, er wünsche Dr. Fröhlich, den Untersuchungsrichter, zu sprechen. Er wurde in ein kleines Zimmerchen geführt und aufgefordert, Platz zu nehmen, dann allein gelassen. Ein paar Minuten atmete er die modrige Luft, die von den Wänden auszuströmen schien. Panik ergriff ihn, er wollte aufspringen, davonlaufen, aber seine Beine waren wie gelähmt. Mit offenem Mund saß er da, als der Gerichtsdiener zurückkam und ihn aufforderte, ihm zu folgen. Taumelnd ging er ihm nach. Ein eisiger Schmerz im Rücken trieb ihm den kalten Schweiß auf die Stirn. Am Ende des langen Korridors wurde er in ein dunkles Vorzimmer geführt. Nach einigen Sekunden öffnete sich eine grün gepolsterte Tür, und der Gerichtsdiener ersuchte ihn, in den nächsten Raum einzutreten. Dr. Fröhlich war ein verhältnismäßig junger Mann, aber offensichtlich durch seine Erfahrungen frühzeitig gealtert. Forschend, fast lauernd, blickte er auf den Mann, der stolpernd ins Zimmer kam und erschöpft auf einen Stuhl sank. Sein eckiges Kinn, sein etwas schiefer, dünnlippiger Mund erschienen streng und amtsmäßig, seine Stirn legte sich in Falten.

»Guten Abend, Herr Müller! Was kann ich für Sie tun?«, fragte er mit weicher, leidender Stimme.

»Ich habe Gam heute Nachmittag verlassen, ich wollte mit Ihnen sprechen.«

»Ich stehe Ihnen zur Verfügung.«

»Sie kennen doch meinen Schwager, Dr. Naef, in Thun?«

»Ja, gewiss, ich habe ihn vorige Woche gesehen.«

»Sind Sie mit ihm befreundet?«

»Befreundet? Hm! «, antwortete der Richter trocken. »Soweit ein Mann in meiner Stellung mit irgendwem befreundet sein kann. Mein Amt verbietet es beinahe, wie ein gewöhnlich Sterblicher zu leben. Um ganz ehrlich zu sein, meine Häftlinge sind eigentlich meine Freunde, sie nehmen meine ganze Zeit und fast alle meine Gedanken in Anspruch.«

»Würden Sie auch mein Freund sein, wenn ich ein Verbrechen begangen hätte?«, fragte Gottfried.

Dr. Fröhlich war auf der Hut, zeigte aber keinerlei Gefühle.

»Warum? Haben Sie etwas auf dem Gewissen?«, forschte er.

»Ja«, sagte Gottfried. »Ja, etwas Schlimmes …«

Dr. Fröhlich kniff die Augen zusammen und beobachtete Gottfried, der plötzlich seine Hände vors Gesicht schlug.

»Was ist los? Sprechen Sie!«

»Sie werden nie vergessen, dass ich aus eigenem Antrieb zu Ihnen kam?«, fragte Gottfried.

»Sagen Sie mir, weshalb Sie gekommen sind.«

Gottfried zog einen versiegelten Umschlag aus seiner Tasche und übergab ihn Dr. Fröhlich.

»Lesen Sie! Lesen Sie, und Sie werden alles wissen.«

Dr. Fröhlich drehte den gelben Umschlag einige Male zwischen den Fingern, dann setzte er sich an seinen Schreibtisch, riss das Kuvert auf – und las:

»Mein Vater, Anton Jakob Müller, heiratete Therese Etienne-Mariano, während ich in Basel die Rechte studierte. Er war in den Fünfzigern, sie war einundzwanzig Jahre alt. Ich verliebte mich in sie, aber vier Jahre lang wusste sie nichts davon. Ich versuchte auf alle erdenkliche Weise, meiner Leidenschaft Herr zu werden. Sogar das Studium wechselte ich und wurde Theologe. Nichts half. Nach einer längeren Krankheit verließ ich Tübingen, um daheim im Haus meines Vaters zu leben. Dort gestand ich meiner Stiefmutter meine Liebe. Anfangs war sie

entsetzt, doch bald darauf gestand sie mir, sie habe mich immer schon sehr gern gehabt, doch sie könne nie einwilligen, mich so zu lieben, wie ich es wünsche, solange mein Vater am Leben sei. Von jenem Augenblick an wurde ich das Opfer quälender Eifersucht. Aber ich dachte niemals daran, meinen Vater umzubringen. Am fünfzehnten September vorigen Jahres geschah Folgendes: Mein Vater kam nach dem Gamer Preisschießen nach Hause, und es kam zu einer Szene, weil er mich zufällig zu später Stunde mit meiner Stiefmutter zusammen in einem Zimmer fand. Er verfluchte mich, und ich verließ den Raum. Während er mit meiner Stiefmutter heftig stritt und zankte und ihr die größten Vorwürfe machte, dass sie mit mir befreundet sei, ging ich in sein Schlafzimmer und tat etwas Arsenik in ein Fläschchen mit Lebersalz, das auf seinem Nachttisch stand und das er vor dem Schlafengehen einzunehmen pflegte. Sein Arzt hatte es ihm verordnet. Danach ging ich in mein Zimmer hinauf und schloss mich ein.
Im Laufe der Nacht wurde mein Vater krank, und meine Stiefmutter pflegte ihn. Am frühen Morgen des sechzehnten ging ich hinunter ins Schlafzimmer meines Vaters für einen Augenblick und verließ dann das Haus, um Dr. Hauser aus Lindbach zu holen. Er sollte den Versuch machen, meinen Vater zu retten. Auf dieser Fahrt brach ich mir den Arm. Als ich gegen zwölf Uhr mit Dr. Hauser zurückkam, war mein Vater tot. Meine Stiefmutter, die von meinem Verbrechen nicht das Mindeste ahnte, willigte drei Monate später ein, meine Geliebte zu werden.
Das Arsenik, das ich benützte, hatte ich mir in der Apotheke von Dr. Murgli in Basel im Frühjahr 19.. besorgt.
Dies ist die Wahrheit, so wahr mir Gott helfe!

Gottfried Sixtus Müller
Gam, Juli 19..

Dr. Fröhlich nagte an seinen Lippen.

»Wann haben Sie das geschrieben?«, fragte er.

»Vorige Woche.«

»Ist dies wahr, oder sind Sie nicht bei Verstand?«

»Es ist die reine Wahrheit, und ich bin völlig klar im Kopf«, sagte Gottfried, indem er einen etwas gequälten Seufzer der Erleichterung ausstieß.

»Doktor Fröhlich! Sie haben doch eine Familie, der Sie verpflichtet sind. Vergessen Sie nicht, dass auch ich eine Familie habe, die in diese Sache hineingezogen werden kann. Bitte seien Sie nachsichtig mit ihnen. Ich bin schuldig! – Allein schuldig! Ich sage das, weil mein Gewissen mich zermürbt hat. Ich bin ein Verbrecher, aber ich bin kein geborener Mörder. Die Umstände haben mich dazu gemacht. Ich gebe mich in Ihre Hände.«

Dr. Fröhlich schien Gottfried nicht zuzuhören. Er hielt das Geständnis in der Hand und sagte nur: »Den Vater vergiftet!«

Er legte das Papier auf den Tisch.

»Warum haben Sie das getan?«, fragte er, eigentlich nur, um irgendetwas zu sagen.

»Haben Sie nie eine Frau so sehr geliebt, dass Sie alles für Sie hätten tun können?«

»Keine Frau wäre imstande, mich so weit zu bringen«, erwiderte Dr. Fröhlich.

»Aber können Sie verstehen, dass ein anderer wegen einer Frau ein Verbrechen begeht?«

»Die Frauen! Immer die Frauen«, murmelte Dr. Fröhlich. »Die gleiche alte Geschichte.« Er erhob die Stimme: »Müller! Es gibt kaum einen Fall, der durch meine Hände gegangen ist und der nicht mit einer Frau zu tun hatte. Falls Ihre Angaben zutreffen – und ich muss dies im Augenblick annehmen –, so fürchte ich, dass Sie eine sehr harte Zeit vor sich haben werden.«

»Je schlimmer, desto besser!« Gottfried richtete sich auf.

»Sie mögen jetzt so empfinden, doch bald werden Sie sehen, dass es noch härter für Sie sein kann, als Sie erwarten. Zunächst einmal muss ich Sie festnehmen und den Staatsanwalt benachrichtigen. Ob ich Ihren Fall persönlich behandeln werde, weiß ich nicht, das hängt von der Entscheidung des Justizdepartements ab.«

Gottfrieds Anwesenheit bereitete ihm sichtlich Unbehagen.

»Sie wollen doch nicht sagen, dass Sie Arsenik in das Lebersalz Ihres Vaters geschüttet haben und dass nichts Sie davor zurückgehalten hat? Ohne einen Gedanken an die Folgen? Keine moralische oder ethische Hemmung, die Ihnen gesagt hätte, dass Sie ein feiges Verbrechen begehen?«

»Nein! Aber die Umstände! Wenn Sie die Umstände kennen würden! Ich war wie ein Mensch, der seiner nicht mehr mächtig ist und plötzlich den Kopf verliert.«

»Dennoch ist Ihr Kopf nicht der eines Mörders.«

»Wer von uns wäre nicht imstande, ein Verbrechen zu begehen, wenn ihn die Umstände dazu treiben?«

»Es gibt viele, die es niemals könnten!«, rief Dr. Fröhlich. »Herrgott, Müller! Je mehr ich darüber nachdenke, desto schlimmer wird es.« Rasch erhob er sich. »Ich sehe schon, das wird eine verwickelte Geschichte. Es tut mir leid für Sie – und die Leute in Gam. Es ist einer der unerwartetsten Fälle, der mir je begegnet ist.«

Er klingelte, ein Gerichtsdiener trat ein, und Dr. Fröhlich verlangte den Polizeiinspektor.

In dieser Nacht begann für Gottfried das qualvolle einsame Leben in einer Zelle. In einem dumpfen Zustand saß er stundenlang gottergeben auf einem Hocker. Ein Wärter fragte ihn nach einem besonderen Wunsch bezüglich Essen und Trinken, doch Gottfried schüttelte nur den Kopf. Es gab sich nicht einmal die Mühe, das Licht aufzudrehen, sondern starrte nur in die Finsternis, eine ferne Uhr schlug von Zeit zu Zeit. Endlich ließ er sich auf ein Bett in der Ecke der Zelle fallen – und bald lag er in tiefem Schlaf.

DER GEMEINDESCHREIBER VON GAM sowie der Polizist Steiger erhielten am gleichen Tag Instruktionen von ihrer vorgesetzten Behörde: Der Leichnam Anton Jakob Müllers hatte am nächsten Morgen exhumiert zu werden. Aus Obwyl werde auf besondere Anordnung des Justizdepartements eine Kommission erscheinen.

Sofort kam das Gerücht in Umlauf, dass Alt-Regierungsrat Müller vergiftet worden sei. Die Welschi habe es getan! Ja, die Welschi!

»Dummes Zeug! Unsinn! Sein eigener Sohn, Gottfried Sixtus! Er ist ja bereits in Haft. Die Welschi kann es nicht gewesen sein. Man hat sie noch heute Abend im Dorf gesehen.«

»Ein Sohn, der seinen eigenen Vater vergiftet! Wer würde so etwas glauben!«

»So etwas kommt schon vor!«

Die Dorfbewohner waren bestürzt. Ein Mörder in ihrer Mitte! Seit mehr als fünfzig Jahren war so etwas im Arnatal nicht passiert; und dazu einer von ihnen, der unter ihnen geboren und aufgewachsen war! Entsetzen breitete sich aus. »Gott behüte unsere Seelen! Ein Ungeheuer kam ans Licht des Tages, ein Vatermörder! Einer, der seinen Vater beseitigt, um mit dessen Frau zu schlafen!«

Die Weiber von Gam unterhielten sich im Flüsterton hinter verschlossenen Türen. Innerhalb weniger Stunden schwirrten im Arnatal die wildesten Gerüchte, die in der Mehrheit darauf hinausliefen, dass die Welschi Gottfried Sixtus angestiftet habe, seinen Vater zu vergiften, damit sie mit dem jüngeren Mann huren könne.

Die Gier nach dem Grauenhaften, die in der menschlichen Natur liegt, verbunden mit der Anziehungskraft alles Anrüchigen stachelte den Appetit auf Neuigkeiten an und trieb die Männer in die Wirtshäuser und die Frauen an die Dorfbrunnen. Einzelne wagten sich sogar die Straße hinunter, um einen Blick auf Anton Jakobs Haus zu werfen, als ob sie es zuvor nie gesehen hätten. Wieder andere gingen zum Friedhof, schauten über die Mauer und glotzten auf das Grab.

»Herrjesses! Was wird mit uns alles noch geschehen?« …

Dr. Fröhlich hatte nach einer Besprechung mit dem Staatsanwalt und dem Bezirksgerichts-Vorsitzenden vom Justizdepartement die Weisung erhalten, vorerst der Öffentlichkeit nichts mitzuteilen, bis die kantonalen Gerichtsärzte ihre sachverständige Meinung abgegeben hätten; mit der genauen Untersuchung des Falles sei aber unverzüglich zu beginnen.

Als er mit seinen Beamten in Gam eintraf, war er höchst erstaunt, am Bahnhof eine große Menschenmenge zu seinem Empfang vorzufinden. Er begab sich ins Gemeindehaus und veranlasste die sofortige Exhumierung des verstorbenen Anton Jakob Müller.

Der Polizist Steiger, kreidebleich und in seiner besten Uniform, hielt seine Gamer in Ordnung.

Der alte Joggi und Röthlisberger starrten entgeistert über die Mauer und sahen zu, wie zehn Männer die Marmorplatte zur Seite wälzten, wie die Schaufeln der Totengräber die Erde aushoben und ihre Gestalten immer tiefer und tiefer versanken.

»Ich glaube kein Wort von der ganzen Geschichte«, sagte Röthlisberger.

»Ah wah!«, piepste Joggi, »würde Herr Gottfried so was machen? Keine Sau würde so was glauben!«

Aber vor Röthlisbergers finsteren Blicken stieg das Schauspiel jenes 16. September wieder empor.

»Und trotzdem glaube ich es nicht, es muss ein Irrtum sein.«

Als Therese von Leonide erfuhr, was auf dem Friedhof vorging, schloss sie sich in ihr Zimmer ein und tobte wie ein wildes Tier; sie raufte sich die Haare, zerriss ihr Kleid und schlug sich mit den Fäusten gegen die Schläfen.

»Er ist wahnsinnig«, schrie sie wie eine Rasende. »Er ist verrückt! Wie konnte er so etwas tun? Wie konnte er nur?«

Als der Sturm sich etwas gelegt hatte, begann sie zu weinen. Die Tränen besänftigten sie, ja, jetzt war alles vorüber.

»Oh, wäre ich doch nie geboren worden!«

Leonide folgte ihr auf Schritt und Tritt, bis Therese ihr den Kleinen aus den Armen riss.

»Gib ihn mir!« Sie überhäufte ihn mit Küssen.

»Ach, wenn du und ich, wir beide, jetzt aus dem Leben gingen! Ich kann dich doch so nicht weiterleben lassen. Ach, hätte ich nur die Kraft! Leonide! Hilf mir, nimm ihn weg, bevor etwas geschieht – nimm ihn weg!«

Leonide nahm das schreiende Kind und legte es sanft gegen ihre Brust.

»Theresli!«, sagte sie in bittendem Ton, »Lass ihn mir, ich werde mich um ihn kümmern. Herrjesses, alle Türen sind auf, sie können uns unten hören.«

»Es ist mir gleich, sie sollen mich ruhig hören! Lass sie!«

EINEN TAG SPÄTER gelangte die Neuigkeit in die Zeitungen. Die Presse begnügte sich damit, die trockenen Tatsachen zu berichten, wie sie von den Polizeibehörden mitgeteilt wurden.

»Die inneren Organe des Körpers«, schrieben die Zeitungen, »wurden von den kantonalen Gerichtsärzten in Bern untersucht und Arsenik in genügender Menge gefunden, um die Gewissheit zu haben, dass Alt-Regierungsrat Müller an den Folgen einer Vergiftung gestorben sei. Die Untersuchung nimmt ihren Fortgang.«

Dr. Naef versuchte als erste Reaktion, die Neuigkeit vor Sophie geheim zu halten. Er hatte es im »Bund« gelesen. Doch er konnte sein Wissen nicht lange bei sich behalten, sondern lief bald zu ihr damit. »Es wird sie niederschmettern«, dachte er, »aber früher oder später muss sie es doch erfahren.«

So gab er ihr die Zeitung, und sie las:

»EIN FALL VON GIFTMORD IN GAM. Das stille Arnatal im Oberland wurde Schauplatz eines Verbrechens, das wahrscheinlich einzigartig in der Geschichte unseres Landes dasteht …«

Sophie las – und las –, bis sie in eine Ohnmacht fiel …

Felix blieb seinem Büro fern, ja, er wagte es nicht einmal, sich vor seinen Nachbarn blicken zu lassen.

Therese selbst hatte keinen Schritt mehr aus dem Haus gemacht, seit sie die Zeitung gelesen hatte. Die ganze Nacht blieb sie auf – und wartete. Gottfried Amadeus schlief, Leonide war in einem Stuhl eingenickt. Therese betrachtete das schlafende Kind. Ja, jetzt wäre die Gelegenheit günstig! Ein Messer aus der Küche … zuerst Gottfried Amadeus und dann sie selbst …! Wozu waren sie noch in dieser Welt? Der Fluch ihres Lebens lastete auf dem Kind; mit dem Finger würden die Leute auf ihn zeigen. »Da geht er! Seine Mutter war eine Mörderin, sein Großvater ein Mörder!« Er würde für immer geächtet bleiben …!

Das Kind lächelte in seinem Schlummer und atmete traumverloren mit tiefen Zügen.

»Wach auf! Wach auf!«, schrie Therese plötzlich in Panik. »Wach auf, bevor etwas geschieht!«

»Geh ins Bett«, sagte Leonide, die aus ihrem Nickerchen aufgewacht war. »Ich werde auf ihn aufpassen.«

Leonide führte sie aus dem Zimmer zu einem Sofa. Ihren Stuhl stellte sie zwischen die Türe und das Bettchen.

Am nächsten Morgen kam ein Brief für Therese in Gottfrieds Handschrift.

»Therese!

Auch wenn Dir das Herz bricht, ich konnte diese Last nicht länger auf meinem Gewissen ertragen. Ich habe das Einzige getan, was ein Mann in meiner Lage tun konnte. Ich kann Dich nicht einmal um Verzeihung bitten, denn mein Verbrechen ist zu groß. Zweifellos wirst Du in die Sache hineingezogen werden, aber da Du unschuldig bist, wird man Dir nichts anhaben. Du wirst verstehen, was ich meine, wenn Du die Zeitung liest. Vergiss, dass ich Dich geliebt habe. Ich bin Deiner nicht würdig.«

Immer wieder las sie den Brief. Dann starrte sie auf das Papier, als hätten diese Zeilen sie in einen hypnotischen Zustand versetzt … Was für ein Brief! Gottfried im Gefängnis! Und alle Schuld nimmt er auf sich! Hatte er es nicht schon vorausgesagt, dass er so handeln würde? Ja, so einer war Gottfried! Alle letzten Möglichkeiten ihres Glücks zerfielen zu nichts. Es gab keine Rettung!

Sie hatten beide Schiffbruch erlitten.

Ein neues Gefühl ergriff sie; sie war stolz auf ihn. Wo auf Erden gab es noch einen solchen Menschen? Ja, sie war stolz auf ihn und liebte ihn umso mehr. Allen würde sie zeigen, dass sie seiner würdig war – und aus welchem Stoff sie geschaffen war!

»Leonide!«, rief sie gefasst. »Ich habe alles Notwendige veranlasst. Ich verlasse euch. Hüte das Haus in der Zwischenzeit und versprich mir, dich um Amadeus zu kümmern!«

Sie ging zu ihrem Kind, küsste es auf sein Mündchen und legte es in Leonides Arme.

»Fang jetzt nicht zu weinen an. Nein! Und verzieh nicht dein Gesichtchen! Du wirst deine Mama nicht wiedererkennen, wenn du sie das nächste Mal siehst. Aber es gibt ja Leonide, sie wird deine Mama sein!«

Dann riss sie sich los … und verließ das Haus.

Die Berge glitzerten in der Morgensonne, eine sanfte Brise strich durch die Krone der alten Linde, im Garten glühten die Rosen …

Therese versuchte sich vorzustellen, dass sie nur für einen Tag verreise. Ja, für einen langen, langen Tag – weiter nichts! –

Bald danach wurde in Anton Jakobs Haus auf behördliche Anordnung eine Durchsuchung durchgeführt, die einen Sack verschiedensten Materials zutage förderte.

Gegen Mittag erschien eine schwarz gekleidete Frau am Haupteingang der Burg Obwyl und verlangte die Obrigkeit zu sprechen. Sie wurde zu Dr. Fröhlich geführt, der sie mit höflicher Zurückhaltung empfing.

»Frau Müller, was kann ich für Sie tun?«

»Ich bin gekommen, um Ihnen zu sagen, dass die Nachrichten in den Zeitungen alle völlig falsch sind. Ich war es, die meinen Mann vergiftet hat, und niemand sonst!«

Therese wurde einer derben Matrone übergeben. Man verweigerte ihr, Gottfried zu sehen. Erhobenen Hauptes betrat sie ihre Zelle.

TAGE, WOCHEN UND MONATE schleppten sich dahin. Langsam spann das Gesetz ein feinmaschiges Netz um Gottfried und

Therese. Gottfried hielt an seiner Aussage fest und beteuerte Thereses Unschuld, während sie erklärte, allein am Tode ihres Mannes schuldig zu sein und fest leugnete, dass Gottfried auch nur das Mindeste mit der Sache zu tun habe. Die dauernden Verhöre, die sie über sich ergehen lassen mussten, konnten weder sie noch ihn bewegen, ihre ursprüngliche Aussage zu widerrufen. Und als die beiden schließlich vor dem Untersuchungsrichter konfrontiert wurden, machten sie sich gegenseitig heftige Vorwürfe. Jeder wollte sich für den anderen opfern.

»Du weißt genau, dass du es nicht getan hast«, sagte Therese zu Gottfried. »Warum sagst du nicht die Wahrheit? Sag die volle Wahrheit, und sie werden dich nicht verurteilen!«

»Oh, Therese«, sagte Gottfried müde und erschöpft, »du hast das schon so oft gesagt, dass es deshalb nicht richtiger wird. Sie wissen genau, dass ich das Gift hatte. Weshalb spiegelst du ihnen vor, schuldig zu sein? Es ist so eindeutig, dass du nur versuchst, dich für mich zu opfern.«

Die Behörden sammelten inzwischen alles erreichbare Material, das möglicherweise Licht auf dieses mysteriöse Verbrechen werfen konnte. Jedes kleinste Schriftstück der beiden wurde registriert, jede einzelne Person auf dem Gamhof verhört. Allmählich wuchs die Kette der Indizien, und immer deutlicher wiesen sie auf ein Eifersuchtsverbrechen hin – und doch, Gottfried hatte dieses Arsenik immerhin drei Jahre lang in seiner Tasche herumgetragen. Dies schien auf einen vorbedachten, geplanten Mord hinzuweisen. Er hatte angegeben, das Arsenik sich in der Absicht verschafft zu haben, Selbstmord zu begehen. Aber wer sollte ihm das glauben, angesichts der vielen sonstigen Indizien?

Als die erste Aufregung sich gelegt hatte, steckten Gottfrieds Angehörige die Köpfe zusammen und beschlossen, den besten Anwalt mit seiner Verteidigung zu betrauen. Dr. Schneeli nahm die Sache in die Hand und setzte sich brieflich mit Gottfried in Verbindung: Gottfried aber lehnte alle Ratschläge seiner Familie ab. Er traf seine eigenen Entscheidungen und wählte einen jungen Anwalt namens von Breitenwyl, den er – etwas älter als er – in Basel während seiner Studienzeit kennengelernt hatte. Von Breitenwyl übernahm den Fall ohne Zögern. Er war der Sohn eines alten, reichen Berner Hauses und Idealist. Seine Art zu denken war weder altmodisch, noch stereotyp. Und er war schon gar nicht einer jener amtsbesessenen Schmarotzer, welche aus dem Unglück anderer ihren Lebensunterhalt bestreiten oder gar ein Vermögen machen und die zu sagen pflegen: »Ja, ja! So sagt es das Gesetz, also muss es auch so sein!«

Seiner Ansicht nach war das Gesetz altmodisch. Die modernen Errungenschaften der Psychologie hatten seine Mängel aufgezeigt. Es war an der Zeit, dass die Wissenschaft die sterilen alten Muster der Justiz neu aufarbeitete. Nach verschiedenen Unterredungen mit Gottfried und Therese stellte von Breitenwyl beim Justizdepartement in Bern den Antrag, einen berühmten Psychiater, Professor Langbein, hinzuzuziehen, damit er ein Gutachten über den Geisteszustand der beiden Angeklagten vor und während der Tat erstelle. Bern lehnte diesen Antrag ab. Von Breitenwyl verfluchte im Geheimen alle Bürokraten seines Kantons und erklärte, er werde trotzdem Professor Langbeins Gutachten einholen, um mit dessen Autorität seine Verteidigung zu führen.

Im Spätherbst endlich wurde die Untersuchung abgeschlossen. Gottfried und Therese standen beide unter Mordanklage. Nach Neujahr kam die Sache in die Hände des Schwurgerichts.

Die Verhandlung vor den Geschworenen war auf den zweiten Juni im Gerichtssaal des Schlosses Obwyl festgesetzt.

Ein regelrechter Festtag stand den Bürgern des Kantons Bern bevor, die mehr Nervenkitzel durch die Verbrechen der armen Teufel erfuhren, deren Taten sie in Grund und Boden verdammten, als durch die edlen Tugenden der Menschen, die das Leben ihnen ebenso tagtäglich darbot.

Und überdies: Große Verbrechen benötigten mehr Mut und Kraft als große Tugendhaftigkeit!

Denn während der Ruhm die großen Tugenden begleitet, ja, die treibende Kraft für sie ist, so fällt auf die Schar der Verbrecher nur Ehrlosigkeit und Schande. Obwohl sie dies wissen, nehmen sie das Risiko auf sich und zudem auch persönliche Gefahren. Und verglichen mit dem Nutzen, den große Verbrecher und große Heilige aus ihren Taten ziehen, so erkennt man sehr schnell, dass es weit vorteilhafter ist, ein Heiliger zu sein.

Wie viel Abscheu ein Verbrecher bei den Menschen auch erregen mag, so wird er nichtsdestoweniger oft auch bewundert, und es wird ihm eine gewisse Achtung entgegengebracht. In der öffentlichen Meinung werden Verbrecher abseits aller Gesellschaftsklassen gestellt, und selbst wenn man sie verabscheut, werden sie als etwas Außergewöhnliches angesehen.

Therese und Gottfried waren bereits öffentlicher Besitz geworden. Ihre Namen wurden fast unter jedem Dach genannt. Hier war ein Paar aus den oberen Schichten dieses Erdenwinkels, das aus Liebe gemordet hatte. Wenn aber die Liebe als Grund für ein Verbrechen an den Tag kommt, wer würde nicht aufhorchen und alles wissen wollen, was die Fama darüber zu sagen hat? Und selbst die Ehrlichsten würden sich sagen: Hier ist ein Pärchen, das getan hat, wozu ich nie den Mut gehabt hätte, selbst wenn ich es auch gerne getan hätte.

Die Zeitungen natürlich, die Ehrliche wie Unehrliche gleichermaßen mit Nahrung versorgen müssen, taten alles, um die Mordaffäre von Gam in den Köpfen des Volkes nicht einschlafen zu lassen.

Immer wieder sickerte eine kleine Neuigkeit aus ihren Spalten. Die Gerechtigkeit war auf den Beinen, schrecklich, sie beleidigt zu haben!

Der zweite Juni rückte immer näher. »Jawohl, wir werden Sonderberichterstatter an Ort und Stelle haben und die Neuigkeiten brühwarm in eure Häuser bringen. Seid auf der Hut mit euren Kindern und lasst nicht die unschuldigen Augen eurer Töchter diesen schrecklichen Roman verschlingen. Und hütet euch auch, Partei zu ergreifen und zu streiten. Verbrechen dieser Art erwecken Leidenschaften bei Mann und Frau. Denkt an nichts anderes als an die Gerechtigkeit – und an das

Gesetz! Kurz, es wird eine interessante Verhandlung werden, eine cause célèbre!«

Für Gottfried und Therese erschien ihr Fall durchaus nicht als eine cause célèbre. Sie wussten wenig voneinander, als wären sie schon beinahe gar nicht mehr auf der gleichen Welt. In der Einsamkeit ihrer Zellen hatten sie reichlich Zeit, über ihr Leben und ihre Taten nachzudenken. Für Therese wäre die Einsamkeit unerträglich gewesen, hätte sie nicht das Gefühl gehabt, dass Gottfried hier irgendwo in denselben Mauern ihr nahe war. Zuweilen schloss sie die Augen und stellte sich vor, ihren Körper zu verlassen, um durch alle Mauern hindurch ihren Geliebten aufzusuchen. Doch die Beständigkeit ihrer Liebe war zugleich auch ihre Qual. Diese Sehnsucht zehrte an ihren Kräften, sowohl als Frau wie als Mutter. Ihre Liebe musste mehr gewesen sein als bloße Sinnlichkeit. Einmal war es Gottfried Sixtus, dann wieder Gottfried Amadeus, die nach ihr riefen. Der einzige Unterschied für sie bestand darin, dass sie für Gottfried Sixtus jetzt keine Tränen mehr vergießen konnte. Aber es gab auch Augenblicke, wenn sie durch die Gitterstäbe der Fenster blickte, in denen Anton Jakob nach ihr rief. Und wenn sie einen Zug von Ferne hörte, erinnerte sie sich, wie oft sie mit ihm verreist war. Und immer noch dachte sie an ihn voller Mitleid, das fast an Liebe grenzte. Manchmal rief sie sogar nach ihm: »Toni! Komm und sieh, was mit uns geschieht! Würdest du es zulassen, wenn du noch am Leben wärst? Würdest du nicht versuchen, deinem Sohn und deinem Meidi zu helfen? Ach, ich weiß, du würdest uns helfen!«

Zum ersten Mal sah Therese den Wechsel der Jahreszeiten durch die Gitterstäbe einer Zelle. Eine große Müdigkeit kam über sie. Die ewigen Unterredungen mit von Breitenwyl und Professor Langbein erschöpften sie, ihr Gesicht wurde blasser und blasser, ihre Augen größer und ernster. Ihre innersten Gefühle, ihre Scham und ihre ganzen Intimitäten, alles, was sich in ihrer Brust verbarg an leidenschaftlicher Sehnsucht, wurden Stück um Stück von diesen Inquisitoren ans Licht gezerrt, wobei sich Anklage und Verteidigung die Hände reichten. Nur ein einziges, letztes Geheimnis blieb in ihrem Herzen verborgen – die Herkunft ihres Kindes. Dieses Geheimnis blieb heilig, geschützt durch einen Pakt, den sie mit Gottfried geschlossen hatte. Nicht einmal eine Folter würde ihr dieses Geheimnis entreißen! Die ganze Welt könnte eher untergehen, als dass der kleine Gottfried Amadeus mit dem Brandmal aufwachsen müsste, die Frucht einer verbrecherischen Liebe zu sein.

Bei der letzten Unterredung mit von Breitenwyl verlor Therese ihre Fassung. Die Hände gegen ihre Brust gepresst, lief sie stolz in der Zelle auf und ab.

»Ein feines Geschöpf scheine ich zu sein! Allen Weibern des Oberlandes stellt man mich zur Schau. Und alles, was mir heilig ist, wirft man vor die Säue. Hätte ich nur dreihundert Jahre früher gelebt, so hätten mich die Männer meiner Familie gerettet. Sie hätten dieses Gefangenen-Schloss in Schutt und Asche gelegt und diese heutigen Bürgersleute mit ihrer bürokratischen Spießigkeit zermalmt. Ha! Was reg ich mich so auf? Herr von Breitenwyl, versuchen Sie nicht, mich zu verteidigen! Die Welt kann mich zerreißen, ich fürchte sie nicht! Ich werde mich Gottfried würdig erweisen. Er soll nicht für etwas leiden, wofür er nicht verantwortlich ist.«

Als sie wieder allein war, setzte sie sich auf ihren hölzernen Schemel und starrte durch die eisernen Gitter ins Freie.

AM ZWEITEN JUNI um zehn Uhr läuteten die Kirchenglocken von Obwyl, um nach alter Sitte die Eröffnung der Schwurgerichtsverhandlung einzuläuten.

»Tingeli – tang – tong! An – tong – tingeli – Ja – kob – li – tang – tong! An – ton – tang! Tang! Tong! Ja – kob – li – tang – tong!«

Sie läuteten ungefähr zehn Minuten lang, dann verstummten die höheren Glocken, während die tiefen noch ein paarmal weiterschwangen. »An – ton – An – ton – «, das »An« fünf Töne höher als das »ton.«

Schließlich verstummte das »An«, und dann kam der Schluss »Ton – ton – ton –«. Feierliche Stille senkte sich auf die Stadt.

Viele Menschen beteten. Die zwölf Geschworenen waren, jeder im besten Sonntagsanzug, bereits vor aller Augen die enge Straße zum Schloss hinaufgestiegen.

»Gottes Segen sei mit ihnen«, sagte der Sattlermeister Käppeli, der älteste Mann aus Obwyl, als er aus seinem mittelalterlichen kleinen Laden herausgekommen war, um den Aufzug mitzuerleben. »Mögen die Rechtschaffensten unter ihnen aus der Urne gezogen worden sein! Zwölf, die so wacker sind wie die Jünger unseres lieben Heilands, und möge kein Judas unter ihnen sein!«

»Mir gefallen diese schwarzen Krähen nicht, die heute um den Turm fliegen, gell, Großvätti?«, sagte eine junge Frau, die hinter ihm stand.

»Ja, ja! Vor zwanzig Jahren, als sie das Mariegeli von Uttigewald freigesprochen haben, flogen Tauben um den Turm, weiße Tauben, ich erinnere mich gut.«

»Ich bin jetzt wirklich neugierig!«, sagte die junge Frau und betrachtete den viereckigen Festungsturm mit dem kupfernen Dach, die vier Ecktürmchen und den Blitzableiter.

Die Wirtshäuser der Stadt wimmelten von Gästen, und man sah überall neue Gesichter. Jedermann wunderte sich, wie all die Menschen in den Gerichtssaal Einlass finden sollten. Er war allerdings ziemlich groß, da er in alten Zeiten als Festsaal gebraucht worden war. Der Raum für die Richter daneben hatte als Folterkammer gedient, wo die Barone von Obwyl ihre widerspenstigen Leibeigenen festgeschraubt, eingespannt und zum Nachtisch geröstet haben sollen.

Die Vereidigung der zwölf Geschworenen dauerte fast den ganzen Morgen. Zum größten Teil waren es Männer aus den benachbarten Bezirken, zwei stammten aus dem Arnatal, zwei aus Thun, zwei aus Interlaken; doch keiner von ihnen hatte jemals zur Familie Müller in irgendeiner Verbindung gestanden.

Der Präsident des Schwurgerichts war der Oberrichter Jakob von Oberspach, dem die Richter Burkhardt und Niederli assistierten. Die Anklage vertrat Staatsanwalt Gutenberg. Die Jury, die aus lauter Kleinbürgern bestand und die infolgedessen einen tiefen Respekt vor der Majestät des Geldes hatten, ernannten Stadler, einen Engros-Delikatessenhändler aus Interlaken, zu ihrem Obmann.

Therese stand an diesem Morgen sehr zeitig auf. Sie zog ein neues schwarzes Kleid an, setzte einen kleinen schwarzen Hut auf, mit einer weißen Stirnbinde, und hüllte sich in einen schwarzen Schleier. Schließlich zog sie noch ihre schwarzen Handschuhe an und setzte sich auf den Hocker an das Fenster der Zelle. In einem Zustand nervöser Erregung wartete sie, dass man sie rufe. Die Stunden verstrichen; niemand ließ sich blicken.

Gegen Mittag kam von Breitenwyl. Er brachte einen Hauch von Jugendlichkeit und Freiheit mit sich.

»Hallo, Therese. Kopf hoch! Der Kampf beginnt um zwei Uhr.«

»Wird Gottfried während der Verhandlung von mir getrennt sein?«, fragte sie ihn.

»Ihr werdet beide nebeneinander auf der Anklagebank sitzen müssen, und ich sitze vor euch – Sünder allzumal!«

Sie holte tief Atem. »Zwei Uhr!«, hauchte sie!

»Ich werde bei Ihnen sein, also Mut!«

»Sind Sie sicher, dass ich neben Gottfried sitze?«

»Ganz sicher.«

»Wenn Sie ihn freibekommen, schenke ich Ihnen alles, was ich auf dieser Welt besitze!«

»Ich werde tun, was ich kann, seien Sie überzeugt! Im Übrigen – ich – bin kein Geld-Grabscher!«

»Das weiß ich«, rief sie entschuldigend und reichte ihm die Hand. »Das war nicht der Sinn meiner Worte. Sie haben sich prachtvoll benommen, Herr von Breitenwyl. Sie waren mein einziger Freund während dieser letzten Monate. Bitte vergessen Sie, was ich soeben gesagt habe.«

Er nahm ihre Hand und hielt sie einen Augenblick fest.

»Essen Sie jetzt etwas und trinken Sie ein bisschen Wein«, sagte er wohlmeinend.

Sie schüttelte den Kopf.

»Ich fühle mich auch ohne das stark genug. Wenn ich nur wüsste, dass Gottfried mich noch liebt …«

Er sah sie mit großem Mitleid an und verließ die Zelle.

Eine solche Frau in so einer Situation! Was für ein Jammer! Was für ein Jammer! Auf einem silbernen Tablett würde er sie am liebsten in die Freiheit hinaustragen. Weiß Gott, was er für sie nicht alles hingeworfen hätte!

Therese ging inzwischen in ihrer Zelle auf und ab. Plötzlich hörte sie das bekannte kurze Rasseln des Schlüsselbundes.

»Frau Müller!«, rief ein Wächter.

»Ja!«

»Sie müssen mit mir kommen.« Therese folgte ihm. Sie gingen durch den Korridor, durch die Eisentür, dann über eine Wendeltreppe, durch einen zweiten Gang, wieder Stufen abwärts, bis sie schließlich durch einen Torweg in ein viereckiges Burgzimmer kamen, in dem einige Polizisten umherstanden. Von hier aus öffnete sich eine kleine Tür.

»Hier herein!«, sagte die Stimme.

Sie riss sich zusammen und betrat aufrecht den großen Schwurgerichtssaal. Hunderte von Augen richteten sich auf sie … sie war einer Ohnmacht nahe.

»Setzen Sie sich hier nieder!«, sagte die gleiche Stimme, und sie setzte sich.

Schamröte schoss ihr ins Gesicht. Von Breitenwyl beugte sich zu ihr und verbarg sie mit seinem breiten Körper vor dem Publikum.

»Mut! Mut!«, flüsterte er.

Sie schloss die Augen und zog nervös mit einer Hand den Schleier vors Gesicht, während ihre andere Hand sich an die Armesünderbank klammerte. Sie konnte nicht begreifen, was mit Gottfried geschehen war, seitdem sie ihn das letzte Mal gesehen hatte. Er schien vollkommen verwandelt. Jener Ausdruck eines Gehetzten war in seinen Zügen einer milden Abgeklärtheit gewichen. Er hatte die kränkliche Blässe, die für asketische Mönche typisch ist.

»Theresli«, flüsterte er, »fürchte dich nicht!«

Sie schüttelte den Kopf, fühlte aber den Druck seiner Hand,

der immer fester und fester wurde und den sie ebenso erwiderte.

Dies hatte nur wenige Sekunden gedauert, doch es war keinem der Geschworenen entgangen. Punkt zwei Uhr erschienen die Richter. Die Jury erhob sich und die Richter nahmen ihre Plätze ein.

Der Vorsitzende, Oberrichter von Oberspach, begann die Verhandlung mit leiser, öliger Stimme und umriss den allgemeinen Gang des Verfahrens; und während er seine gemächliche Ansprache hielt, säuberte er zuerst seine Feder, dann seine goldgefasste Brille und schließlich seine Nase.

Die Geschworenen saßen in Kirchenstühlen gegenüber den Angeklagten. Sie verschränkten die Arme über der Brust und versuchten, sich an die neue Macht zu gewöhnen, die man ihnen verliehen hatte. Der Ausdruck ihrer Gesichter sowie ihr allgemeines Benehmen waren vorsichtig und unverbindlich. Ihr Obmann, Stadler, von seinem Geschäft her gewohnt, mit der Waage umzugehen, machte eine säuerliche, unnachgiebige Miene – und nicht ohne leise Gewissensbisse, dachte er an die Tage zurück, da er in seinem Spezereiwarenladen noch mit einer echten Waage hantiert hatte. Ja! Die Waage hatte gewissermaßen seinen Reichtum und seinen Einfluss begründet. Nun hielten er und seine Mitgeschworenen die Waage der Gerechtigkeit in ihren Händen, und am Ende dieser Verhandlung müssten sie entscheiden, ob die Angeklagten schuldig seien oder nicht. Keine Macht der Welt würde ihr Ja oder ihr Nein widerrufen können. Sie waren die moralischen, die politischen, die nationalen Vertreter des Volkes, und, gleich was der Buchstabe des Gesetzes sagte – was sie zu sagen hatten, würde über diesen Buchstaben stehen. Aus ihrem Munde würde das moralische Gewissen des ganzen Volkes sprechen.

Er und seine Kollegen hatten während des Mittagessens über all diese Probleme gesprochen und dabei auch beschlossen, während der Dauer der Verhandlung keinen Wein mehr zum Mittagessen zu trinken.

Reglos saß Therese und lauschte der Stimme des Richters. Gottfried beugte sich vor, gespannt und ernst, das Kinn in die Hand gestützt. Weder Scham noch Scheu war aus seinen geläuterten Zügen zu lesen. Er hätte ebenso ein junger Anwalt sein können, statt auf der Anklagebank zu sitzen. Die Berichterstatter der Presse in den vordersten Reihen machten sich ihre Notizen über ihn.

Dicht neben der Haupttüre sah man einige der lieben, treuen Gesichter aus Gam, Männer und Frauen mit kummer- und erwartungsvollen Mienen.

Links von der Presse saßen ein paar Leute, die von Zeit zu Zeit die Blicke aller auf sich zogen, als wolle man heimlich die Gefühle dieser Schwergetroffenen lesen, Dr. Schneeli war der Mittelpunkt dieser Gruppe. Das Licht, das durch die schlanken gotischen Fenster fiel, vermochte sein maskenhaftes Gesicht nicht aufzuhellen. Zu seiner Linken saß Sophie, bleich, hart und undurchsichtig; zu seiner Rechten Felix, feierlich, respektabel, doch im Tiefsten aufgewühlt. Er und Sophie schienen sich ein wenig an den Patriarchen zwischen ihnen anzulehnen, die leiseste Berührung mit ihm schien sie zu erleichtern. Hinter Dr. Naef, das Kinn auf den Knopf seines Spazierstocks gestützt, saß Augustin Sänger, der Nationalrat, und seine missvergnügten Augen fixierten seinen unglückseligen Neffen. »Er hat es nicht getan«, flüsterte er seinen Verwandten, die vor ihm saßen, ins Ohr.

»Niemals!«

»Ich bin überzeugt, dass alle Welt das sehen kann. Man braucht ihn nur anzuschauen«, murmelte Sophie.

Und so war es. Die Familie hielt Gottfried für unschuldig. Dr. Schneeli allerdings hatte seine Meinung nie geäußert. Innerlich zitterte er für Gottfried und fürchtete das Schlimmste. Anton Jakobs Sohn auf der Armesünderbank zu sehen, das brach ihm fast das Herz.

Ein Raunen ging durch den Gerichtshof. Die Verhandlung begann. Der Gerichtsschreiber verlas mit klarer Stimme den Befund der Überweisungskommission und danach die Anklageschrift. Die öffentliche Anklage lautete dahin, dass Gottfried Sixtus Müller, geboren am 10. 7. 18.., Grundeigentümer und Journalist aus Gam, sowie Therese Müller, geborene Etienne-

Mariano, Tochter des Marius Etienne-Mariano, aus Sitten im Wallis in Haft genommen und am 28. bzw. 31. Juli 19.., beschuldigt seien, in gemeinsamer Absicht und Tat den Alt-Regierungsrat Anton Jakob Müller ermordet zu haben, durch Verabreichung von Arsenik, in der Nacht des 15. September 19..

Therese blickte auf. Ein Gefühl des Ekels, der Scham und des Grauens stieg in ihr hoch. Sie wollte etwas sagen, brachte aber kein Wort über die Lippen.

»Ich habe es getan!«, wollte sie aufschreien, aber ihre Kehle schien wie mit Blut angefüllt. Sie schaute um sich, kraftlos, vage – und es schien, als zöge sie alle Blicke auf sich. Geistesabwesend erkannte sie einige Leute verschwommen; verzweifelt zog sie den Schleier vors Gesicht.

Einige der Geschworenen tauschten Bemerkungen über sie aus.

Der Schreiber verlas die Liste der vorgeladenen Zeugen, sowohl für die Anklage als auch für die Verteidigung. Es waren über vierzig Namen, darunter der unglückliche Dr. Hauser, Dr. Murgli, der Apotheker aus Basel, Professor Rupp sowie die Doktoren Albrecht und Melius aus Bern. Dann kamen die Hausmagd Mathilde, die Hebamme Leonide, ein Hotelkellner aus Bern, Johann Timm, der Knabe Fritzli, Luise, Minna, Röthlisberger, Dr. Schneeli und ein Dutzend anderer aus Gam. Die Leute von der Presse schrieben wie die Besessenen.

Gegen vier Uhr wurde Dr. Albrecht vom gerichtsmedizinischen Institut der Universität Bern aufgefordert, seine Aussage bezüglich der postmortalen Untersuchung Anton Jakobs abzulegen. Er und Dr. Melius hatten die Obduktion durchgeführt und ein Quantum Arsen gefunden, das reichen würde, jedem Menschen den sicheren Tod zu bringen. Mit wissenschaftlicher Genauigkeit ging Dr. Albrecht auf grauenvolle, medizinische Einzelheiten ein. Schließlich erklärte er auf eine Frage des Staatsanwalts, dass eine gewisse Menge Alkohol im Magen die Wirksamkeit des pulverisierten Arseniks begünstige. Dieser Umstand bot zweifellos die Erklärung für die verhältnismäßig kurze Frist von ungefähr elf Stunden, die zwischen der Einnahme des Gifts und dem Eintritt des Todes verstrichen war. Nun aber fragte der Vorsitzende, wie es sich mit dem ausgestellten Todesschein verhalte. Dr. Hauser wurde dazu aufgerufen und vom Staatsanwalt verhört. Er gab zu, keine gründliche Untersuchung des Toten vorgenommen zu haben, und berief sich auf Professor Rupp, den Spezialisten von internationalem Ruf, der seinerzeit Anton Jakob operiert hatte und nun zu seinen Gunsten bezeugen möge, dass in Anbetracht seines allgemeinen Gesundheitszustandes, seines schweren Leberleidens und des Mangels jeglicher Verdachtsgründe, jeder überarbeitete Landarzt denselben Irrtum hätte begehen können.

Professor Rupp, instruiert durch von Breitenwyl, der in Gottfrieds speziellem Auftrag dafür sorgen sollte, dass Dr. Hauser in keine ernstlichen Schwierigkeiten gerate, führte aus der Geschichte der Medizin eine ganze Liste von Präzedenzfällen an, die zeigten, dass sich Ähnliches schon des Öfteren ereignet hatte und dass sich mutmaßlich immer wieder derartige Falle ereigneten, ohne je ans Licht zu kommen.

Richter von Oberspach fiel dem Professor ins Wort. Diese Aussage gehöre in dieser Form nicht zur Sache, da sich die Anklage nicht gegen Dr. Hauser richte, und er entließ den Spezialisten. Gottfried war den medizinischen Erörterungen mit großem Interesse gefolgt; von Zeit zu Zeit machte er Notizen und überreichte sie von Breitenwyl.

Therese hingegen wurde sich allmählich der Mächte bewusst, die sie umgarnten, bewunderte aber im Geheimen die Kenntnisse all dieser Männer. Nie hatte sie sich träumen lassen, dass es Menschen gibt, die so viel wissen; sie war bisher der Ansicht gewesen, dass Gottfried weit mehr als der Durchschnitt wisse. Einen kurzen Augenblick lang glaubte sie, die flüchtigen Blicke der Richter, die nicht ohne Wohlwollen waren, erhascht zu haben. Was für Menschen mochten sie nur sein? Wohin sie auch blickte, überall schien sie einem Augenpaar zu begegnen. Wie wenn die ganze Menschheit sich bemühte, in sie hineinzuschauen! Sie begegnete auch Sophies Augen und denen von Felix; ja, auch Leonhards rotes Gesicht tauchte vor ihr auf. Und da war noch Leonide! Leonide rief ihr das Buebli und ihr ganzes mütterliches Elend ins Gedächtnis zurück. Alles schmerzte sie. Warum waren diese Menschen hier versammelt? Was wollten sie? Nur wenige hatten Anton Jakob noch gekannt. Und er? War es nicht geradezu komisch, da er selbst so wenig von ihnen hielt! Weshalb hatten sie ihn ausgescharrt? Warum diese Wissbegier über das Gift?

Ihr ehemaliges Gefühl der Verachtung für diese Leute nahm wieder von ihr Besitz. Sie war sich sicher: Ohne ihre Liebe zu Gottfried wäre sie nie lebendig in diesen Gerichtssaal geschleppt worden.

»Ich bleibe, wie ich bin – komme, was wolle!«, dachte Therese und sammelte alle ihre Kräfte.

Stolz hielt sie den Kopf hoch und sah mit großer Würde in den Gerichtssaal, wobei sie ihre Verachtung herausfordernd zum Ausdruck brachte.

Der Staatsanwalt registrierte ihre Blicke, während das Lächeln eines Fuchses über sein Gesicht glitt. Therese aber schien ihren Feind zu ignorieren.

NUN WURDE DIE langatmige Anklageschrift vor dem Gerichtshof verlesen. Gottfrieds und Thereses Lebensgeschichte lag aufgeblättert vor den Geschworenen. Sämtliche Beweisspuren, die man in den letzten Monaten gesammelt und analysiert hatte, wurden ausgebreitet und zusammengefügt. Ihre Charaktere, ihre Qualitäten und Anlagen wurden bloßgelegt, wie eben die Intelligenz von Gerichtsbeamten sie erfassen konnte. Gottfried wurde als schwacher, labiler, sinnlicher Charakter dargestellt, dessen Kopf voller unverdauter Philosophie war und der über mehrere Jahre die Gedanken eines eitlen, verlogenen jungen Weibes verdorben habe, nur um sie zu besitzen. Sie aber habe sich als gelehrige Schülerin erwiesen, ja, sie habe sich selbst als seine Schülerin bezeichnet in ihren Briefen, die sie hinter dem Rücken ihres Mannes geschrieben habe. Ihre sexuellen Neigungen und ihr Hang zum Verbrecherischen seien bei ihr noch ausgeprägter als bei ihrem Liebhaber. Monatelang habe sie mit dem Sohn ihres Mannes ehebrecherische Beziehungen gehabt, bis dann beide endgültig beschlossen, ihr Opfer umzubringen und so das Hindernis ihrer ehebrecherischen Gelüste aus dem Wege zu räumen. Es sei erwiesen, dass Gottfried das Gift unter falschem Vorwand von Dr. Murgil erhalten habe, mit dem er in Basel in freundschaftlicher Beziehung stand. Dass ein willensschwacher, wollüstiger Student, der in eine Frau verliebt ist, Gift in der Tasche tragen sollte, um damit Selbstmord zu begehen, scheine durchaus keine vernünftige, glaubhafte Annahme zu sein. Auf jeden Fall habe Frau Müller Kenntnis von dem Gift gehabt, und sie hätten es benützt, um den alten Müller zu töten, wie aus den Aussagen der Sachverständigen klar hervorgehe.

Ferner ergaben die Beweise, dass sie in der Mordnacht beisammen waren. Dann folgten längere Abschnitte, die sich mit den Maßnahmen der Angeklagten beschäftigten, von jener Nacht an bis zu dem Tag, als Gottfried, offenbar von seinem Gewissen getrieben, sich der Polizei in die Hände lieferte. Da Frau Müller keinen Ausweg mehr sah und der Haftbefehl bereits gegen sie ergangen war, folgte sie dem Beispiel ihres Stiefsohnes und Liebhabers.

Während die Anklageschrift verlesen wurde, schüttelte Gottfried des Öfteren den Kopf.

Reglos lauschte Therese. Manches Männerherz wurde bei ihrem Anblick im Stillen erweicht; es gab im Gerichtssaal eine Menge trockener Kehlen und fiebriger Gesichter. Kein Wunder, dass ein Reporter schrieb: »Die Angeklagte ist eine bemerkenswert schöne Frau, und man kann begreifen, dass Sie das Herz eines Mannes zu entflammen vermag.«

Der unverfrorene Herausgeber der Zeitung rieb sich die Hände und meinte, das sei »der wahre Jakob!«.

Der Präsident fragte, ob der in der Anklageschrift erwähnte Briefwechsel zur Verfügung stehe. Der Staatsanwalt erhob sich und zeigte auf einen papierbeladenen Tisch vor den Bänken der Jury. Zwischen den Papieren stand eine leere Flasche.

Schließlich war es Abend geworden, und der Vorsitzende gab bekannt, dass die Verhandlung der Anklage am nächsten

Tag um zehn Uhr beginnen werde; dann vertagte sich das Gericht.

Die Angeklagten wurden aufgefordert, sich zu erheben. Sekundenlang trafen sich ihre Augen, was von jedermann registriert wurde. Die Geschworenen tauschten vielsagende Blicke aus, als die beiden sich die Hände reichten.

»Das ist verboten!«, sagte jemand. Und im nächsten Augenblick wurden Therese und Gottfried hinausgeführt.

Sämtliche Wirtshäuser von Obwyl waren an diesem Abend zum Bersten voll. Man konnte hören: »Lebenslänglich« – »Alle beide!« – »Ja, hat man schon je ein so halsstarriges Pärchen gesehen?«

»Jesses! Jammerschade! So ein schönes Ding!« – »Gell, Hans«, rief eine heisere Stimme in der Krone, »du würdest sie auch gern in dein Bett nehmen, selbst wenn sie dir vergiftetes Lebersalz gäbe!«

Die Sinne der Menschen waren aufgepeitscht. Als Publikum waren sie einerseits geneigt, Übeltätern mit Verachtung und Schadenfreude zu begegnen, als Individuen aber fühlten sie sich andererseits verwirrt. In ihrer Brust lagen Grausamkeit neben Zärtlichkeit, Entrüstung neben einer geheimen Sehnsucht, im Besitz so herrlicher Leidenschaften zu sein, wie sie heute enthüllt wurden und die selbst vor einem Mord nicht zurückschraken.

Eheleute sahen einander mit unverhohlenem Argwohn an, oder sie neckten einander in dieser Nacht: »Nie wieder lasse ich mir von dir Medizin geben. Man kann nie wissen!«

Inzwischen saßen Gottfried und Therese in ihren Zellen und fragten sich, was ihnen der kommende Tag bringen werde. Therese schaute ungebrochen in die Nacht hinaus, bereit, jeder neuen Prüfung die Stirn zu bieten. Sie wusste, dass Gottfried sie noch immer liebte, ein unendlicher Trost. Gottfried aber suchte anderen Trost. Er sah das Ende vor sich, kniete vor seiner Pritsche und betete, dass ihm seine sündige Liebe zu Therese vergeben werde. Gott in seiner Allmacht möge die große Liebe eines Sünders zu einem anderen Sünder verstehen. Und er betete, dass Gott seinen Heiligen Geist in ihre heidnische Seele senden möge. »O Gott! Hilf uns, dies alles zu überstehen; lass uns aus aller Erniedrigung Kinder Deines Geistes werden! Vater unser im Himmel …!«

STAATSANWALT GUTENBERG, eine hagere, fast mittelalterlich anmutende Gestalt mit glühenden Augen und hohlen Wangen, führte am nächsten Tag die Anklage. Durch ein Kreuzverhör der Angeklagten zeigte er sogleich den Geschworenen seine Absicht: Die früheren Aussagen Gottfrieds und Thereses zu verwirren, sie in Widersprüche zu verwickeln und so seine Behauptungen zu untermauern. Gottfried hielt hartnäckig an seiner ursprünglichen Aussage fest, dass Therese erst drei Monate nach dem Tode des Vaters zum ersten Mal seine Geliebte geworden sei. Doch Gutenberg ging daran, diese Aussage zu entkräften. Mit gespanntem Interesse folgte der Gerichtshof seinen Fragen. Schon bald wurde deutlich, dass Gottfried log. Als er aufgefordert wurde zu sagen, wann und wo er Frau Müller den Giftmord an seinem Vater gestanden habe, zögerte er zunächst, dann erwiderte er, dass es in Savoyen, im Frühjahr des vergangenen Jahres gewesen sei.

»Und was sagte sie zu Ihrem Geständnis?«

Gottfried gab keine Antwort. Er hielt sich an der Schranke vor ihm fest und blickte ins Leere.

»Hat sich Ihre Beziehung zu Frau Müller daraufhin geändert?«

»Sie war entsetzt«, sagte Gottfried, »und das war auch der Grund, weswegen wir getrennt nach Gam zurückgekehrt sind. Sie wollte nichts mehr mit mir zu tun haben. Ich war überzeugt, dass ich ihre Liebe eingebüßt hatte und deshalb habe ich mich der Polizei gestellt.«

Plötzlich hörte man Thereses Stimme: »Sag doch die Wahrheit!«

Gottfried zuckte müde die Achseln, als wolle er zeigen, wie wenig Beachtung er ihr noch schenke.

Schweigen im Gerichtshof. Gutenberg vertiefte sich in

seine Papiere und kam zurück auf die Nacht des fünfzehnten September. Mit zahllosen Fragen versuchte er, aus Gottfried und Therese eine Darstellung der damaligen Ereignisse herauszuholen.

»Haben Sie sich nicht gefragt, warum Frau Müller so bemüht war, die Spuren des Erbrechens Ihres Vaters so gründlich zu beseitigen?«, wollte er schließlich wissen.

»Ich trug das Becken weg!«, erklärte Gottfried.

»Aber Frau Müller behauptet, sie habe es getan! Und sie selbst gaben zu, dass Frau Müller ihren Mann gepflegt hat. Haben Sie sie wirklich für so einfältig gehalten, dass sie in dieser Nacht dieses faule Spiel nicht gewittert habe?«

»Gottfried hat kein Becken weggetragen!«, sagte Therese. »Ich habe ihn um sechs Uhr morgens erst aus seinem Zimmer heruntergeholt.«

Röthlisberger wurde in den Zeugenstand geholt. Auf Gutenbergs Aufforderung hin, der Jury genau zu berichten, was Gottfried Müller am Morgen des sechzehnten September zu ihm gesagt habe, erzählte er mit trauriger Stimme, Herr Müller habe folgende Äußerung getan: »Wir müssen sofort einen Doktor holen, Stiefmutter und ich sind die ganze Nacht auf gewesen. Ich fürchte, meinem Vater geht es sehr schlecht.«

»Nein, nein, wir waren nicht die ganze Nacht gemeinsam auf!«, sagte Therese.

»Sie beide, Sie und Gottfried Müller, waren in dieser Nacht gemeinsam wach, nicht wahr?«, rief Gutenberg.

»Ich war auf, er nicht!«, erwiderte Therese wild!

Gottfried ließ den Kopf hängen.

»Und wer von Ihnen hat die Flasche ausgespült?«, fragte Gutenberg und hielt das leere braune Fläschchen hoch.

»Ich!«, riefen Gottfried und Therese zur gleichen Zeit.

Irgendwo hinten im Saal ließ sich ein Kichern vernehmen. Gutenberg lächelte diskret, es war ein Lächeln von beinahe zynischer Entschlossenheit. Er wechselte den Kurs seiner Fragen und forderte Therese auf, den Geschworenen zu erzählen, wann sie zum ersten Mal zu Gottfried in intime Beziehungen getreten sei.

»Warum wieder diese Frage?«, sagte sie, leicht errötend. Und sich dem Vorsitzenden von Oberspach zuwendend: »Muss ich denn immer wieder diese Fragen beantworten? Ich habe monatelang nichts anderes getan, als solche Fragen zu beantworten«, schloss sie leise.

Von Breitenwyl sprang auf und bemerkte, dass die Frage des Staatsanwalts seiner Ansicht nach unnötig sei und dass sie nur zu dem Zwecke gestellt würde, um Sensation zu erregen. Der Vorsitzende erhob in seiner milden Art die Hand und wies darauf hin, dass die Frage offensichtlich bezwecke, einen wesentlichen Umstand ans Licht zu bringen und folglich zugelassen sei. Von Breitenwyl setzte sich wieder und verschränkte die Arme.

Gutenberg wiederholte also die Frage an Therese.

»Ich habe bereits alles vor Doktor Fröhlich zu Protokoll gegeben. Tausendmal habe ich wiederholt, dass ich es war, die das Gift in die Flasche tat, und dass Gottfried Müller nichts von der Sache wusste, bis zu dem Augenblick, da ich ihm den Mord gestand. Niemand will mir glauben. Weshalb also immer wieder dieselben Fragen? Wenn man meinen Worten das erste Mal nicht glaubt, warum zwingt man mich, alles zu wiederholen, nur damit man mir ein zweites Mal wieder nicht glaubt?«

»Es handelt sich jetzt nicht darum, ob man etwas glaubt oder nicht glaubt«, sagte der Oberrichter, »sondern Sie müssen die Fragen des Staatsanwalts einfach beantworten!«

»Ich wiederhole meine Frage also«, sagte der Staatsanwalt, »wann hatten Sie zum ersten Mal intime Beziehungen zu Ihrem Liebhaber?«

»… in Bern, als wir vor zwei Jahren die Ausstellung besuchten … weil ich ihn liebte. Und ich liebe ihn bis auf den heutigen Tag!«

Ein triumphierendes Vibrieren lag in ihrer Stimme, und ihre Blicke überflogen den Gerichtshof mit kalter Verachtung. Manch einer bewunderte die Kühnheit dieser Frau.

Gottfried erwiderte mit einer nervösen Handbewegung: »Es lässt sich nichts ändern! Sie hält an ihren Behauptungen fest; es ist von ihrer Seite nichts als eine grenzenlose Torheit; sie will mich nur frei bekommen.«

Von Breitenwyl drehte sich um und ermahnte ihn, still zu sein.

Leonides Zeugenaussage wurde noch vor der Mittagspause entgegengenommen.

Sie verblüffte den Gerichtshof durch die Erklärung, dass sie in keiner Hinsicht auch nur das Mindeste wisse. Auch dass sie nie das leiseste Anzeichen einer Vertraulichkeit zwischen den Angeklagten bemerkt habe. Sie habe ein hartes, ein ehrbares und opfervolles Leben hinter sich, was manche Frau zu ihren Gunsten bezeugen könne. Der Staatsanwalt beharrte auf seinen Fragen.

Leonide beteuerte, er möge sie ins Gefängnis schicken, aber sie könne nicht mehr sagen, als dass sie die ehrbare Stellung einer Amme bekleide und dass sie Therese wegen ihrer zärtlichen Anhänglichkeit an das Kind des Toten liebe, und im Übrigen würde sie nie die Nase in die Angelegenheiten anderer Leute stecken. »Ach!«, rief sie schließlich. »Es bricht mir das Herz, sie hier sitzen zu sehen! Die armen, lieben Menschen!«

Ja, »arm und lieb« nannte sie die beiden, und es kümmerte sie nicht, wie es aufgenommen wurde. Sie blieb dem Mörder treu, den sie einst gestillt hatte, weil sie fürchtete, dass man die beiden ins Gefängnis stecken werde und der kleine Amadeus ohne Vater und Mutter aufwachsen müsse. Aber sie wusste auch, dass sie sich seiner annehmen würde, solange sie lebte. Das war durchaus ein paar Lügen wert. Sie würde durchhalten, bis zum bitteren Ende, und sie schrak auch nicht vor einem Meineid zurück! Hier die Wahrheit zu verschweigen, schien ihr kein Verbrechen zu sein. Sie hatte das Gefühl, jenen, die sie liebte, alles zu schulden, nichts aber der Gesellschaft im Allgemeinen. Ja, sie hegte eher eine gewisse Verachtung für die menschliche Gesellschaft. Sie hatte allzu viele Idioten auf die Welt kommen sehen und sie aufgepäppelt.

Am Nachmittag wurde die Hausmagd Mechthilde von Gutenberg als Zeugin gerufen. Sie sagte unter anderem, dass sie ein- oder zweimal mitangesehen habe, wie sich Herr und Frau Müller hinter einem Schrank geküsst haben.

Mechthilde erhielt einen eisigen Blick von Therese.

»Haben Sie sonst noch etwas gesehen?«, fragte Gutenberg, dem Thereses Blick nicht entgangen war.

Mechthilde zögerte. Der Staatsanwalt insistierte.

»Sagen Sie den Geschworenen ganz genau, was Sie gesehen haben, und fürchten Sie sich nicht!«

»Ich habe gesehen, wie der Herr an Frau Müller herumzerrte.«

»Auf welche Weise?«

»Ich meine ihre Kleider und diese Art Dinge.«

»Welche Kleider?« Mechthilde antwortete nicht gleich auf Gutenbergs letzte Frage.

Und nun schaltete sich der Vorsitzende wieder ein und sagte, dass Fräulein Mechthilde der Jury wirklich erklären müsse, was sie eigentlich gesehen habe.

Mechthilde gestand, dass das, was sie wirklich gesehen hatte, nicht ehrbar war. Sie habe Frau Müllers nackte Beine gesehen, die Herr Müller immer küssen wollte … Dann brach sie plötzlich in ein Schluchzen aus.

»Das war Monate vor dem Mord«, brummte Gutenberg. »Und das nennt Herr Müller keine Vertraulichkeit!«

Nun gab ein Kellner aus Bern sein Zeugnis ab. Er wusste nichts weiter zu berichten, als dass er eines Nachmittags Herrn und Frau Müller in Herrn Müllers Schlafzimmer Tee serviert habe.

Gutenberg rief einen Zeugen nach dem anderen auf und begann damit die Geschworenen zu ermüden. Er befragte sämtliche Gamer, ob sie hinsichtlich des Geisteszustandes der Angeklagten irgendetwas Auffälliges bemerkt hätten. Niemand habe sie jemals für etwas anderes als völlig normal gehalten, hieß es. Er wollte den Beweis erbringen, dass sie imstande gewesen waren, ihre Liebesbeziehung mit kaltem Bedacht streng geheim zu halten. Sie seien von Hunderten von Augenpaaren umgeben gewesen, hätten sich aber mit fast diabolischer Schlauheit der öffentlichen Beachtung entzogen.

Gutenberg wandte sich nun Joggi zu. Doch dieser Uralte war eine harte Nuss. Gleich zu Anfang weigerte er sich, den Eid abzulegen. »Mich zwingen, etwas gegen Herrn Müller auszusagen? Wer will mich zwingen?«, krächzte er. »Einen Eid ablegen und falsch schwören mit einem schlechten Gedächtnis? Nichts weiß ich! Man kann mich ruhig einsperren – es ist mir egal! Wo der Sohn des Herrn hingeht, da gehe ich auch hin, sage ich! Keine Sau wird glauben, dass Herr oder Frau Müller schuldig sind. Und wenn ich es selbst gesehen hätte, nein, ich würde es nicht glauben! Fünfundsechzig Jahre auf dem Gamhof. Ich habe gesehen, wie sie alle zur Welt gekommen sind. Ich soll mein Maul auftun und dem Ankläger helfen. Ich? Meinetwegen ins Loch oder zur Hölle, sage ich! Aber mit mir nicht!«

Während ihm das Wasser aus Augen und Nase lief, wussten die Zuhörer nicht, ob sie lachen oder weinen sollten. Die Zeitungsleute betrachteten den alten Joggi als ein prächtiges Exemplar der alten Generation. Seine ochsenhafte Treue und seine Kraft zu widerstehen wurden als Tugenden gerühmt. Gutenberg machte noch verschiedene Versuche, Joggi einige Antworten zu entlocken, aber ohne jeden Erfolg.

»Diese alten sarazenischen Gebirgler haben ihre eigenen Marotten«, sagte er schließlich, mit einem Lächeln der Entschuldigung gegenüber dem Richter und der Jury. »Ich verzichte auf Meister Joggis weitere Vernehmung.«

»Ihr würdet mich sowieso nicht dazu bringen«, schrie der alte Joggi mit seiner schrillen Stimme. »Ihr könnt mir nichts Neues mehr beibringen, nicht mir! Ich geh auf die Neunzig! Hä! Kommt nach Gam, und ich werde euch mal ein Stück ehrlicher Arbeit zu tun geben!«

Der Gerichtsdiener musste den Alten aus dem Zeugenstand schleppen. Doch nun war Joggis Mut erst recht angestachelt. Ein halbes Dutzend Schnäpsli, die aus seinen Augen schimmerten, taten das ihre. Zu guter Letzt musste man ihn aus dem Gerichtssaal weisen, da er den Staatsanwalt weiter mit seinen Zornesausbrüchen überschüttete. Er werde ihm eine Heugabel in das Füddli stoßen und seine Nase in etwas tauchen, um das selbst der Teufel einen Bogen machen würde. »Jawohl! Sakrament nonamal!«

Der Vorsitzende verhängte über den alten Joggi eine Buße von zwanzig Franken wegen blasphemischer und lästerlicher Schimpferei.

Während Röthlisberger das Geld bezahlte, legte sich allmählich die Heiterkeit, die dieser Auftritt hervorgerufen hatte.

Danach wurde Therese noch einmal verhört. Gutenberg wiederholte eine ihrer früheren Aussagen, die sich auf die Art und Weise bezog, wie sie sich das Arsenik beschafft hatte.

»Sie haben es eines Tages aus seiner Brieftasche genommen. Wann war das?«

»Vor langer Zeit. Ich erinnere mich nicht genau«, antwortete sie. »Er ließ eines Tages sein Jackett über dem Stuhl hängen und ging aus. Da nahm ich das Gift.«

»Woher wussten Sie, dass es in seiner Tasche war?«

»Ich wusste es nicht, ich fand es ganz zufällig.«

»Hat Herr Müller Ihnen das Arsen gegeben?«

»Nein, ich habe es ohne sein Wissen genommen.«

»Er behauptet, dass er es bis zur Nacht des 15. bei sich getragen hat.«

»Es ist nicht wahr!«

Gottfried wollte aufspringen und etwas sagen, doch er hatte nicht die Kraft dazu. Er schüttelte nur müde seinen Kopf. Was hatte es für einen Sinn, immer wieder ihre Unschuld zu beteuern? Ihm war schlecht, seine Gedanken waren in einem schrecklichen Durcheinander. Diese Folter war kaum mehr zu ertragen. Ein blitzartiger Impuls hätte ihn beinahe aufspringen lassen, um Therese in die Arme zu nehmen.

Stattdessen lehnte er sich nach vorne und stöhnte.

Von Breitenwyl ersuchte Therese, sich wieder zu setzen.

Der Präsident hustete nervös. Offenbar etwas ermüdet, lehnte er sich zurück. Die Leute im Gerichtssaal flüsterten untereinander. Dann trat eine beträchtliche Pause ein, während der Gutenbergs Assistent in den Papieren herumkramte. Endlich brachte er einen Stoß von Briefen zum Vorschein, und der

Staatsanwalt begann daraus vorzulesen. Zum größten Teil waren es nicht Liebesbriefe im gewöhnlichen Sinne des Wortes; wohl aber warfen sie ein ganz neues Licht auf das Leben der Angeklagten. Sie bewiesen deutlich, dass die beiden zu Anfang nicht durch Liebe, sondern durch Freundschaft verbunden waren. Sie zeigten Thereses brennenden Wissensdurst und Gottfrieds Stolz auf die Rolle des Mentors. Und es kam immer deutlicher zum Vorschein, dass sich ihre ganzen Gedanken immer mehr und mehr auf die Philosophie Nietzsches konzentriert hatten. Nietzsche war ihr großer anregender Lehrmeister geworden. In einem Intervall von einem Jahr waren dann keine Briefe mehr ausgetauscht worden, aber danach begann die Korrespondenz von neuem.

»Dies sind nun keine philosophischen Betrachtungen mehr«, bemerkte Gutenberg trocken.

»Professor Nietzsche wurde endgültig durch Gott Eros ersetzt. Diese neuen Episteln wimmeln von verliebten Anspielungen und sind voller Leidenschaft, fast unsittlich in ihrer Intimität. Und die Tatsache, dass es nur wenige dieser Briefe gibt, zeigt lediglich, dass die Angeklagten den brieflichen Verkehr nicht mehr nötig hatten, da sie die meiste Zeit unter dem Schutz des väterlichen Daches zusammen waren.«

Er las die Briefe vor, und die Zeitungsvertreter schrieben eifrig mit.

»Noch ein letztes Stück ›Journalismus‹!«, sagte er schließlich, indem er eine Kopie des Land Magazins in die Hand nahm. »Dies wurde von Müller in einem Leitartikel im Februar geschrieben, das heißt, fünf Monate nach dem Tod seines Vaters:

›Die Grundlage jeder Moral liegt in der Ehre. Alle anderen guten Eigenschaften – Wahrhaftigkeit, Mut, Freundlichkeit und Sympathie – sind darin eingeschlossen. Aber Ehre entsteht nicht in Gedanken, Ehre ist angeboren.‹

Für den Rest begnüge ich mich, nicht noch tiefer auf diesen ganzen heuchlerischen Unsinn einzugehen. Einige der größten Verbrecher haben die exaltiertesten Lobhudeleien auf die Moral geschrieben.«

Dann setzte sich Gutenberg.

Das Publikum atmete auf. Seine Nerven, die bis dahin in dauernder Spannung gehalten wurden, erschlafften für einen Augenblick. Aller Augen wandten sich den Angeklagten zu und blieben schließlich auf dem vierschrötigen, gesund aussehenden von Breitenwyl ruhen. Er musste wirklich ein sehr beherzter Anwalt sein, dass er in einer solchen Sache die Verteidigung übernahm. Was, um Gottes willen, konnte er ins Feld führen, um diesen Knoten zu lösen, den Gutenberg um die Hälse der Angeklagten geschlungen hatte? Gab es überhaupt noch den leisesten Zweifel an der Schuld der beiden? Jeder setzte sich in die Lage eines Geschworenen – und in der Tat, es gab keinen Zweifel mehr.

Der Vorsitzende ergriff das Wort. Ihm sei von einem Fremden, der heute Morgen in Obwyl angekommen sei, ein Brief überreicht worden. Der Fremde, Herr Pfarrer Theodor Straub, ein Geistlicher aus Lützikon, schreibe in seinem Brief, dass er eine wichtige Aussage zu machen habe. Die Bitte sei zwar ungewöhnlich, doch im Hinblick auf seine Amtsstellung sollte man ihn doch wohl anhören. Falls er sich zufällig im Gerichtssaal befinde, möge er bitte vortreten.

Als sein Name aufgerufen wurde, trat Theodor Straub sogleich vor die Schranken und verbeugte sich vor dem Richter und der Jury.

»Wollen Sie als Zeuge auftreten?«, fragte der Präsident.

»Ich bin gekommen, um ein paar Tatsachen festzustellen«, sagte Theo. »In meiner Zeitung las ich, dass die Anklage anscheinend zu beweisen sucht, Müller habe sich das Gift mit der Absicht verschafft, seinen Vater zu vergiften.«

»Wollen Sie bitte in den Zeugenstand treten!«, sagte Gutenberg.

Theo folgte der Aufforderung, und Gutenberg fragte ihn, ob er unter Eid aussagen wolle.

»Er erklärte nur, dass er einige Tatsachen feststellen wolle«, sagte der Präsident.

»Ich bin nur einverstanden, wenn er den Eid ablegt«, erwiderte Gutenberg.

»Der Herr Pfarrer steht nicht auf der Zeugenliste. Er kann jedoch seine Erklärung als Experte abgeben. Bitte!« Der Präsident machte eine einladende Geste zu Theodor Straub.

»Ich will mich kurz fassen«, sagte Theo, sich mit leiser, aber deutlicher Stimme an den überfüllten Gerichtssaal wendend. »Vor allem muss ich gestehen, dass ich Gottfried Müller gegenüber eine Dankesschuld abzutragen habe. Wir haben gemeinsam studiert, wir haben zwei Jahre lang dasselbe Zimmer bewohnt und einander dadurch sehr genau gekannt. Ohne seine großzügige Unterstützung wäre ich nie imstande gewesen, die Kosten meiner Studien zu tragen. Ja, ohne ihn wäre ich heute nicht Pfarrer. Ich sage das nicht, um die öffentliche Meinung zu beeinflussen, sondern um meine Verbindung und Bekanntschaft mit Gottfried Müller näher zu erläutern. Natürlich verfolge ich diesen Prozess mit tiefer Anteilnahme und Betrübnis.« Er machte eine kleine Pause, und sichtlich bewegt blickte er zu Gottfried hinüber.

»Der Indizienbeweis der Anklage scheint besonderen Nachdruck auf die Frage zu legen, zu welchem Zweck Müller das Arsenik von Dr. Murgil bezogen habe. Einige unter Ihnen mögen der Überzeugung sein, dass er sich das Gift mit der Absicht verschaffte, seinen Vater zu töten. Ich weiß, dass er eine solche Absicht damals nicht hatte, falls er sie überhaupt jemals besaß. Schon seit vielen Jahren wusste ich von diesem Gift. Gottfried war damals noch Student der Rechte. Ich sagte bereits, dass wir vertraute Freunde waren. Damals – und das ist Jahre her – gestand er mir seine Verliebtheit in seine Stiefmutter. Ehrlich und mit allen erdenklichen Mitteln bemühte er sich, dieser Leidenschaft Herr zu werden. Eines Nachts kam ich zufällig in sein Zimmer und sah ihn, den Rücken mir zugewandt, an seinem Tisch sitzen. Neben ihm ein Glas Wasser mit einem Löffel. Als ich näher kam, bemerkte ich, dass er ein Pulver in ein Papier schüttete, und als er mich hörte, sagte er nervös, es sei ein Jammer, dass ich ihn gerade jetzt besuche; den ganzen Tag habe er sich innerlich gestärkt, um in dieser Nacht ein Ende mit sich zu machen. Erregt gestand er mir, dass er nicht mehr leben könne mit seiner Leidenschaft, die ihn auffresse, und dass er das Gift dieser Leidenschaft vorziehe. Lange sprach ich auf ihn ein und ließ mir das Versprechen geben, dass er nicht wieder versuchen werde, sich das Leben zu nehmen. Tatsächlich saßen wir die ganze Nacht beisammen, und ich flehte ihn an, ein neues Leben zu beginnen. Ich versuchte ihn in dieser Nacht zu überreden, den Beruf des Theologen zu ergreifen, was – wie Sie ja wissen – auch gelang. Unglücklicherweise riss ihn dann eine ernste Krankheit aus seinen Studien heraus; die Genesung führte ihn nach Gam, und er kehrte nie wieder zurück. Die Welt war stärker in ihm als Gott! Das ist alles, was ich zu sagen habe, und ich hoffe, die Anklage wird nicht länger behaupten wollen, er habe sich das Gift mit der Absicht verschafft, seinen eigenen Vater umbringen zu wollen. Ich versichere noch einmal, dass dies nicht zutrifft. Ich befehle seine Seele und die Seele von Frau Müller in die ewigen, barmherzigen Hände unseres Herrn.«

Gottfried und Therese neigten die Köpfe, es folgte eine Stille wie in der Kirche.

»Herr Pfarrer«, sagte von Breitenwyl, »hat Herrn Müllers Gesundheit unter den Einflüssen seiner Leidenschaft gelitten?«

»Ja, sie hat gelitten, sehr sogar! Ich erinnere mich gut, er war für mich damals eine Art moderner Werther, und ich setzte meinen ganzen Einfluss ein, um ihn von seiner Leidenschaft zu heilen.«

Therese sah in Gottfrieds Augen: »Aber ich habe gesiegt, trotz allem«, dachte sie.

Theo konnte ihre Gedanken lesen; er wandte sich ab und rückte seine goldene Brille zurecht.

»War es nur eine gewöhnliche Liebesaffäre?«, fragte von Breitenwyl lebhaft.

»Ich bin hergekommen, um eine Tatsache festzustellen«, wehrte Theo ab, »und um eventuelle Missdeutungen zu berichtigen und damit meine Pflicht gegenüber dem Staat zu erfüllen.«

»Ich bin Ihnen sehr dankbar, dass Sie gekommen sind«, sagte von Breitenwyl.

Der Vorsitzende wandte sich nun an Theodor Straub.

»Wir danken Ihnen für Ihre Güte, Herr Pfarrer«, sagte er zeremoniös.

Bleich, mit gequältem Ausdruck, zog sich Theo zurück. Von Breitenwyl verließ seinen Platz, um eine kurze Unterredung mit ihm zu führen. Er bat ihn, noch einen Tag in Obwyl zu bleibe, um für Gottfrieds Entlastung vielleicht noch einmal auszusagen.

»Ihre Feststellungen sind für die Verteidigung von äußerster Wichtigkeit! Bitte, Herr Pfarrer! Sie sagten ja selbst, dass Sie Müller eine Dankesschuld abzutragen haben.«

»Wenn Sie glauben, meine Anwesenheit sei vielleicht nützlich, so will ich bleiben«, sagte Theo.

Von Breitenwyl schüttelte ihm herzlich die Hand und ging in den Gerichtssaal zurück, mit einem optimistischen Ausdruck in den Augen.

Theos Aussage hatte eine gewisse Milde und Wärme im Saal zurückgelassen und die fiebrigen Herzen ein wenig besänftigt. Ja, ja! Vielleicht lag in dieser Liebesgeschichte ein tiefes Geheimnis verborgen, das dem oberflächlichem Auge entging; vielleicht war es gar kein bloßes Schauspiel des Grauens, nicht nur eine kaltblütig überlegte Mordtat!? Theos Aussage hatte auf die Geschworenen jedenfalls Eindruck gemacht. Beim Mittagessen besprachen sie den Fall ausführlich. Natürlich musste einer der beiden das Arsen in die Flasche getan haben, beide konnten es nicht gewesen sein. Aber es schien auf der Hand zu liegen, dass dieser entscheidende Schritt in gegenseitigem Einverständnis erfolgt sein musste. »Sie war halt arm, vielleicht wollte sie einfach an die halbe Million kommen? Eine der Möglichkeiten«, sagte ein armer Schulmeister aus Thun.

»Keine Rede! Wenn eine solche Absicht bei ihr bestanden hätte, so hätte die Anklage diesen Punkt nicht fallen lassen.«

»Das Motiv ist klar wie Sonnenlicht«, sagte der Delikatessengrossist. »Sie wollten den alten Müller loswerden.«

»Ja, ja, so ist es. Aber was für ein Preis – nur um einander zu kriegen!«

»Dieser Pfarrer hat die Wahrheit gesagt«, meinte ein junger

Mann aus Beatenberg mit einem melancholischen Gesicht und einem flaumigen Bärtchen. »Unmöglich, dass sich der junge Müller das Gift verschafft hat, um seinen Vater aus der Welt zu schaffen.«

»Hm, ja! Wir glauben auch, dass der Pfarrer die Wahrheit gesagt hat«, erklärten einige andere.

»Was Frau Müller betrifft«, fuhr der Mann aus Beatenberg fort, »so bin ich überhaupt nicht überzeugt von ihrer Schuld. Es war ungerecht, auf ihre Herkunft einzugehen, wie es die Staatsanwaltschaft in ihrer Anklageschrift getan hat; man hätte nie davon Gebrauch machen dürfen, dass sie einer Mörderfamilie entstammt.«

Die Geschworenen sahen ihren Kollegen mit zweifelnden Blicken an. Wie kam der Beatenberger dazu, eine solche Behauptung aufzustellen? Wie kam er dazu, einem Mörder das Wort zu reden und die Wahrheit ungerecht zu nennen?

»Herr Mahler«, sagte der Obmann, »Sie müssen sich die Dinge ein bisschen mehr überlegen.«

Der Mann aus Beatenberg wandte sich ab. Vor seinem geistigen Auge stieg das Bild von Therese auf, dieser unvergesslich schönen Frau auf der Anklagebank, die er insgeheim begehrte. Er begann, seine Mit-Geschworenen zu hassen.

Der Schulmeister aus Thun vermutete, dass von Breitenwyl, soweit er seinen Ruf beurteilen konnte, besonderes Gewicht auf Thereses Vorfahren legen werde. Er sei einer jener modernen, vaterlandslosen Gesellen, die eigentlich Anarchisten seien. Wenn es nach ihnen ginge, würden sie alle Gefängnisse öffnen und jede Religion abschaffen. Eine Sorte Mensch, die der Fluch des Schweizerlandes sei. »Ich wette, er wird uns beweisen wollen, dass beide verrückt sind«, sagte er, »doch mir kann er so etwas nicht aufbinden!«

Draußen im großen Hof der Obwyler Burg drängten sich die Leute. Plaudernd standen sie in kleinen Gruppen umher. Dr. Schneeli und Dr. von Breitenwyl gingen mit ernsten Mienen auf und ab. Plötzlich trat ein Gerichtsdiener auf sie zu, sprach ein paar Worte mit ihnen, und die drei Männer verschwanden in einem Torweg. Der Gerichtsdiener führte sie durch die Gänge zum Gefängnisflügel. Das Eisentor wurde aufgeschlossen, und ein Wärter öffnete die Tür zu Gottfrieds Zelle. Gottfried empfing sie stehend, die Hände auf dem Rücken verschränkt.

»Nun«, sagte von Breitenwyl zu Dr. Schneeli, »sprechen Sie mit ihm, ich sage kein Wort mehr.«

Dr. Schneeli wollte Gottfried die Hand geben, doch dieser verweigerte sie ihm.

»Ich will Ihre Hand nicht besudeln!«, sagte er.

Dr. Schneeli schüttelte bekümmert den Kopf.

»Gottfried«, sagte er, »ich glaube nicht, dass du an der Ermordung deines Vaters schuldig bist. Ebensowenig glaubt es von Breitenwyl. Und auch Sophie glaubt es nicht. Wir kennen dich zu gut. Ich bin gekommen, um eine letzten Versuch zu machen: Gib deine Hartnäckigkeit auf! Du könntest die ganzen Verhandlungen in andere Bahnen lenken, nur müsstest du offen sein und die reine Wahrheit sagen. Ist es denn notwendig, dass du verurteilt wirst? Du hältst es für heroisch, bei deiner Selbstbeschuldigung zu verharren; vielleicht überzeugst du sogar die Jury von deiner angeblichen Schuld, uns aber kannst du nicht überzeugen. Ich bitte dich, bedenke alles noch einmal und denke vor allem an deine Familie. Es wäre das Richtige, wenn du heute Nachmittag alles widerrufen und deine Unschuld erklären würdest. Selbst Frau Therese würde dich verstehen; gerade, weil ihr so viel an dir liegt, ist ihr der Gedanke verhasst, dass du gemeinsam mit ihr verurteilt wirst, weil sie weiß, dass du unschuldig bist. Sie hat doch immer wieder deine Unschuld beteuert. Gib Herrn von Breitenwyl Gelegenheit, einen Freispruch für dich zu erwirken!«

»Einen Freispruch für mich?«, sagte Gottfried ungeduldig. »Ich glaube nicht, dass Sie wissen, was Sie sagen! Einen Freispruch für sie, ja! Aber nicht für mich! Gütiger Himmel! Glauben Sie, ich reiße Witze die ganze Zeit? Ich meine es todernst. Sie ist unschuldig! Absolut unschuldig! Wenn sie mit mir verurteilt wird, begeht das Gericht einen schrecklichen Justizirrtum.«

»Wir glauben dir nicht!«, beharrte Dr. Schneeli.

»Das tut mir leid. Was ich gesagt habe, habe ich gesagt, und ich bleibe dabei.«

»Gottfried«, sagte Dr. Schneeli mit erstickender Stimme, »das bedeutet wahrscheinlich lebenslänglich!«

»Was kümmert das mich noch! Gott! Ich bin am Ende! Ich sehne mich nach der Einsamkeit meiner Zelle und dass man mich in Ruhe lässt.«

»Nun«, sagte von Breitenwyl, »es besteht die beste Aussicht, dass Ihr Wunsch in Erfüllung geht.«

»Gottfried«, wiederholte Dr. Schneeli, »es ist deine letzte Chance!«

»Ein bisschen spät am Tage«, murmelte Gottfried. »Ich habe Herrn von Breitenwyl, als er die Verteidigung übernahm, genau erklärt, was seine Aufgabe ist. Dass Sie mich auffordern, Therese für mein Verbrechen leiden zu lassen ... das ist einfach grausam!«

Von Breitenwyl gab Dr. Schneeli ein Zeichen, und beide verließen die Zelle.

Als der Gerichtshof sich wieder versammelte, geschah es, um jenen berühmten Professor Langbein anzuhören, der den Doktor-Titel dreier Fakultäten führte. Jedermann war neugierig, was er wohl zu sagen hätte – und er hatte viel zu sagen. Zwei Stunden lang stand der gelehrte Herr mittleren Alters leicht gebückt am Tisch der Verteidigung und trug mit staatsmännischer Würde seine Ausführungen vor, wobei er den Gerichtshof mit »Meine Herren!« ansprach, als wären die Richter, Geschworenen, Beamten und Anwälte lauter Studenten, die eine seiner gelehrten Vorlesungen anhören. Die Wissenschaft frage nicht, ob ein Verbrecher schuldig sei oder nicht, sie beschäftige sich auch nicht mit moralischen Bewertungen. Er benützte alle bisher zutage geförderten Beweismittel, um zu zeigen, dass man Herrn und Frau Müller nicht zu den gewöhnlichen Verbrechern zählen könne und dass sie nicht im üblichen Sinne des Wortes schuldig seien. Ihr Verbrechen lasse sich auch nicht dem Wahnsinn oder einer erworbenen Gewohnheit zuschreiben, sondern sei durch eine

Leidenschaft verursacht, die diese Menschen in einem Maße beherrschte, dass sie das volle Gefühl für Verantwortung verlieren mussten.

Professor Langbein schrak auch nicht davor zurück, die bestehenden sozialen Bedingungen anzuschuldigen. Er zeigte den oberländischen Geschworenen, dass der Fortschritt der modernen Zivilisation ganz allmählich das Tier im Menschen zähmt. In diesem Falle jedoch hätten sich zwei willentlich zu einem Komplex vereinigt; diese Macht aber lasse sich nicht durch den Fortschritt bändigen, jedenfalls nicht, ohne ernstlich zu revoltieren.

Dann verließ Professor Langbein den Bereich des Allgemeinen und ging ausführlich auf die Charaktere der Angeklagten ein, wie er sie in den Unterredungen und in der Durchsicht der Prozessakten kennengelernt hatte. Er erklärte, es sei sicher ungerechtfertigt, sie wie gewöhnliche Verbrecher zu beurteilen. In beiden Charakteren sei nicht die Spur einer verbrecherischen Neigung.

Er entwarf ein Bild von Gottfrieds und Thereses quälender Liebesbeziehung und ihrem Durst nach Freiheit, der gegen die Mauern der Moral unweigerlich anprallen musste. Überall seien sie auf Aussichtslosigkeit gestoßen. Dies sei der Beginn einer progressiven Neurose gewesen. Hier gelangte der Professor schließlich zum zentralen Punkt seines medizinisch juristischen Vortrags. Er zeigte auf, was Neurose sei, und erklärte den Geschworenen, dass Faust, Hamlet, der heilige Paulus und andere große Männer an dieser psychischen Krankheit gelitten hätten. Er erläuterte die Krankheit an untrüglichen Beispielen aus seiner Klinik und aus verschiedenen Irrenanstalten. Aufgrund ihres geistigen und seelischen Leidens hätten Gottfried Müller und Frau Müller auch körperlich zu leiden begonnen. Und sich direkt an den Staatsanwalt wendend, der mit einem finsteren Lächeln dasaß: »Die Resultate der Neurose sind uns Psychiatern wohl bekannt; sie bringt die Urteilsfähigkeit des Geistes aus dem Gleichgewicht, sie schwächt das normale Verantwortungsgefühl und versklavt den Willen. Sie verändert das moralische Bewusstsein und bewirkt häufig, dass gewisse

Wünsche Notwendigkeiten werden, die der Patient befriedigen muss, einerlei, was für Hindernisse im Wege stehen.«

Nach einer kurzen Pause gelangte er zu seiner Schlussfolgerung. Die Wissenschaft zeige, dass Herr Müller und Frau Müller für die Tat nicht voll verantwortlich seien. Besonders dürfe man nicht vergessen, dass sie sich schließlich aus eigenem Antrieb der Justiz gestellt haben. Verbrecher, die ihrer fünf Sinne mächtig sind und nach ihrem freien Willen handeln, hätten logischerweise ihr Verbrechen geheim gehalten. Die gleiche Macht, die das Liebespaar Müller in das Verbrechen trieb, habe es auch in die Arme der Justiz getrieben: nämlich Unverantwortlichkeit.

Als Professor Langbein zu Ende war, setzte er sich neben von Breitenwyl, der vor sich hingrübelte.

»Hoffentlich, Herr Doktor«, flüsterte er von Breitenwyl ins Ohr, »bin ich mit meinen Ausführungen auch genügend populär gewesen, hoffentlich haben die etwas schlichten Gemüter Ihrer Berner Geschworenen alles verstanden, was ich sagte.«

»Es wird als Grundlage dienen«, bemerkte von Breitenwyl. »Doch jetzt werde ich Pfarrer Straub ins Kreuzverhör nehmen.«

Gutenberg sprach inzwischen zu seinem Assistenten über die »akademische Augenwischerei«, spöttisch sah er von Breitenwyl an, während die Geschworenen miteinander schwatzten.

Als nun Theo in den Zeugenstand trat, wurde er über Gottfrieds Geisteszustand in Basel befragt. Es wurde bald offenkundig, dass Gottfried zu jener Zeit alles andere als geistig normal war. Die Geschworenen gewannen ein neues Bild von dem Studenten Gottfried: ein junger Mann, den seine Leiden fast die letzte Kraft gekostet hatten, der alles versuchte, um seiner Leidenschaft Herr zu werden, doch mit dem Ergebnis, dass er immer tiefer und tiefer in ihr versank.

Therese hörte sich alles an. Nichts Alltägliches, nichts Banales lag in Gottfrieds Liebe zu ihr. Endlich wurden ein wahrheitsgetreues Bild von ihm entworfen und seine Leiden richtig dargestellt.

»Oh, ces petits bourgeois im Gerichtssaal«, dachte sie, »was versteht sie nur von alledem? Ihr seid hier, um uns zu richten, und wisst nicht einmal, wer wir eigentlich sind!« Sie war versucht, in ein Gelächter auszubrechen. Nicht einmal Gott wusste, was sie dazu getrieben hatte, Anton Jakob zu vergiften. Wie also konnten es die andern ahnen?

AN DIESEM ABEND begann Therese, sich abgespannt und erschöpft zu fühlen. Sie wusste, dass der letzte Verhandlungstag herannahte, dass auf die eine oder andere Weise alles ein Ende nehmen und dass man sie für immer verdammen würde. Während sie auf der schmalen, hölzernen Bettstatt ihrer Zelle saß, arbeitete ihr Geist fieberhaft. Wie könnte man Gottfried doch noch freibekommen und den Gerichtshof von seiner Unschuld überzeugen?

Die letzten Strahlen der untergehenden Sonne schienen durch das Fenster, die Schatten des Eisengitters fielen auf die kalten Mauern. Sie begann, die Quadrate zu zählen. Vierzig helle Vierecke zwischen den schwarzen Stäben. »Vierzig Jahre«, dachte sie, »die Sonne schreibt es für mich an die Wand. Vierzig Jahre!« Der Gedanke an vierzig Jahre, der sie nun im Bruchteil einer Sekunde überrascht hatte, hätte sie vor einem Jahr noch zum Wahnsinn getrieben – und jetzt, du lieber Himmel, jetzt konnte sie nur vor sich hinstarren, stumpf wie ein Tier. Plötzlich fiel ihr ein, dass das Strafgesetz nicht nur vierzig Jahre, sondern auch lebenslänglich verhängen kann.

Nach einiger Zeit setzte sie sich an ihren kleinen Brettertisch und versuchte, ein wenig zu essen. Jetzt bezahlte sie noch für ihr Essen; später, so hatte man ihr erzählt, wenn die Geschworenen sie verurteilt hätten, werde sie in ein anderes Gefängnis kommen, wo sie nicht mehr ihr eigenes Essen bestellen könne. Dort werde sie genauso leben müssen wie die anderen Häftlinge.

Therese zog ihr schwarzes Kleid aus und hüllte sich in einen grünen Schlafrock. Und sie fragte sich, ob sie diesen Schlafrock heute wohl zum letzten Mal trage?

Die Tür ging auf, und die Wärterin meldete, dass ihr Anwalt sie zu sprechen wünsche.

»Bitten Sie ihn hereinzukommen«, sagte Therese.

Von Breitenwyl betrat die Zelle und setzte sich todernst neben Therese.

»Es herrscht die Meinung vor, dass Gottfried unschuldig ist«, begann er. »Ich habe meinen Finger auf dem Puls der öffentlichen Meinung, und sie spiegelt gewöhnlich die Meinung der Jury. Doch das Schlimmste dabei ist, dass auch ich dasselbe Gefühl habe. Ich fürchte, Therese, so gern ich Ihnen beiden morgen helfen möchte, es wird sich kaum machen lassen. Ich werde meine Verteidigung auf Gottfried konzentrieren müssen. Die Hauptschuld wird auf Ihre Schultern fallen. Es bestehen ganz erhebliche Zweifel an Gottfrieds Schuld, die nicht zerstreut werden können. Ich lese es in den Mienen der Geschworenen und werde daher versuchen, wenigstens für ihn einen Freispruch zu erlangen. Ich bin gekommen, um Ihnen dies aus reiner Freundschaft mitzuteilen.«

»Wenn aber Gottfried auf seiner Schuld beharrt?«

»So gibt es trotzdem eine kleine Chance.«

»Aber dieser Gutenberg! Er hat es hauptsächlich auf Gottfried abgesehen. Wenn Gottfried ein kleiner Niemand wäre, würde er ihm eher Mitleid entgegenbringen.«

Sie fuhr sich verzweifelt mit den Händen in die Haare.

»Herrgott! Gibt es denn gar nichts, was ich tun könnte, um Gottfried zu retten? Ich habe versucht, die Gedanken der Geschworenen zu lesen. Nur ein einziger unter ihnen gefällt mir – Sie wissen schon – ein jüngerer Mann mit rötlichem Bart, der wie ein schwindsüchtiger Christus aussieht. Ich bin sicher, er wird für Gottfrieds Freispruch plädieren. Es besteht ein geheimes Einverständnis zwischen ihm und mir; wir sind während der Verhandlung gewissermaßen Freunde geworden. Aber die anderen! Diese selbstzufriedenen Spießer, jeder hat Angst vor seiner Frau. Wenn sie uns freisprechen, sitzen ihnen zu Hause ihre Weiber im Genick. Ich glaube, wenn sie Junggesellen wären oder Aristokraten, dann hätten sie vielleicht Mitleid mit uns. Jedenfalls mit ihm! Ich habe nur Verachtung für alle diese Leute. Sie kommen mir vor wie Krebse, die sich freuen, etwas zwischen ihren Scheren zu haben. Eine Jury! Ha! Sie versuchen alle, etwas darzustellen – und sie sind nichts!«

Sie erhob sich.

»Ich stamme von Aristokraten ab«, sagte sie, »sie können mich mein Leben lang in Zwangsarbeit schicken, sie können mich erniedrigen, bis mich der Schmutz unkenntlich macht! Aber sie können mich nicht vernichten!«

Von Breitenwyl sah sie nachdenklich an. Er hatte ihr deutlich gemacht, dass er Gottfried verteidigen würde und nicht sie. Aber wie sie dies aufnahm! »Eine unglaubliche Frau!«, dachte er, zugleich etwas verwirrt durch ihre Schönheit.

»Wenn Sie mir nur einmal die ganze Wahrheit sagen würden«, meinte er. »Es würde mir sehr helfen.«

»Welche Wahrheit?«

»Das eigentliche Motiv des Mordes. Was war es?«

Therese sah ihn ernst an.

»Ich will es Ihnen sagen, wenn Sie mir Ihr Ehrenwort geben, weder morgen noch sonst irgendwann Ihr Wissen zu benützen.«

Von Breitenwyl zögerte einen Augenblick, dann gab er ihr sein Wort.

Therese erzählte ihm die geheime Geschichte ihres Kindes und von ihrem Unvermögen, des einen Mannes Frau und des anderen Geliebte zu sein. Von Breitenwyl hörte ihr aufmerksam zu. Als sie ihre Beichte beendet hatte, sagte er:

»Gutenberg hat bereits im ersten Stadium seiner Anklage eine derartige Anspielung gemacht. Der Vorsitzende unterbrach ihn allerdings und erklärte, die Herkunft des Kindes sei nicht Gegenstand der Verhandlung. Ich habe damals noch nicht durchschaut, welche Einflüsse am Werke waren. Jetzt aber sehe ich hierin den Ansatzpunkt, um Gottfrieds Unschuld beweisen zu können.«

»Ja«, warf sie ein, »es mag von großer Bedeutung sein, aber es ist und bleibt ein Geheimnis. Sie haben mir Ihr Ehrenwort gegeben.«

»Und angenommen, ich sei durch die Enthüllung dieses Geheimnisses imstande, Gottfried zu retten?«

»Selbst dann müssen Sie schweigen! Mein Kind soll durch unsere Schuld nicht mehr leiden, als unvermeidlich ist.«

Bewundernd schaute er Therese an. Sie raubte ihm beinahe die Fassung. Zum ersten Mal in seinem Leben wurde ihm klar, dass er selbst eine wirklich leidenschaftliche Liebe zu einer Frau bisher nicht gekannt hatte. Wie stolz ihre Haltung war! Es war schwer, sie nicht zu bewundern und ihr nicht zu verfallen! Ihre grenzenlose Liebe zu Gottfried und ihrem Kind hatte sie nicht gehindert, einen Menschen zu töten. Wie hätte er sie nicht verteidigen können! Er musste sie verteidigen!

»Hören Sie«, sagte Therese plötzlich, »ich habe eine Idee. Kann ich einen Brief an Gottfried schreiben?«

»Worüber?«

»Gleichgültig! Können Sie ihm einen Brief von mir überbringen?«

»Ja. Aber wovon soll er handeln?«, fragte er nervös.

»Ich schreibe ihm sofort«, sie setzte sich an den Tisch und begann:

»Gottfried, ich flehe Dich an, alle Aussagen, die Du bisher gemacht hast, zu widerrufen. Es wird Dein Schicksal verändern. Ich weiß, dass ich verurteilt werde, aber es besteht kein Grund, dass auch Du verurteilt werden sollst. Denke an unser Kind! Du musst dem Gericht die Wahrheit gestehen. Ich bin sicher, die Jury wird dir glauben. Ich flehe Dich nochmals an, es zu tun! Therese.«

Sie reichte von Breitenwyl den Brief, der ihn durchlas und in seine Brusttasche steckte.

»Wenn er Ihrer Bitte entspricht, wird es eine Sensation geben. Niemand kann die Folgen vorhersehen.«

Therese sah ihn mit Tränen in den Augen an: »Wissen Sie«, sagte sie halb weinend, halb lächelnd, »ich werde heute Nacht glücklich sein, weil ich wirklich Hoffnung habe.«

»Ich werde ihm den Brief heute Abend geben«, sagte der Anwalt. »Sie sind bewundernswert! Jammerschade, dass sie Ihren Mann ermordet haben!«

EIN KAMPF DER MEINUNGEN war in den Zeitungen ausgebrochen. Die sozialistische Presse war außer sich, weil ein konservatives Blatt es fertiggebracht hatte, noch vor Beginn des Prozesses die Anklageschrift in die Hände gespielt zu bekommen. Außerdem gab es eine christ-demokratische Zeitung, die Professor Langbein für »nicht qualifiziert« hielt, sich vor dem Gerichtshof zu äußern.

»Wir wollen keine Verfechter von Häckel oder Nietzsche, um uns zu belehren, wie unsere Justiz aufgebaut sein muss! Wir können ohne die freie Moral und die sexuellen Anschauungen der Sozialisten auskommen. Diese Freidenker erklären, die Neurose sei eine Entschuldigung für einen Mörder! Lasst diese Herrschaften wie Vierfüßler wiederkäuen und die Menschheit in die barbarische Urzeit zurückfallen! Die zehn Gebote sind und bleiben die Grundlage, auf der unsere Gesellschaft basiert.«

Obwyl kochte über von überhitzten Gerüchten. Die Spannung der Gerichtsverhandlung hatte so manchen aus dem Gleichgewicht gebracht.

Irgendwas ginge schief bei dieser Verhandlung, sagten die einen, andere meinten, die Verteidigung sei nicht richtig geführt worden. Die Angeklagten seien Narren gewesen, einen Mann wie von Breitenwyl ausgesucht zu haben. Er bilde sich ein, eine tüchtige alte Berner Jury foppen zu können! Dieser junge Springinsfeld, ohne jede Erfahrung! Er habe diesen Fall nur übernommen, um seinen politischen Ehrgeiz zu befriedigen; er glaube an die Zukunft des Sozialismus und möchte gern Karriere machen in der Politik. Doch diesmal wird er schmoren müssen! Immer die alte Geschichte: Reiche Leute halten stets zusammen. Eine phantastische Summe sei diesem Professor Langbein bezahlt worden …

Aus einer schläfrigen, sommerlichen Dämmerung erwachte Obwyl an einem herrlichen Morgen. Ein zarter Dunstschleier lag über dem tiefgrünen See, und die zackigen Berge des Oberlandes standen in lila Farben gegen den Himmel.

Von Breitenwyl trat am frühen Morgen in Thereses Zelle. Sie war bereits auf den Beinen, in einem braunen Taftkleid, das

Anton Jakob ihr gekauft hatte. Dazu trug sie einen mit Rosen verzierten Strohhut. Sobald sie von Breitenwyl erblickte, richtete sie sich in voller Höhe auf und heftete ihren Blick mit dem Ausdruck einer gefangenen Löwin auf ihn.

»Hier ist Gottfrieds Antwort.«

Ihre durchsichtigen Hände, geschmückt mit dem Smaragdring, fingen an zu zittern, als sie das Kuvert in Empfang nahm.

»Was muss das für ein langer Brief sein«, sagte sie mit einem leichten Lächeln und riss nervös den Umschlag auf, darinnen lagen – die Schnitzel ihres eigenen Briefes! …

Von Breitenwyl schaute traurig auf die kleinen Fetzen, die wie totes Laub aus ihrer Hand auf den Steinboden flatterten.

»Das ist eine unmissverständliche Antwort«, sagte Therese trocken.

Sie setzte sich auf ihr Bett und weinte still vor sich hin.

»Wenn du nur wüsstest! Ich will dich frei sehen, frei!«

Von Breitenwyl drehte sich weg. Er begann, seine Schwäche Therese gegenüber zu fürchten. War sie dabei, zu viel Einfluss auf seinen Charakter und sein Berufsethos zu nehmen?

Dann griff er plötzlich nach ihren beiden Händen und hielt sie fest. Sie wich nicht zurück. Er war ernst und sehr bewegt.

»Therese«, sagte er, »ich will zu Ihnen sprechen, als ob Sie meine eigene Schwester wären, die durch ein Missgeschick oder durch einen Streich des Schicksals ins Gefängnis geraten ist. Ich denke dabei nicht an mich und meinen Ruf als Advokat. Ich denke nur an Sie jetzt. Ich glaube, das heißt, ich weiß, dass Sie Ihren Mann ermordet haben. Mord ist Mord. Kein Anwalt auf der Welt könnte es anders nennen, sofern er nicht die Macht besitzt, die Toten wieder ins Leben zurückzurufen. Therese, es gibt nichts, was Sie retten kann. Man wird Sie schuldig sprechen. Niemand kann Sie retten. Aber Gottfried könnte noch gerettet werden, und ich will versuchen, ihn zu retten, weil ich an seine Unschuld glaube. Um dies aber zu tun, Therese, muss ich heute, so weh es mir tut, selber mithelfen, Sie vor dem Gericht zu verdammen. Mein Renommee mag dabei zum Teufel gehen, aber was kümmert es mich! Ja, zu diesem Entschluss bin ich seit gestern Abend gelangt.«

Er ließ ihre Hände los und streichelte ihre Wangen mit einer nervösen, aber schmeichelnden Geste, die gleichsam bezeugen sollte, dass er sie eigentlich gar nicht berühren dürfte. Therese setzte sich wieder auf ihren Schemel: »Breitenwyl!«, sagte sie mit heiserer Stimme. »Ich bewundere Sie, Sie sind ein Mann nach meinem Herzen.«

»Therese« – er war kaum imstande zu sprechen – »das ist alles. Ich muss Sie jetzt verlassen.«

Er durfte keine Minute länger bei ihr bleiben; er wusste, dass er sonst eine unverzeihliche Dummheit begehen würde. Rasch öffnete er die Türe und verschwand. Therese hörte, wie die schwere Türe ihrer Zelle wieder verriegelt wurde.

»Jetzt bin ich wirklich absolut allein«, dachte sie.

Entgegen der allgemeinen Erwartung war die Anklagerede des Staatsanwalts nur sehr kurz, eine knappe Stunde nur. Ohne Zweifel wusste Gutenberg sehr genau, dass er den Boden sorgfältig bestellt und den Samen behutsam ausgesät hatte, sodass bei der Ernte die Früchte nur eingesammelt werden mussten.

Die Verteidigung, sagte er, sei in der Absicht geführt worden zu beweisen, dass der Mord in einem Zustand leidenschaftlicher Erregung begangen worden sei, also in sogenannter Unzurechnungsfähigkeit. Dies würde aber bedeuten, dass die Natur, anstelle der Angeklagten, den Mord verübt habe. Die arme Natur habe man als Sündenbock herangezogen, um die Mörder zu entlasten. Die Jury habe einen hervorragenden Wissenschaftler gehört, der seine Kenntnisse über das Wesen der Neurose in populärer Form zum Besten gegeben habe. Die Neurose sei die Ursache des ganzen Unheils, so will man uns weismachen, Herr Müller und Frau Müller seien nur die Werkzeuge im Dienste höherer Gewalten. Das Resultat aber bleibt – unglücklicherweise –: Anton Jakob Müller, ein hervorragender, wertvoller Mensch, ein Mann von untadeligem Charakter, ist auf qualvolle Weise in die andere Welt befördert worden. Es ist leider nicht möglich, die Natur für alle Verbrechen verantwortlich zu machen; daher müsse man sich an die Individuen halten und von ihnen als Werkzeuge der Natur Rechenschaft verlangen, warum sie der Natur so brav gedient hätten.

Die Wissenschaft der Psychologie kann wohl für jedes Verbrechen eine Entschuldigung konstruieren, doch eine verbrecherische Handlung als Ausdruck moralischer Bewusstseinstrübung hinzustellen sei ein Trugschluss.

Selbst wenn es sich so verhalten sollte, sei die moralische Bewusstseinstrübung eine sehr gefährliche Sache, weil man an den Schutz der Gesellschaft zu denken habe. Es gibt deshalb in unserer zivilisierten Welt gewisse sichere Orte, wo diese gefährlichen Gehilfen der Natur ihr moralisches Bewusstsein zurückgewinnen können, und zwar ohne Bedrohung ihrer Mitmenschen, die ein bescheidenes und vernünftiges Leben führen. Gutenberg sprach mit bitterem Sarkasmus; er wollte aller Welt die Ungeheuerlichkeit des Verbrechens deutlich machen.

»Haben die Angeklagten auch nur eine Spur von Reue gezeigt?«, rief er emphatisch. »Nein! Kein einziges Wort haben wir gehört, das uns daran denken ließe, dass ihnen die Tat leid tut. Aber ich vermute, die Unfähigkeit, menschliche Gefühle zu zeigen, ist ein Bestandteil der Neurose.

Nun wollen wir uns an die Tatsachen einmal erinnern: Sie sind zu Hause in Gam am Abend des 15. September. Anton Jakob befindet sich im Wirtshaus Zum Bären. Er schickt den kleinen Fritzli zu seiner Frau mit der Aufforderung, in den Bären zu kommen, um am Festessen der Scharfschützen teilzunehmen. Aber Frau Müller fühlt sich nicht wohl. Sie befand sich, wie uns die Köchin erzählte, in Gottfrieds Zimmer. Und den Knaben entließ sie ebenfalls mit dem Bescheid, Herr Gottfried sei sehr beschäftigt. Sie sagten sich: Heute ist die Nacht gekommen! Lasst uns ein für alle Mal den störenden Alten loswerden. Wir wollen einen Plan aushecken. Ja! Das Lebersalz! In einer solchen Nacht wie heute muss Anton Jakob eine Menge essen und trinken. Wo ist das Arsenik? Hier! Prächtig! Wir wollen eine kleine Dosis in die Flasche füllen, Wer von uns beiden soll es tun?

Meine Herrn Geschworenen, es ist für uns ganz gleichgültig, welcher der beiden Angeklagten das Arsenik in das Fläschchen getan hat! – Später wurden sie von dem alten Mann, als er nach Hause kam, überrascht bei ihrem Tête-à-tête. Das geben sie auch zu. Zum ersten Mal hatten sie den Mut, ihm die Stirn zu bieten. Wir wissen aus ihren eigenen Aussagen, dass eine heftige Szene stattgefunden hat! Anton Jakob war außer sich, zweifellos. Und zweifellos hat er sie auch bedroht. Er wusste, dass er seiner jungen Frau nicht mehr trauen könne. Was kümmerte es die beiden? Die Flasche wartete ja auf ihn! ... Nach einiger Zeit geht er zu Bett. Er leidet an Verdauungsbeschwerden, und da er sich an die Anweisungen des Arztes erinnert, nimmt er eine Dosis von dem Lebersalz. Um sechs Uhr morgens stürzt Gottfried Hals über Kopf zum Hause hinaus. Er müsse den Doktor holen. Warum? Weil es nicht natürlich aussehen würde, wenn man es unterlassen hätte, ärztliche Hilfe zu holen. Es hätte verdächtig ausgesehen, den alten Mann eines geheimnisvollen Todes sterben zu lassen. So sagte er Herrn Röthlisberger, er sei die ganze Nacht mit Frau Müller aufgewesen, um seinen kranken Vater zu pflegen. Ja, zweifellos haben sie ihn gepflegt! Und um zehn Uhr starb er. Ein überarbeiteter, ahnungsloser Arzt erscheint und muss sich zunächst Frau Müllers Zustand annehmen, deren Neurose so akut geworden ist. Er tröstet sie, er bemitleidet sie. Arme liebe Frau Müller! Ihr Mann ist tot. Er hat sich überessen. Herzversagen, als Folge der Überanstrengung! Armer alter Mann!«

Gutenberg hielt einen Augenblick inne und fuhr dann fort, indem er zu Professor Langbein hinübersah:

»Die Jury hat gesehen, dass das Gedächtnis der Angeklagten sehr genau arbeitet, dass es nicht im Geringsten getrübt ist, wie man es bei Leuten erwarten müsste, die einen Anfall von Geistesgestörtheit haben oder – nach den Ausführungen des gelehrten Psychiaters und Irrenarztes Professor Langbein – während einer akuten Neurose das Verbrechen begangen haben. Seitdem Gottfried Müller und Frau Müller sich in den Händen der Justiz befinden, haben beide sich bemüht, die Schuld des anderen zu bemänteln, die Justiz zu verwirren und Heroismus vorzugaukeln. Das alles ist nun zu Ende. Wir wissen, dass sie trotz ihren inneren Zerrüttungen eine gewisse Würde nach außen bewahrt haben. In ihren Briefen haben sie großartige Gefühle zum Ausdruck gebracht, die mit ihrer angenehmen äußeren Erscheinung in einem gewissen Einklang stehen. Doch wir haben in ihre Seelen hineingesehen: eine grauenhafte Mischung aus »Grandeur« und »Niedertracht«, aus edlen Leidenschaften und Lasterhaftigkeit. Ja, Niedertracht und Lasterhaftigkeit werden für immer als ihre Haupteigenschaften zu gelten haben.

Meine Herren Geschworenen, ich glaube, Sie brauchen die in der Verhandlung aufgeworfene Modefrage, die Frage der Verantwortlichkeit, nicht in Betracht ziehen. Diese Frage ist schon ausreichend von berufener juristischer Seite debattiert worden. Diese abgekartete Komödie beginnt altmodisch zu werden. Sie sind nicht hier, um einen Fall von Hysterie, sondern einen Mord zu beurteilen!«

Gutenberg verstärkte seine Stimme: »Eine Mordtat, einfach und ohne Umschweife! Infolgedessen muss auch das Urteil einfach sein. Und keine mildernden Umstände! Mord wird in unserem Land mit lebenslänglicher Zwangsarbeit bestraft! Sie wissen das, meine Herren Geschworenen!« Seine Stimme wurde leise; er schien bewegt. Ja, Gutenberg war bewegt. Und mit ihm der ganze Gerichtssaal.

»Gnade?«, sagte er plötzlich, als richte er die Frage an sich selbst; dann sah er die Geschworenen an, und ein Leuchten trat in seine dämonischen Augen. »Gnade? An Gnade wollen wir später denken, wenn sie mit den Jahren gelernt haben, was moralische Verantwortung und die Bestätigung des freien Willens bedeutet. Heute haben wir nur unsere Pflicht zu berücksichtigen!«

Gutenberg setzte sich. Während der tiefen Stille im Saal ordnete er seine Papiere und schob sie einem seiner Gehilfen hinüber. Dann verschränkte er die Arme und blickte von Breitenwyl herausfordernd in die Augen.

Sophie erstickte ein Schluchzen, das immer wieder in ihr

aufstieg. Hilfesuchend lehnte sie sich an Felix. Ihre Hände lagen gefaltet in ihrem Schoß.

»Lieber Gott im Himmel! Steh Breitenwyl bei!«, betete sie stumm. »Dass er nur nichts vergisst! Gib ihm Kraft! Ich bin ein sündiges, nichtswürdiges Geschöpf. Ich wünsche jetzt, dass beide freikommen. O Gott! Ich hätte nichts dagegen, wenn man sie gemeinsam fortziehen und irgendwo ein neues Leben beginnen ließe!«

Ihre Augen hingen an den beiden Gesichtern, die nicht weit von ihr entfernt waren: Gottfried feierlich, entrückt, Therese kalt und versteinert, das Gesicht einer Frau, deren Leidensfähigkeit das Maß des Erträglichen überstiegen hatte.

Doch die Gefühle in Thereses Herz straften ihren Gesichtsausdruck Lügen. Sie war völlig aufgewühlt. Gutenbergs Stimme hatte sie wie von weitem vernommen; doch es ging alles unter im Aufruhr ihres Inneren. Sie fühlte sich wie eine Ertrinkende. Phantastische Visionen verdrängten jedes Denken. Sie fasste schließlich Gottfrieds Hand hinter den Gitterstäben der Bank. Verzweifelt blieben die Hände ineinander verkrampft, und ihre Nägel schnitten in sein Fleisch. Von Zeit zu Zeit fühlte sie, wie ein Beben durch seinen Körper lief. Aber er sah sie nie an.

Von Breitenwyl erhob sich.

»Der Staatsanwalt hat seine Sache gut gemacht«, sagte er. »Der Fall wurde für ihn ausgezeichnet vorbereitet. Doch juristisch gesprochen: Sämtliche zutage geförderten Tatsachen gründen sich ausschließlich auf die Aussagen der beiden Angeklagten. Falls sie etwa alles, was sie bisher gestanden haben, widerrufen würden und jeder von ihnen seine Unschuld beteuern würde – ich weiß nicht, ob dann die Verhandlung nicht noch einmal von vorne anfangen müsste. Die Grundlage dieser Verhandlung basiert also auf den freiwilligen Geständnissen der beiden. Das sollte niemand vergessen.

Er wandte sich direkt der Jury zu.

»Meine Herren«, sagte er, »haben Sie bitte Verständnis, wenn ich Ihre Zeit in Anspruch nehme. Sie haben bereits ein anstrengendes Stück Arbeit hinter sich, aber ich bin überzeugt,

Sie wünschen alles bis in jede Einzelheit geklärt zu sehen. Für den Augenblick also bitte ich Sie, nicht über irgendwen zu Gericht zu sitzen, sondern mit freien Sinnen diese beiden Leute auf der Armensünderbank zu betrachten. Versetzen Sie sich in ihre geistige Verfassung und hören Sie mich an!«

Von Breitenwyl entwarf von Gottfrieds und Thereses Liebesbeziehung offensichtlich ein wahrheitsgetreues Bild. Die Zuhörer spürten, dass er ganz aus seinem Herzen sprach, ja, er entlockte ihnen sogar Tränen. Der Mann aus Beatenberg saß bleich wie ein Geist auf der Geschworenenbank und verschlang Therese mit seinen Augen. Nun plädierte von Breitenwyl mit Inbrunst für Gottfrieds Unschuld.

»Alle Probleme der Welt bewegten seinen Geist«, sagte er, »und als diese Leidenschaft ihn überwältigte, unterlag sein Geist der Macht seiner Gefühle. Er bemühte sich mehrere Male, sie zu meistern. Doch es war nicht eine Frage von Tagen oder Monaten, sondern von Jahren. Wir haben sogar gesehen, wie er sich dem Himmel verschrieb, um der Liebe zu dieser Frau zu entrinnen.

Aber unablässig musste er sich sagen: Ich weiß, dass sie mich liebt und dass Gott uns füreinander geschaffen hat, nur, es darf nicht sein! Diese Liebe muss geopfert werden! Wenn Müller sich durch Selbstmord geopfert hätte, so würden wir für ihn jene sentimentale Achtung empfinden, die wir all den unglücklichen Romanhelden entgegenbringen, die mit ihrer Liebe zugrunde gehen. Ja, in der Tat, könnten wir sogar geneigt sein, in ihm ein tugendhaftes Wesen zu sehen, einen Menschen, um den man trauern und den man insgeheim bewundern muss. Aber, wie Sie wissen, wurde er durch seinen Freund am Selbstmord gehindert. Wie intensiv der Wille in Gottfried Müller wurde, seine Leidenschaft zu zähmen, ersehen wir aus einigen Eintragungen in sein Tagebuch. Natürlich wurde dieses Tagebuch von der Anklage nicht berücksichtigt. Ich werde nur eine Stelle vorlesen, die Müller im Mai des verhängnisvollen Jahres geschrieben hat: »Ich bete oft zu Gott, dass mir irgendein Unfall zustoßen möge, der mich meiner Männlichkeit beraubt und dass von mir nichts übrig bliebe, als das Leben im

Geiste. Dann würde ich zur Theologie zurückkehren und ein idealer Gottesmann werden.«

Sind diese Zeilen von einem Menschen geschrieben, der später mitgeholfen hat, seinen eigenen Vater zu vergiften? Meine Herren! Wer könnte, wenn er ganz bei Sinnen ist, auf eine so absurde Vermutung kommen? Es ist die Handschrift eines Mannes, der nach Heiligkeit strebt. Sie gemahnt uns an den heiligen Antonius.«

Von Breitenwyl schob eine längere Pause ein, um seinen letzten Worten Zeit zu lassen, sich in den Gemütern der Geschworenen einzuprägen. Dann fuhr er fort: »Neben Anton Jakobs Bett stand ein Tischchen und auf diesem eine Flasche Lebersalz. Es wäre von Interesse zu wissen, wann er die vorletzte Dosis genommen hat, vor der letzten und tödlichen Dosis also. Das kann niemand sagen. Und nun wollen wir sehen, wie das Arsenik in die Flasche kam.

Müller hat sich das Gift in Basel gekauft. Dann, nach einem erfolglosen Versuch Müllers, es selbst zu nehmen, wanderte es mit ihm in seiner Brieftasche jahrelang umher und gelangte schließlich mit ihm nach Gam. Wir besitzen Frau Müllers erste Aussage, dass Gottfried ihr eines Tages erzählt habe, er trage etwas bei sich, das ihn jederzeit von den Qualen des Lebens befreien könne. Nun, eines Tages findet Frau Müller sein Jackett über einem Stuhl hängen. Ihre weibliche Neugier verleitet sie dazu, die Taschen zu durchsuchen. Sie findet das Päckchen mit weißlichem Pulver und ist klug genug, in diesem Pulver ein Gift zu vermuten. Sie behält es; sie beginnt, in ihrem Lexikon das Kapitel Gifte zu studieren. Als Müller einige Zeit später den Verlust entdeckt, sagt sie ihm, dass sie das Gift weggenommen und weggeworfen habe. Müller glaubt ihr; nie wieder fragt er sie nach dieser Sache. Was aber ging in Frau Müllers Kopf vor?

Ihr Leben war unerträglich geworden. Auf der einen Seite stand ihr Ehemann, ein Mann in mittleren Jahren, den sie geheiratet hatte, als sie noch fast ein Kind war. Dreiunddreißig Jahre war er älter als sie, ein herrischer, launischer, despotischer, stolzer und alles beherrschender Mensch, mit beträchtlichen Tugenden zwar, doch weder kultiviert, noch umgänglich. Wir haben Frau Müllers Geständnis gegenüber Professor Langbein: »Ich habe meinem Mann nur äußerlich angehört. Seine animalischen Begierden wirkten immer nur abstoßend auf mich. Ich hatte nie das Gefühl, ihm zu gehören. Wenn er zu mir kam, dann suchte ich mir immer vorzustellen, dass ich mich Gottfried hingebe. Ich konnte nicht anders. Aber diese Selbsttäuschung ekelte mich an. Es kam der Tag, da ich die Annäherungen meines Mannes zu verabscheuen begann. Ich hasste ihn körperlich. Und als ich entdeckte, dass ich von ihm schwanger war, konnte ich es nicht mehr ertragen, dass er mein Zimmer betrat.

Meine Herren! Für manche von uns ist der Gedanke an körperlichen Zwang in der Ehe empörend, und für Frau Müller war er empörend! Wir wissen, dass sie gerade damals ihrer Liebe zu Gottfried verfallen war. Ich glaube nicht, dass wir in diesem Punkt der Aussage Müllers viel Beachtung zu schenken brauchen. In seinem Bemühen, Frau Müller zu schützen, tat er das einzig Anständige, was ein Liebhaber tun kann. Aber wir müssen Frau Müllers Geständnis an Professor Langbein in Betracht ziehen. Sowie sie einmal das Arsenik besaß, wurde sie von der Versuchung verfolgt, es auch zu benützen und sich aus einer Lage zu befreien, die von Tag zu Tag unerträglicher wurde. Wann und wie dies zu erzwingen sei, wurde zur beherrschenden Quälerei. Ich bitte Sie, gerade in diesem Punkt Professor Langbeins Gutachten sorgfältig in Erwägung zu ziehen. Inzwischen nehmen die Ereignisse ihren Lauf. Das Leben auf dem Gamhof wird immer komplizierter. Die Annäherungen des Mannes, dessen Liebe sie nicht ertragen kann, werden immer dringlicher, und schließlich handelt sie. Sie handelt wie ein Automat.«

»Ich wusste«, sagte sie zu Professor Langbein, »dass ich etwas Nie-wieder-Gutzumachendes tue, doch es ließ sich nicht mehr ändern.

Hätte er in jener Nacht das Gift nicht genommen, so hätte ich es selber genommen.«

Nun – das Nicht-wieder-Gutzumachende ist geschehen. Niemand außer ihr weiß, wie es geschah. Die Flasche stand da und wartete. Nach den Angaben von Frau Müller wartet sie zwei Tage lang. Dann ist sie endlich ein freier Mensch. Nach einiger Zeit legt sie Gottfried ein Geständnis ab. Er ist erstaunt, entsetzt, aber er verzeiht ihr. Und warum verzeiht er ihr? Weil er sich selbst anklagt und die Schuld auf sich nimmt. Er sagt sich, dass sie unbewusst unter seinem Einfluss gehandelt hat, dass ohne ihn dieses Verbrechen nie geschehen wäre.

Alle diese Ereignisse haben unter abnormen Umständen stattgefunden; sie wurden von Menschen herbeigeführt, deren Gemüter sich nicht in normalem Zustand befanden. Mit der Zeit jedoch fanden sie wieder zur Normalität zurück. Das Ergebnis sehen Sie vor sich, meine Herren: Zwei Menschen, die einander lieben und die bereit sind, die Folgen ihrer Leidenschaft auf sich zu nehmen.«

Nach einer kurzen Pause rief er mit schallender Stimme:

»Meine Herren! Ich glaube fest, dass Frau Müller die Wahrheit gesprochen hat. Den Aussagen Müllers schenke ich keine Beachtung!«

Der Vorsitzende blickte beunruhigt auf.

»Aber – aber –«, sagte er tonlos, »führen Sie nicht für beide die Verteidigung?«

»Herr Präsident!«, erwiderte von Breitenwyl, »meine erste Pflicht ist es, den Unschuldigen zu verteidigen!«

Eine lange Pause, ein langes Schweigen folgten.

Jedermann schaute auf Therese. Ihre Wangen röteten sich plötzlich, ihre Mundwinkel kräuselten sich zu einem leichten Lächeln.

Gottfried zog seine Hand zurück, bedeckte sein Gesicht, und ein Schluchzen entrang sich seiner Kehle.

Von Breitenwyl blieb breitbeinig stehen.

»Meine Herren Geschworenen!«, sagte er mit Nachdruck. »Wenn Sie auch nur eine Sekunde an Müllers Schuld zweifeln, müssen Sie diesen Zweifel zu seinen Gunsten entscheiden lassen! Das ist Ihre Pflicht! Herr Müller und Frau Müller sind nicht die Einzigen, die hier vor Gericht stehen. Sie und ich, jedes Mitglied der menschlichen Gesellschaft, wir alle stehen heute vor Gericht. Erwägen Sie das Zeugnis der Wissenschaft! Erwägen Sie die Umstände! Erwägen Sie die Macht der Leidenschaft und erwägen Sie Ihre eigenen Gefühle! Und dann erwägen Sie auch:

Wenn eine Sühne folgen muss, werden auch die Verwandten und alle, die sie lieben, zu büßen, unschuldig zu büßen haben.

Meine Herren Geschworenen, lassen Sie sich von jenem gütigen Licht leiten, das in jedem von uns leuchtet. Zeigen Sie sich als gerechte Menschen und als Christen!«

Von Breitenwyl setzte sich. Seine Augen waren feucht.

Gutenberg machte eine kurze Replik. Er sagte, er sei froh, dass die Verhandlung endlich zu einem Ende komme. Die Angeklagten würden nie behaupten können, ihr Fall sei nicht gründlich und erschöpfend behandelt worden. Im Übrigen seien von der Verteidigung keinerlei neue Tatsachen vorgebracht worden. Er beantragte, die beiden Angeklagten zu lebenslänglicher Zwangsarbeit zu verurteilen.

Der Vorsitzende fragte die Angeklagten, ob sie irgend etwas hinzuzufügen hätten.

Gottfried saß vernichtet auf seiner Bank und schüttelte den Kopf. Therese blieb vollkommen reglos. Von Breitenwyl sah sie an.

»Ich habe nichts zu sagen«, flüsterte sie.

»Wir haben nichts hinzuzufügen!«, bemerkte von Breitenwyl.

Der Vorsitzende schloss die Verhandlung. Den Geschworenen wurden drei Fragen zur Beantwortung vorgelegt:

1. Ist a) Therese Müller und b) Gottfried Sixtus Müller des Mordes schuldig?
2. Wenn a) schuldig und b) nicht schuldig befunden wird, ist b) der Mittäterschaft schuldig?
3. Bestehen mildernde Umstände zugunsten a) Therese Müller, b) Gottfried Sixtus Müller?

Die Geschworenen gingen einer nach dem anderen aus dem Saal. Die Prozessakten wurden ihnen nachgetragen.

Es war elf Uhr.

Die meisten Leute blieben im Gerichtssaal, um das Verdikt der Jury abzuwarten. Gottfried und Therese wurden von den Polizisten hinausgeführt. Gottfried warf seiner Schwester einen langen, hilflosen Blick zu, während sie unwillkürlich beide Arme nach ihm ausstreckte – ein letztes Lebwohl.

Die Uhr schlug zwölf, dann eins. Noch immer kein Urteil!

Die Richter setzten sich zu ihrem Mittagsmahl und plauderten über juristische Fragen und das allgemeine Bild des Prozesses. Ein Gerücht lief durch die Korridore und den Gerichtshof. Es hieß, die Geschworenen seien nicht imstande, sich zu einigen.

THERESE VERBRACHTE EINE STUNDE in ihrer Zelle, dann führte man sie zurück in den Vorraum des Gerichtssaales, wo sie bereits Gottfried und von Breitenwyl vorfand. Ferner waren zwei Polizei-Unteroffiziere zugegen, in prunkvoller Uniform mit Epauletten, Säbeln, Revolvern und großen, über die Brust geschlungenen Pfeifenschnüren, die das Theatralische des ganzen Prozesses noch unterstrichen. Thereses Augen ruhten gedankenvoll auf Gottfried, der ihren Blick mit Schicksalsergebenheit erwiderte. Von Breitenwyl sprach flüsternd auf einen der Polizisten ein, aber der Mann des Gesetzes schüttelte den Kopf und sagte nur: »Verboten!« Von Breitenwyl ließ nicht locker, doch auch der Polizist wollte nicht nachgeben. Schließlich wurde von Breitenwyl kampfeslustig.

»Sie haben kein Recht, meine Klienten wie Verbrecher zu behandeln!«, sagte er laut. »Sie sind noch nicht verurteilt.«

»Unser Befehl, Herr Doktor.«

»Zehn Minuten, das ist alles, was ich verlange und wenn es auch nur fünf Minuten sind. Vielleicht haben sie einander noch Wichtiges zu sagen.«

»Wer weiß, ob sie sich nicht etwas antun würden?«

»Unsinn! Das hätten sie schön längst tun können. Also seien Sie doch vernünftig! Sie können diese Menschen noch nicht wie Verbrecher behandeln.«

Der Berner Wachtmeister winkte seinem Kollegen und der Wärterin, mit ihm den Raum zu verlassen. Die Türe blieb offen; von Breitenwyl ging zur Tür und schaute, mit dem Rücken zum Zimmer, in den steinernen Korridor.

Gottfried und Therese rührten sich zunächst nicht; sie fanden keine Worte. Dann fielen sie einander in die Arme und klammerten sich wie Schiffbrüchige aneinander.

Was nun kommen musste, war wie ein Peitschenschlag gegen ihre Gefühle.

Endlich, in letzter Minute, flüsterte Therese:

»Gottfried! Ich beschwöre dich! Versuche, frei zu kommen – denk an das Kind, es braucht einen von uns …!«

»Theresli! Unmöglich! Aber ich werde nie aufhören, dich zu lieben, was auch komme. Gott wird den Weg in dein Herz finden … ich habe nur noch die eine Sehnsucht, mit ihm allein zu sein …«

Die Liebe, die sie soeben noch mit ihrer ganzen Glut überflutet hatte, erstarrte in Therese zu Eis.

Sie lehnte sich gegen die Wand und schloss entsetzt die Augen. Gott – ihr Widersacher – hatte ihr Gottfried im letzten Moment geraubt. Sie verzehrte sich vor Liebe – während er von Gott schwatzte …

Von Breitenwyl und die Polizisten betraten wieder das Zimmer. Man führte Gottfried und Therese auf ihre Plätze im Gerichtssaal. Die Richter setzten sich. Die Spannung im Saal nahm ständig zu. Alle Plätze waren besetzt. Endlich öffnete sich eine Türe. Totenstille, als ob eine unsichtbare Hand jeden Mund verschlösse. Die Geschworenen erschienen der Reihe nach und nahmen ihren Platz ein.

Gottfried und Therese erhoben sich. Die Polizisten und die Wärterin, dicht hinter ihnen, beobachteten jede ihrer Bewegungen.

Der Vorsitzende blickte zur Jury hinüber und sobald sich die Geschworenen niedergesetzt hatten, forderte er den Obmann auf, dem Gericht das Urteil zu verkünden.

Der Delikatessengrossist aus Interlaken erhob sich schwerfällig. Er hielt ein kleines Stück Papier in Händen.

Indem er die rechte Hand an sein Herz legte, sagt er mit bebender Stimme:

»Bei meiner Ehre und meinem Gewissen, vor Gott und den Menschen, die Wahrheitsfindung der Jury lautet:

Antwort auf Frage No. 1): Ja!

Antwort auf Frage No. 3): Ja!

Für ein paar Sekunden stand er erschrocken da; nur allmählich schien er die furchtbare Bedeutung seiner Worte voll zu erfassen. Dann nahm er wieder Platz und wischte sich mit einem großen Taschentuch die Stirn.

Gutenberg stand unmittelbar darauf auf und beantragte, entsprechend dem Verdikt der Jury, beide Angeklagten zu zwanzigjährigem Zuchthaus mit Zwangsarbeit zu verurteilen. Die Richter verließen den Saal, um ihr Urteil vorzubereiten.

Nach kurzer Zeit kehrten sie zurück, und das Urteil wurde verkündet. Gemäß dem Spruch der Jury wurden verurteilt:

Therese Müller und Gottfried Sixtus Müller, schuldig des Mordes an Anton Jakob Müller, zu zwanzigjährigem Zuchthaus, verbunden mit Zwangsarbeit.

Während der Urteilsspruch verlesen wurde, sank Thereses Kopf langsam herab. »Gottfried ist unschuldig!«, sagte sie leise, ihre Stimme hatte allen Klang verloren. Kaum einer hörte sie.

Außer einer kleinen, nervösen, zittrigen Geste – er strich sich das Haar langsam aus der Stirn – zeigte Gottfried nicht die leiseste Regung.

Die Verurteilten wurden in Handschellen hinausgeführt. Mit einem letzten brennenden Blick, den sie sich gegenseitig zuwarfen, traten sie ihren zwanzigjährigen Leidensweg an, jeder nach einer anderen Richtung.

Und das schonungslose Verfahren der Sühne begann seinen unerbittlichen Feldzug, den Anschlag auf die Seele.

ENDE